中国专业作家小说典藏文库

中国专业作家小说典藏文库

肖克凡卷

# 1935 年的真相

肖克凡 ◎著

中国文史出版社

图书在版编目（CIP）数据

1935 年的真相／肖克凡著. — 北京：中国文史出
版社，2020.3

（中国专业作家小说典藏文库·肖克凡卷）
ISBN 978 – 7 – 5205 – 1647 – 1

Ⅰ. ①1… Ⅱ. ①肖… Ⅲ. ①中篇小说 – 小说集 – 中
国 – 当代 Ⅳ. ①I247.5

中国版本图书馆 CIP 数据核字（2019）第 261817 号

责任编辑：蔡晓欧　薛未未

出版发行：**中国文史出版社**

社　　址：北京市海淀区西八里庄 69 号院　邮编：100142

电　　话：010 – 81136606　81136602　81136603（发行部）

传　　真：010 – 81136655

印　　装：北京新华印刷有限公司

经　　销：全国新华书店

开　　本：720 × 1020　1/16

印　　张：25.25　　字数：363 千字

版　　次：2020 年 3 月第 1 版

印　　次：2020 年 3 月第 1 次印刷

定　　价：69.80 元

# 目录

# 赌　者

## 1

　　说起天津的来历，最初只是宋辽对峙的地界。海河两岸，河北属于极善骑射的契丹人，河南是弱宋。有人在河边种了两畦水萝卜，至今也没成为化石。河水悠悠改朝换代，到了大明，始称直沽寨。一群操着安徽凤阳口音的将士驻扎此地，开创"军民共建"之先河。洪武皇帝驾崩，燕王朱棣渡过三岔河口挥师南下，攻陷南京硬从侄子惠帝屁股底下抢得皇位，成为一代天子。天子既然在此渡河，就赐名"天津"，以示皇恩浩荡。明成祖迁都北京，天津就成了北京的传达室。

　　开埠以来，"庚子之乱"天津又被八国联军的"都统衙门"逼着拆了城墙，越发成为一个华洋杂处的地方。其实八国联军也攻下北京，然而京师王气犹存，依然京师。咫尺之间，天津则大不相同——不中不西不土不洋不伦不类，杂八凑儿。城市枕河而建，随弯儿就弯儿，压根儿就没个正形。五黄六月遥望津门一派泽国，仿佛万物全都漂在水上。于是天津人成了水畔一族，最为忌讳的一词当属"王八"。

　　天津人没正形，主要是受河的影响。天津的海河七扭八歪，好像王母娘娘扔在人间的一条裹脚布。你看，海河在东浮桥一带，两岸还被称为河南河北，眨眼之间流到大直沽，就变成河东河西了。天津这块码头，毫无规矩而言。路不分南北，道不辨西东，总让人觉得万事万物都

1

没个准稿子。南来北往，九河归一，天津大码头只落得一个"杂"字。人杂，物杂，口音杂，祖宗也就杂了。有人说天津人的老祖乃是《西游记》里哪吒的父亲——陈塘关总兵李靖；也有人说天津的开发者本是一船来自福建的伙居道士；还有人说天津最早的人烟乃是引海水熬卤煮盐的灶户……说法种种，不足为训。总之，天津人很难找到祖宗，天津城也就堪称一锅大杂烩。南甜北咸东辣西酸，味道俱全。

李鸿章督直的时候，总往这锅大杂烩里添汤，说是改良。今儿在紫竹林办一所海军驾驶学校，明儿在海光寺建一座机器制造局。李大人是好意，可这汤添来添去的，往往事与愿违——弄得锅里的味道越来越杂，就好比相声里说的"珍珠翡翠白玉汤"。

这种情形之下，天津也就成了近代中国版图上最为各色的一座城市。

各色是什么意思？

各色也作格涩，实为市井口语，不登大雅。天津的市井口语，多有出处。譬如一个人死了，就说"嗝儿屁"了。近人考据这本是一句蒙古语，死亡的意思。同时，天津市井口语之中还混杂着许多外来语。譬如说汽油，老一辈天津人就叫它"革司林"，其实是英语。而"各色"一词见诸文字，不多。只在曹禺先生的剧本《日出》里读到几处。那是妓院老鸨子训斥"小东西"，说她拒不接客是个各色的丫头。关于各色的含义，大概是指与众不同的人物或与众不同的行为。这与时下北京方言里的"格"颇有几分相似之处。

说起民国年间天津人的"各色"，有别于京城之处首先在于争狠斗勇的强悍民风。当年火烧洋人的望海楼教堂，杀七个宰八个，真刀真枪毫不含糊，便是民风强悍的明证。然而烽火连天的战事毕竟不是"拉洋片"——想看就看。寻常日子里天津卫的老少爷儿们无以滋事，憋得难受，只能到药铺买个清瘟解毒丸吃吃，败一败心火。其实天津强悍的民风之中，很早就讲究一个"赌"字。无论天塌地陷的大事，还是鸡毛蒜皮的小情，天津赌徒都能将其归入赌场。譬如直鲁联军跟川陕联军开了战，本埠百姓远离战场，即使斗胆前往，也掏不起那份盘缠。于是闲杂人等聚集街头摆局，设赌押宝——主题是预测孰胜孰败战事结局。颇有"天下兴亡，匹夫有责"的境界。其实呢，天津人只是过一过赌瘾罢了。

大有大赌，小有小赌。津门赌风日炽一日，早已成为民间一大风景。说到大赌，乃是名流雅事，平民百姓那是难以问津的。天津的暴发户多为盐商，当年科举未废，大比之年便设局押宝，一注千金，专赌前三甲的姓氏。俗话说张王李赵遍地刘，然而前来应试的秀才却是"百家姓"。因此愈发显出悬念无穷的魅力，令人绞尽脑汁。投入这种赌局，胜者赢一座金山，输者赔一座金山，堪称豪赌。咸丰末年天津富商王民三嗜赌，适逢大比之年，此公倾其全部家私投注，押前三甲者洪姓。一时间哗然，引得天津老少三代赌棍纷纷参战。洪乃冷僻姓氏，多南人。北国天津更是鲜见，况举子乎。王民三必输无疑。然而张榜之时，荣登榜首者果然姓洪名水初，祖籍湖南。王民三大获全胜，赢了全城赌资，富上加富。三年之后，真相大白，公众方知这是一起重金贿考案。赌民们叫叫嚷嚷登门索赔，王民三已然嗜赌发疯，家徒四壁。

大赌之下，是小赌。斗蛐蛐斗鹌鹑斗公鸡，自然不在话下。小赌之风，早已弥散于天津的四城八乡，无处不在。譬如说家住城里石桥胡同的郝姥姥，人人都知道这位著名的接生婆。郝姥姥门前，每天从早到晚总是聚集着一大帮穷身龊业的赌徒，人称"赌红门"。红门的赌金，极其平民化：三百六十五天一成不变，输赢都是二斤白面。红门聚赌的形式也很喜闻乐见：郝姥姥门外，摆着两只竹筐。东边竹筐里装着一堆竹牌子，竹牌子上写着"小子"，西边竹筐里也装着一堆竹片，竹片上写着"闺女"。一旦有人来请接生婆，赌徒们便纷纷猫腰从筐里拿上一只竹片。有人拿"小子"，也有人拿"闺女"。然后众人手握竹片，跟在郝姥姥的车子后边，一路小跑儿。郝姥姥进屋接生，赌徒们就不声不响候在大院门外。待到产妇红门大开，婴儿呱呱坠地，赌局也就有了结果。输者立即掏钱。赢者则悠悠然走在街上，手里托着二斤白面，回家炸酱去了。

小赌之风渗入骨髓，更是骇人听闻。譬如冬季里的"赌九"。农谚云："一九二九不出手，三九四九冰上走，五九六九沿河看柳，七九河开，八九雁来，九九加一九，耕牛遍地走。"可是天津卫的赌徒们偏偏爱在"一九"和"七九"的节气里，河边设赌。好事之徒从大街上找来一个缺心眼儿的叫花子，告诉他对河儿有一锅热气腾腾的猪肉包子，白吃。叫花子听罢立即涉冰过河奔向彼岸。天暖冰薄，生死难卜，因此极其刺激。这种人命关天的赌局，无论押生押死，输赢同样残酷。往往引起官府干预。

小赌之下，便是滥赌了。赌风的泛滥，为天津民风注入几分百无聊赖的内容。夏天茶馆里飞过一只蚊子，喝茶的闲人们立即聚赌，押公儿押母儿虽然只是一壶茶资，然而赢家享受的却是满堂喝彩。就连大街上卖糖堆儿（北京叫糖葫芦儿）的也很各色，怀里抱着一筒竹签子，吆喝着"输一赢二"。你给他一大枚铜子然后抽签儿。抽中了，他给你两支糖堆儿，抽不中，你就赢一团口水咽到自己肚子里去，走人。

话说民国初年，天津卫又冒出一块各色的地方，这就是南市。此地原是一片开洼。庚子之后，因邻近法日两国的预备租界，逐渐形成无人管理的空白地带，竟然变为"开发区"。驴头马面秃神瞎鬼一涌而来，一夜之间这里就成了淘金之地。不到十年光景，火啦。南市的饭馆无数，菜谱上除了清蒸人肉，什么美味佳肴都有。南市的妓院遍地，推开一扇门硬往里走，保你遇不到良家妇女。南市也有报馆书局，报纸上登的皆为谣言。书局呢，印出的小册子尽是春宫与金枪不倒的药方，算是以副养文。戏园子演杂耍儿，女艺人上台头一件事儿就是亮出两只乳房，说是给观众"喂奶"。放眼南市：人市儿卖鬼，鬼市儿卖人，鸟市儿卖驴鞭，鱼市儿卖姨太太们用的"葛先生"。驴唇不对马屁股，这正是南市的各色之处。

然而真正各色的地方，乃是南市的华楼。投资兴建这座娱乐大厦的不是别人，正是大清宣统皇帝的舅父良揆。帝制瓦解溥仪逊位，各人找各人的饭辙。良揆大人虽为皇亲国戚也只得下海经商。因此，他成为近代"高干"开办"三产"的始作俑者。

说起华楼的各色之处，并不在于它的西餐厅（天津人管西餐厅叫洋饭店。虽说本地老少爷儿们肚子里都有一挂好下水，但是面对灯红酒绿的西餐厅，只见刀子叉子摆在桌上，还有女招待陪坐，天津爷儿们立即晕菜——不知道是先吃牛排还是先吃女人大腿），也不在于它的台球房（两位绅士一人手里举着一根杆子，乍看以为是旱地钓鱼，其实两人轮换着去捅台子上那一堆花花绿绿的木球——天津爷儿们当场傻眼）。华楼真正的各色之处，在于雅茗茶社。雅茗茶社真正的各色之处，恐怕离不开那位"大耍儿"。

大耍儿者，嗜赌成性者也。

天津租界里的寓公，不乏皇亲国戚、王公大臣、督军司令、学士翰林……然而提起"大耍儿"曹四公子的大名，则是雅俗共赏，家喻户晓。

曹四公子还有两位形影不离的好友，那就是季二少爷与孙大官人。

曹四公子出身绝对名门，他的族叔乃是"小站练兵"起家以贿选闻名的北洋大总统曹锟。季二少爷呢，也是望族。天津有民谣云："高台阶，亮大门，冰窖胡同季善人。"说的正是季氏宅第。至于孙大官人就更不是外人了。他的父亲本是"浙闽苏皖赣五省联军总司令"孙传芳将军。这三位家财万贯的公子哥儿，整天闲得难受，就到雅茗茶社聚齐，既不"齐家"也不"治国"更不"平天下"，而是凑到一块儿，抬杠拌嘴长学问。冷眼乍看，谁都以为这三位大贤人是为了批注《论语》而各抒己见。其实呢他们正为一件不咸不淡的事情"掐"个不休。这三位少爷只有争论到红头涨脑的时候，才觉得清气上升，浊气下降，食归大肠，水归膀胱。然而争论往往难有结论，于是这三位少爷就只能采取打赌的方式，决出雌雄。久而久之，设局押宝便成了他们生活的主要内容。一日无赌，曹四公子活着没味；二日无赌，曹四公子活着没劲；三日无赌，曹四公子就动笔写遗书，准备自杀。

好在这三位少爷天天都能找到赌题。曹四公子的性命也就保住了。

## 2

雅茗茶社二楼的高级雅座，正是这三位少爷的常年包房。常年给这间高级雅座端茶倒水的，是一个名叫四喜的茶博士。四十嘟当岁的四喜一双眯缝儿小眼，身形活像一只虾杆儿。此公长相不济，却颇有几分来历。帝制时代，四喜乃是紫禁城里司职茶炉的小太监，据说还见过老佛爷。雅茗茶社开张纳客之初，雅茗茶社经理贾立久不知深浅，花大价钱从杏花村请来唱玩意儿的小玉环，专门伺候雅间的三位少爷。没承想这招儿不灵，好比"裤腰带当围脖儿——系错了地方"。小玉环颇受冷落，第三天便哭哭啼啼辞工而去。

贾立久没辙，只得拎着铜壶亲自为这三位爷沏茶兑水。

伺候了几天，贾立久恍然大悟。敢情这三位少爷天天聚到雅茗茶社，并不是为了粉头而是为了抬杠。一壶龙井还没喝完，兴许就为一个不中不着的题目争得面红耳赤，然后就设局打赌，一决雌雄。偶尔这三位少爷也有搜肠刮肚找不到题目的时候，他们就一块儿打蔫儿，呆呆坐着仿佛染了鸡瘟。贾立久摸准了仨人的脉搏，也就有了偏方。他决定恭请四喜出山。

四喜离开清宫来到天津，落户城里二道街，跟小说家刘云若住邻居。俗话说人过中年日过午，然而嗜赌的四喜依然不甘寂寞，总想找个热闹儿，掺和掺和。贾立久登门拜访，正中下怀。四喜忘了矜持，当即应了这份差事。尤其是听说曹四公子酷爱打赌的事迹，四喜更是兴奋不已，颇有英雄找到演兵场的喜悦。选了一个黄道吉日，四喜穿上茶博士的行头出场，当即得了一个"碰头彩"。首先是曹四公子大喜，他喝着四喜亲手沏出的香片，优哉游哉就驾了雾，好比进了紫禁城，恍恍惚惚自己就成了皇上的兄弟鬼子六儿。物以稀为贵，既然废除了帝制，曾为太监的四喜身价反而遽增。如今共和了，普天之下还有谁人能够喝到太监沏出的香茶呢？

我。曹四公子乐不可支，一声吆喝，仨人就在桌子上码了一百块银圆，算是赏给四喜的见面礼。

四喜惊了，颇有重操旧业的感觉。他小心伺候着，不久就成了雅茗茶社的"缺宝儿"——那三位少爷已经离不开他了。

话说到了西历一九三一年。进伏之后，天气异常，号称小扬州的天津居然连日干热而不见雨丝。天津人对老天爷极为不满，却又毫无办法。

这天的晌午，雅茗茶社经理贾立久嘴里喷着热气站在门口的凉厦下，看着马路上蒸腾而起的热浪，心里寻思着那三位大贤人怕是不会露面儿了。这样的热天儿，躲在深宅大院里消暑，比哪儿都强。身材肥胖的贾立久这样想着，从冰壶里拎出一瓶儿梅汤，一扬脖子——咕咚咕咚灌了下去。

大汗淋漓的狗嗉儿气喘吁吁跑进雅茗茶社。贾立久立即放了一个响屁。狗嗉儿故意一惊一乍："哪儿打雷啦？八成是要下雨啊！"

狗嗉儿本是名门之后，自从爹娘去世，他就成了没人管束的"无乐忧"，抽上了"白面儿"。此君整天东奔西逛，四处打游飞，没有正经事由。俗话说猫有猫道，鼠有鼠道。狗嗉儿年纪轻轻，全凭自己的口舌腰脚混日子。你看他天天在南市大街上乱窜，其实那是给自己找饭辙呢。

贾立久不搭理这个"白面儿"。狗嗉儿并不介意，使劲儿嘬了一口烟屁股儿，一拍大腿说道："您知道我跟汤公雨打了一个大赌吗？七月二十三正午十二点，他说有雨，我说没雨。输赢可是五块大洋啊！"

贾立久定定注视着狗嗉儿："汤公雨是谁啊？"

"七月二十三我跟汤公雨赌雨，这事儿敢情您没听说啊？"狗嗉儿颇为失望地摇了摇枣核儿脑袋，"你要是连汤公雨的大名都不知道，咱俩就没话可说了。"

之后，狗嗉儿坐在门前的阴凉里，合辙押韵唱起了天津的数来宝：

一有俩钱儿，我就烧包儿，

八月的天气我穿皮袄，

我爱戴：金丝眼镜美国便帽，

逢人开口我先笑，嘿！

为的是：露出嘴里的两个金牙套！


这时候一辆黑色奥斯汀小轿车吱的一声停在华楼门前。狗槟儿好似一条闻见肉香的细狗，起身蹿出雅茗茶社，扑向前去。

狗槟儿点头哈腰拉开奥斯汀的车门，好似大饭店的伯役。

这时候从车里缓缓伸出两只锃亮的黄色皮凉鞋。贾立久认识这双金贵的皮鞋，连忙迎上来。

狗槟儿抢在前面："曹四公子，您哪看这大热的天儿。我这儿给您遮着太阳哪！您请您请……"

长得又细又长的曹四公子身穿一件丝绸长袍，走出轿车使劲儿跺了跺脚，然后定睛看着狗槟儿："你——谁呀？"

说罢，曹四公子由贾立久引路，快步走进雅茗茶社大门。狗槟儿迈步紧跟，被曹四公子身后的保镖伸手拦住。

呸！保镖往狗槟儿脸上啐了一口唾沫星子。

"谢谢您哪，大热的天儿您喷我一脸冰片。"狗槟儿抹了抹嘴巴子对保镖说。

这时候，一前一后又驶来两辆黑色小轿车——嘎吱一声停在雅茗茶社门前。

望着这阵势，狗槟儿乐了。这大热的天儿，曹四公子前脚进门儿，季二少爷和孙大官人后脚儿就到了。看起来今天必有一场恶赌。

季二少爷白白胖胖显得十分富态。孙大官人则是五短身材，脸上戴着一副黑色眼镜，不文不武的样子。狗槟儿迎上前去，大声问安。这两位少爷根本不睬，一步三摇走进雅茗茶社。

这时候，曹四公子坐在雅间里吼了起来："四喜呢？四喜跑到哪儿去啦？"

季二少爷阴阳怪气："八成是张勋复辟成功，四喜这小子又回到宫里去啦！"

孙大官人说："今儿没有四喜当证人，咱们怎么打这个赌啊？贾经理你立马儿把四喜找来！我这儿急着押宝哪。"

贾立久满脸堆笑："大热的天气，三位少爷万万不可着急。我现在就派人去找四喜。不知道三位少爷今天赌的是什么题目啊？"曹四公子快人快语："我说唱落子的大白玉花屁股上长了一颗痦子……"

季二少爷和孙大官人异口同声："没有！大白玉花屁股上根本就没长痦子！"

贾立久问道："依您二位的意思……"

季二少爷嘿嘿一笑："依我的意思，大白玉花屁股上长了一颗瘊子！"

贾立久转身走出雅间，吩咐候在门外的狗蔫儿："今儿你算是有了饭辙，赶紧把四喜给我找来！"

狗蔫儿乐了："人卖嘴，我卖腿，您就瞧好儿吧！"

狗蔫儿细狗一般蹿上大街，前去寻找四喜。

ς

赌徒四喜嗜食蒯记凉果，已然成癖。尤其是进了热月，倘若一天不食，就好像犯了烟瘾，一派无精打采的样子。糯米凉果本是江南小吃，落户津门的蒯记凉果则极力迎合"卫嘴子"的馋猫儿习性，在"甜、黏、凉"三字上狠下功夫，渐成本埠一绝。人们私下议论，四喜嗜食凉果，就好比男人好色。四喜的裤裆里没了事由儿，浑身上下，只有一张男人嘴巴。凉果就成了他娘儿们。四喜也懂得这个道理，花钱找日本大夫镶了一口好牙，死吃。

9

睡醒了晌午觉，四喜一睁眼就想起了凉果。洗脸漱口，他一步三摇走进蒯记蒸食铺。小伙计立即迎上前来，给他打着扇子。

四喜虚眍着一双小眼睛，稳稳落座，然后摆摆手："出汗吃凉果，越吃越败火。"

小伙计知趣，放下扇子，任凭四喜出汗。蒯记蒸食铺的掌柜蒯七，乐乐呵呵端来一盘什锦馅凉果："四爷，今儿的凉果总共十八种馅儿，您老慢慢品着。"

小伙计站在门外扯着嗓子大声吆喝："蒯记凉果，好吃败火！这位爷，您里请！"

四喜喝了一口杏仁茶，食欲大振。他伸出筷子，夹起一个凉果。

吱呀凳子一响，桌子对面坐下一位食客。四喜并不抬头，缓缓将凉果放进嘴里，使劲儿一咬。一股爽口的清香立即在口中弥散开来。

四喜知道这个凉果是西瓜馅儿的。

味道很好。四喜运足一口气，又从盘子里夹起一个凉果。

"这个是枣泥儿馅的。"坐在桌子对面的食客手里端着一碗茶汤，轻声说道。

四喜仍不抬头，放在嘴里一嚼，果真是枣泥儿馅的。

"咦？"四喜抬头看了看对方。

这是一个眉清目秀的中年男子，胖胖腌腌的身穿月白色绸褂绸裤。

中年男子微微一笑，说第三个凉果是红果馅儿的。

四喜恼了："这第三个凉果要不是红果馅儿的呢？"

对方避而不答，继续说道："第四个是豆沙馅儿的。第五个是桂花馅儿的。"

四喜不言不语，伸出筷子将第三个凉果夹开，摆在盘子里。

果然是红果馅儿的。

四喜站起身来，仿佛磨道上的驴——围着桌子转了一圈儿，又坐下了。

身穿绸褂绸裤的中年男子却起身离开桌子，朝着门外走去。

四喜弯着虾米腰追出两步："这位爷,请留步。"

"第六个是白糖芝麻馅儿的。"对方站稳脚跟,回头说道。

四喜嘿嘿一笑："这位爷,您说的要是不对呢?"

"即使说得不对,也不至于有枪毙的罪过吧?"

四喜稳稳当当坐在桌前,伸手指着盘子里的凉果："是啊,区区小事,犯不上动刀动枪的。今天算是你我有缘。咱俩打个赌吧!"说罢从怀里掏出一张官银号的银票,拍在桌上。

身穿绸褂绸裤的中年男子连连摆手："不敢不敢,这大热天儿的让我赢您的钱,真是不好意思啊!"

四喜的脸色腾地泛紫,一字一句说道："天津卫这地方,最腻味吹大梨的人。开局之前我倒想问一问,今儿您身上带了多少银圆啊?"

"如今是国民政府啦,出门儿身上带着银圆,忒沉。交通票儿跟银圆一块兑一块,等值。"

四喜嘟嘟哝哝说银圆是银的交通票儿是纸的,然后抬手招呼小伙计摆局。

小伙计连忙送上来一摞白瓷小碟儿。四喜伸出筷子,往一个小碟儿里摆了一个凉果。

总共摆了四个小碟儿。

四喜猛然抬头："这位爷,您画码子吧。"

身穿绸褂绸裤的中年男子伸出右手食指,蘸着茶水往桌上写字儿,给那四个小碟儿依次编了号码。

肆。伍。陆。柒。

四喜问怎么个赌法。

身穿绸褂绸裤的中年男子说："我若是说对了,赢您一块银圆;我若是说错了,输您两张交通票儿。这就叫赢一输二。"

"你玩得太小啦。一块改成十块!"四喜的口吻很是轻蔑。

这时候,社址设在南市大红楼妓馆里的《国事报》记者骆小山大步走了进来。这是一个盼望天下大乱而且趁乱赚钱的人。他咧开大嘴哈哈笑着，立即张罗起来。

蒯记蒸食铺的掌柜蒯七，成了赌局的公证人。蒸食铺的小伙计最爱热闹，挤到桌前呼啦呼啦打着扇子。骆小山大声说，开局开局。身高腿长的蒯七坐在桌子当央，一派庄重。

蒯七说道："四爷在南市无人不知。这位爷，我请教您哪尊姓大名？"

身穿绸褂绸裤的中年男子蘸着茶水在桌上写了一个"汤"字。

四喜奸奸一笑，讽刺道："菜还没见呢，汤先上了桌子。"

骆小山一旁推波助澜："开赌吧开赌吧！我这儿等着采访赢家哪。"

"开啊。请汤爷押题。"蒯七伸手示意。

汤姓男子说："我押题啊？我押第四个凉果是豆沙馅儿的。"

蒯七伸出筷子使劲儿一夹，露出诱人的豆沙馅儿。四喜脸色一暗。

蒯七："先过码子还是接着赌？"

四喜啪的一声拍在桌子上一张银票。

汤姓男子笑了笑，说第五个是桂花馅儿的，第六个是白糖芝麻馅儿的。

蒯七手中的筷子夹开第五个凉果，桂花馅儿的；夹开第六个凉果，白糖芝麻馅儿的。

四喜怔了怔，低头寻思着。

蒯七连连摇头："神了神了。四喜爷，天不早了，您哪赶紧打道回府吧。"

四喜说："不急。我这是一张一百块钱的银票。"说罢伸手指着桌上的小碟儿："我想问问这位汤先生，这第七个凉果是吗馅儿的？你要是说对了，这张一百块的银票就全归你啦！你要是说错了，就得撂下两百块大洋！"

汤姓男子脸上闪过一丝悲悯神色："您这大半辈子宫里宫外的也不容易。我不愿意赢您钱。这张银票您哪赶紧收起来吧。今儿咱们只作笑谈啦。"

四喜小眼睛一瞪："赌得起，就赌。赌不起，就明说。你用不着装成孔夫子手下的大贤人！说吧，第七个凉果是吗馅儿的？"

"您要是非把这张银票输给我，我可就受啦。"

四喜说："你闲话少叙，赶紧说这第七个凉果是吗馅儿的！"

汤姓男子拱了拱手，说了一声得罪："我告诉您吧，这第七个凉果，没馅儿！"

四喜嘿嘿乐了："蒯记凉果没馅儿？姓汤的这回你是输定啦！"

蒯七伸出筷子，夹开摆在碟子里的第七个凉果。

果然真的没馅儿。

四喜气得一拍桌子："蒯七！你的凉果敢情都做成死疙瘩啦？你这不是存心糟践我钱吗？"

蒯七连声喊冤："您是说我做了手彩儿啊？"

骆小山拍着大腿尖声叫道："神啦！今儿我算是遇到转世的诸葛啦！汤先生汤先生您留步，请问您是跟谁学的这套神算大法呀？"

汤姓男子微微一笑，然后喝了一口茶水，起身告辞。

太监出身的四喜脸色煞白，他摇摇晃晃站起身来，一头栽在桌前。

## 1

四喜中风不语的消息传到雅茗茶社，正是黄昏时分。

狗褴儿添油加醋将四喜兵败蒯记蒸食铺的故事讲得一波三折，仿佛来了天兵天将。曹四公子挥了挥手，问狗褴儿跟四喜打赌的那人究竟是谁。

狗褴儿大声说："汤公雨呀！"

汤公雨？没人知道这个名字。

孙大官人按捺不住，敲打着桌子说道："四喜居然被一个无名之辈弄得中风不语！莫非那个汤公雨有三头六臂啊？"

曹四公子端起茶盅，品咂着："大白玉花屁股上是痦子是瘊子还没弄明白，这又冒出一个汤公雨来……”

季二少爷站起身来，指着狗褴儿的鼻子说：“你现在就把那汤公雨给我宣来！我非要见一见这个花脸狗熊到底什么模样！”

狗褴儿龇牙一乐：“禀报三位爷，后天就是七月二十三，正午十二点钟我跟汤公雨当场赌雨！嘿嘿……”

曹四公子立即兴奋起来：“赌天赌地，我还没赌过玉皇大帝放屁……”

这时，贾立久拎着铜壶走进雅间：“三位爷，汤公雨来啦！此时正坐在楼下跟一群闲人煮茶论英雄哪。”

曹四公子听罢站起身来，哈哈大笑。

贾立久立即说，汤公雨虽然人称打赌大王，其实只是个名不见经传小人物。三位公子倘若跟这种角色打赌，恐怕有失身份。

孙大官人不以为然：“当年袁大总统回到彰德府，还喝河南的胡辣汤呢！”说罢起身出了雅间，大步咚咚下楼去了。

季二少爷更是心急，紧跟着孙大官人跑下楼去。

曹四公子嘿嘿笑着，说大白玉的花屁股暂且不论，先看看楼下的那个打赌大王到底是什么货色。

就这样，三位公子哥儿为了一睹汤公雨真颜，屈尊走下楼来，心甘情愿从阳春白雪变为下里巴人。贾立久当然不敢怠慢，一串小碎步儿前面引路。

夕阳西下，雅茗茶社的大堂里渐渐有了六成茶座儿。只见大堂门口一张圆桌前聚了一群吆五喝六的闲人，已经喊破了嗓子。

“输一块，赢两块，谁愿意打赌就把钱押在桌上！”

一个胖胖膪膪的中年男子，被众人围坐中央，闭目养神。

贾立久挤上前去：“押的是什么题目啊？”

一个瘦脸汉子伸手指了指茶馆门外的大街。

雅茗茶社对面，一街之隔正是广济堂大药铺。药铺门前一派阴凉，阴凉里站着一个尖嘴猴腮的报童，正在大声叫卖《北洋日报》。

天热，买报的人不多。报童喊得声嘶力竭：

"看报，看报，看《北洋日报》！今年大旱，九河见底，晒死了蛤蟆，晒干了王八！"

雅茗茶社大堂上，被人们围坐中央的那个白白胖胖的中年男子，正是打赌大王汤公雨。

一个满脸横肉的汉子，啪的一声将一块大洋摆在桌上，粗声大嗓押出题目：

"汤先生，我说下一位来买《北洋日报》的，是两条腿走路的老爷儿们！"

人们轰地笑了："是啊，这年头哪有老娘儿们上街买报的！"

满脸横肉的汉子大声说："跟呀！你们这群废物，跟呀！"

人们都知道，满脸横肉的汉子押出的这个题目，胜率很高。于是，就纷纷跟随，一人一块大洋摆在桌上，满桌押的都是"两条腿走路的老爷儿们"。

"汤先生，我们十三个人都押两条腿走路的老爷儿们！您也该亮一亮牌子啦？"

汤公雨这才睁开眼睛，伸出目光定定望着大街对面的那个声嘶力竭的报童，然后缓缓说道："你们都押上码子啦？依我看呀，下一位来买《北洋日报》的绝不是两条腿走路的老爷儿们。"

瘦脸汉子急声催道："您押一个题目！您押一个题目！"

汤公雨笑了："你们一输再输，我真不好意思赢你们钱啦！"

满脸横肉的汉子一拍桌子："汤先生，我这人说话口粗，您也用不着拿肚脐眼儿米糊弄我们！"

汤公雨只得苦笑："好吧，那我押个题目吧，我押下一位来买报的，是一个脚不沾地的小男孩儿！"

脚不沾地的小男孩儿？这题目可真够各色的。人们颇为惊诧，立即将目光投向大街对面的报童。

报童继续叫卖着，却一时没人前来买报。

满脸横肉的汉子似乎看见了金光，大声喊道："我加棒啦，押十块大洋！"

瘦脸汉子见状，也跟着高喊"十块大洋"。

汤公雨说："俗话说，不见兔子不撒鹰。你俩怎么没见棺材就掉泪呀？"

话音刚落，只见大街上一辆胶皮由东向西慢慢悠悠驶了过来，稳稳当当停在报童近前。胶皮就是人力车。北京称为"洋车"，天津则称为"胶皮"。果然，胶皮上坐着一个绸裤绸褂的男孩儿，细皮嫩肉的样子，显然出自衣食无虞的富足人家。这男孩儿从车上探出身子，手里举着一枚硬币奶声奶气朝着报童喊道："喂！喂！我买一份《北洋日报》。"

顿时，雅茗茶社大堂里一派沉寂，仿佛成了坟地。满脸横肉的汉子与瘦脸汉子，面面相觑。自从南市发祥，还从来没有见过小孩儿坐着包月车上街买报。今日仿佛童子下凡，暗助汤公雨一臂之力。

沉寂之后，输了钱的汉子们大声咒骂起来。

"真他妈的邪门儿！车上那私孩子是从哪儿冒出来的？"

"奶奶的，今儿的钱输得真是堵心！"

汤公雨不言不语，伸出胳膊将散在桌上的银圆收拢起来，然后抬头朝着贾立久招了招手。

贾立久立即走上前来。

汤公雨微微一笑，告诉贾立久将几十块银圆存在柜上，留作日后零用。说罢，汤公雨起身告辞。

"慢着！"曹四公子终于起身，大步走上前来。

贾立久心里暗暗叫道，今儿的大轴好戏，总算开了锣。

汤公雨停住脚步，笑眯眯看着曹四公子："这位大人，您有什么指教啊？"

曹四公子围着汤公雨转悠了一圈儿："听口音你不是此地人啊。老西儿吧？"

胖胖腇腇的汤公雨笑眯眯答道："土生土长天津人。只是前几年走南闯北，口音杂啦。"

曹四公子听罢，神情疑惑起来。

这时季二少爷端着茶盅踱将过来，漫不经心说道："就是你跟四喜打赌，把他气得中风不语啊？本事不小！今儿天色还早，我看你也不用急着回家蒸饽饽，再出一个题目吧，咱们接着押赌！"

汤公雨摇了摇头："小人告辞啦。"

曹四公子怒了，啪地一拍桌子。

汤公雨不卑不亢，说茶馆里押赌本是一件趣事，必须是双方乐意才成；若不是双方乐意，就不成趣事了。

听到这里，孙大官人终于按捺不住，起身问道："这么说，你是不乐意跟我们押赌啦？"

汤公雨和颜悦色："俗话说贫富不共舟，贵贱不同席。小人贫贱，不敢跟三位大人坐而论道。"说罢拱手告辞，大步离开雅茗茶社。

茶馆轰的一声炸了锅。初遭败绩的赌徒们一致认为汤公雨这人又臭又硬，用天津卫的俏皮话来说，是狗肉包子——上不了宴席。

曹四公子指着汤公雨远去的背影说："贫富不共舟贵贱不同席？穷酸！咱就愿意跟这种又穷又酸的文人较劲。"

季二少爷很是愤怒："九河下梢天津卫，我还没见过这种不识抬举的玩意儿！"

孙大官人端着大少爷的架子说："嗨！不就是打赌吗？无论输赢我先押给他半个山东省！"

狗檖儿凑上来故意卖关子，说："您三位爷要是赏脸跟他打赌啊，那真是他前世的修行，今世的造化。可是这汤公雨啊，天生就是牵着不走打着倒退的脾气。您越是大人物，他越是不愿意跟您打赌。您要是赏我一双鞋钱，我现在就去找他！"

贾立久及时走上前来大声说道："三位少爷不就是想跟汤公雨打赌吗？小人愿意效劳。"

曹四公子放声说："我必有重赏！"

17

狗黻儿眼瞅着贾立久抢了自己饭碗，急忙说："七月二十三正午十二点……"

　　贾立久哈哈一笑："三位少爷，到时候你们就赌好吧！"

　　门外大街上，报童大声喊道："看报，看《北洋日报》！唱落子的大白玉花昨天服毒自尽啦！"

## 5

　　不费吹灰之力，贾立久就找到了汤公雨的住处。令这位茶馆经理感到意外的是汤公雨居然没家，他常年包房，住在正兴旅馆二楼的套间里。旅馆经理低声告诉贾立久说，汤公雨已经住了三个月，不知是尖盘还是腥盘。

　　江湖春典，"尖盘"是真，"腥盘"是假。贾立久佯装不懂黑话，径直走上二楼。

　　汤公雨双目微闭跪坐佛龛之前，似乎正在诵经。

　　天气干热。贾立久轻手轻脚走了进来，只觉得屋里一派清凉。汤公雨身穿一件灰布长袍，以静制动，竟然为自己营造了一个清清爽爽的小天地。

　　贾立久心中颇为惊奇，不知此公是佛是道。

　　汤公雨缓缓睁开眼睛，看到贾立久之后，微微一笑。

　　贾立久立即说明来意。

　　汤公雨听罢，朝着贾立久微微摇头，表示怀疑。

　　贾立久说："汤先生您以赌为生，我呢慕名而来，咱们定下一个题目，你我立据押注就是了。您为何拒之门外呢？"

　　汤公雨不置可否，闭目养神。

　　贾立久又说："七月二十三正午十二点钟您不是跟狗黻儿赌雨吗？我跟着加棒挂扉子就是啦。"

　　汤公雨睁开眼睛："加棒挂扉子？你身后有人吧！"

贾立久答:"我身后有人没人,姑且不论。狗蒢儿跟你赌雨,十块大洋吧?我加他的棒,挂他的扁子,跟上一千块银圆。"

汤公雨拊掌说道:"贾经理您加棒挂扁子,张口就是银圆一千块,反宾为主啊!我看你是谁的饭都敢吃,谁的钱都敢花啊。"

"汤先生,我看您干脆甩了狗蒢儿,咱们一对一吧!"贾立久凑上前来,"我现在就去请中人,你我当场立了赌据,行吧?"

汤公雨微微颔首,似是应允了。

贾立久咧开大嘴,乐了。他出了正兴旅馆抬腿就跑,去请蒯七充当中人。

蒯七知道这场赌局的幕后人物乃是曹四公子,一路上连声推辞,说锅小煮不了大棒槌。贾立久说秃子当和尚——将就材料。蒯七无话可说,只得应命。

正兴旅馆。蒯七身为中人,操笔为双方立下赌据。赌期七月二十三正午十二点钟,赌金是银洋一千元。至于聚赌的地点,汤公雨提出设在东门里。贾立久笑了。今年是百载不遇的大旱之年,莫说东门里,就是西门外也照样天旱无雨。因此,贾立久对聚赌的地点毫无异议。这位茶馆的经理心中十分清楚,自己只不过是曹四公子的替身而已。打赌输了,输的也是曹四公子的银子;打赌赢了,曹四公子必有赏金。充当这种替身,旱涝保收。

赌据上白纸黑字写着汤公雨押宝的题目:七月二十三正午十二点钟,有雨。

贾立久押宝的题目则是:七月二十三正午十二点钟,无雨。

蒯七让双方在赌据上签字画押,然后哈哈大笑,说昨天四喜打赌中风不语,躺在床上扎着针灸还念念不忘七月二十三,说宁愿搭上老命也要挂扁子——赌。

汤公雨听罢,默然。

贾立久小心翼翼捧着墨迹未干的赌据,出了正兴旅馆。只听一声断喝,《国事报》记者骆小山拦住贾立久的去路,非要他说出事情的底细。贾立久东躲西闪还是摆脱不得，只好将汤公雨应战的消息，告诉了骆小山。

"这可是一条能卖大价钱的消息啊！"骆小山大喜。

贾立久叫了一辆挂着六国捐牌的胶皮，催促车夫一路小跑儿来到坐落在英租界巴克斯道上的曹公馆门前。

曹公馆是一座深宅大院，树木参天，绿水荡漾，规模宏大不亚于北京的恭王府。贾立久进了曹公馆，沿着长廊走得气喘吁吁，这才来到曹家花园。这时，曹四公子季二少爷孙大官人聚坐在凉亭里品着巴西咖啡，等候着贾立久的消息。

茶社经理的到来，不啻吹来一股清凉之风。

曹四公子看着墨迹方干的赌据，不禁大喜——随手就将那只白银咖啡杯摔在地上，高声说道："要说咱是公子王孙，他是一介草民，老鹰跟家雀儿压根儿就玩不到一个笼子里。可谁让他号称打赌大王呢？我就赏他一个面子，跟这小子赌上一局。"

"华北连年大旱，九河都见了底，哪儿有什么雨啊？"季二少爷更是得意，"赌雨呀我看这个打赌大王必然要输得提着裤子进当铺。"

孙大官人嘻嘻一笑："七月二十三正午十二点钟有瓢泼大雨？我看除非汤公雨是一只成了精的乌龟，能够兴风作浪，呼风唤雨。"

贾立久连声奉承："我能为三位少爷效力，真是三生有幸。七月二十三那天，三位爷一定是旗开得胜，马到成功啊！"

贾立久到账房领了跑道儿的赏钱，立即前往小白楼的"圣彼得堡"，逛俄国窑子去了。据说那位名叫维佳的"洋茶壶"乃是当年尼古拉沙皇的远门表弟。

曹四公子与汤公雨设擂打赌的消息，当天就传遍天津卫的大街小巷。《国事报》刊出骆小山大字标题文章：上赌天，下赌地，曹四公子赌雨创世纪。

坐落在海河以北的意大利租界著名赌场——回力球场，立即派出一个名叫帕努里奇的经纪人前往曹公馆，对这场越炒越热的赌局极为关注。帕努里奇操着半生不熟的中国话表示愿意"加棒，挂扉子"，参与这场赌事。

曹四公子哈哈大笑，说这只是一场小打小闹，真正的大题目还在后头呢。

帕努里奇留下名片，过了海河回意大利租界去了。

就这样，天津卫的老少闲人们伸长脖子，做王八瞪蛋状——静待华历七月二十三日的到来。

立下赌据的第二天，一大早儿正兴旅馆的经理噔噔噔前来叩门，催促汤公雨交付拖欠的房钱。

汤公雨开门之后，板着面孔说："莫说这月的房钱，到了七月二十三那天，我余外赏你一百块大洋……"

旅馆经理不信："您别是大梨吧？"

"我要是大梨，您就是财迷。"

旅馆经理屈指一算，离七月二十三只有两天光景，就说静候佳音。

下晚时分，骆小山风风火火闯进正兴旅馆，大声嚷嚷着说大战之前要独家采访打赌大王汤公雨。

汤公雨喝了一口茶水说："骆先生你先别闹哄，明天咱去英租界的维格多利，我请您喝威士忌。"

"您唱的这是哪一出啊？"骆小山眨着一双三角眼问道。

## 6

天津有民谣云：北城富，东城贵，南城贫，西城贱。所谓东城贵，是说这里衙门林立，什么府署啊运署啊盐署啊，河关啊海关啊道关啊，满街都是官帽翅儿。而东门里大街两侧，也多为高官显贵的宅子，气氛不同寻常。自从有了租界，东门里的豪门大户便纷纷迁居——仿佛只有住进英法德意的地盘，心里才踏坦，肺里才舒坦。于是，东门里失血。

未出三年，东门里便瘦成一只鸡灯。不过，也有不愿挪窝儿的，守

21

着祖宅，岿然不动，颇有与老城同归于尽的气节。其实，举凡这种宅门儿，往往家道中落，手足已僵，就是想动也动弹不得。

呼家大院正是如此。

十几年来，这座曾经名声显赫的深宅大院里，树木萧索，荷塘干涸，墙垣斑驳，门庭冷落，早就没了当年气派。俗话说瘦死的毛驴比狗肥。虽然家道中落，气脉却不曾尽消，一呼一吸，就这么凑合活着。

话说华历七月十五这天傍晚，一辆白色轿车不声不响驶进呼家大院的后门。

呼子流回来了。

入夜，熄灭多年的十八盏游廊灯笼悄然亮起，多年不见的佳肴美酒，摆满四张八仙桌子。葡萄架下，久违的家宴令呼家老少三代激动不已。津门呼氏遭人轻视多年，今日终于出现转机。

呼氏大长孙呼子流，年近五旬。他远走上海混迹沪上，多处从事投机生意。今年他交了好运，一口就吃成一个胖子。暴富之后呼子流不忘还乡显贵，携带巨款返回津门故里。全家夜宴，酒过三巡，菜过五味，呼老太爷面对满堂儿孙，唏嘘不已。

呼子流连饮三杯，当场发誓：一定要重铸呼氏辉煌，再振津门雄风。

呼老太爷今天七十有八。辛亥革命多年，他脑后仍然拖着一条辫子不剪，人称"呼大辫子"。这位呼大辫子自幼嗜赌成性，呼家祖业二十年前就败在此公手里，从此一蹶不振。今年七十有八的呼老太爷，听了自沪返津的大长孙呼子流的豪言壮语，好似见到重现辉煌的曙光，激动得不禁号啕大哭。呼氏家族的男女老少纷纷停箸陪哭，场面很是壮观。

呼老太爷泣道："子流，呼氏中兴，全凭你一人啦！"

之后，接连五天呼子流按兵不动。

七月二十一日，临近正午时分，一辆白色轿车从呼家大院驶出，直奔坐落在英租界上的维格多利大酒店。

金碧辉煌的维格多利大酒店，属于天津的上流社会。这里华洋杂处，什么鸟儿都有。轻歌曼舞之处，既有中国的达官显贵，也有俄国的流亡将军。灯红酒绿之中，一掷千金者往往是一文不名的骗子，少言寡语者兴许是来自北京的王爷。雅间角落里，放浪形骸的金融大亨，股票踏空顷刻之间就变得囊中羞涩。大厅散座中，手捧一杯红茶的精明捎客，谈笑风生眨眼光景就赚到一笔巨款。英人经营的维格多利，分明是一个真真假假虚虚实实的世界。即使如此鱼龙混杂，在天津人的心目之中，无论男女老少只要能够进入维格多利的大门，就说明你是个人物。

这便是维格多利的价值。

白色轿车吱的一声停在维格多利门前。西服革履的呼子流，鼻子上架着美国眼镜，脖子上勒着英国领带，手里拎着日本文明棍儿，一身列强味道。他风度翩翩走进维格多利大门。天气很热，大厅里却是一派凉爽。

呼子流面带笑容，目光之中却含着几分卷土重来的傲气。

侍者立即迎上前来，却不知这位先生来自何方。呼子流并无愠色，临窗落座之后只点了一杯清咖啡，细呷慢品。

大堂领班也看出呼子流面孔陌生，就满脸堆笑来到桌前。

"你不认识我啊?"呼子流突然发问。

大堂领班十分谦恭，鞠躬答道:"抱歉。我在这里当了三年领班，太太们先生们都是说我有眼不识泰山……"

"五年前我是二楼雅间的常客啊。"呼子流大发感慨。

领班说今天二楼雅间全都客满。

呼子流问大厅里今天坐了多少客人。大堂领班放开目光数了数，禀报说六十几位。

呼子流笑了笑，告诉领班说这六十几位客人今天的开销统统记在自己账上。然后他起身放声对大厅里的顾客说道:"太太们先生们，打扰你们了。敝人呼子流。七月二十三是我祖父呼老太爷七十八大寿，届时我在天津东门里呼家大院设宴七十八桌，敬请朋友们赏脸光临!"

维格多利大厅里一派安静。呼子流继续朗声说道:"敬请诸位徒手

23

赴宴，呼宅谢绝一切寿礼！望各界新朋旧友见谅。"

呼子流说出谢绝一切寿礼，大厅里立即响起一阵掌声。原来天津这地方有句俗语叫作"飞帖打网"。说的是官宦人家以操办红白大事为由，漫天撒网，滥发请帖，届时广泛收礼，以此手段聚敛钱财。今日呼子流振臂一呼，竟然发出"谢绝一切寿礼"的喊声，维格多利大厅里的顾客虽然三教九流，却也为之惊讶。

呼子流将一沓粉红色请帖交给大堂领班，令其当场散发。

此时，坐在大厅角落里喝着英国威士忌的汤公雨站起身来，低声对骆小山说："今天我请你到这儿来，就是为了让你一睹呼子流先生的风采。"

这位小报记者十分不屑："呼子流在上海做了几年投机生意，赚了几个糟钱儿，回到天津就烧得难受，造呗！"

汤公雨听罢不以为然，他率先大步走上前去，笑吟吟从大堂领班手里要了三张粉红色帖子，然后朝正欲离去的呼子流拱手说道："呼公子，小人能够得到贵府的请帖，真是三生有幸！您谢绝一切寿礼，又令我们难以表达心意啊！"

呼子流笑了笑："子流意在重振家门雄风。先生贵姓？届时您务必光临吧。"

汤公雨手里拿着三张粉红色请帖，款款走回大厅角落里的座位，对正在喝酒的骆小山说："呼老太爷当年是天津有名的大盐商。赌场上一败涂地。这次呼子流从沪返津是想重振家业啊！"

骆小山似乎有所领悟："哎，你怎么知道呼子流今儿上这儿来啊？"

汤公雨抚摸着那三张粉红色的帖子，爱不释手："不虚此行，真是不虚此行啊。"骆小山思索着说："你把赌雨的地点设在东门里，今天又接了呼家的请柬，八成你是要唱草船借箭吧？"

汤公雨正色道："你愿意当鲁子敬？告诉你天机不可泄啊！"

于是，两人举起酒杯会心一笑，扬起脖子——咕咚咕咚干了。之后，他们一口气又连灌三杯。

大堂领班走到桌前十分谦恭地告诉这二位先生,威士忌酒讲究细品慢咽,方能余香满口回味无穷。

骆小山举起瓶子喝了一口说:"今天是呼子流结账,老子爱怎么喝就怎么喝!"

大堂领班只得走开了。

骆小山喝得烂醉如泥。汤公雨叫了一辆挂着六国捐牌的胶皮,拉着这具活尸回了华界。

第二天,英文的《天津泰晤士报》在四版下角报道了华界绅士呼子流先生在英租界维格多利大酒店,散发祖父寿宴请柬的消息。可惜天津华界人士认识英文的毕竟属于少数。租界人士读了这条关于华界的新闻,又往往无动于衷。

这天中午时分,家住英租界德寿别墅的天津百通银行董事长卞丽莎女士,读到《天津泰晤士报》上关于呼子流的消息。这位自幼接受英式教育且家财万贯的少妇,走到阳台上自言自语说:"天津华界的男人真有意思,站在公共场合振臂一呼,竟然把一群素不相识的人请到家里参加祖父的Party。莫非这就是孔孟之道……"

初患厌食症且精通英文的卞丽莎,乃是已故银行家查理的遗孀。盛年寡居,卞丽莎渐渐嗜赌。英租界的赛马,意租界的回力球,法租界的大转盘,华洋两界的六合彩……几乎占据了卞丽莎的全部生活。每天清晨睁开双眼,头一件事情就是阅读女佣送来的《晨报》。她先读二版上的"马经",再看四版上的"彩号"。赢了,她就号啕大哭,输了,她就放声大笑,仿佛一个神经错乱的女人。无论输赢,每天早餐之后卞丽莎便急不可待地拨通博彩公司的电话,精神亢奋地投入下一轮赌注。

去年,卞丽莎相中一匹名叫"警察"的英国赛马,频频下注,输多赢少。今年以来她又转向意租界的回力球场,将大宗赌注押在一位名叫保罗的球手身上。近来保罗竞技状态极不稳定,令人揪心。

卞丽莎又玩起了万国彩票。

此时卞丽莎并不知道,她的天津百通银行距离破产已经不太遥

25

远了。

*7*

经过《国事报》连篇累牍的大肆渲染，七月二十三已经成为一个节日。天津城里的好事之徒，无不翘首以待。

七月二十三这天一大早儿，一大群远道赶来"加棒挂扉子"的赌徒，聚集在东门的古牌楼下，活像是一群千里赶考的举子。天津人好热闹全国有名，就说秋景天的斗蟋蟀吧，俗称"下圈"。一只泥盆儿里一楚一汉，双方刚刚投下赌注，加棒挂扉子的赌徒就里三层外三层，围得密不透风。有时竟然高达一二百人——颇有十面埋伏的气势。最终，自然有人随着沛公获胜而赢了银子，也有人殉了项羽，落得四面楚歌。

天津人，赌的就是这么一股子半生不熟的血性劲儿。

七月二十三这天的赌局，却不同以往。

汤公雨与贾立久会首的地方，设在东门脸儿的中立园菜馆。十一点钟，贾立久摇着芭蕉扇子就到了。东马路上炽气腾腾的，热得人疏车稀。中立园菜馆门面不大，坐西冲东。贾立久看了看一街之隔的惠利饭店。他知道三楼窗户朝西的房间从昨天晚上就被曹四公子全部包下。那三位少爷一心盼望今天正午十二点钟贾立久大获全胜。

私立的仁昌广播电台正在播送小蘑菇说的相声《龙凤呈祥》。大街上的人们听得哈哈大笑。一段相声过后，播音小姐预报天气，说晴。

聚集在古牌楼下阴凉地儿里的赌徒们，哼哼呀呀一阵欢呼。

狗檖儿打着一顶黑色阳伞，人群里游窜着。本来他是这场赌局的发起者，如今被贾立久撬了行市，反而成了加棒挂扉子的随众，当然很不甘心。狗檖儿站在中立园菜馆门前，嘴里骂骂咧咧，说大宋的江山原来本是柴荣的，赵匡胤陈桥兵变黄袍加身，抢了人家的皇位。

贾立久坐在中立园门口的凉椅上说："狗檖儿啊，我劝你别闹啦。今天的赌局乍看一方是他汤公雨，一方是我贾立久，其实大伙心里明镜

26

儿，这是楚汉大战啊，我只不过是曹四公子的影子而已。你呀赶紧找个没苍蝇的地方忍着去吧！"

"今儿楚汉大战啊？那我就应当是韩信！"狗嶷儿不听劝解，大声嚷嚷着。

贾立久指着自己的裤裆说："你要是韩信，就先从我这底下钻过去！"

十一点半钟的时候，蒯七乘坐一辆胶皮匆匆赶到。自从蒯七爷充当这场赌局的中人，名声大振，铺子里的凉果愈发成了俏货。

蒯七抬头看了看万里晴空："这天气，八成没雨吧？"

加棒挂扉子的赌徒们七嘴八舌，纷纷告诉蒯七，今天大家押的都是贾立久的题目：没雨。

蒯七哈哈大笑："我祝老少爷儿们开局得胜，大发财源！"

这时候《国事报》骆小山大驾光临，身后跟着十几位小报记者，一个个都是神头鬼脸的样子。

全神下界，只差汤公雨一人。

一辆胶皮疾驶而来。人们以为汤公雨来了，便咋咋呼呼迎将上去。

车到近前，人们惊得呀了一声——原来坐在车里的竟是中风未愈的四喜。

这位前清的太监身上披了一条夹被，颤颤抖抖抬起右手，嘴里含混不清："我加棒，押没雨，一百块袁大头儿……"

狗嶷儿跑上前来，说四喜是要赌不要命。

四喜坐在胶皮车上颤颤抖抖交出一张银票，又从蒯七手里接过写着一个"无"字的百元扉子。今天的赌局又是输一赢二。倘若正午十二点钟仍然一派晴空不见雨点儿，那么押了"无雨"题目的四喜必将赢得二百银圆。

万里晴空，艳阳高照。押"无雨"肯定是一笔好买卖。

中立园菜馆门前，蓦地一派静寂。贾立久闭目养神，心里寻思着即将到手的钞票。

人们高声欢呼起来。贾立久立即睁开眼睛。

汤公雨到了。

大热的天气里，胖胖腌腌的汤公雨居然没有坐车。他一步一撵，走着来到中立园菜馆门前，身上穿的丝绸大褂儿濕透了。

急不可耐的赌徒们终于盼到赌局主角的出场，群情振奋，居然齐声喊喝起来：

"老天爷，别下雨，赢了银子都给你！"

"老天爷，别下雨，赢了银子都给你！"

汤公雨依然一派福态，朝人们微微笑着。

贾立久迎上前来，摆出赌场老手的架势："汤先生，时辰快到了，这局是您唱还是我唱啊？"

汤公雨掏出怀表，看了看："贾经理，你吃了吗？咱们走吧。"

中人蒯七问道："汤先生，脚上没穿老虎鞋，你要往哪走啊？"

汤公雨揉了揉充满血丝的眼睛："往哪走？往吃饭的地方走啊。"

人们哄堂大笑。

汤公雨颇为不解："我又不是说相声的，你们笑吗？"

贾立久似乎胜券在握："吃饭？我看您还是往下雨的地方走吧。"

狗褴儿凑上前来，对汤公雨说："下雨？这晴空万里的。您就是走出两脚血泡，恐怕是也见不到一个雨点儿吧？"

"根本就用不着走出两脚血泡。"汤公雨十分诚恳地说，"朝西走，几步儿就到。到了地方咱们一边吃饭，一边看雨……"

贾立久嘿嘿一笑："一边吃饭一边看雨？走！只要您不是《水浒传》里的神行太保戴宗，我就能跟上您的腿脚。"

这场赌局的中人蒯七手里端着紫砂茶壶，饮了一口："时辰就要到了，说走就走吧！"

随着蒯七的一声吆喝，汤公雨和贾立久这两位冤家在众人的簇拥之下，朝着鼓楼方向走去。

坐在胶皮上的四喜，嘴里涎液直流，抬手指着远去的打赌大军：

"跟、跟、跟上啊……"

"您真是舍命不舍财，舍财不舍赌啊！"拉胶皮的小伙子回头说道。

四喜拼命喊着："我赢……我赢……"

真刀真枪，好戏就这样开场了。

东门里大街上，浩浩荡荡的打赌大军来到一座深宅大院的门前。

汤公雨停下脚步："到啦。"然后笑了笑说，"帖子有限，咱们只能进去仨人。"贾立久看了看门前站岗的警察，不禁愕然："这不是呼家大院吗？"

蒯七也是不解其意："是啊，这不是呼家大院吗？"

汤公雨说："没错，咱们来的就是呼家大院。"

眼前的呼家大院，旧貌换新颜。只见门前路旁停放着十几辆小汽车，无论黑色的白色的还是红色的，挂的都是租界牌照。平日紧闭的大门，今日是张灯结彩，一派热闹景象。一辆接一辆的胶皮车鱼贯而行，来到呼家大院门前。贾立久定睛细看，从车上走下来的客人，穿装打扮都是有头有脸的人物。

蒯七与贾立久面面相觑。

骆小山走上前来大声说："你们仨这是中了孙猴儿的定身法啦？该往哪儿去就赶紧往哪儿去啊！现在都快十二点啦。"

汤公雨从怀里掏出三张粉红色的请柬，朝着站岗的警察晃了晃，说道："贾经理，咱们进去吧！"

贾立久毫无思想准备，望着深宅大院，朝后退了一步。

骆小山尖声说道："蒯七，你是中人！这位贾经理怎么没上赌场就先尿啦？"

贾立久立即解释："我没尿！我只是没有想到，赌雨怎么赌到呼家大院来啦！"

汤公雨淡淡一笑："贾经理，你没想到的事情，还在后头呢。"

蒯七嘿嘿一笑："既然如此，我蒯七也就成了蒯彻，今儿咱们就唱一出《淮河营》吧！"

说罢，蒯七左手拉住汤公雨，右手位住贾立久，仨人肩并肩走进了呼家大院。

赌徒们被站岗的警察隔在门外，愣愣望着仨人的背影，不知如何是好。

呼家大院的影壁上贴了一个大大的寿字。

这时候，人们才弄明白，敢情今天是"呼大辫子"呼老太爷七十八岁大寿。

为了稳定军心，骆小山大声宣布："有雨没雨，不出半个钟头就见分晓啦！"

狗褴儿说："这是文昭关啊还是定军山啊？"

人们七嘴八舌，议论纷纷。这时一辆黑马驾辕白马拉套的四轮大车缓缓来到呼家大院门前。人们看出，这可不是一辆寻常的马车。只见车上摆着案子，支着炉灶，一应炊具，无所不有。车上，一个肥胖的厨师站在灶前，正在精心掐算着蒸锅里"娘娘鱼"的火候。

厨车上的蒸锅里，散发出一阵令人迷醉的清香。赌徒们呼啦一声围住这辆厨车，伸长脖子使劲儿吸气，全力嗅着——人间似乎从来不曾拥有这种来自天堂的味道。

呼家大院里走出四条赤着臂膊的大汉，身上挂着雨珠儿。为首的黑脸大汉走到车前，满脸严肃的表情，朝着车上肥胖的厨师大声说："大师傅，您这道清蒸娘娘鱼可是节骨眼儿上的大菜啊！"

肥胖的厨师哪敢怠慢，立即问道："水榭里现在是什么气候？"

黑脸大汉说："院里正下着小雨。等到正午十二点钟，就大雨瓢泼啦。"

肥胖的厨师说："只要雷声一响，你们抬起笼屉直奔水榭。记住啦，进了水榭就把笼屉摆在石头桌子上。记住啦，响第三声雷的时候，才能掀开笼屉端出清蒸娘娘鱼。记住啦，可万万马虎不得啊！"

聚在呼家大院门前的赌徒们，怔怔听着肥胖厨师与黑脸大汉的对话，如闻天书。

东门里大街烈日当空，呼家大院里竟然下起了毛毛细雨。这真是闻所未闻的怪事。

狗崽儿走到车前问黑脸大汉："院里现在正下小雨？您别是大白天撒呓挣吧！"

黑脸大汉擦了擦脸上水珠儿，十分鄙夷地说："白面儿，你懂得个屁呀！"

骆小山手里捧着一个小本子，埋头记录着："门外艳阳天气，院里一派小雨，诸葛巧借东风，莫非此言不虚？"

一支烟的工夫，从这座深宅大院里传出一阵响动。肥胖的厨师闭目静听，猛地挥手喊道："雷响啦，上菜啊！"

四条大汉闻声抬起热气腾腾的笼屉，高声吆喝着跑进呼家大院："回避啦回避！清蒸娘娘鱼来啦！"

聚在大院门口的赌徒们：你瞧我，我瞅他，他瞪你，谁也弄不明白这究竟是怎么一档子事儿。

骆小山一连抽了三根烟卷儿，默默不语。

呼家大院门外的东门里大街上依然一派艳阳。呼家大院里面竟然雷雨交加？真是让人摸不着头脑。赌徒们的心目之中的呼家大院，分明成了评书《聊斋》里的狐宅。

临近一点钟，呼家大院里先后走出三只"落汤鸡"：贾立久，蒯七，汤公雨。炽热的阳光下，浑身淋得精湿的贾立久出了院门就打了一个喷嚏，涕泪齐下显得十分狼狈。蒯七伸出双手抹着脸上的雨水，然后坐在路旁的青石上脱了湿透的鞋袜，身边立即渗出一摊水迹。

赌徒们仿佛变成一群木头人儿，呆呆看着这个神话般的场面。

骆小山蹲在路边问贾立久："真有雨啊？"

贾立久无可奈何答道："倾盆大雨。"

蒯七不忘自己中人的身份，他干脆脱去湿袄湿裤，只穿了一件裤衩大声宣布："正午十二点钟，有雨！贾立久输啦。押贾立久题目的随众，也都输啦！过午两点钟大伙在中立园菜馆门前聚齐，输家给赢家——

31

会账！"

四喜躺在胶皮上，无声无息好像睡着了。

一个挂了扁子的赌徒扑上前来："汤公雨这是变的哪家子戏法啊？我不服！"

蒯七湿袄湿裤说："这场雨，呼家大院里好几百号客人做证，没改啦！"

贾立久急着前往曹四公子的房间复命，左手拎着一双湿鞋，右手指着汤公雨说："这场雨，你下得好啊！我认输啦……"

骆小山冲到汤公雨面前："我的大赢家啊，我马上就写，明天见报！"

"蒯七爷啊！"汤公雨朗声叫道，"您是中人，现在您就给我会账吧，我带来了一条麻袋，放在中立园菜馆啦。"

蒯七应声说："汤先生放心，谁赢的码子归谁，咱这儿没一个滚赌的。"

汤公雨笑了。

呼家大院门前，本来胜券在握的赌徒们懵懵懂懂就输了钱，纷纷大骂起来。

"汤公雨，你小子说下雨就下雨，是一只双盖儿大王八！"

## 8

顶着东门里大街的毒日头，浑身精湿的贾立久一口气跑过文庙，蹿到惠利饭店门前。饭店的伯役吓了一跳，以为他是水鬼儿，刚从河里爬上来。贾立久登上三楼，径直进了曹四公子的房间，气喘吁吁禀报着。

曹四公子听罢，大感不解。

季二少爷一旁大声责问，偌大的天津城东西南北都是大太阳，怎么唯独呼家大院雷声不断大雨滂沱呢。

孙大官人嘲笑贾立久，说他分明掉进了东门里大街上的汤锅。

32

曹四公子终于火了，说了一声滚蛋，然后端起一杯热茶泼在这位败将身上。贾立久闻出这是碧螺春的味道，就点头哈腰退了出来。

精心策划的赌局，居然输得这样不明不白，曹四公子气得犯了胃病——午饭只喝了一小碗儿藕粉，然后坐上自己的奥斯汀小轿车，打道回府。

与此同时，骆小山风风火火赶回报馆，一屁股坐在桌前，埋头写了起来。这篇题为"汤贾之战，呼宅借雨"的文章，骆小山深知大人物冒犯不得，因此只字不提曹四公子。他只将这个令人难以置信的故事写得悬念迭起，高潮不断。文章写到中途，骆小山嘿嘿笑了，说偌大的天津卫只我一人知道真相啊。

赌雨获胜的汤公雨乘坐一辆胶皮回到正兴旅馆。他面带微笑走上二楼，车夫扛着一只鼓鼓囊囊的麻袋，气喘吁吁跟在身后。旅馆经理见状，也尾随着进了房间。汤公雨果然言而有信，当场交足拖欠的房钱，另外还赏了一百块钱。正兴旅馆开业三年从未见过如此"大手"的房客。经理心中顿生疑窦："这小子八成是拆白党吧？"

汤公雨关上房门独自坐在屋里，打开麻袋——数钱。

过了一袋烟的工夫，旅馆经理说是给汤先生沏茶，前来叩门。

只听屋里汤公雨吼道："滚蛋！谁也不许来搅扰我……"

旅馆经理讨了个没趣，只得拎着水壶退了下去。

第二天上午，汤公雨雇了两辆胶皮，一辆拉着人，一辆拉着那只鼓鼓囊囊的麻袋，直奔盐业银行。这只麻袋里既有银圆也有钞票。这钱反正全是赢的，他一股脑儿都存上了。为了防盗，他用自己的英文名字开户：亚当斯。坐在柜台里的银行练习生毛嫩儿，从未见过扛着麻袋前来存款而且用英文名字的客户，就呆呆注视着汤公雨。

汤公雨很是得意，用英语问练习生："你知道我昨天赢了多少钱吗？"

练习生用结结巴巴的英语说："先生祝您好运。"

出了银行大门，汤公雨安步当车，来到陆记成衣庄，选了一块上好的料子，定做了一套西服。

出了陆记成衣庄，他看到街上的人们纷纷抢购《国事报》，也伸手买了一份。这是骆小山连夜印出的"号外"，一开机就是六千份。骆小山发了一笔小财。

闻着《国事报》的墨香，站在街头的汤公雨笑了。这次赌雨赢了三千，数目不小。那天在维格多利喝酒的时候已然达成协议"九一分账"：汤公雨九成，骆小山一成。皆大欢喜。

抬头看天，还是万里无云。汤公雨觉得饿了。这时候他恍然大悟：从昨天正午呼家大院赌雨，回到正兴旅馆就忙着数钱，数钱之后足足喝了半宿浓茶，肚子里居然没添一丁点儿粮食。

他扬手叫了一辆胶皮，说是去天合玉饭庄。

天合玉饭庄三楼，汤公雨独自包了一间雅座，张口就点了十八个菜，然后脱了鞋蹲在椅子上，欣赏着桌上的山山水水。

跑堂的伙计问道："这位爷，菜也齐啦汤也齐啦，您还等谁啊？"

汤公雨呆呆看着跑堂的伙计："是啊，今天我有钱啦，你说我还等谁啊？"

"要不我去给您叫个姐儿来，让她陪着您吃。"

汤公雨连连摇头："我才不花那份冤钱呢！"

说罢，他从怀里拿出《国事报》，埋头看了起来。骆小山的文章，文笔不错，开门见山就将呼家大院"晴天下雨"的悬念抛出，设下机关引人阅读。

原来呼家本是江南富豪，生活极其浮靡。打从呼子流的曾祖父形成惯例，每年七月二十三日，呼宅必设"消炎宴"，以避暑邪之气。据说当年的"消炎宴"从来不请外厨，煎炒烹炸皆由厨娘素儿担当。素儿当时尚未收房，她的拿手好菜就是清蒸鲥鱼。呼家穷奢极欲，清蒸鲥鱼讲求奇鲜无比。于是每逢这道大菜，素儿必然率领锅灶亲临江边。船家捕得鲥鱼，出水上岸素儿随即动手拾掇。挑夫们挑着锅灶一路行走，抵达呼家庭院，清蒸鲥鱼恰到火候，鲜嫩异常。因此，素儿这道拿手好菜，又被人们称为"行走鲥鱼"，当地传为美谈。呼府的消炎宴，十八道小吃，三十六道大菜，美味佳肴自不待言。消炎宴最为讲究的其实是清凉世界。镇江当地民谣这样唱道："赴罢呼家消炎宴，万般酷暑顿时消。"

呼氏北迁天津，家风依然浮华奢靡。祖业传到"呼大辫子"手里，终因嗜赌成性，家境一落千丈。衣食住行不敢铺张，耗资巨大的消炎宴只得停办。

此番呼子流自沪归津，意欲重振家门雄风。机关算尽，呼子流终于发现祖传的"消炎宴"的日子与祖父寿辰竟然同为七月二十三。这真是上天赐美。于是呼子流决定大宴宾客，以此引起津门各界对呼氏刮目相看。

七十八寿宴，呼子流发誓青胜于蓝。天津海河不产鲥鱼，然而三伏炎天正是津门名产"娘娘鱼"上市的季节。这娘娘鱼通体银白，金睛，其美味足与鲥鱼媲美。于是呼子流依照祖制，沿袭当年厨娘素儿"行走鲥鱼"的做法，一改挑锅担灶为四轮厨车，河边等候。娘娘鱼出水，随即下锅清蒸。一路香飘四处，沿途行人驻足观看，无不咂口称赞。厨车抵达东门里大街呼家大院，消息已然传遍四城。呼子流此举，终于达到了惊世骇俗的目的。

呼子流亲手安排七月二十三日的盛事。他审定菜谱，将祖父寿宴定为正席十八桌，设在水榭之内，来者皆为手持大红请柬的宾客。而手持粉红色请柬的宾客，则在院中棚下落座，吃天津"八大碗儿"谓之"从席"。呼家大院之中，围绕着水榭搭起四座大棚。棚下热热闹闹摆着六十桌酒席，围绕着水榭的十八桌主席，呈众星捧月之势。

当年镇江呼氏祖宅的消炎宴，当天一早儿便在庭院四处堆垒冰块，造势生氛，溽热的夏季弄出一派冰天雪地。呼子流认为冰天雪地虽然顿生清爽，但营造的却是隆冬景象，有违天道。呼子流毕竟是呼子流。他决定消炎宴上"布雷造雨"，别出心裁营构一个酷夏之中的清凉世界。他暗暗请来天津四城的十二家水会，共计百余名水枪手，进入呼家大院。其中又以鼓楼西水会、二道街水会、西南城角水会、估衣街水会为四大主力，遍布水榭四周。与此同时，呼子流重金延请魔术界呼风唤雨的"李大王"以及擅长口技的张君和沈君。就这样，呼子流组成了呼风唤雨的强大阵容。

为了给现场宾客一个惊喜，呼子流秘而不宣，悄无声响筹办着消炎宴。七月二十三日正午，水会总办苗二爷指挥三十二名"细机子"枪手池中汲水，一声令下同时朝天发射，呼家大院顿时小雨飘落，拉开消炎宴的帷幕。

七月二十三日正午十二点钟，魔术师"李大王"抖动手中铁皮——造出消炎宴上的第一声惊雷。随之，张君与沈君的口技更是以假乱真，连连口出雷霆。一时间，十二家水会一百余台水机呱呱汲水，同时朝天喷射——呼家大院雨落雷鸣，蓦地凉意袭来。七十八桌宴席的客人，无不惊诧不已。尤其是寿星老儿"呼大辫子"老先生，面对如此清凉世界，又惊又喜竟然不知呼子流使用的什么手段。

汤公雨事先得知呼子流消炎宴上"布雷造雨"的计划，就将赌雨的地点设置在东门里大街，届时手持粉红色请柬堂而皇之进了呼家大院，大获全胜。

骆小山的文章最后将汤公雨写成当今小诸葛："巧借呼家大雨，狂胜满城赌徒。"

身为这次事件的主谋，汤公雨读着《国事报》上骆小山的文章，虽无惊心动魄之感，却也备感亲切。他放下报纸叫着自己的英文名字说："亚当斯啊亚当斯，你小子果然不是等闲之辈啊。"

跑堂的伙计走进雅间，说这位爷您满满登登要了一桌子菜，怎么一筷子也没动啊？

"我怎么又不觉得饿啦？"他自言自语。

跑堂的伙计心里说，我看你也是个烧包儿。

黄昏时分，汤公雨坐着胶皮回到正兴旅馆。门口，一胖一瘦两个警察坐在树荫儿底下喝茶。旅馆经理大步迎上前来，说大事不好啦。汤公雨坐在车上看见警察，心里就明白了。他干脆坐在车上，沉着面孔看着警察。胖警察走到车前问他是不是汤公雨。他点头承认。瘦警察也凑到胶皮前面，说既然你是案犯那就快下车吧。

汤公雨大声对车夫说："送我去警察局！"

车夫应了一声，拉起胶皮就走。两个警察大声叫骂着，一路追了上去。

汤公雨又急又恼说："咱天津人最没出息！输了钱就陷害人家……"

## 9

曹四公子一早儿躺在床上就给季二少爷打通电话，说咱们让汤公雨那小子的人工造雨给涮了。电话里季二少爷显得心不在焉，给人以死气沉沉的感觉。曹四公子困惑不解，立即打电话询问孙大官人。孙大官人说季二少爷赌雨失败，恶气难出，病了。孙大官人还说，如今天津卫到处都在谈论汤公雨，这家伙好像成了草船借箭的诸葛亮。赶明儿兴许就要自称山人啦。

曹四公子笑了笑："甭说山人，就是海人我也照样把他送进局子！"

然后他告诉孙大官人，昨儿晚上就给警察局长王玉田打了电话，吩咐王局长查一查汤公雨究竟是个什么来历。

放下电话，曹四公子坐上自己的小轿车，一路来到雅茗茶社。

雅茗茶社一楼大堂里生意红火。但是贾立久仿佛一只斗败的鹌鹑，蔫头蔫脑拎着一只铜壶，亲自为客人沏茶。曹四公子看见大堂中央坐着一位身穿长袍马褂脑后拖着一条辫子的白发老头儿。

大热的天儿，这老头儿也不怕捂出一身痱子啊？曹四公子颇为好奇，信步走上前去，仿佛是在欣赏一只罕见的老马猴儿。

贾立久迎上前来，凑到曹四公子耳边低声说四喜殁了，赌雨失败躺在胶皮里当场咽气身亡。

曹四公子一惊，神色黯然："那往后，谁给我沏茶啊？"

贾立久颇有同感："是啊，民国了再找一个太监可不那么容易啦！"

曹四公子随便找了个位子，猫腰坐下。大堂里的茶客们都注视着曹四公子。曹四公子则注视着那位身穿长袍马褂的"老马猴儿"。贾立久告诉他，这位脑后拖着一条辫子的老头儿就是人称"呼大辫子"的呼老太爷。

曹四公子自言自语："我听说，这个棺材瓤子当年可是个大赌棍啊。"

这时候，"呼大辫子"伸出拐杖敲打着地板，大声叨叨起来："我孙子呼子流从上海回来，啊！全家为我祝寿举办消炎宴，又造雷啊又布雨的，那是多大的花销哇！好啊他汤公雨跟大伙打赌，借我呼家的雨水赢钱，这不是占我呼家便宜吗？我听说他这局赢了满城的银子。不行，我一定要找他理论理论！"

老顽童的这番慷慨陈词，引得人们哄堂大笑。

曹四公子起身说道："呼老爷子，我看你要是找到汤公雨也用不着理论，你设个题目跟他赌一赌，不就结啦！"

呼大辫子老眼昏花看着曹四公子，咧开没牙的大嘴，乐了："你怎么猜透了我的心思啊？嘿嘿，我今年七十八岁了，就是想跟汤公雨见个高低！哎，你到底是谁啊？"

贾立久立即说道："这位就是大名鼎鼎的曹四公子呀！"

曹四公子哼了一声，悠悠上楼去了。

拎着铜壶，贾立久跑到二楼雅间去给曹四公子沏茶。

大人物走了，楼下大堂里的茶客们继续聊天儿。

满脸横肉的汉子说："呼老太爷，我告诉您汤公雨的来历吧。这小子在西北城角的铃铛阁中学教数学，还会说英国话呢！"

瘦脸汉子接茬儿说："您要是真想跟汤公雨赌一赌，就得赶紧办啊，说不定哪天这小子就掐监入狱啦！"

呼大辫子怔了怔："是啊？那不行！汤公雨要是掐监入狱，就是倾家荡产我也要把这小子保出来。今生今世我非要跟这个打赌大王决一雌雄!"

满脸横肉的汉子突然问道:"您要是保不出汤公雨呢?"

呼大辫子急了,脱口说道:"我宁可追到监狱里去,我也要跟他赌一赌!"

狗槽儿不知从哪儿蹿了出来,跑到呼大辫子面前说:"呼老太爷,您要是非跟汤公雨打赌不可,我就给您联系联系!不过,道儿远哪,您得给双鞋钱……"

呼大辫子乐了:"当年我耍大钱的时候,经常遇到你这路狗食玩意儿。只要你给我找到汤公雨,我赏你十块银圆!"

狗槽儿乐了。

贾立久拎着铜壶从楼上走下来,表情神秘凑到呼大辫子耳前:"二楼雅间里的曹四公子想跟您押宝打赌……"

"押什么宝?打什么赌啊?"呼老太爷赌兴大发,支撑着身子站了起来。

贾立久故意拖延着:"曹四公子已然押了题目……"

"你有屁快放!"呼大辫子急了。

"曹四公子押了题目,说全世界的毛驴都剪了尾巴,您也不剪这条辫子。"

人们哄堂大笑。

呼大辫子啪地一拍桌子:"你告诉曹四,他要真想赌我这条辫子,就把曹锟大总统的勋章押上!"

"您老人家息怒,这是笑谈。"贾立久连忙刹车。

呼大辫子不依不饶:"放屁!曹四又不是三岁小孩子,他不懂得赌场无戏言哪?"

贾立久奸笑:"呼老太爷我告诉您一个最新消息吧,汤公雨已然被警察逮到局子里去啦!"

"真事儿啊?"呼老太爷听罢,急得脸色煞白。

## 10

进了局子，汤公雨先吃了一顿"皮条炖肉"，躺在小黑屋里疼得一夜难眠。第二天一大早儿，进来一个小警察，说有人给他送饭来了。我孑然一身没亲没故，有谁给我送饭呢？八成是弄错了。

踉踉跄跄出了小黑屋，汤公雨被小警察押进一间亮堂的房间。狗褯儿胳膊上挎着一只提盒，叫了一声汤先生。见前来送饭的竟是这位"白面儿"，汤公雨感到意外。

狗褯儿拉过一条凳子，请汤公雨落座。然后打开提盒拿出一样儿又一样儿的吃食，摆在桌前。蒯记凉果、林胖子炸糕、增兴德蒸饺、牛眼豆包儿、永庆号素卷圈儿，还有一碗穆奶奶羊肉粥。

汤公雨咽下一团口水："狗爷，咱俩没有这份交情啊？"

狗褯儿说："你知道这些东西是谁让我送来的吗？呼老太爷！"

端起羊肉粥喝了一口，汤公雨哑着嘴说："呼老太爷？我跟他老人家就更没有这份交情啦。"

狗褯儿馋了，伸手捏了两个蒸饺放在嘴里，根本没嚼就咽了下去。汤公雨也不甘落后，吃了两个炸糕三个豆包儿四个素卷圈儿，末了又呼噜呼噜喝下去一碗羊肉粥。

狗褯儿说："看你这股子吃劲儿，在这儿蹲上三天五天的也不要紧。我寻思着呼老太爷花了那么多钱，兴许明儿后儿的就能保你出去。"

汤公雨说但愿如此，伸手又捏起一个蒸饺，扔在嘴里。

"你怎么也不问问我，人家呼老太爷为吗保你呢？"

"我不问。人活着不能太明白啦。既然呼老太爷上赶着保我，必然有他老人家的用意。我就敬候佳音吧。晌午要是送饭，我要一个虾仁面筋，一个红烧鲫鱼，干饭。"

"稀的呢？再送一碗甩果儿汤吧。"

汤公雨摇头："报纸。一份华界的《小公报》，一份租界的《天津

40

泰晤士报》。你记得住吧?"

狗儿站起身来羡慕地说:"汤先生你真是个人物。曹四公子把你送进来,呼老太爷又把你保出去。这就叫吉人自有天相。往后你要是发迹了,一定不要忘记我狗儿啊。"

当天下午,骆小山花钱买通警察,前来探视。汤公雨颇费踌躇,终于告诉这位小报记者,出去之后决心远离赌场,回到学校继续教书。骆小山嘿嘿笑着说,人在赌场身不由己啊。

汤公雨不语。

第二天上午,汤公雨手里拿着那两份已经看了八遍的报纸,走出警察局大门。一辆胶皮立即朝他驶来,说是呼家的包月。汤公雨毫不客气,抬腿就上了车。

车夫一路小跑儿,停在玉清池门前。这是天津卫最大的澡堂子。车夫抹着脸上汗水告诉汤公雨,二楼六号,单间儿。

汤公雨听从安排,找到二楼六号单间儿。进门就看见骆小山躺在木榻上,汤公雨备感意外。骆小山嘿嘿笑着,告诉他先洗澡后更衣,然后一起去鸿宾楼吃饭。汤公雨问谁的饭局。骆小山愈发得意,说到时候就知道了。

泡在浴盆里,汤公雨疲惫难当,睡着了。一觉醒来,骆小山已经穿戴整齐,坐在浴室门外的沙发上抽烟。汤公雨更衣的时候,骆小山看到他左胸的黑痣,大为惊讶,连声说这是一颗赌痣。

汤公雨笑了笑:"你的意思是说我天生就是一个赌徒啊。"

正午时分,汤公雨随着骆小山走进鸿宾楼饭庄的雅间。鸿宾楼的经理闻讯赶来,哈哈大笑说欢迎打赌大王光临。汤公雨连忙声明自己只是个教书匠而已。鸿宾楼经理献上一瓶大直沽老白干儿,就告退了。

骆小山说:"看见了吧?你在天津卫已经是大名人啦!"

汤公雨问骆小山,今天到底是谁的饭局。骆小山说今天是呼家饭局。汤公雨说怎么不见呼家来人呢。骆小山终于亮出身份:"我就是呼老太爷的代理人啊。"

汤公雨知道骆小山又端上呼家的饭碗了。

一边吃饭一边说话。骆小山告诉汤公雨，曹四公子势力太大，没人敢撼。呼老太爷唯恐打赌大王瘐死监所，命令呼子流拿着钞票层层疏通处处打点，这才勉强交保释放。说着，骆小山打开皮包拿出一式两份合同，要求汤公雨当场签字。

汤公雨从头到尾看了一遍，然后喝了一口老白干儿："天底下哪有这种合同啊？呼老太爷硬逼着我跟他设题打赌！"

"汤先生，你可不要不懂好歹啊。人家呼老太爷跟你非亲非故，费尽九牛二虎之力保你一条活命，他为的什么呀？为的就是有生之年跟你这个打赌大王短兵相接——赌一赌！我看，即使惺惺惜惺惺，你也不能不领情吧？"

汤公雨想了想，问道："我即使应了，也不知道什么题目啊！"

骆小山举起酒盅："呼老太爷说了，给你十天期限，赌题由你确定。不过老人家吩咐了，不许小打小闹。要赌就赌大题目。你知道什么是大题目吗？"

汤公雨喝了一口鱼汤："石破天惊。"

骆小山递过派克金笔，要求汤公雨立即签字。

汤公雨夹了一筷子清炖牛鞭，放在嘴里嚼着，然后接过派克金笔，在一式两份的合同上签了字。

骆小山接过合同，脸色郑重起来："汤先生，上次赌雨你大获全胜，跟我九一分账，内情你知我知。这次你跟呼老太爷的赌局，我身为中人，可就不能偏向你啦。你好自为之吧。"

"请你转告呼老太爷，多谢知遇之恩。十日之内一旦我确定了大题目，一定登门禀报！"

"好汉子！"骆小山再度举起酒盅。

汤公雨脸色一变："上次九一分账，我知道你嫌少，记恨在心。你想把我当成你的摇钱树哇？那可不成。这次你又安排我跟呼老太爷打赌，从中渔利。告诉你骆小山，我跟呼大辫子打赌的事情，对外你只字不许泄露！记住了吗？你要敢四处乱喷，一定有人塞上你的肛门……"

骆小山一惊——眼前的汤公雨猛然变得陌生起来。

11

回到正兴旅馆，汤公雨不言不语。旅馆经理说他瘦了，他就说瘦比胖好。然后他坐在床前掰着手指头计算着日子："十天期限，十天期限啊！"

旅馆经理趁机试探："这十天期限里你要干什么啊？"

汤公雨答道："石破天惊啊。"

旅馆经理将信将疑："我怎么总觉着你是跟我说评书呢！"

第二天上午，汤公雨趁着凉快出了正兴旅馆，他一步三摇来到陆记成衣庄，试样子。这套片子裁剪得体，他表示满意。出了陆记成衣庄，一个十四五岁的男孩子走到他面前，鞠躬行礼，叫了一声汤先生。他怔了怔，随即认出这是铃铛阁中学的学生，心头倏地一热，激动起来。他想起这个学生的名字，就说陈国章你一定要好好念书，既要学好国文，也要学好英文，更要学好数理化，学有所成才能报效国家。

陈国章频频点头，聆听先生教诲。汤公雨说得动情，两眼闪着泪光："陈国章你一定要立大志，长出息，千万不要跟我一样，枉为人师啊！"

汤公雨说罢，掩面而去。

骆小山从路旁一家理发所里出来，望着汤公雨远去的背影，摇头冷笑。

"汤公雨你既然沦为赌徒，就别念《三字经》啦。这十天的期限你拿不出一个大题目，人家饶得了你吗？呼老太爷怎样保你出来，就怎样送你进去！"

汤公雨不紧不慢走了一程，拐过府署西街，走进一座青砖小院。这座小院里住着他的恩师吴有为先生。吴有为早年留学日本早稻田大学政法系，获硕士学位。学成回国竟然当了厨子，令人哭笑不得。吴有为的拿手好菜是九转大肠。当年他在澄瀛楼挂牌，饭庄门前十一个大字引人注目：留学归来吴有为硕士主灶。

君子远庖厨。吴有为竟然以留日政法学硕士身份转入勤行。津门学人无不惊呼斯文扫地。

汤公雨自幼私塾吴有为先生，曾经斗胆询问乃师。吴有为微笑答道："政法政法，我国无政无法，岂不饿死政法硕士？古语说，民以食为天。烹饪实乃天下排行第一。我转行为厨，何耻之有？"

尽管吴有为的回答亦庄亦谐，汤公雨深知恩师一腔孤愤，无以排遣。

中年丧妻的吴有为，与女儿吴晓玉相依为命。如今吴晓玉二十六岁，不曾婚嫁。父女二人朴素人生，并不觉得潦倒。汤公雨暗恋晓玉，一往情深不为人知。他身为吴门弟子难于表达心愿，多年相思并无成果。

心事重重的汤公雨走进吴家小院，来到正房门前垂手肃立，叫了一声先生。

吴晓玉撩开竹帘，迎上前来："师兄，你怎么又来啦？"

自从汤公雨离开铃铛阁中学沦为赌徒，吴有为先生便大为光火，称之"朽木不可雕也"。汤公雨不忘师恩，几次前来问安，吴有为都避而不见。

汤公雨见晓玉迎上前来，立即变得缩手缩脚："先生他老人家身体可好啊？"

吴晓玉说父亲喝了汤药刚刚睡下。汤公雨从怀里掏出一张存单递给吴晓玉，说这是两千块钱存在盐业银行，随用随取。吴晓玉连连摆手，不接。汤公雨急了，说这是专给恩师治病用的。晓玉怔了怔，不知如何是好。这时，屋里传出吴有为的咳嗽，之后这位拥有法学硕士学位的老人撩开帘子满面病容走出屋来。

汤公雨深深鞠了一躬，叫了一声先生。

身高体弱的吴有为先生突然用英语问道："汤公雨你若是重返课堂教书，这两千块钱我就收下啦。"

汤公雨低头用英语答道："先生，人在赌场身不由己。学生一块白布已入染缸，恐怕难以返回课堂执教啦。"

"你英语讲得依然流利，为什么就不能重返正路呢？王阳明说得好——破山中贼易，破心中贼难。你赌性太恶，怕是积重难返啊！"

汤公雨低头说道："上贼船容易，下贼船难！"

吴有为怒了，一挥手说："去吧去吧，你永远勿来见我！"

汤公雨遭到恩师驱逐不敢久留，立即退下。吴晓玉送师兄走出院门，将盐业银行的存单递还给他，说了声保重。

汤公雨潸然泪下。他告诉晓玉，自己赌雨获胜赢银三千，翌日即遭曹四公子报复身陷囹圄。他又告诉晓玉，自己交保获释之日即被迫与呼大辫子签订赌约，十日之内吉凶难料生死不卜。

晓玉听罢泣不成声："师兄，就让我陪你度过这十天期限吧！"

汤公雨使劲儿握住晓玉的手，连连摇头："我身为赌徒，只能独来独往，一步一步朝前走啦！"

晓玉大声问他，为什么不能重返正路呢？

汤公雨苦笑了："恩师留学东瀛，获得法学硕士，最终成为厨师。我执掌教鞭纵是桃李满天下，老死课堂而已。人世间就是大赌场，人人皆为赌徒。有人赌财，有人赌色，有人赌气，有人赌命……赌来赌去，最终谁也不是赢家啊！"

汤公雨跟晓玉告别，大步走了。

晓玉追了几步大声说："师兄，这次若是胜了呼家，你就金盆洗手吧！"

汤公雨回头答道："无论胜败，我对你都要有个交代！"

风儿骤起，突如其来洒下一场小雨。

　　街上，一个报童叫卖着当天出版的《国事报》。汤公雨拿在手里浏览一番，心里踏实了。骆小山果然守口如瓶，没有披露"呼汤赌约"。只要世人对此一无所知，汤公雨就认为尚有文章可做。十天的期限，已然虚度五日。汤公雨深知呼大辫子赌场宿将，战胜此公绝非易事。汤公雨心头布满愁云，想起《文昭关》里的伍子胥。呼老太爷命我选择赌题，分明是采取以守为攻以逸待劳的战略——劳我心智，累我筋骨，扰我魂魄。双方尚未交手，我已成疲惫之师。

　　面对重出江湖的老赌棍，只能智取不能强攻。呼大辫子老来张狂，扬言要赌就赌大题目。关于赌题，天津卫流行四句打油诗，很是精辟："赌题设得好，天上掉元宝；赌题设得臭，输爹又赔舅。"

　　汤公雨深知，欲斩呼大辫子于马下，非大题目不可。而何处寻找大题目呢？汤公雨毫无良策。

　　来到陆记成衣庄，老掌柜立即送上那套浅驼色西服。站在镜子前面汤公雨欣赏着自己的尊容，问老掌柜："您看我像教书先生吗？"

　　老掌柜说："嘁！你怎么能像教书先生呢？您是远近闻名的打赌大王啊！"

　　"你这是夸我呢还是骂我呢？"汤公雨哭笑不得，将替换下来的衣裳扔在地上，身穿这套崭新的西装走出陆记成衣铺。

　　一出门就碰上骆小山。骆小山当头就说，光阴似箭催人老啊。汤公雨微微笑着说，我这不是还活着嘛。

　　骆小山急了："呼老太爷可等着你的大题目呢！"

　　街上驶来一辆胶皮。汤公雨扬手坐到车上，跟骆小山说了声回见。

　　车夫问汤公雨去哪里。骆小山高声挖苦说："汤先生您千万别去跳河啊！"

　　汤公雨笑了笑："对！送我去海河……"

胶皮果然朝着海河方向驶去。拉车的是个机灵鬼,看出汤公雨并无去处,就撺掇他去意租界的回力球场玩一玩。

他问车夫:"你怎么知道我好赌啊。"

车夫嘻嘻笑着:"谁不认识呼风唤雨的打赌大王啊。"

"既然你知道我是打赌大王,那咱俩就先赌一赌吧。"

车夫一边跑一边说不敢。汤公雨大声说:"我押一个题目吧——今年八月十五云遮月!"

车夫停下脚步,也大声说:"这天气谁不知道哇!今年正月十五雪打灯,必然八月十五云遮月。您这是跟我闹着玩儿呢。"

打赌大王坐在车上哈哈大笑。

胶皮过了海河上的新桥,一下坡儿就到了意租界的回力球场。汤公雨以前经常到英租界的犹太俱乐部去玩,意租界的回力球场对他来说还很陌生。俗话说,出一门进一门,要有领路人。汤公雨独自一人走进回力球场的前厅,一时觉得心里没底。

一位身穿连衣裙的前厅小姐迎上前来,接过他手中的礼帽,说了声先生请。汤公雨精通洋文,径直朝着休息室走去。

休息室很大,摆着三排的沙发。休息室里很静,只有一位身穿黑衣黑裙的中年女士坐在沙发尽头,手里摆弄着一沓子纸牌。汤公雨远远看见她将一张张纸牌扣在茶几上,钻戒蓝光闪闪。一股香水的味道幽幽飘将过来,令人为之一爽。汤公雨嗅出女士身份的高贵。

汤公雨不敢走近,远远注视着这位希腊脸型的女士。

黑衣黑裙女士一张接一张将扣在茶几上的纸牌亮开,表情倏地沮丧起来。汤公雨暗暗笑了——这位女士自己跟自己赌牌,输了。她并不气馁,立即动手洗牌。这位端庄而秀丽的女士洗牌的手法非常别致,双手仿佛摆弄着一条忽长忽短忽坚忽软的纸龙,高雅而飘逸。汤公雨还是看出她内心的焦躁。这位中国女士为什么跑到这里自己跟自己赌牌呢?

汤公雨好奇心萌动,走上前去。这位女士虽然形单影只,但气质高雅,身份非同一般。汤公雨猜测她一定来自英法租界,就用英语问道:

"对不起，请问我可以坐在这里吗？"

女士目光紧紧盯着纸牌，自言自语："倘若第三张Q出现……"

汤公雨看了看台面就懂了，笑着说吃掉两张A，红J也就派司了。

这位冰冷而美丽的女士终于抬起头来，看了看汤公雨，然后改用纯正的京腔问道："先生，您不是中国人吧？您的英语里好像夹杂着日本语音。"

汤公雨窘了："我是纯种中国人。只因为我的老师留学日本，所以我学的英语也就沾染了东瀛腔调。"

女士摇了摇头，说中国人应当学习纯正的英语，譬如说伦敦语音。

汤公雨说华界很难找到伦敦语音的英文老师。

女士颇为感伤地说："如果这次我彻底失败，只得赋闲啦。那我就开办一个英文训练班……"

"我能够得到您的名片吗？"汤公雨十分恭敬地问道。

"我只有最后一张名片……"女士说着打开手包，"不过，现在我只想自己跟自己赌牌。什么赛马啊彩票啊回力球啊，我统统不感兴趣啦。"

她显出几分神经质，双手微微颤抖寻找着名片。汤公雨看见她的手包里装着唇膏、眉笔、香水和薄丝手套，就是没有名片。

女士耸了耸肩膀，这是一个非常西化的动作："对不起，我连最后一张名片也没有啦。如果我真的开办英文训练班，到时候一定要在报纸上刊登广告的。"

汤公雨没有得到女士名片，不免感到遗憾。

女士看了看手表："股市开盘时间到了。"然后起身说了声再见，匆匆离去。汤公雨看着她的背影，心中十分惆怅。

快快来到前厅，汤公雨从前厅小姐手里接过礼帽，脱口问道："您能告诉我刚走的那位女士是谁吗？"

前厅小姐面无表情说："这里是意大利回力球场。"

汤公雨笑了，悄悄塞给小姐一张钞票。小姐也笑了。

前厅小姐告诉汤公雨，身穿黑衣黑裙的女士是这里的常客，名叫卞丽莎。卞丽莎是百通银行的董事长。

百通银行？汤公雨猛然想起英文《天津泰晤士报》曾经刊发消息说天津几大金融家对岌岌可危的百通银行虎视眈眈，意欲兼并。

前厅小姐见汤公雨思索起来，又补充一句说："你知道百通银行遇到了麻烦吧？"

汤公雨故作高深："难道还会倒闭啊？"

"八九不离十。"前厅小姐说罢朝着汤公雨咧开红嘴唇，笑了笑。

走出回力球场前厅，汤公雨暗暗感慨，华界的天地太小了，只能养活小虫儿小鸟儿小鱼儿小虾儿。他知道自己应当离开华界的正兴旅馆而搬入英租界高级饭店居住，尽管那里花销很大。

咬了咬牙，他选中当年孙中山先生北上途中曾经居住的利顺德大饭店。

## 13

卞丽莎午夜时分接到意租界回力球场经纪人帕努里奇的电话，说球手保罗当晚八点钟在万国电影院包厢里割腕自杀。由于卞丽莎女士是球手保罗的最大投注者，帕努里奇连夜通知她以免蒙受更大损失。卞丽莎含着眼泪告诉帕努里奇，保罗是她赌场获胜的最后寄托。帕努里奇表示同情，说意租界回力球场还有更多球手供她选择。卞丽莎说回力球场只有一个保罗，可惜已经死了。放下电话卞丽莎大声尖叫着，吓得女佣跑上楼来，不知所措。这位破产在即的百通银行董事长赤着双脚冲向阳台，一个趔趄跌倒在花架前，撞破额头昏了过去。

汉森医生赶到德寿别墅，卞丽莎已经苏醒。她定定注视着面前这位德籍著名大夫，想起自己的亡夫，轻声问道："如果查理还活着，百通银行一定不会倒闭吧？"

汉森生性耿直，不苟言笑。他洗净伤口，敷药，然后在她额头裹好绷带。之后他测血压，听心肺，面无表情说道："如果查理活着，他绝不允许你嗜赌成性。丽莎，你的失败不是一个金融家的失败，而是一个赌徒的失败！"

卞丽莎笑了："你不愧是查理生前最好的朋友！"

"你需要休息。"汉森看着卞丽莎服下镇静剂，说明天上午再来，就告辞了。

服了镇静剂，卞丽莎还是一夜未眠。清晨，床头的电话铃响了。

从来没人在这个时间里给卞丽莎打电话。她有气无力拿起听筒。从远处飘来男人的声音，说的是英语，先问早安，然后说请卞丽莎董事长接电话。

她听出对方英语里浓重的日本语音，立即想起意租界回力球场休息室里的那位男士，脱口说道："我还没有开办英语训练班。如果我开办英语训练班，一定要在报纸上刊登广告的……"说罢，她随手放下电话。

电话铃又响了。卞丽莎懒得接。她躺在床上，目光定定注视着天花板。

电话铃依然响着。卞丽莎叹了口气，只得再次拿起听筒。这次是汉森。汉森医生直言不讳告诉她，《金融早报》发布综合消息，百通银行已在倒闭之列。卞丽莎听罢默然。电话里的汉森随即下达医嘱，患者卞丽莎的镇静剂由每日二次每次一片增至每日三次每次两片。

卞丽莎放下电话，嘤嘤哭了。

上午九点钟，汤公雨再度打来电话。这次他在电话里说的是中国话。首先他自报家门：赴汤蹈火的汤，天下为公的公，好雨知时节的雨。

卞丽莎重复了一遍："汤——公——雨"，觉得这个名字老气横秋的。她也改说中国话，问他有什么事情。汤公雨说有要紧的事情。不知为什么，这时候卞丽莎蓦然感到汤公雨说中国话显得深沉而持重。

电话里汤公雨说，关于百通银行的情况他很清楚。同为赌场常客，他对卞丽莎的处境深表关注。既然百通银行的倒闭不可避免，为何不最后一搏呢？汤公雨认为，即使山穷水尽，游戏也要照常进行。

"游戏"二字吸引了卞丽莎。她问："最后一搏是什么游戏？"

汤公雨说选一个大题目，赌一赌。最后的赌博往往是最为精彩的。

困境之中的卞丽莎兴奋起来："你接着说！"

汤公雨就接着说。他首先确定赌金：十万元。然后谈到赌题。电话里卞丽莎打断汤公雨的话，大声问他赌金到底是多少。汤公雨重复了一遍：十万元。

卞丽莎自言自语："十万元……"

汤公雨说："其实这个数目并不太大，您在回力球场押宝，哪次不是十万八万的筹码啊？"

昨日风光不再。十万元对卞丽莎来说已经是浩大数字了。同时她也对汤公雨的财力感到怀疑。汤公雨直言相告，自己的十万元赌金乃是俄国道胜银行的贷款。汤公雨的坦率，一下子使卞丽莎对他充满好感。她深入问道："你设的什么赌题？"

"请您不要介意，我押的赌题其实很大……"电话里的汤公雨欲言又止。

卞丽莎毕竟是上流社会女士，温文尔雅道："洗耳恭听。"

汤公雨说了声对不起："我押宝，三日之内您的乳房消失。"

卞丽莎毫无思想准备，怔了怔，随即爆发："放肆！您太放肆啦！"之后她改用英语大声喊道，"荒唐！真是荒唐……"

汤公雨心平气和："对不起。如果这个赌题伤害了您的尊严，这并不是我的本意。我向您道歉。您想一想吧，既然您认为这个赌题十分荒唐，恰恰说明您轻而易举就能赢得十万元赌金。您何乐而不为呢？如果您接受这个赌题，请打电话给我。我住在英租界利顺德大饭店二十六号房间。再见。"

放在电话，卞丽莎躺在床上自言自语："不可思议，真是不可思议……"她身穿睡袍走到镜前，动手解开胸衣——两只丰硕的乳房澎然而出，灿灿如雪球。

她笑了："三天之内它就消失啦？见鬼呢！汤公雨这不是白白送我十万银圆嘛。若真的赢了十万元，我的银根也就松动啦。"

下午两点钟，卞丽莎拨通利顺德大饭店二十六号房间的电话。她告诉汤公雨，下午四点钟她将在自己律师聂尔利的陪同下前往利顺德大饭店一楼会客厅，签订赌约。

汤公雨说了声谢谢，然后问道："您接受这个赌题啦？"

卞丽莎认为，无论输赢，这都是一个空前绝后的赌题。

"您一定不想让报界知道这件事情吧？"汤公雨问道。

卞丽莎说"夜思"。

下午四点钟，卞丽莎率领聂尔利律师按时走进坐落在英租界中央大道上的利顺德大饭店一楼会客厅。西服革履的汤公雨大步走上前来，操着英语表示欢迎。

卞丽莎说："您的英语仍然夹杂着浓重的日本语音。"

暮色降临的时候，聂尔利律师手捧几经修改终于定稿的赌博协议，要求双方签字画押。

这场关于乳房的赌局，荒诞且有伤风化，必须秘密进行。孰胜孰败，必须选择德高望重的长者现场仲裁，确保公平与公正。因此，卞丽莎反复强调第五款的第二条，终于与汤公雨达成共识。

聂尔利律师大声宣布卞丽莎女士与汤公雨先生达成以下七项条款共十三条内容。

汤公雨将食指竖在唇前："嘘——律师先生，请您轻声宣读。"

就这样，一场空前绝后且不为世人所知的赌局，不声不响拉开帷幕。

送走卞丽莎，汤公雨回到自己房间，一连喝了三杯法国香槟酒。想起"卞汤协议"的第五款第二条，汤公雨就兴奋不已。千载难逢，届时德高望重者将有幸看到卞丽莎女士美丽的乳房。

天色已晚，《国事报》记者骆小山几经周折终于找到利顺德大饭店二十六号房间。这时汤公雨身穿丝绸睡衣正在屋里踱步，一派高等华人的模样。骆小山环视着高贵典雅的房间，心中颇有士别三日的感慨。他鼓起勇气大声问道："汤先生，你悄儿没声离开华界旅馆住进英租界大饭店，你是不是成心躲着呼老太爷啊?"

汤公雨伸手推了推鼻梁上的金丝眼镜："住口！现在你就去报告呼大辫子，说明天上午我到府上拜访。"

骆小山悻悻离去。

## 14

一个阳光灿烂的日子。虽说津门久旱无雨，然而夏日毕竟朝着秋天走去，人们燥热的心情也渐渐趋向清平。正是在这种时候，坐落在英租界约克道上的百通银行悄悄迎来一场堪称男女战争的豪赌。

上午十点钟，身穿米黄色风衣的汤公雨站在歇业在即的百通银行门前，手里拎着一只黑色皮箱，脸上毫无表情。

黑布缠头手提警棒的大胡子印度巡捕，一路走了过去。

汤公雨看了看怀表。

一辆白色小轿车缓缓驶来。远远望去，汤公雨断定呼老太爷到了。耄耋乘汽车，往往不改坐轿的习惯。呼大辫子纵横赌场多年，输在一个"躁"字。如今出行求稳而不求速，乃是人生境界的明证。想到这里，手里拎着黑色皮箱的汤公雨笑了。

黑色皮箱里装着赌金——十万元钞票。

白色小轿车稳稳停在百通银行门前。汤公雨迎上一步，以示敬老。车门打开，没承想从车里走出呼子流。汤公雨颇感意外。

呼子流放下名门大户的架子，主动走上前来与汤公雨握手，郑重其事称他"汤先生"。呼子流表示，自己对赌博毫无兴趣，今天陪同年迈的祖父前来，以尽孝心。汤公雨一眼瞥见呼老太爷坐在车里，心里踏实了。他亲手拉开车门，身穿长袍马褂的呼大辫子脑后拖着那条大清的辫子，手里拎着一支紫藤手杖，颤颤巍巍下了轿车，满脸急不可耐的表情："帽儿戏就免了吧，什么时候开局啊？"

这时候，骆小山乘坐一辆胶皮匆匆赶来。他满头大汗扑到小汽车前，气喘吁吁问汤公雨今天什么题目。看来骆小山对赌局内幕一无所知。

汤公雨呵呵笑着，并不理睬骆小山。他拱手对呼子流大声说："呼公子您候一候，现在我就陪着呼老太爷进去啦。"

呼子流走到祖父面前："卞丽莎女士天津名媛，您老人家可要……"

呼大辫子脸色一沉："赌乃雅事，我又不是三岁的小孩子！"

骆小山如坠十里迷雾，急了："今天到底是谁跟谁赌啊？"

汤公雨朝着马路对面的印度巡捕一招手，操着英语大声说道："这位先生扰乱租界公共秩序，马上送工部局查办！"

大胡子巡捕押着骆小山，大声说："Go！Go！"

骆小山虽然不知内情，还是挣扎着喊道："呼老太爷您万万不可大意啊！"

呼老太爷虽然耳音不灵，还是听清了骆小山的呼喊，哈哈笑着："我就不信今天赢不了汤公雨！"

汤公雨郑重说道："胜败乃赌家常事。"说罢左手拎着黑色皮箱，右手搀着呼老太爷，走进百通银行的大门。

大厅里，卞丽莎的律师聂尔利迎上前来，然后引导着客人走上大理石楼梯。

走上三楼，呼老太爷已是气喘吁吁了。聂尔利律师操着英语对呼大辫子说道："呼老先生果然德高望重啊！"

呼老太爷不知对方所云何意。

聂尔利叩响卞丽莎的会客室。片刻，里面响起悠远而悦耳的女声，说请进。

卞丽莎的会客室很大，使人觉得从前这里是一座图书馆。卞丽莎站在会客室远端，身后墙上是一幅油画。汤公雨只觉得眼前一派苍茫，稳住心神，远远看到卞丽莎身穿一袭黑色长袍，好似修女，又好似为即将倒闭的百通银行服丧。

汤公雨心头一颤。身陷困境的卞丽莎女士若不是为了十万银圆，怎能以自己高贵的乳房为题，投入这残酷的赌局呢？

困兽犹斗。

汤公雨伸手指着站在会客厅远端的卞丽莎女士，俯身呼老太爷耳前："你与我押的正是这个题目，您前请吧。"

呼大辫子毕竟久经赌局，颇有大将风度。老人家轻轻哼了一声，便拄着紫藤手杖一步一步朝着卞丽莎走去。他脑后那条古董似的辫子，煞是醒目。

汤公雨看着呼老太爷步履迟缓的背影，心里默默数着：一步两步三步四步……

呼老太爷总共走了二十一步，终于走到卞丽莎面前。

汤公雨屏住呼吸，目不转睛注视着这决战的场面。二十一步之遥，汤公雨目力不及，只能看到卞丽莎的动作而难以看清卞丽莎的神情。

汤公雨闭上眼睛。他知道依照"卞汤协议"第五款的第二条的规定，卞丽莎女士应当亮出两只鲜活的乳房，请"德高望重的长者"现场仲裁。

果然，卞丽莎缓缓敞开黑色长袍的胸襟——两只挺拔高耸的乳房脱颖而出。呼老太爷面前立即泛起一派耀眼的雪白。

卞丽莎女士的乳房，当然没有消失。

空气与时光，似乎都凝固了。

呼老太爷定定注视着面前的景致，然后轻轻叹了一口气，缓缓转身拄着手杖一步一步走了回来。

走到汤公雨面前，呼老太爷压低声音说："我输了。"说罢径直走出会客室大门。

远处的灿灿白光已然消逝。卞丽莎女士一袭黑袍站在会客室远端，身后油画依然。汤公雨手里拎着一只黑色皮箱，一步一步朝前走去。

他心里数着，走了十五步就来到卞丽莎面前。

卞丽莎面色惨白，好像一个失血的病人。

汤公雨躬身将装有十万元现钞的黑色皮箱放在女士脚下："我输了。"

"您确实输了。这本来就是一个不该成立的赌题，乳房消失？真是荒唐。"卞丽莎女士获胜之后，心情并不平静。

汤公雨不动声色："是啊，我也知道这是一个荒唐的赌题。"

卞丽莎露出疑色："汤先生，您是成心将这十万块钱输给我的吧？"

汤公雨冷笑了："身为赌徒我怎么能成心输给您十万块钱呢？我可从来就不是慈善家啊！"

卞丽莎表情茫然。

"我可以吻您的手吗？"汤公雨突然问道。

卞丽莎笑了，递上右手。汤公雨行吻手礼，样子十分笨拙，然后他告辞说："我的英语恐怕很难清除日本语音啦。"

卞丽莎心情极其复杂："幸亏今天赢了你这十万元，否则我只能去开办英语训练班啦。"

走出百通银行大门，汤公雨看到呼老太爷坐在小汽车里，闭目养神。这就是超级赌徒的风度。汤公雨顿时心生敬意。这时呼子流先生从车里拎出两只黑色皮箱，递给获胜者。

汤公雨不言不语从呼子流手里接过沉甸甸的皮箱，一左一右拎在手里，显出教书先生手无缚鸡之力的本相。这两只皮箱里装着获胜赌金：二十万元现钞。

呼子流大发感慨："我祖父真的看到了卞丽莎女士的乳房。他老人家输给你了，输得无话可说。汤先生我怎么也不会相信今天你能胜赌，可偏偏你就胜了。"

胖胖腆腆的汤公雨拉开车门问道："不知道呼老太爷是不是尽兴啦？"

德高望重的呼老太爷端坐车中："真山真水真风景啊。"

呼子流钻进白色小汽车，疾驶而去。

汤公雨望着远去的尘烟，笑了。

前天上午，他只身前往东门里大街那座深宅大院，晋见呼大辫子。此公坐在太师椅上，印堂发暗。汤公雨知道，烟鬼犯了烟瘾，打蔫儿。赌徒犯了赌瘾，没药能治。他趋身给德高望重的呼老太爷请安："您知道天津百通银行董事长卞丽莎女士吗？"

呼大辫子有气无力说："说好的十天之内你拿不出大题目，我马上送你进警察局！"

"不用十天。三天之内我就让您亲眼看到卞丽莎女士的两只乳房……"

呼大辫子双目圆睁："胡说八道！"

"您不是让我拿出大题目吗？这就是大题目啊。"

"你这是满嘴跑火车啊！"呼大辫子猛地站起身来，"我赌了几十年，从没见过这样的大题目。光天化日啊你敢赌天津名媛的两只奶子啊？"

汤公雨郑重说道："赌局无戏言。我真的能让您在百通银行会客室里从从容容看到她向您老人家亮出两只乳房。"

呼大辫子连声喊好。

汤公雨说："这么大的题目您押多少码子？"

"二十万元！"呼大辫子果然豪赌，当场立了赌据。

今天，呼大辫子在百通银行会客室里果然见到卞丽莎女士两只鲜活的乳房，随即认输。老人家当场撂下二十万元赌金，一溜烟儿打道回府了。

这就是老一辈的天津卫赌徒，绝无滚赌恶习。

此时，汤公雨拎着两只黑色皮箱，去意彷徨。输给卞丽莎女士十万元，同时从呼老太爷手里赢了二十万元。十万元贷款还给俄国道胜银行。净赚的十万元现钞怎么安排呢？汤公雨从来不曾拥有这么多钞票。

不知为什么，此时汤公雨想起了因赌而丧命的四喜。

## 15

日文报纸《天津朝日新闻》报道了汤公雨胜赌的消息，记叙周详引人入胜。汤公雨不懂日文也见不到日文报纸，对此全然不知。恩师吴有为先生读罢这则报道，不禁怒发冲冠，认为汤公雨由赌雨而赌乳房，已然在赌徒道路上越走越远，无药可救。

恩师的女儿吴晓玉只身找到利顺德大饭店，悄悄将《天津朝日新闻》上关于"乳房之赌"的日文消息，告诉了汤公雨。汤公雨也告诉晓玉，这几天就搬出利顺德大饭店，换个地方住。

汤公雨蓦地满面涨红，突然结巴起来。他说自己终于有了钱，衣食无虞了。他伸手拉住晓玉的袖口，向她求婚。

吴晓玉说了声你是赌徒，哭哭啼啼跑走了。

我不是赌徒，我也不是教书匠，我只是喜欢租界，有了钱我要做个租界绅士。当天下午，这位拥有十万元积蓄的新晋绅士退了利顺德大饭店的房间，前往小白楼的"圣彼得堡"寻开心去了。

接待汤公雨的白俄妓女名叫萨拉。萨拉身高体胖，酒量能抵十个中国嫖客。"东亚病夫"汤公雨只得改喝俄国茶。俄国茶很烫，汤公雨伤了舌头，嫖兴大减。他扔下几张钞票，走出"圣彼得堡"大门。

门前停着一辆黑色小轿车。两个身穿藏蓝西服的男人，一高一矮迎面走来。

高个子男人操着英语说："汤公雨先生，我们在这里等候多时啦。"

矮个子男人也操着英语说："我们专程前来请您到金山会馆喝酒。"

汤公雨从他们蹩脚的英语里听出浓重的日本口音，就说："多谢二位好意。咱们后会有期吧。"

高个子男人突然改说半生不熟的中国话："恭敬不如从命。请您上车吧汤先生。"

两个来历不明的男人挟持着天津打赌大王，坐进黑色小轿车。汤公雨感到对方膂力过人，知道今天遇到了麻烦。

你们是日本人吧？我打赌你们是日本人。汤公雨身陷囹圄不知愁滋味，居然大声邀赌。

车上无人理睬这个可笑的赌局。

黑色小轿车一路疾驶，来到坐落在宫岛街上的金山会馆门前。汤公雨走出汽车，看出这里属于日租界的地盘，一惊，转身撒腿就跑。

他不知身后有无人追赶，使出平生气力沿着宫岛街向西快步奔去。他心里明白，只要一直向西就是华界地盘。他一路狂奔，肺里拉着风箱，终于跑近宫岛街尽头，远远看见一排铁蒺藜横在街口——这是日租界的路卡。

越过路卡，那边的空场就是华界了。

汤公雨上气不接下气跑向路卡。身穿黄呢军装的日本士兵，手持上了刺刀的三八大盖儿，满脸煞气。

"让、让、让我过去……"他气喘吁吁指着铁蒺藜路障，"我、我要回家！"

只有在这种时候，汤公雨才强烈感到华界是自己的家园。

日本士兵猛然伸出刺刀，在他脸前使劲儿晃着，嘴里发出狠声咒骂。

汤公雨自知难逃罗网，小声嘟哝起来："东瀛小岛，弹丸之地，徐福后代，你抖哪家子威风啊？"

那辆黑色小轿车缓缓追将上来，稳稳当当停在日租界路卡检查站门前。车里走出一个中等身材西服革履的秃顶男子。他三十多岁模样，身着便装却透出军人气质。

汤公雨跑得浑身冒汗，脱了西装上衣，气喘不止。他抬头看到小汽车里走出这个陌生角色，怔了。

秃顶男子步履稳健走到汤公雨面前，目光炯炯："我真没想到汤先生您还是个长跑爱好者啊。"

汤公雨尴尬，一时不知如何回答，就顺水推舟说："我还是没能跑过终点啊。"

秃顶男子哈哈大笑，指了指日租界路卡检查站大门，邀请汤公雨会客室里叙谈。汤公雨不敢违命，客随主便了。

会客室其实是审讯室。汤公雨坐在临时摆设的沙发上，心里翻开了账本儿。回忆过去时光，十年教书生涯从来不曾与日本人发生龃龉。今日之事不知对方意欲何为。

秃顶男子见汤公雨落座，就倒背双手在会客室里踱步。他主动介绍自己，姓黄名天民，嗜赌。汤公雨知道"黄天民"肯定是个化名。这位"黄天民"自称嗜赌，汤公雨则深信不疑。因为他从对方的目光深处分明看到了赌场硝烟。赌徒看到赌场硝烟，汤公雨心里踏实了。兴师动众将我劫持到这里不就是为了聚赌吗？那就赌一赌吧。这时，黄天民推开会客室的窗子，指着横在宫岛街口的铁蒺藜路障说这里就是日中分界线——东边是日本租界地，楼房林立，街道整洁，树木成荫，到处显现出人类社会的高度文明。西边是中国管辖地，民居低矮散乱，地面坑洼不平，治安混乱不堪，多年形成民不聊生的"三不管"地带。日中分界咫尺之间，居然天壤之别。

汤公雨用心听着，以为大日本帝国有意修改《马关条约》，连忙起身作揖说公雨一介草民不敢涉足国家大事。这时黄天民终于露出笑容——却是轻蔑的冷笑。对方轻蔑的冷笑使汤公雨受到强烈刺激。

"汤先生不要害怕。今天我请您前来不为公干，只是私事而已。"黄天民的中国话十分地道，略沾东北口音，"您的事儿我都知道，在华界跟曹氏赌雨，大获全胜，在租界跟呼氏赌乳房，又大获全胜，不愧人称打赌大王。我呢久慕大名，不揣浅陋，今天也想跟汤先生赌一赌。不知您赏不赏光啊？"

汤公雨低头想了想，抬头问黄天民赌题。黄天民突然变得和颜悦色，指着窗外大街口的铁蒺藜路障说："小题目。"说罢轻轻击掌，一个文牍模样的小伙儿端着木盘走了进来。

日本人真是讲究情致。黄天民动手掀去覆盖在木盘上的红绸，汤公雨看到木盘里摆着两张中国宣纸。这是事先写好的赌据，一式两份。赵体，书法颇见功力。汤公雨手捧赌据，看着看着就冒了冷汗。他抬头看着黄天民："老天爷，这是小题目啊？"

黄天民终于露出难以掩饰的武士道精神："在我们大和民族的赌场上这只能称为小题目。这个题目让您受惊啦。"

汤公雨不顾对方的揶揄，企图突出重围："长官，这赌局我还是放弃吧……"

"汤先生请您不要叫我长官。"黄天民踱来踱去说，"我与你设题押赌，无论输赢都属于民间私事，您何必大惊小怪呢？"

民间私事？黄天民这句话点燃了汤公雨心底怒火："妈的，你要把日租界的界标往中国地界入侵八十码，还说这是民间私事！"心里这样想着，表面却不敢发作，他满脸堆笑说道："对不起，我不想承应您这个赌题。您让我回家吧。"

黄天民脸色阴沉露出凶相："回家？俗话说识时务者为俊杰。汤先生若想回家，必须承应这个赌题！"

汤公雨起身看了看窗外，越过铁蒺藜路障，就是华界地方。然而如果拒绝在赌据上签字，自己的性命必然留在日租界，成为冤鬼。日本宪兵杀人手段极其残忍。据说海河上的浮尸，十有八九死于日本刀下。

"我只给你十分钟考虑时间。"黄天民看到汤公雨犹豫不决，说罢起身大步走出会客室。

汤公雨闭目养神，心里拨拉着算盘珠子。黄天民究竟何许人也？听其言谈观其举止，此公绝非寻常人物。睁开眼睛看了看木盘里一式两份的赌据，超级赌徒汤公雨终于明白了"大题目"的分量。以前大获全胜的赌雨啊赌乳房啊，与日本人的一纸赌据相比统统不足挂齿。黄天民的赌据看似写得曲里拐弯，实则重若千钧。

甲方：大日本国驻华（天津）居民黄天民先生
乙方：中华民国天津特别市居民汤公雨先生

赌题：西历一九三一年十月十四日早八时起，大日本国天津租界西部边廓（即宫岛街西口）之界标（即铁蒺藜路障）向西（即中国地界）开洼地带推进八十码，至当日晚八时止。此间为规定时间。

赌标及赌注：甲方押注，在规定时间内无人（中国人）敢于逾越界标。乙方押注，在规定时间内有人（中国人）敢于逾越界标。赌金计为中国银圆十万元整。

甲方声明：孰胜孰负以现场实际情况为证。
乙方声明：孰胜孰负以现场实际情况为证。
日本（天津）金山株式会社担任现场仲裁。

汤公雨知道这个强加的赌局肯定无法躲避了。是福不是祸，是祸躲不过。古有晋文公退避三舍，今有汤公雨得过且过。想到光棍不吃眼前亏的江湖哲学，他也就无畏了，伸手抄起桌上毛笔，在一式两份的赌据上签上"汤公雨"三个字。

黄天民走了进来，拿起赌据看了看，然后轻声说："汤桑，现在您可以走啦。"

汤公雨获释之后立即得寸进尺："黄天民先生，我若获胜您要是死不给钱，我也没有办法啊！"

黄天民冷笑了："这是中国赌徒的逻辑。您为什么不做失败的打算呢？"

汤公雨不卑不亢："赌场无常，不以尧存，不以桀亡。"

黄天民号称中国通，却不懂得这个典故。

## 16

首先是《国民新闻报》捅出这个爆炸性新闻，之后华界报纸争相报道打赌大王汤公雨与驻华日人黄天民设局押赌的消息。尤其是发行量颇大的《小公报》明确指出化名黄天民者，正是日本华北驻屯军特务机关长土肥原贤二。一时间惊动了中国当局。天津驻军最高长官兼天津特别市市长萧学忠将军指出，日军侵华野心蓄谋自久，此次边界设赌居心险恶，用意不言自明。

消息传开，天津华界赌场总共三百六十八家，一夜之间统统关门歇业。天津华界的赌徒深知倭寇厉害，纷纷采取"惹不起，躲得起"的战术，效法姜维避祸，唯恐沾染麻烦。于是汤公雨成了人人避之的瘟疫。天津警察局则接受萧学忠将军指示，派出警员三十名寻访事主。大海捞针走遍大街小巷，就是不见汤公雨的踪影。

这时，萧学忠将军突然接到汤公雨的电话。这位新闻人物显得心惊胆战，电话里反复声明自己是在日方威逼之下签署赌约，无辜又无奈。萧学忠将军命令他立即前往警察局自首。汤公雨磨磨叽叽撂断了电话。

一天过去了，不见汤公雨前来自首。此时《九河时报》发表最新消息：汤公雨先生与卞丽莎女士再度签署赌约，双方认定在所谓"规定时间"内有人（中国人）敢于逾越日方在中国地界所设路障。汤公雨押注，逾越者为身着西服之男性国民；卞丽莎押注，逾越者为身着华服之男性国民。至于双方此番究竟投入多少赌金，不详。

沉寂数日的赌市，一下就被激活了。终日躲灾避祸的天津卫赌徒们，如坐春风。《国民新闻报》又发表消息称，德高望重的赌坛长者"呼大辫子"不甘人后，已明确表示愿借此机会与汤公雨小题目交手，再决高低。

曹四公子终于露面，通过《国事报》表示，愿意追加赌金十万元跟汤公雨押注。

乱了。这局面，正是天津赌场多年未见的"连环赌"。一个大题目怀孕，分娩几个小题目；一个大赌局发芽，枝枝蔓蔓生出许多小赌局。这好似孙悟空拔了一根毫毛，噗地一吹便生出漫天遍地的小猴儿，四处乱跑。天津的"连环赌"好生了得，有道是忽如一夜春风来，千家万户赌局开。

南开中学及直隶女子师范学校学生上街游行，抗议日方以民间聚赌名义，预谋扩展日本租界侵占中国领土。同时，游行学生向市井赌徒发出呼吁，切莫拜金，人生自重，勿忘国格。

事情终于闹大了。

日文版《天津朝日新闻》立即发表记者署名文章，声称近日采访华北驻屯军有关人士，均否认"黄天民"系土肥原贤二的中文化名。由此完全可以认定，"黄汤赌约"纯属民间行为，与日本官方无涉。

汤公雨与黄天民的赌局定在十月十四日，时光迫在眉睫。天津军政当局慌了手脚，萧学忠将军急电中央政府，同时命令毗邻日本租界的警备部队进入紧急状态。

中央政府当夜发来电令："日方倘若挑动租界流血事件，我方应保持十二分克制态度。日方非大举进犯，我方不允开枪还击。"萧学忠将军凌晨时分赶往华界与日租界的交界地带，命令驻守士兵子弹退膛，后退五百码待命。

天色渐亮，萧将军抬眼望去，立即被晨曦之中的景象所惊呆。距离"中日边界"三百码的狭长地带，兀地冒出一座座草棚子，绵绵密密挤挤匝匝，很像一个大村庄。行伍出身的萧学忠大惑不解，立即策马向前。

这是夜间形成的一个"村庄"。一座座棚子里聚集着一群群赌徒，足有四五百人。他们摆局设注，押赌的题目虽然五花八门，但是都与"中日边界"有关。

骆小山的棚子里押的题目是：敢于逾越路障的男子年纪在二十八岁

到三十一岁之间。赌金十二块银圆。这里押赌的随从，已达三十多人。

狗裢儿的棚子里押的题目是：敢于逾越路障的男子身高在五尺二寸到五尺四寸之间。赌金三块银圆。十几个穷汉聚在这里等候开局。

有押来者穿皮鞋的，也有押来者扎腰带的；有押来者戴帽子的，还有押来者剃光头的；当然更有押没有来者的……人生大赌场啊。一座棚子连着一座棚子，一望无边。一群赌徒押着一个题目，争论不休。面对赌徒们的战场，萧学忠将军无话可说，策马跑回临时指挥所。战争的气氛，渐渐浓烈了。

早晨八点钟，萧学忠将军在望远镜里看到八个身穿黄呢军装的日本士兵抬着铁蒺藜路障走出宫岛街西口，越过"中日边界"大步迈进华界地盘。十码，二十码，三十码……到达八十码地方，日本士兵放下铁蒺藜路障，列队返回日租界。一个身穿黑色西装的男子站在日方检查所门前。萧将军从望远镜里认出，这就是化名"黄天民"的日本华北驻屯军特务机关长土肥原贤二。

日本军队持枪荷弹，侵入华界；中国百姓棚下聚赌，百无聊赖。萧将军想起这场大赌博的元凶汤公雨，心中不禁怒火难捺。

来自中新学校的一群女学生气喘吁吁跑向中国军队临时指挥所。她们手中的小旗子上写着"打倒列强"，口中高呼"日本军队滚回去"的口号，朝前冲去。萧学忠将军命令警卫连将这群女学生轰进临时指挥所，保护起来。女学生们高声朗诵文天祥的诗句，号啕大哭起来。警卫连长大声喊道："傻了吧唧的学生们啊，日本兵会开枪打死你们的！"

这一群女学生的领队竟是吴晓玉，这位女教师大声哭道："即使摆满铁蒺藜路障，那里也是我们中国的土地，为什么就没有中国人敢于行走呢？真是可悲可叹啊！"

此时，谁也不会知道日本特务机关长土肥原贤二挖空心思策划这场"边界赌局"完全是为了转移视线——大清逊帝溥仪上午十时将离开张园被日本宪兵秘密送往塘沽码头登轮驶向大连，然后转道"满洲国"登基。

"中日边界"静悄悄——杳无人迹。

又赶来一群汇文中学的男学生。他们血气方刚，满腔悲愤，高声喊叫着向日租界方向冲去。全副武装的中国军队手持刺刀将他们团团包围，动弹不得。这群男学生纷纷咬破手指，在衣裳上写着血书。

"中日边界"仍然静悄悄，就连小鸟儿也不见飞过一只。

正午时分，棚下聚赌的老少爷儿们骚动起来——他们对这种静若死水的局面感到难以忍受。如此下去，赌局何时出现结果呢？

赌徒们开始咒骂汤公雨，偶尔也有人咒骂"黄天民"——但绝大多数人并不知道此公就是华北驻屯军特务机关长土肥原贤二。此时，站在日租界路卡检查站门前的土肥原贤二踌躇满志，同时心中充满对中国的蔑视。那一群赌徒面对日本路障向华界纵深推进八十码的局面居然无动于衷，关心的只是银圆的输赢。汤公雨啊汤公雨，作为中国人此番你必败无疑了。

中新学校的女学生与汇文中学的男学生聚集在一起，高声喊着口号。过午的阳光照耀着他们激愤而困惑的面孔，同时也照耀着脸色铁青神情淡漠的赌徒们。

规定时间内没有中国人敢于逾越界标。莫非土肥原贤二此番真的要大获全胜吗？

这时候，一个人影儿突然出现，仿佛从天而降。强烈的阳光下，人们渐渐看清这是个男人。他快步朝着日军摆放的铁蒺藜奔去。天地之间蓦然静穆，没有喝彩，也没有欢呼，人们甚至没有发出一声惊叹。此时，中国人的目光定定注视着他，日本人的目光定定注视着他。一只落在铁蒺藜上的小鸟儿，也眨着好奇的目光注视着他。

他的腰脚似乎天生就不灵活，跨过铁蒺藜路障的时候他的动作显得笨拙。越过路障他继续朝前奔去。

这里永远是中国的土地。

冷血动物土肥原贤二大惊失色，不由啊了一声。他看到对方越跑越近，穿蓝色西装戴紫色领带，黑色头发在太阳照耀下闪烁着缎子般光泽。

老谋深算的土肥原贤二始料不及，脸色蓦然变得铁青。他从不承认中国人具有血性，他甚至认为中国人已经彻底丧失活力。此情此景，却令他无话可说。

阳光强烈。土肥原贤二眯着眼睛，朝身后的狙击手挥了挥手，枪就响了。枪声穿过阳光，射向紫色领带。紫色瞬间变成红色。

他捂着蓝色西装胸前涌出的鲜血，望着土肥原贤二喃喃说道："Japanese，你……输啦！"面无表情的土肥原贤二仿佛听到了这句话，远远朝着他点了点头。

勇敢的人就这样倒下了，似乎意犹未尽。他含在嘴里的最后遗言已然无法说出，但他留有遗书。

汤公雨的遗书很短。他说我是赌棍，我殉了。这次获胜赌金我全部赠给恩师吴有为以及吴晓玉。他还在遗书中嘱咐狗橄儿，年年清明勿忘焚烧纸钱，告慰四喜亡灵。他承认，自己跟四喜押赌时，多次使用了手彩儿。

汤公雨就是这样一个赌者。

**作者附记**：吴晓玉终身未婚，著有《天津近代赌博史》遗稿三卷。该书洋洋二十八万言，为卞丽莎、呼大辫子、曹四公子以及四喜诸人设立小传，却只字未提汤公雨其人。这可能是吴晓玉对汤公雨的真正纪念吧。

# 1935 年的真相

## 1 开 场

民国二十四年的华历四月二十八。这天一大早儿，坐落在天津北大关的隆昌海货店里陆续走出一群小伙计，有的端着铜盆往台阶上洒水，有的抄起扫帚在地上"写字儿"，有的跑去摘卸店铺门板儿，不言不语却是一派忙碌景象。这时，一个大胖子怀里抱着一块红漆招牌，立在隆昌海货店大门外。大胖子是当班的襄理。红漆招牌上写着四个大字：翟府待茶。

海货店操办茶事，外人是不知内情的。伙计们做罢活计，纷纷回到店里去了。大胖襄理并不停闲，指挥小伙计们收拾店堂。搬桌子、携椅子、洗茶壶、涮茶碗，还在柜台上摆了几盆鲜花。经过一番拾掇，海货店变成了品茗饮茶的雅座，显得不伦不类。

临近上午九点钟，北门外大街上的人流明显稠了。无论乘车的还是步行的，人们纷纷奔南而去，进了北门继续向南，出了南门脸儿仍然不改方向，一窝蜂朝南而去好像那里正在舍粥。反观从南向北而来的人流，却很是稀疏。这到底是为什么呢？

原来华历四月二十八正是民间传说的药王诞辰。天津城南三十里地方有一座峰山药王庙，据说颇为灵验。每逢四月二十八祭祀药王孙思邈，峰山药王庙都有庙会。届时，天津四城八乡的父老乡亲们为了驱灾

68

祛病身康体健，一大清早儿便争先恐后奔向城南峰山药王庙进香许愿。一路上人山人海，成为津门一景。

尽管如此，临近九点钟隆昌海货店还是接待了几拨顾客，其中不乏操着关外口音前来贩货的东北老客儿。领班的大伙计身穿青布大褂拱手行礼，频频朝着顾客们表示歉意，然后指着立在店堂门外红漆招牌说，请多多包涵，敝号翟府待茶，上午暂不营业。

顾客里有人听说隆昌海货店头晌"翟府待茶"，立即连连点头做出恍然大悟的样子，说了声下午再来，转身走了。

如此看来，这年年岁岁四月二十八的翟府待茶，好比年年岁岁四月二十八的药王庙会，已经成为隆昌海货店多年的惯例了。

（这一年，大军阀孙传芳在天津东南城角的居士林被仇家之女施剑翘刺杀，枪响人亡。有人说佛堂里响了两枪，有人说佛堂里响了三枪，难以定论。发生在天津市的案件，往往难以定论。）

这时候金华桥畔的大运河里则是一派繁忙景象。有船儿靠岸一声吆喝"挂缆哟"，苦力们便开始卸货了。也有船儿扬帆起航，满载货物而去泛起一道道浪花。俗话说鲜鱼水菜。老世年间天津的鱼码头，主要的卸货地点聚集在河北娘娘庙一带。打鱼的"海椰头"们趁着渤海涨潮逆流而上，满载着黄花鱼驶进陈家沟子，交给鱼锅伙发行。菜码头主要接收古镇杨柳青迤西的青菜，因此金华桥一带的码头，那是很繁忙的。

一条平底快船此时自西向东行驶在运河上。它顺风顺水抵达了金华桥左岸，大喊拴缆。身穿蓝缎棉袍的青年男子站在船头，鹰鼻鹞眼，鼠嘴猴腮，样子十分特别。只见这艘平底快船落帆靠岸然后还没企稳，这青年男子纵身跳到岸上，落地无声，面不更色。他身后的两个小伙子均是短打扮，大脚阔步，紧紧跟随着这件"蓝缎棉袍"朝着金华桥走去。

这一年闰三月，因此进了四月天气已经暖和，棉袍儿应当换季了。可这位身穿蓝缎棉袍的青年男子手里摇着一柄黑色折扇行走在金华桥上，这种不伦不类的装束随即引起路人注目。然而此公目不斜视如过无人之境，就好像这世界都是他的产业，过了金华桥径直朝着隆昌海货店走来。

隆昌海货店门前，领班的大伙计向着这位身穿棉袍的顾客拱手行礼笑容满面说，请多包涵，敝号翟府待茶，上午暂停营业。

此公并不理睬领班，摇着手里的黑色折扇大步闯进隆昌海货店，进了门便响亮地咳了一声。站在柜台里的小伙计偷偷笑了——这声音很像浴客泡进热水里发出的响动，而这里却是隆昌海货店。

这一声响咳惊动了当班襄理，他扭动着一身肥肉迎出柜台，注视着这位鹰鼻鹞眼鼠嘴猴腮的身穿蓝缎棉袍的青年男子，觉得来者很是陌生。

这位先生，敝号奉命翟府待茶，上午暂停营业，劳您大驾请午后光临吧。

翟府待茶，这怎么回事儿啊？来者口气很大，目光却注视着挂在迎面墙上的两只大鱼翅。

说起鱼翅，没人不承认隆昌海货店这块金字招牌。无论"先得月"还是"聚合成"，天津卫大饭庄使用的鱼翅都是常年从这里进货。大胖襄理走上前来对这位顾客解释说，翟府待茶就是每年四月二十八，针市街正昌货栈的翟家祭河归来路过此处，敝号设茶延请翟荫堂先生歇脚小憩，以示应酬，因此上午暂停营业。还望您海涵啊。

翟府待茶？今天我要是连翟家的正昌货栈一起接收了，你也就用不着暂停营业啦。这位身穿蓝缎棉袍的青年男子操着杨柳青口音，一屁股坐在店堂里的太师椅上，谱儿很大。

大胖襄理平日里什么主顾都见过，可还是难以判断这位尚未换季仍然穿着蓝缎棉袍的青年男子何许人也。他只得以守为攻叫小伙计给这位先生上茶。

一个小伙计双手捧着一碗热茶迈着一串小碎步儿走上前来笑容满面地说，这位先生您请用茶吧，这是上等香片。

这时店堂里的大座钟咣地敲了一响，这是说上午九点半钟了。这位顾客伸手从蓝缎棉袍里掏出怀表瞟了一眼，好像根本不相信隆昌海货店的时辰。

大胖襄理一眼看出这块镀金怀表是上等西洋货，口气缓解了几分说，这位先生您需要什么请撂下一张单子，过了晌午我们保证一样儿不差把东西送到您府上。

我不愿意听你说话，话痨似的，就好像我耳边飞来一只大苍蝇。我说你给我闭嘴行吗？来者说话口气不小，不可一世的表情。

大胖襄理皮笑肉不笑地说，既然不愿意听我说话，您是要买燕窝儿呢还是要买鱼翅呢，请赶紧吩咐吧。

这还用问吗，鱼翅呗。

大胖襄理突然哈哈大笑说，您是来买鱼翅的？这我可不能让您空手回去。我们隆昌海货店鱼翅分三六九等，您要哪一种啊？

这还用问吗，上等的呗。

大胖襄理吩咐柜台里把最好的鱼翅子拿出来，然后突然发问，您在什么地方发财啊？

你们生意人就是看人下菜碟儿，势利眼。我告诉你吧，大宅门，我常走，一座宅儿门一码头。

听了这两句顺口溜，大胖襄理估计来者有几分青帮背景，于是伸手礼让说，大鱼翅来啦，请您老人家看货吧。

柜台里捧出一只红绒衬底的玻璃匣子，里面装着一只大鱼翅。这是隆昌海货店的头等货色。

这位年轻顾客并不急于看货，他坐在太师椅上呷了一口茶水，扬起脖子咕嘟咕嘟漱了漱口，一扭头噗的一声将满口茶水吐在地上。

大胖襄理见多识广，此时愈发猜不出这位举止粗鄙的顾客究竟属于哪路英雄。他只得嘿嘿笑着说，这是我们隆昌海货店的头等鱼翅，不知您满意不满意。

对方听了这话，突然伸手啪地一拍大腿说，您瞧我这记性，今天我是来买燕儿窝的，不买鱼翅。

大胖襄理顿时气得脸色泛青，他知道今天遇到了祸头。强忍心头怒火他盯视着这位来历不明的顾客说，我现在要是把燕儿窝拿出来，你不会改嘴说今天是来买臭豆腐的吧？

嘿嘿。对方脸上露出几分无赖的笑容，却不言语。

好吧，那就快把上等燕儿窝拿出来吧。大胖襄理说罢朝着柜台里的大伙计递了一个眼色。大伙计不慌不忙从柜台里端出一盆晒干的海蜓子，郑重地递给柜台外的小伙计。小伙计吆喝了一声"上等燕儿窝来啦"，将这一盆晒干的海蜓子递给大胖襄理。

哎哟，这是我们店里的上等燕儿窝啊，请您老人家过目吧。大胖襄理不冷不热地说着。

这位年轻顾客做出见多识广的样子，抬起头瞥了一眼晒干的海蜓子，漫不经心地伸手从盆里捏起一颗海蜓子，满脸鄙夷的表情。这是上等燕儿窝啊？这种货色你们也敢当成宝贝拿出来给我看，我看你们真是一群臭要饭的，隆昌海货店赶紧关门歇业吧。

这位先生，这可是货真价实的上等燕儿窝啊！你就是走遍天津卫，也买不到比它更好的货色。当年它是贡品，除了光绪和西太后谁敢吃啊！大胖襄理一本正经说着，尽情戏弄着这位装腔作势的顾客。

伙计们极力忍着，就是不敢笑出声来。

这位顾客从盆里捏起一颗海蜓子，表情尖刻地说，无奸不商，无商不奸，你说这是上等燕儿窝，我可信不过。我必须亲口尝一尝。说着，就将这颗海蜓子放在嘴边，伸出舌头——舔了舔。

居然将海蜓子当作燕儿窝而且冒充内行伸出舌头舔了舔，这煞有介事的样子实乃滑天下之大稽，伙计们终于忍耐不住了，嗡的一声爆发了一阵哄堂大笑。

大胖襄理乘胜攻击说，这位先生您身上这件蓝缎棉袍是赁来的吧？这燕儿窝您也尝过了，我看你赶紧脱了棉袍吧省了捂出一身痱子来。

对方竟然遵命，起身脱掉棉袍，露出一身月白色春绸裤褂——赵云的长靠变成了武松的短打扮。

你们以为我真的不认识燕儿窝啊？我实话告诉你们，今儿我在这里

72

软磨硬泡就是为了等候翟荫堂！那老家伙怎么还没来啊？

大胖襄理听了这番话，猜出这位先生并非等闲之辈，立即拱手行礼说，请问您在这里等候翟荫堂，有何贵干啊？

对方冷笑了。这关你屁事儿！今天要不是我大事在身，非给你这身肥肉减减膘儿不可。

大胖襄理脸色倏地变得惨白，一时语塞。

这时候，四条陌生壮汉鱼贯而行，大步走进隆昌海货店大门，一起朝着身穿蓝缎棉袍的青年男子拱手行礼，其中一位驴脸汉子说，卢二少爷，我听说翟荫堂那老家伙病了，他派出两个儿子代替他祭河，早早就收场了，此时走针市西口已然返回正昌货栈啦。

他妈的，翟荫堂病啦？合着咱们白白在这儿等候多时！这位被称为"卢二少爷"的青年男子听了驴脸汉子的禀报，脾气顿时暴躁起来。他伸手缓缓从那只大盆里捏起一海蛏子，一甩手嗖的一声——这颗海蛏子便准确地击中了大胖襄理的面门。大胖子疼得一声唉哟，伸手捂住痛处喊叫起来。

走！咱们现在就去正昌货栈找姓翟的算账。这位卢二少爷伸手从太师椅上拿起蓝缎棉袍给自己披上，一声喊喝大步走出隆昌海货店，他大摇大摆行走在北门外大街上。四条壮汉紧紧跟随在他身后。此时早已隐蔽在各个角落里的二十几个打手也纷纷露面了，一起跟随在四条壮汉身后，气势汹汹朝着针市街方向走去。

北门外大街上的行人们一看就知道这是大战在即，吓得纷纷闪开了道路。同时，一个不胫而走的消息已然传遍大街小巷：大事不好啦，一大群操着杨柳青口音的汉子进津闹事儿，他们在隆昌海货店歇了歇脚，为首者还飞出一颗海蛏子击中大胖襄理的面门，颇有几分武功。此时他们离开隆昌海货店向南走去，已经气势汹汹地进了针市街。

一眨眼之间便传遍大街小巷的这个消息，完全属实。

# 2 背 景

　　每年华历四月二十八这天上午，金华桥迤西的大运河南岸必然拥挤得水泄不通。因此有童谣云："四月二十八，城南庙会看药王，比不过城北祭河的翟荫堂。"

　　翟荫堂老先生是正昌货栈的东家，名气很大。每年四月二十八他率领全家前来大运河畔祭祀河神，这已成定规。

　　说起翟荫堂祭河谢恩的缘故，起因并不复杂。二十年前的四月二十八，年轻的翟荫堂乘船前往山东鱼台贩货，离津不久驶入静海境内，突然翻船落水，生意伙伴们纷纷罹难，翟荫堂却奇迹般存活。翟荫堂大难不死，坚决认为此乃"天恩河赐"，便将四月二十八视为"重生日"，每逢此日必然隆重举行盛大仪式以谢河神。翟氏这种感恩戴德的行为，为他在天津商界赢得了良好口碑。

　　翟荫堂家住天津城里大费家胡同。据说这条胡同因崇祯年间出了一位费宫人而得名。翟荫堂年届花甲体弱气衰，即使风和日丽也深居简出，生意交给钦三先生打理。近来有传言说，翟荫堂沾染了不良嗜好，不便出门行走。

　　翟荫堂主持的祭河谢恩仪式，那是很有看头的。四月二十八往往是早晨八点半钟，浩浩荡荡的祭河队伍便走出正昌货栈大门，一路吹吹打打沿着针市街朝东走去，拐弯向北，热热闹闹直奔大运河岸边而去。这时候，围观的人们紧紧跟随上来，有家住附近的寻常百姓，更多的是专程从远处赶来的穷人。

　　翟氏祭河的队伍以执事开路，举着旗锣伞扇什么的，挺气派。紧随其后是一班道士，咿咿呀呀念唱着，经曲悠扬。道士们后面是一桌子鲜花和一桌子翠柏，鲜花翠柏之后四个伙计抬着一只香味四溢的烤全羊，这一只烤全羊后面是一桌子祥德斋点心，一桌子点心后面是一桌子五花肉，一条条摆出"谢恩"二字，一桌子五花肉后面是四只巨大的筐箩，

74

小船儿似的。每一只大笸箩里都盛着二百个热气腾腾的大馒头，每个大馒头里都包裹着一块银圆。这四只大笸箩里是八百个大馒头，这八百个大馒头里包裹着八百块银圆。这四只大笸箩后面便是翟荫堂以及家人了。翟荫堂老先生有两个儿子。大儿子名叫翟金诚，文质彬彬的样子，一看就知道是白面书生，二儿子名叫翟云隆，身高体壮一派武把子形象。走在队伍最后的是一班和尚，身披袈裟一路诵经不止。

　　每年的临河谢恩仪式之后，翟荫堂老先生回家途中必然走进隆昌海货店歇脚小憩，呷几口香气拂面的热茶，然后起身打道回府，这就是隆昌海货店一年一度的"翟府待茶"。

　　今年的四月二十八，一大早儿的大运河边就聚了一大群人，有男有女有老有少，翘首以待。时间渐渐到了上午九点多钟。往年这时辰，翟家祭河的队伍应当走出针市街东口了。

　　今年好像有所变故。临近十点钟，河边还是不见祭河的踪影。人群渐渐躁动起来，有人开始骂街了。

　　老子天不亮就从三义庄跑到这里，怎么还不见姓翟的人影啊？

　　他妈的，今天翟荫堂一定是不来啦！四月二十八祭河谢恩？我看他这是假装慈悲。

　　我听说翟荫堂年轻的时候，吃喝嫖赌四样儿全沾，根本就不是一只好鸟儿！

　　运河岸边人们议论纷纷，从坚忍的等待渐渐变成无聊的谩骂。天津人骂街力度很大，往往是一镐头刨到底，不见泥汤子不罢休。

　　临近十点钟了。一个衣衫褴褛的汉子突然大声喊道，都快十点啦，搁往年这时候已然完事儿了，今年咱们怕是白费工夫啦！

　　人群嗡的一声动荡起来。失去耐心的人流朝前金华桥方向涌去，很快就要演变成为一群寻衅滋事的乱民。

　　这时突然传来一阵悠扬舒缓的鼓乐，正是"行街"慢板。混乱不堪的人流顿时停住脚步，一起回头朝远处望去。

　　来啦来啦！翟家祭河谢恩的队伍真他妈的来啦。衣衫褴褛的汉子大声嚷嚷着。人们立即欢呼起来，撒腿朝着前面跑去。

翟家的祭河队伍迟到了，可阵势却不减，依然是八个执事开道，其后是一桌桌供品，乐队紧随，奏的是《行街》。一班道士吟诵着经文，气氛很是庄重。看热闹的人流很快弥散在运河堤岸上，焦急地等待着祭河仪式的开始。说起运河的这一段河堤，正是庚子年间红灯照大师姐林黑儿乘坐"黄莲圣母号"停船的码头。

那位衣衫褴褛的汉子爬到一棵大树上，居高临下注视着热闹的场面。咦，敢情只来了翟大少爷翟金诚和翟二少爷翟云隆，今天怎么没见翟荫堂老先生呢？

是啊，一成不变的四月二十八，每年主角翟荫堂从不缺席。唯独今年的祭河仪式，翟荫堂本人竟然没有出席。人们小声议论着，又惊又疑。

翟荫堂没来，今天的临河谢恩只得由翟家大少爷翟金诚主祭。一张宽大的供桌摆在河堤上，香炉里青烟缭绕。十几个伙计忙着将供品摆上供桌，干鲜果品一应俱全。和尚们与道士们，轮班诵经了。

翟金诚细长身材，清瘦的瓜子脸，目光炯炯有神，穿着一件蓝布大褂，显得挺朴素的。翟云隆则是一张圆脸，五短身材穿了一套黑色中山服，看上去不大像学生，反而觉得他正在武馆里学艺。

翟金诚年长翟云隆两岁，今天由他主祭。

钦三先生不胖不瘦不高不矮，表情谦和。一大群伙计在他的指挥下很快就布置好祭祀河神的场面。诵经声声笼罩着河堤上。翟金诚手持一纸祭词，似乎有些心不在焉。二少爷翟云隆东张西望着，满脸漫不经心的表情。

伴着运河岸边一阵阵诵经声，大少爷翟金诚亲手放生了。他将两桶活蹦乱跳的鲫鱼倒进大运河里。二少爷翟云隆随后亲手放了两笼子黄雀儿，这群小鸟儿一溜烟飞走了。

这时候，一位身披紫色薄呢斗篷的年轻女子悄悄挤进运河堤岸上的人群里，出神地注视着远处的翟大少爷——翟金诚。

76

诵经声戛然而止。翟金诚开始大声朗读《祭河神赋》。这是一篇文采飞扬的文章，首先回顾了当年四月二十八翟荫堂乘船遇险落水不死的史实，然后对河神进行了感恩戴德的歌颂，末尾则是祈祷众神保佑翟氏家族平安昌盛兴旺发达云云。

翟金诚是土生土长的天津娃娃，毕业于私立南开学校，正准备报考北洋大学预科。由于受过正规教育，他朗诵祭文操着标准国语，丝毫没有天津口音里的"齿音字"，听起来字正腔圆，优美文雅。那位身披紫色薄呢斗篷的年轻女子目光痴迷注视着他，不由得朝前走了几步。

有人小声说，别挤啊别挤，现在还没往河里扔大馒头呢。

翟金诚大声读罢《祭河神赋》，无意之间抬头朝着身披紫色薄呢斗篷年轻女子的方向投来一瞥。她很敏感，立即低头转身挤出人群，很窘的样子。

钦三先生主持祭祀仪式，翟金诚和翟云隆并排跪在运河堤岸上，一连叩了三个响头，以谢河恩。这时候，翟府的十几个伙计大声吆喝着："谢——恩——啦！"然后便将祭品投入水流湍急的运河里。

首先投入河里的是那一只烤全羊，激起一团浪花，然后是鸡鸭鱼肉以及一只只白面大馒头还有一包包祥德斋的点心，接二连三地投入水中。这时候，运河两岸腾的一声沸腾起来。今天人们从四面八方赶到这里，焦急等待的就是这个激动人心的时刻啊。只见那个衣衫褴褛的汉子率先跳入运河，顺流追逐着漂浮在水面上的一只只大馒头。紧接着，一群半大小子争先恐后跳进水里，奋力朝前游去。其中一个男孩儿快速游动着，顺流追击着那只烤全羊。

此时人们心里明白，鸡鸭鱼肉纵然不错，可水面上漂浮着的一只只白面馒头里包裹着一块块响当当的银圆啊——年年如此。

几个中年妇女竟然也跳进河里，站在水中伸出双手急切地去抓漂浮而来的白面大馒头。一个妇女抓到一只馒头之后马上掰开。哎，今年怎么没看见银圆呢？另一个抓到馒头的妇女也喊叫起来，是啊，今年的馒头里怎么没银圆呢！

一时间，这条河流里人头攒动手臂挥舞，吵吵嚷嚷乱成一锅热粥。

人们惊叫起来。原来一个捞取烤全羊的男孩儿被激流卷走，没了踪影。这男孩儿的母亲一边哭号一边向着三岔河口跑去。

钦三先生神色慌张，立即压低声音对翟金诚说，大少爷，我看咱们还是赶紧打道回府吧。

翟金诚小声吩咐说，好吧好吧，咱们走针市街西口儿，别去隆昌海货店喝茶啦，直接回到正昌货栈就是了。于是，笙管笛箫响起，锣号鼓钹齐鸣，翟金诚和翟云隆并排走着，今年的祭河仪式就这样草草收场了。

正昌货栈中午吃捞面，据说是三鲜卤儿。后来的事实证明，这顿午饭确实是三鲜卤儿，而且味道不错。

三鲜打卤儿面就是三鲜打卤儿面，史实是不容歪曲的。


## 8  外景地

针市街东口的对过儿，一街之隔有着一条极其狭窄的胡同，人称"耳朵眼胡同"。把着胡同口儿有一间很小的店铺，这便是夫妻经营的增盛成炸糕铺。这里店面虽小，货色倒是人人称道。久而久之"增盛成"的字号无人知晓，"耳朵眼炸糕"却叫响了（多年之后中国进入改革开放大时代，这"耳朵眼炸糕"进入天津卫食品"三绝"而远近闻名，也是不争的事实）。

这位卢二少爷身披蓝缎棉袍一派大混混儿形象，大步来到增盛成炸糕铺门前。店主刘万春立即迎将出来，热情地跟这位年轻顾客打着招呼。卢二少爷回头问那一群汉子，你们也该吃点儿东西啦？汉子们纷纷点头表示饿了。十几个打手更是热烈响应，说一大早儿就上了船此时肚子饿得骂娘了。

你给我拿二百个炸糕。卢二少爷伸出两个手指说。店主刘万春听了又惊又喜又忧，连连摆手说一时我可做不出二百个炸糕来啊。

你废话少说。弟兄们在杨柳青上船的时候就说要吃天津卫北大关的热炸糕。这二百个炸糕我限你半个钟头做出来，实在不行就把你按在油锅里。卢二少爷恶声恶气说着，伸手从铁算子上拿起一个热炸糕，贪婪地吃了起来。他大口咀嚼着，被热炸糕烫得咝咝吸着凉气。

刘万春夫妇立即动手操作起来。一只只白色糕团投入吱吱作响的油锅，渐渐炸成金黄颜色。增盛成炸糕铺门前仿佛来了一群蝗虫，操着杨柳青口音的汉子们，十分放肆地吃着。

临近正午时分，被人称为卢二少爷的青年男子身披蓝缎棉袍，嘴里咀嚼着炸糕走进了针市街口。这街口大墙上贴着一张海报："国光大戏院隆重上演新编三幕五场话剧《活鱼摔死卖》，导演胡疑，主演郑倡，助演天外天话剧团。票价减半。"

卢二少爷看罢哈哈大笑说，活鱼摔死卖，那死鱼怎么办啊？说罢一步三摇走到正昌货栈大门前，驻足抬头注视着天津书法家杨无怪题写的"正昌货栈"的匾额，不由得嘿嘿冷笑了。

几个望风的汉子凑上前来，怯怯生生跟卢二少爷打招呼。他们之间似乎并不熟悉。卢二少爷低声问了一句，那驴脸汉子立即报告说正昌货栈的午宴马上就开始了，主食是三鲜打卤儿面。卢二少爷笑了笑，说这最后一顿午饭就让翟家父子吃饱喝足吧。

一时间空气紧张起来。

驴脸汉子遵命，转身朝着远处招了招手，几个汉子立即搬来一套桌椅，大大方方摆在正昌货栈门前。很快有人送来一壶热茶。卢二少爷落座之后随即跷起二郎腿，悠然品味着香茗。这一切显然经过了细心策划与周密安排。

正昌货栈大门外，卢二少爷坐在桌前喝茶，表情很是从容。他的左手摁着桌子，中指和食指轮番弹击着桌面，发出急促的声响，嗒嗒嗒仿佛一匹快马从远处跑来。他弹击桌面的手指显得非常粗糙，使人想起常年务农的庄稼汉。

时辰到了。卢二少爷挥了挥手。几个满嘴杨柳青口音的汉子双手叉腰大声叫骂，气焰嚣张。

翟荫堂你这老东西，你不要假装缩头乌龟，滚出来吧！

冤有头，债有主，姓翟的你们出来！

姓翟的你们听着，今天我们卢家二少爷大驾光临，老账新账一块儿算！

正昌货栈里一个看门的小伙计跑了出来，大声责问着。你们是干什么的？光天化日跑到这里来撒野，这还有没有王法啊！

卢二少爷伸手指着这个看门的小伙计说，你马上告诉翟荫堂，就说我卢二少爷找他算账来啦。

卢二少爷？那你到底是什么人！伙计梗起脖子大声发问。

卢二少爷噗地一口吐了这个伙计满脸唾沫星子。你现在就叫翟荫堂那老家伙滚出来见我！

驴脸汉子暗暗指挥着。骂呀，使劲儿骂呀，你们不要有气无力的，一定要充满深仇大恨似的！

这时候，天津估衣街有名的袍带混混吉晓楼乘坐一辆"胶皮"来到正昌货栈大门外。吉晓楼这个外号"了事大王"的五短汉子，他从胶皮车里跳出来，朝着卢二少爷拱了拱手，却不言不语。

这一个个人物相继出场了，不禁使人想起流行街头的活报剧。

钦三先生慌里慌张跑出正昌货栈大门一眼看见吉晓楼，心里顿时全明白了。此时是全神下界——闹事儿的来了，了事儿的也来了。看来无论是老账新账，今天一定要彻底清算了。

你是正昌货栈的账房先生钦三吧？按说你是一个好人啊，怎么你良心也让狗给叼去啦？卢二少爷眯缝着眼睛注视着这位账房先生，目光里充满仇恨。

钦三先生低声说，卢二少爷，请您不要信口开河。

我信口开河？你现在就把翟荫堂那老棺材瓢子给我叫出来。我要跟他当场对质，他为什么独吞了正昌货栈的股份！

钦三先生急了，走上前来大声劝慰说，卢二少爷你千万不要乱讲啊，翟荫堂老先生可不是坏人啊。

卢二少爷突然仰天大笑，钦三啊钦三，我看你们是不见棺材不掉泪啊。说着他脱去蓝缎棉袍拎在手里，露出一身月白色春绸裤褂，人也显出几分洁净。

天津卫著名的"了事大王"吉晓楼乐呵呵走过来说，钦三啊今天这阵势你也看见啦，你挡也挡不住，干脆就请翟荫堂老先生出来吧。

卢二少爷呼的一声抖开这件蓝缎棉袍。钦三先生一眼看到棉袍里面缝着两块写满墨字的白绸子。卢二少爷咬牙切齿说，钦三你看，这件棉袍里面就是当年的房产契书和股权凭证！

钦三先生看罢，抹了抹满脸汗水说，既然如此我只能请翟家父子出面了，你们之间的恩恩怨怨你们当场了断吧。

这时候，翟荫堂咳嗽了一声不慌不忙走出正昌货栈大门。他身穿黑色纺绸的夹裤夹袄，一眼望去显得庄严肃穆。这位老先生身后，紧紧跟随着他的两个儿子，左边是文绉绉的长子翟金诚，右边是愣头青似的二儿子翟云隆。

卢二少爷注视着翟氏父子，嘿嘿笑了。他转身将蓝缎棉袍摊开，铺在一张桌子上，然后从腰后抽出一把菜刀，雪亮地拎在手里。

翟家长子翟金诚立即说，卢二少爷，如今是民国了，你光天化日动刀动枪的不许可啊。

"了事大王"吉晓楼乐呵呵的，手里拿着一份契书说，这张契纸黑字白纸已经变黄了，可是铁证如山啊。这正昌货栈两家合股，翟家拥有一半儿股本，卢家也拥有一半儿股本啊。可卢家的股本被翟家独自侵吞了二十年。如今是青天白日朗朗乾坤，人心自在，公理自明，这正昌货栈理所应当由卢二少爷收回吧？

翟家次子翟云隆冲上前来，指着"了事大王"吉晓楼的鼻子大声说，你胡说八道！这正昌货栈压根儿是我们翟家的，你们这一群混混儿休想动它一根毫毛！

吉晓楼仍然笑呵呵说，你这小毛孩子懂得什么？当年翟荫堂侵吞卢

81

家股份的时候，你还在娘胎里呢。

翟荫堂脸色变得灰白，一语不发。翟金诚扭脸注视着父亲，压低声音问了一句话。翟荫堂摇了摇头，仍然一语不发。

翟云隆愈发狂躁起来，吼叫着朝卢二少爷扑过来。卢二少爷呼的一声举起手里菜刀大声叫道，姓翟的，既然你们死不认账，今天咱们只能按照江湖码头的规矩，自己给自己放一放血啦！

不就是放一放血吗？今儿咱们就真刀真枪地练一练！翟云隆立即应声，毫不示弱。

翟荫堂有气无力喊了一声，云隆！这是生意场，你千万不要胡闹啊。这喊声似有似无，已经被翟云隆和卢二少爷的怒吼淹没了。

驴脸汉子站在桌前，将那件写着卢德发遗嘱的蓝缎棉袍收拾起来，然后十分利落地铺好一块白色桌布。有人端来一只大海碗，里面盛满了云南白药。

翟云隆固然鲁莽生猛，却是正经的良家子弟，他看不懂吉晓楼摆出的是什么阵势，脸上露出几分茫然表情。

卢二少爷站在桌前将自己的左手摆在白色桌布上，笑了笑说，我若不先放一股子鲜血，恐怕夺不回这正昌货栈。好啦，诸位上眼请看啊！话音未落他右手挥起菜刀啪的一声剁掉了自己左手的一小节儿食指。

鲜血四溅。白色桌布上立即绽开一片殷红的花朵。

吉晓楼站在一旁大声解说着。诸位老少爷儿们，你们可都看明白了，今天卢二少爷绝不是前来挑事儿打架的混混儿，我们也不是前来看热闹儿的闲人。今儿这阵势大伙心明眼亮，就是卢家找翟家论一论正昌货栈的产权！

驴脸汉子好像戏台上的龙套一样，大声附和说，好！

纸人儿一样的翟荫堂一头栽倒在钦三先生怀里，一句话没说就晕厥过去了。

天津针市街上，一场鲜血进溅的武戏，终于大打出手了。

# 4 大众传播学

二十世纪三十年代，天津市的小报社多如牛毛，就说南市一带吧便有三十几家。其中《国事报》在华界地区颇有几分名气。取名《国事报》可它恰恰不谈国事，以猎取社会各界艳闻秘事为己任，还专门为妓女刊登广告，什么豫产嫩果儿浙产新芽儿今日同时上市，有欲尝鲜者拨打电话二局五九四云云。因此发行量不小，总共三千多份吧。该报记者骆小山更是猎奇高手。除了桃色新闻公馆隐私，此公最喜欢报道血腥事件，白天动刀夜里动枪，外加折胳膊断腿打瞎双眼，恨不得每天都要吓死几个读者才好，这就是小报记者骆小山的名声。

华历四月二十八发生在天津针市街争夺正昌货栈的"断指事件"，第二天《国事报》头版"本埠新闻"专栏便做了长篇报道。

这篇五千多字的充满血腥气息的报道当然出于骆小山之手。

骆小山文笔不错，有几个段落写得非常准确："市人皆知，享誉津门的正昌货栈生意兴隆财源茂盛，乃是翟家产业，昨日正午时分一场鲜血迸溅的武戏突然在针市街上开演，由此改变了这家著名商号的姓氏。据悉，是日操着杨柳青口音的血性男儿卢二少爷已经夺回正昌货栈，卢家成为这里的新主人。"

骆小山在这篇报道里详细描写了这场"全武行"的高潮，那就是卢二少爷挥刀自残其指。面对翟家父子独吞股份的恶劣行径，卢二少爷只得采取江湖混混儿奉若英雄的手段，一刀砍掉自己左手食指。天津卫的审美标准极其独特，那就是敢于挥刀砍别人的，不是英雄；敢于挥刀砍自己的，那才是好汉。

骆小山正是这样描写这位天津好汉的："卢二少爷将负伤的左手按在那只盛满云南白药的大海碗里止血，面不更色大声说道，姓翟的我献了一根手指头，现在轮到你们啦。翟云隆毫不示弱，哇哇大吼冲上前来，从地上抓起那把菜刀。"

骆小山这样描写翟氏兄弟的表现："翟云隆虽然抓起菜刀，却一时茫然无措。他抬头看了看卢二少爷，目光里流露出几分迟疑神色，然后紧握左手举起菜刀。原来，翟云隆是个左撇子。左撇子翟云隆左手高高举起菜刀，可他并没有将自己右手展开平摊在桌面上，于是这种假模假式的身段看上去便显出几分傻气，现场围观者轰的一声大笑起来。据笔者观察，现场围观者这种颇具讥讽意味的哄然大笑极大地刺激了翟云隆。他啪的一声将自己的右手摆在桌面上，左手紧紧握起菜刀。正昌货栈大门前的空气，再度紧张起来。

　　"这时候翟金诚冲到翟云隆身后，伸手打落弟弟手里的菜刀，伸出两条胳膊紧紧抱住弟弟。就这样，翟云隆仿佛被两道铁索死死箍住，动弹不得。翟金诚大声喊叫说，云隆啊，他是混混儿，你就是剁光了自己的十根手指，那也是没有用处的！

　　"翟云隆气得哇哇大叫。然而无论他如何挣扎，根本无法从哥哥那两道铁索般的胳膊里突围。翟云隆只能破口大骂自己的哥哥。翟金诚你这个废物！你就这样看着人家从咱们手里夺走正昌货栈啊！

　　"翟金诚从身后紧紧抱住自己的弟弟。云隆啊云隆，咱爹已经昏死过去啦！俗话说留得青山在，不怕没柴烧，你今天就是使出浑身解数也斗不过这一群杨柳青来的混混儿！"

　　骆小山继续写道："卢二少爷哈哈大笑，猫腰从地上拾起那一把沾满了鲜血的菜刀。他仍然右手握刀，将淌着鲜血的左手摆在桌面上，抢起菜刀啪的一声剁掉左手的一小节儿中指。一股鲜血噗地喷涌出来，铺天盖地地染红了桌布。卢二少爷强忍疼痛，再次将左手按在盛满云南白药的大海碗里，面孔扭曲着说，姓翟的，我已经献上两根手指头。正昌货栈究竟姓翟还是姓卢呢？你们要是不服气，我就接着剁下去，要是剁光了手指头，我就接着剁自己胳膊！"

　　骆小山不愧是小报记者，行文至此突然笔锋一转，写出一个大场景："卢二少爷挥刀连断两指，四周围观的人们立即大声叫好，好似听到京戏名角马连良或者谭富英的精彩演唱一般。当场晕厥的翟荫堂此时

84

渐渐苏醒，他伸手指了指卢二少爷，似乎说了一句什么，突然一口鲜血吐在钦三先生怀里，又是人事不知了。"

《国事报》这家小报儿唯恐天下不乱，它在"本埠新闻"的左下角配了一幅插图，画的是"了事大王"吉晓楼一屁股坐在正昌货栈的门槛上，手里抱着一只盛满药水的玻璃瓶子，瓶子里泡着卢二少爷的两根手指头。

这幅极力渲染暴力场面的插图还配了一句话："卢二少爷以两根手指头，当场夺回正昌货栈；翟家两兄弟不敢接招儿，无奈奉送祖传家产。"

当天的《国事报》居然卖出五千多份，由此可见充满血腥气味的混混儿故事在天津卫这地方还是颇有读者的。

这消息一旦传播起来，好比洪水泛滥无法阻挡。发生在针市街的这场挥刀断指血案，不光《国事报》给予传播，天津的几十家小报纷纷转载，好不热闹。一时间，几乎无人不知这场风波。人们坐在茶馆里倘若不谈论这场发生在天津城北针市街的事件，往往被视为"孤陋寡闻"。

不仅仅是报纸。第二天，河北鸟市儿金裕茶园里的说书艺人杨瞎子为了抓鲜儿，便将这场发生在正昌货栈大门口的"卢二少爷断指事件"当作"垫活儿"以招徕听众。

杨瞎子开场说道："天津卫是明成祖朱棣渡河南下的地方，因此赐名天津。五百多年以来，本埠的奇人奇事，那真是数不胜数。眼下就说正昌货栈的翟家兄弟吧，二人看外表是一黑一白，一粗一细，一弱一壮，一文一武，可是孔武有力的弟弟翟云隆企图挣脱外表儒雅的哥哥翟金诚的搂抱，硬是挣脱不开。这是何道理？诸位听来此处有分教，话说人的内力功夫，不是三天五晌练就的。就说这位翟大少爷吧，他竟然能够牢牢将弟弟抱住，两只胳膊胜过两道铁箍，足以说明此人一定是个练家子。俗话说，真人不露相，露相不真人。俗话又说，咬人的狗不露齿，不咬人的狗才乱汪汪呢。话说正昌货栈大门口，那翟云隆在哥哥的搂抱之中仍在拼命挣扎。这条鲁莽的汉子，双目充满血丝，哇哇大叫不止，一口气竟将翟金诚拖出五六丈开外，还是难以挣脱。事已至此，'了事大王'吉晓楼看准时机，大步走上前来，这位袍带混混儿操着一口天津土语大声宣布，翟卢两家旷日持久的纠纷，一纸契书，白纸黑字，无法抵赖，自有公断。今儿卢二少爷依照天津卫的码头规矩，挥刀连断二指，他为自己讨回了公道。姓翟的不敢自残，众目睽睽之下，尿啦。有道是，公理自有公理在，从今往后，正昌货栈归还卢家所有，这也是苍天有眼实至名归啊。"

评书艺人杨瞎子的这段"开场白"，当天晚上至少为他引来了六成书座儿。从此以后，杨瞎子尝到了甜头儿，开始关心时政了。只要天津发生了重大新闻，他每天都要当作评书的"开场白"，侃侃而谈。观众们听得如醉如痴，大长见识。

《国事报》合订本现存天津档案馆，有证可查。杨瞎子也没死。

## 5 人 物

天津的城南洼，早先芦苇丛生，了无人烟，一派荒凉。到了二十世纪二十年代初，天津出现九国租界，城市重心由北向南移动，出现了"三不管"游乐场。由于毗邻日租界，这里土地渐渐升温增值，终于掀起了房地产开发热潮，正式取名南市。一时间，领地填坑，开路建房。江苏督军李纯的东兴房地产公司花钱开发了东兴大街。外资也进入了，大日本建物株式会社则投资开发了建物大街。然后是慎益啊清和啊福顺啊永安啊聚福什么的……不出几年时光南市这地方便成为一块热土。饭庄旅馆戏院茶楼浴池车行当铺赌场烟馆妓院报社书局鸟市粥厂……这繁华景象，掩盖着这座病态城市的苍凉。

南市这地方还有一条荣业大街。

荣源是末代皇帝溥仪的岳父，这位泰山大人跟盐业银行总经理岳乾斋合股从事房地产生意，取荣源的"荣"字，取盐业银行的"业"字，建立了荣业房地产公司。荣业房地产公司大兴土木，平地起楼，荣业大街因此得名，这条大街也与皇亲国戚有了关系。

荣业大街北起南马路，人们称为"南门东下坡儿"。这里乃是当年的天津城墙，天津城墙在"庚子事变"之后被八国联军的"都统衙门"强行拆除，城基便形成南马路。从这里下坡儿往南有"官沟街"和"闸口街"。官沟街因清朝官府挖沟而得名。闸口街的得名则是由于东头有通往海河的水闸。

闸口街口迤东旧有协成印刷局，中学时代的周恩来在南开学校编辑《敬业》，多次到此校对稿件。闸口街口迤西是杨家柴场，这里出了个名叫杨小凤的女孩儿，她就是后来的著名评剧演员新凤霞。

继续南行，荣业大街上有两家装修豪华的大饭馆，西侧便是先得月，东侧则是聚合成，这两家饭庄均经营天津菜，燕窝鱼翅，熊掌鹿尾，你山珍我海味，相互竞争，各显神通，每天这两家饭庄都要引来一拨拨食客，前清遗老，北洋大臣，王公贵族，下野军阀，堪称天津美食大世界。

就在这两家名重一时的大饭庄的夹击之下，荣业大街上竟然还有一家饭馆顽强地生存着，这就是由玉姑经营的玉华春饭庄。

玉姑人称玉姑奶奶，二十出头儿的年纪，却小有名气了。她经营的玉华春饭庄属于不登大雅的"二荤馆"，固然没有满汉全席一般珍贵，卖的却是"缺宝儿"。单说她的"辣豆儿"和"肉皮冻儿"吧，那在天津卫堪称"独一份"。还有她玉华春的"扒白菜"，大冬天的就连家住河西土城的著名食客刘奎兴先生也专程赶来品尝。

无论如何，玉姑这个人物的出场必将使得那场发生在一九三五年天津针市街正昌货栈门外的流血事件多了一个重要见证人。

华历四月二十八这一天，玉姑一反常态，悄没声地起了个大早儿。素常她起床之后的头等大事便是喝茶，因此使女小翠儿睡眼惺忪拎着茶壶一溜小跑儿奔了龙二水铺。水铺龙二抬头看看天色尚早，以为小翠儿冒了场，大声告诉她锅里水还没开呢。十五岁的小翠儿嘟嘟哝哝，说玉姑奶奶今儿是撒吆挣啊，天还没亮就起床了。

水铺龙二加紧烧火，大锅里的水终于沸腾起来。小翠儿拎着沏满热水的茶壶一路快走回到玉华春饭庄的后院，亭亭玉立的玉姑梳妆打扮完毕，正站在屋里照镜子——这就是爱情的魔力。

小翠儿目不转睛注视着玉姑，真以为这是天女下凡了，柳叶眉、杏核眼、樱桃小口红灿灿。光彩照人的玉姑扑哧一声笑了，伸手戳了一下小翠儿的脑门儿说，你傻啦？小心眼珠子掉在茶碗里！

小翠儿咧嘴笑了，嘴里缺着两颗门牙。她说，玉姑奶奶今儿你真俊啊就跟月份牌上大美人儿一样。

玉姑当然得意，手里拿着一面小镜子冲着脸蛋儿照来照去说，喝茶吧喝了茶你去给我叫一辆胶皮，我今儿得去一趟北大关。

小翠儿感到大惑不解。今天是四月二十八药王生日，人家鸿济堂大药铺早早订下了两桌酒席。玉姑奶奶今儿你可不能误了咱们正午的生意啊。

玉姑说误不了。上午八点多钟，身披紫色薄呢斗篷的玉姑乘坐一辆胶皮沿着荣业大街一路北上，往北大关方向去了。

玉姑乘坐胶皮进了南门脸儿，逆着前往城南参加峰山药王庙会的人流，向北而来。胶皮一路小跑，很快出了北门。时间尚早，玉姑坐在车上远远望见"隆昌号海货店"的招牌，她文化不高，却知道这是书法家华世奎的字儿，立即吩咐车夫过了烟卷楼子就停车。

烟卷楼子门口儿，身披紫色薄呢斗篷的玉姑掏出钱袋买了一盒红锡包，然后打开抻出一支香烟夹在手里，烟卷楼子的伙计立即递火点燃。玉姑悠悠吸了几口，转身不紧不慢走向隆昌海货店。

其实，玉姑这是在消磨时光。她来到隆昌海货店大门前对清扫台阶的小伙计说，你把大胖子给我叫出来。

大胖子就是当班襄理。他气喘吁吁从店堂里跑出来，一眼看见玉姑竟然激动得浑身肥肉乱颤，连声说欢迎玉姑奶奶光临欢迎玉姑奶奶光临。

这才几天不见啊你老人家又添膘啦。玉姑不无揶揄地说，我知道你这儿翟府待茶呢，过两天你安排一伙计给我饭庄送二十斤海参吧，我要的可是好货色啊。

大胖裹理鸡啄碎米一般连连点头，伸出两道贪吃的目光——使劲儿舔着玉姑。我说玉姑奶奶屋里有茶，您进来喝一碗吧。

今儿你翟府待茶，我改日再喝吧。玉姑说着转身离开隆昌海货店，朝着金华桥走去。

没人知晓玉姑的心思。这位开饭馆的女老板一大早儿跑到这里，不是要买什么海参。她知道上午正昌货栈的老东家翟荫堂率领两位少爷临河谢恩。她就是想借这个机会一睹翟金诚的风采。

这时候，一个身穿蓝缎棉袍的青年男子走上金华桥，从北向南款款而来，手里还摇着一把黑底金字的折扇，一派不伦不类的样子。

玉姑经营饭馆见多识广。这位身穿蓝色棉袍的青年男子趾高气扬迎面走来，她便看出这是一只纸老虎。她忍不住笑了笑。身穿蓝缎棉袍的青年男子回头瞪了玉姑一眼，眼神里流露出几分无赖气息。她当然不愿搭理这种末流角色，倚着桥栏将目光投向大运河里。

运河里升帆解缆，桅去船来，一派繁忙的运输景象。玉姑身披紫色薄呢斗篷，一心一意等待着翟家祭河队伍的出现。她站在运河岸边的身影，使人想起戏台上王母娘娘身旁暗暗思凡的小仙女。

翟家祭河的队伍吹吹打打着终于出现了。玉姑迅速挤入人群，选了一个不远不近的地方，观察着翟金诚。翟金诚操着标准国语朗诵今年的临河谢恩祭文，她听得极其入神，目不转睛注视着身穿蓝布大褂的翟金诚。她觉得耳热心跳，心里乱哄哄仿佛长了小草儿。眼前的场景也渐渐变得模糊起来。她扭身挤出人群，快步朝着远处跑去。

此时玉姑终于明白了，她已然暗暗爱上了翟金诚。如果我不是暗暗爱上翟金诚，为什么茶不思饭不想，一大早儿就跑到这里看他呢。

这时候，跳进运河里抢捞祭品的那个男孩儿，恰巧被水流卷走了。运河岸上传来男孩儿母亲的哭声。

玉姑望着滚滚东流而去的河水，心情很是惆怅。

多年之后有人说，玉姑为爱情而出场。然而发生在一九三五年天津针市街正昌货栈门外的那场流血事件，恰恰由于玉姑的出场而变得铁证如山。

玉姑确实属于一九三五年这场事件的关键人物。

## 6 物 证

卢二少爷心情很好，只是左手的伤口还是感染发炎了，流出脓水。他只得走进坐落在日租界曙街上的一家名叫斋藤诊所的小医院就诊。斋藤诊所的大夫是一个日本人，姓斋藤。这个斋藤大夫蓄着一小撮胡须，就跟仁丹广告牌子似的。东南城角这地方是日租界的边缘，这个小日本儿在此地开设诊所，就是为了赚中国人的银子。

你们日本人占了我们东三省，又大老远跑到我们天津来赚钱，要说也挺不容易的。哎，我听说你们把东北煤炭和木材都运回日本啦？

斋藤大夫不言不语，手里拿着镊子夹起一只酒精棉球，擦拭着卢振天左手伤口的边缘。

你是一个中国武士吧？这位日本大夫突然问道。

武士？卢二少爷没念过几天书，不大明白武士的含义。

你自己砍掉自己的两根手指，而且没有接受外科缝合手术，这说明你具有很强的忍受能力。日本大夫操着流利的汉语说着，使人觉得他根本就不是一个日本人。

你们日本武士也这样吗？卢二少爷忍受着酒精浸润伤口引发的疼痛，好奇地询问。

斋藤大夫平静地摇了摇头说，我们日本武士跟你们混混儿截然不同。我们日本武士舍生取义杀身成仁，完全是为了国家和民族的伟大利益。

卢二少爷呵呵乐了。人为财死，鸟为食亡。无论我们中国人还是你们日本人，我看都他妈是一样的。我给你讲一个故事吧。当初刘罗锅儿陪着乾隆皇帝微服私访到北京天桥游玩，那地方吃喝玩乐真是人山人海啊。乾隆就说啦，这地方怎么这么多人啊？刘罗锅儿说，不多啊，只有两个人啊。乾隆不明白，两个人？怎么只有两个人呢！刘罗锅儿连连说，是啊是啊天底下其实只有两个人，一个姓名，一个姓利。

斋藤大夫毫无表情地说，天下熙熙，皆为名来；天下攘攘，皆为利往。

你说什么来着？卢二少爷听不懂，追问了一句。

一个日本大夫说出一句中国古语，一个地道的中国病人却不懂。于是，清洗伤口、缝合、换药、重新包扎。卢二少爷对这位斋藤大夫的手艺还是比较满意的。

你们中国的云南白药，很好。但是它毕竟是草药，如果直接用于外伤止血，往往难以避免伤口感染。日本大夫表情郑重说。

没错，你们日本的生鱼片我们中国人吃了也容易闹肚子啊。

（没有人知道，这位斋藤大夫乃是日本间谍。他以医生身份为掩护，住在天津为大日本帝国搜集情报。这位日本间谍在当天的日记里用日文详细记载了给一位中国患者治疗伤手的情形。他写道："天津人争胜斗狠，码头习气很重。这位卢姓患者为了争夺产业竟然挥刀自残，切去两截儿手指，真是血腥冲天啊。卢姓患者的这种愚昧行为竟然受到天津人的广泛尊重，在本埠被称为好汉，包括滚钉板和跳油锅。于此可见天津文化蕴含着极其残忍的东西。这很可笑，也很可悲。那位敢于自残的卢姓患者留给我的印象是，勇力有余而理性不足。"斋藤医生的这篇日记，无疑属于间接物证。）

卢二少爷走出斋藤诊所，扬手在大街上叫了一辆胶皮，说是去南斜街的李记木匠铺，因为他在那里定做了一块牌匾。

南斜街上，一个白胡子老头儿胸前横挎着一只玻璃盒子，一边吆喝着一边朝前走来。他是卖药糖的。天津卫走街串巷卖药糖的，没有一个不吆喝的。这白胡子老头儿的吆喝声，深入了小巷。

这几天卢二少爷心情颇佳。他坐在胶皮车里哼唱着京戏，一时忘记了左手的疼痛。他乘坐的胶皮车与迎面走来的白胡子老头儿擦肩而过，嘴里并没有停止哼唱"捉放曹"。

白胡子老头儿胸前横挎着的玻璃盒子里装满了各式各样的药糖。他感觉有一辆胶皮车迎面驶过，便回头去看。他看见卢二少爷的背影，很面熟。哎，这不是猴七儿吗？

胶皮车里明明坐着卢二少爷，这卖药糖的白胡子老头儿却喊人家"猴七儿"，真是老糊涂了（然而，无论这位行走在南斜街上的白胡子老头儿是糊涂还是不糊涂，均不妨碍他成为这场发生在公元一九三五年的事件的间接证人）。

卢二少爷乘坐胶皮来到南斜街上的李记木匠铺大门前。他跳下车来的姿势，真是就像一只猴子。付了车钱他龇牙咧嘴走进李记木匠铺，站在院子里伸脖儿瞪眼儿注视着自己定做的牌匾，心里很是惬意。他叫来李木匠，反复强调这块牌匾必须做成黑底金字，五月初一之前一定要交活儿。我夺回祖产可不容易啊，掉了两根手指头。李木匠听罢连连作揖，表示绝对不会耽误了卢二少爷的开业大事。

（多年之后，李木匠亲手制作的这块牌匾，也成为一九三五年那桩流血事件的直接物证。物证，无论什么朝代它都属于重要证据。）

## 7 目 睹

玉姑是在半路上听说正昌货栈门前发生了断指血案的。当她赶到事发现场之时，已经晚了。她找人打听，终于得知这次翟家吃了大亏，好端端的正昌货栈就这样被卢家夺走了。玉姑心里暗暗爱着翟金诚，可对方并不认识她。她即使全力援助，也无从伸手。于是，她只得乘车回到南市玉华春饭庄，径直走进后院一头扎进自己屋里，脱掉紫色薄呢斗篷，趴在梳妆台上嘤嘤哭了起来。

使女小翠儿手里端着一壶热茶，站在小屋门外一声声劝慰着。

玉姑奶奶您别哭了，您这是丢了钱啦还是丢了物啦？这钱啊物啊都是生不带来死不带去的身外之物，我说您就别哭了。小翠儿以自己的人生经验揣度着玉姑的心思，说出这么一番人生格言来。

玉姑也弄不明白自己为什么进门就哭。这可能与暗恋翟金诚有关吧。这时候的玉姑，终于尝到了爱的滋味。是啊，原来爱的滋味是很苦的，甚至超过黄连和苦胆。

她一时一刻都要关注着翟金诚。然而她只能通过阅读报纸得到有关翟金诚的消息。一连好几天，她都是从《国事报》上读到这场事件的来龙去脉。她心里知道，翟金诚一介书生哪里能够抵挡操着杨柳青口音的卢二少爷呢。这就叫秀才遇见兵，有理也说不清。

玉姑坐卧不宁，度日如年。小翠儿暗暗揣度着，以为玉姑奶奶闹肚子疼呢。她不声不响端来一碗姜糖水。玉姑破涕为笑告诉小翠儿她肚子不疼。

时光就这样流逝着。一天，有人来订晚间的酒席，说是四桌。无论心思多么沉重，这生意还是要做的。玉姑强打精神，忙碌起来。路灯亮了，那两间雅座里的四张桌子果然坐满了顾客。

一个驴脸汉子大声喊渴，催促上茶。玉姑觉得这位先生很是陌生，心里却认为这头驴确实早就该饮了，便吩咐伙计赶紧沏茶。

驴脸汉子落座之后大声说，翟云隆倒是一条汉子，拼命挣崴不肯罢休，可他哥哥翟金诚真是大废物，死死搂住他弟弟就是不撒手。杀鸡不用宰牛刀，我看卢二少爷根本用不着第二次剁自己手指头，那翟金诚就尿啦。

听到翟金诚三个字，玉姑一激灵。她支棱起耳朵听着这一群人说话，心里渐渐明白了。噢，这就是四月二十八那天抢夺正昌货栈的一群小混混啊。可哪位是卢二少爷呢？玉姑心里寻思着，暗暗寻找着左手缠着白纱布的人。可转了一圈儿，没找着。

不是冤家不聚头。玉姑一转脸看见玉华春饭庄大门外刚刚停下一辆胶皮。一个青年男子左手裹着渗血的白色纱布跳下车来，大摇大摆走进玉华春饭庄。

此人应当就是卢二少爷。玉姑快步迎上前去，说请问先生您几位啊。对方根本不睬玉姑，大声说你不认识我卢二少爷啊？今儿晚上我在这里订了酒席，我他妈的要庆功领赏啊。

果然，这就是卢二少爷。玉姑不动声色引着他走向雅座。她觉得这位卢二少爷说话粗鲁举止放肆，十足一粗人。

吆吆喝喝走进了雅间，这位卢二少爷仿佛如鱼得水，立即跟这群小混混打成一片，大声说着粗话。玉姑请他点菜，他说一桌十瓶直沽高粱酒，四桌一共四十瓶。然后又说熬鱼炖肉什么的。玉姑觉得这人好像十年没见荤腥了，今儿刚从大狱里出来。卢二少爷就这样东一榔头西一棒槌地点菜，凉菜跟热菜毫不搭调，素菜跟荤菜乱作一团。

玉姑终于明白了，这卢二少爷敢情是一头大牲口。他的饭菜应当是青草加黑豆。

四桌酒席，高朋满座。可卢二少爷就是不敢开吃。玉姑看出他在等候一个人。果真如此，一辆胶皮疾驶而来戛然停在玉华春饭庄大门外。一个西服革履的男子走下车来，抬头打量着玉华春饭庄的招牌。

这人显得很怯。他一步一寻思地走进玉华春饭庄，那脚步似乎是在躲避着地雷。玉姑迎上前来细看，此公只有二十几岁光景，那举止却很老派的。

先生您是……玉姑笑容可掬，其实是试探来者的身份。

卢二少爷跑出雅间，三步并作两步抢上前来，满脸堆笑地叫了一声卢大少爷，然后迈着一串小步前面带路，走进雅间。

噢，除了那位卢二少爷敢情还有这位卢大少爷啊？玉姑注视着卢家兄弟的背影，心里不禁大有感慨。姓卢的真是礼数周全啊，手足兄弟见了面，照样儿毕恭毕敬，仍然规规矩矩。

卢大少爷进了雅间，好似一鸟入林，百鸟哑音，顿时安静下来了。玉姑心里好生纳闷，文弱拘谨的卢大少爷跟那一群粗鲁汉子坐在一起，真是太不配套了。

玉姑趁着上菜的机会走进雅间，可巧卢大少爷正在给人们分发红包儿，一人一份。卢大少爷发一份红包儿，就朝接红包儿的人道一声辛苦。接过红包儿的人便鞠躬说一声谢谢卢大少爷。玉姑无意之中目睹了这个场面。

一人一份儿发完红包儿，卢大少爷提前告辞，迈步走出雅间。卢大少爷的步伐仍然好像是在躲避着地雷，很好笑的样子。卢二少爷率众走出雅间送卢大少爷来到玉华春饭庄门外。卢大少爷坐上胶皮，卢二少爷领众齐声喊道，卢大少爷，走好。目送那辆胶皮远去了。这一群混混儿如释重负，返回雅间继续喝酒。

卢大少爷一走，雅间里的气氛立即就不一样了，仿佛炸了锅。卢二少爷带头划拳，酒令儿吼得地动山摇。

开始赌酒，谁不能一口气喝下三碗白酒，就罚钱。有几个人当场输掉了红包儿。

玉姑心里恨恨地说，卢家夺了翟家的产业，那么你们手里的红包儿就是赃款。无论谁输谁赢，它都是赃款。

解放之后，玉姑在写给天津军管会的检举信里说，我亲眼看见这一群混混儿私分赃款。

## 8 现 场

正昌货栈改名盛昌货栈，主家由翟家变为卢家。这一天改号换匾，针市街热闹非凡。这天津人实在是太爱热闹了，尤其带有血腥味道的热闹，那更是牵动着人们的好奇心理。就连《国事报》记者骆小山，也赶来现场采访。

驴脸汉子引领着十几个吹鼓手组成的乐队，站在正昌货栈大门口，一个劲儿鼓吹着。一挂挂红色鞭炮沿着针市街摆开，随时准备点燃。一张梯子立在货栈大门前。一个伙计猴儿似的爬上去，从滑轮上拉过一条麻绳拴在"正昌货栈"的牌匾上，然后朝着卢二少爷做了一个鬼脸儿。

95

卢二少爷哈哈大笑，说一定要重赏这小子。驴脸汉子趁着卢二少爷好心情，小声请示说卢二少爷现在就摘匾吧。卢二少爷一挥手说，摘吧摘吧，旧的不去新的不来嘛。

驴脸汉子转身，伸长脖子吆喝着，摘——旧——匾——啦！

两个伙计站在梯子上双手一端，拴着麻绳的"正昌货栈"金字大匾便被摘下了，晃晃悠悠吊在空中。

落！落！卢二少爷左手缠着纱布，大声吆喝着。就这样，悬挂了几十年的正昌货栈大匾被两道麻绳捆着，死刑犯似的缓缓落地。

卢二少爷坐在桌前朝着驴脸汉子挥了挥手。驴脸汉子得令，转身大声吆喝着。

正昌改盛昌，挂——新——匾——啦！

随着驴脸汉子的一声吆喝。四个壮汉抬着一块红绸包裹的大匾走出正昌货栈大门，朝着卢二少爷走来。

鞭炮炸响了，一股股青烟升腾而起，噼噼啪啪震耳欲聋。围观的人们捂起耳朵，纷纷说过年也没听过这么猛烈的爆竹声。

乐班的吹鼓手们立即响应，哇啦哇啦奏响了喜乐。鞭炮响，喜乐奏，卢二少爷起身跑进正昌货栈大门，恭恭敬敬地请出一个人来。

人们齐刷刷投去目光，一起注视着这位从后台走向前台的人物。

这人看上去只有三十来岁的年纪，中等身材，面孔消瘦，穿着一件衣料考究的蓝色长衫，不乏文弱气质。他脸色苍白，好像大病初愈似的。卢二少爷挥着手示意乐班的吹鼓手停止演奏。鞭炮声也息了。一时间，现场变得极其安静，没有一丝声响。这种突如其来的大静寂，使人蓦地产生了幻觉——这是在演戏吧。

这不是演戏——卢二少爷说话打破了令人难以置信的寂静。他表情庄重地大声宣布说，现在，恭请卢大少爷揭匾！

咦，这从什么地方冒出来一个卢大少爷啊？我以前可从来没听说过。《国事报》记者骆小山大为惊诧。

这位病病恹恹的先生原来就是卢大少爷。他在卢二少爷的陪同下，走上前来伸手轻轻掀开包裹着的红绸——黑底大匾露出四个金字"盛昌货栈"。人们一阵欢呼。

就在人们的欢呼声里，卢大少爷苍白的面孔腾地红了，一下充满血色。人们这时终于看出，卢大少爷竟然是一个羞涩的男人。

驴脸汉子再次拉长嗓音，大声吆喝着。

正昌改盛昌，挂——新——匾——啦！

刻有"盛昌货栈"四个金字的大匾缓缓升起，稳稳挂在货栈的门楼儿上。

围观的人们议论纷纷，听起来似乎都是在背诵台词。

这正昌货栈怎么改成盛昌货栈啦？

兴大清国改成中华民国，就不兴正昌货栈改成盛昌货栈啊？《推背图》里说得明明白白，这叫改朝换代。

什么改朝换代，这是换汤不换药嘛。

这时候来了两个身穿黑色制服的警察，说是维持治安的。盛昌货栈大门前愈发热闹起来。前来贺喜的人们一拨拨走来，驴脸汉子应酬着。左手缠着纱布的卢二少爷更是得意扬扬，逢人便打招呼，仿佛天下没有他不认识的人。

《国事报》记者骆小山急于采访那位突然出现的卢大少爷，可他偏偏没了踪影。一团神秘气氛笼罩着现场。

这是公元一九三五年的春末夏初的事情。有骆小山现场拍摄的照片为证。


## 9 采 访


人们热烈盼望着翟家能够卷土重来，报仇雪恨从卢家手里夺回产业，重振正昌货栈雄风。倘若如此，便又有好戏看了，而且不用花钱买票。天津卫闲人们恨不得天天爆发世界大战才好呢，只要战场不在自家门口儿就行。

既然怀着如此热烈的期待，人们自然对翟家兄弟的境况格外关注。《国事报》记者骆小山，甚至准备弄出一系列跟踪报道。

　　失去正昌货栈之后，翟家兄弟便从人们视野里消失，好像两滴水珠儿蒸发了，从来不曾存在似的。大约过了两年光景，有人在河西谦德庄看到翟金诚穿着一双白色孝鞋，这才知道翟荫堂已然故去了。骆小山得知这个消息，马不停蹄奔向河西谦德庄寻找，经过十几天遍访三十几条胡同，有一天可巧在三义庄一带遇到了翟金诚。

　　翟金诚开着一间馒头铺，双手沾满了面粉。骆小山说明了前来采访的意图。翟金诚苦笑了，认为这实在无聊至极。为了刺激对方，骆小山说大丈夫有仇不报，枉为人也。翟金诚听了这话，还是无动于衷。小报记者没了辙，只得向翟金诚打听翟云隆的下落。翟金诚并不讳言，说我弟弟在河东地道外开煤铺呢。

　　骆小山说，当时你弟弟翟云隆决定以死相拼保卫正昌货栈，你却极力阻拦造成兄弟失和，如今你们还是形同水火吧？

　　翟金诚不知如何回答记者提问，只好低头思索着说，人生不就是一场戏嘛。你演完了他演，他演完了我演，我演完了又轮到你演。到头来兄弟还是兄弟。你堂堂大记者应当懂得这个道理啊。

　　骆小山连连点头称是，突然又提了一个深刻的问题，翟金诚你堂堂南开中学毕业，几年时光竟然沦为一间馒头铺掌柜，这是你性格的失败吧？

　　我的性格最适合卖馒头。翟金诚轻描淡写说。

　　结束采访了，小报记者骆小山满怀同情地说，令尊大人仙逝，实在令人惋惜啊。他老人家一定是被卢家气死的吧？

　　翟金诚摇了摇头说，那天晚饭他老人家吃了一大碟子茴香馅饺子，还喝了一大碗饺子汤。吃饱喝足，上床睡觉，第二天一大早儿他老人家就没醒过来，安安静静走了。

　　我听到另外一种版本，说令尊大人多年以来染有不良嗜好。这是真的吗？骆小山突然发问。

您只能钻进坟墓里去问他本人啦。翟金诚无可奈何地说。

似乎没有达到采访目的，骆小山快快而去。翟金诚送他走出馒头铺，顺手送给他一布袋儿大馒头。骆小山哭笑不得，只好拿在手里。翟金诚郑重地告诉这位小报记者，他已经结婚了。

走出馒头铺，骆小山在马路上叫了一辆胶皮，说是去河东地道外。那时候海河下游没有桥梁，只能绕行法国桥。这时候骆小山突然看到"了事大王"吉晓楼西服革履地站在马路边，立即跳下胶皮，大步跑向前去，连声问好。

这位"吉晓楼"慌忙闪躲着说，您认错人了吧我从来就不姓吉！

您不是吉晓楼先生吗？记者骆小山满脸难以置信的表情。

我不是吉晓楼，我是天外天话剧团的导演胡疑。你看过我排演的大型街头活报剧《四·二八事件》吗？那场面，万人空巷啊！

《四·二八事件》？骆小山觉得，这位话剧团导演胡疑先生跟了事大王吉晓楼长得真是太相像了，就好比一只模子里刻出来的。

胡疑突然笑了，说这个世界上没有两片相同的树叶。

记者骆小山跟导演胡疑先生握手道别，乘坐胶皮继续赶往河东地道外寻找翟金诚的弟弟翟云隆。

河东地道外本是黑旗队活动的地盘。初期黑旗队以扒窃为主，火车上有什么他们偷什么，渐渐演化为抢夺。后来黑旗队发展为民间帮会，它在官府与百姓之间，游刃有余。

骆小山费尽九牛二虎之力找到了翟金诚的弟弟翟云隆。他主要是沿着偷煤者的线索，一步步走进翟记煤铺的。家道中落的翟云隆卖煤，堪称"黑色生意"。弟弟翟云隆煤铺的煤炭与哥哥翟金诚馒头铺的面粉，一黑一白形成鲜明对比。

地道外一带的住户们无人不知翟云隆做的是"黑色生意"。他煤铺全年的货源，完全来自黑旗队的扒窃。翟云隆的表面卖煤，其实是在为窃贼销赃。骆小山在煤铺院子里找到翟云隆，他满脸漆黑根本看不出五官在哪儿，只有一口白牙露在外面。

骆小山看到煤铺院子里摆着石磴和石锁，架子上还立着长棍和单刀，一下子就被感动了。翟云隆卧薪尝胆忍辱负重正是准备有朝一日夺回货栈重现辉煌啊。这位小报记者生性冷漠，此时却大动性情，伸手紧握翟云隆，颇有相知恨晚的感觉。

煤铺掌柜呆呆注视着这位不速之客，对骆小山的一连串提问极为不解。您说我要夺回正昌货栈？我根本就没有这个打算啊。家庭败落，兄弟分家，老爹亡故，如今我只是养家糊口而已。您是记者您看我这小煤铺挺好吧？我现在心里挺知足的。

骆小山不死心，继续追问说，翟云隆啊，你真的不想夺回正昌货栈啦？

翟云隆怪异地笑了笑说，这真是怪事儿，正昌货栈已然归了卢家，我凭什么去夺人家的产业啊？我脑子没有毛病。哎你脑子有毛病吧？

大失所望，骆小山乘兴而来败兴而归。离开翟记煤铺，一路上他心里好生纳闷，百思不解。翟云隆这一条硬汉一下子变成豆腐渣，这到底是怎么回事儿啊？

叫了一辆胶皮，小报记者骆小山来到南市荣业大街的玉华春饭庄大门前。他打算在这里吃罢晚饭，然后去广和茶楼听陈士和的评书。

骆小山跳下胶皮，不由得愣在这里。玉华春饭庄歇业啦？这到底是什么时候的事儿啊！我前两天还在这里吃了一条糖醋鲤鱼呢，今儿就关闭了。

他还是不死心，伸手拦住一个过路的老头儿，问他玉华春饭庄到底是什么时候倒闭的。老头儿瞪大眼睛看着骆小山说，你说玉华春饭庄，这玉华春饭庄在什么地方啊？

骆小山气得扭头就走。他径直奔向前面的五合楼饭馆。五合楼饭馆里，顾客盈门。骆小山在一楼找了一个角落坐下，叫来跑堂伙计点了一菜一汤一碗饭，说吃了就走。

这时候，五合楼饭馆门口儿传来一声吆喝，卢大少爷到啦，您二楼请啊，二楼雅座伺候！

听说卢大少爷到了，一楼邻桌的几个汉子表情蓦然紧张起来，一时停止了划拳，噤若寒蝉不敢说话了。

果然是卢大少爷。他身穿银灰色长衫，依然文文弱弱的模样。他身后跟着卢二少爷，一身黑色绸裤绸袄，脸上戴着一副黑眼镜，俨然卢大少爷的保镖。

卢大少爷走到楼梯口。临近楼梯口的地方摆着一桌酒席，那七八个汉子立即起身，纷纷向卢大少爷点头致礼，样子极其谦恭。

卢大少爷仍然脸色苍白，气度却不小。他仿佛脚踏五彩祥云，跟随着卢二少爷上楼去了。

跑堂伙计端来一菜一汤一饭，说了一声您请用吧。骆小山一把拉住跑堂伙计问，喂，他们好像非常害怕卢大少爷啊？

跑堂伙计压低声音说，他们能不怕吗？我也怕啊。这可是大名鼎鼎的卢大少爷！

卢大少爷身后那位是卢二少爷吧？骆小山揉了揉自己的眼睛，急切问道。

哪里有什么卢二少爷啊，走在后边的那位是卢大少爷的保镖，人们都叫他猴七儿。

什么？骆小山放下筷子，满面狐疑地环视着四周。

他妈的，那明明是卢二少爷，一下子变成了保镖猴七儿。我今儿这是怎么了？遇见鬼啦！

这时候有几个绅士模样的男人手里端着酒盅走过来，朝跑堂伙计打听卢大少爷在二楼哪间雅座吃饭，说是前去敬酒。跑堂伙计问这几个绅士模样的男人是否认识卢大少爷。他们连忙表示说，久闻大名如雷贯耳，借机敬酒正是为了结识卢大少爷。

看来，卢大少爷在天津卫确实成了举足轻重的人物。

骆小山草草吃了饭匆匆喝了汤，起身走出五合楼饭馆，一路奔北前往广和茶楼。

广和茶楼的评书那在天津还是很有名气的。骆小山乃是这里常客。

他伸手掏出怀表看了看时辰，他妈的，这怀表怎么停了。

一路疾走，骆小山终于坐在广和茶楼里听评书了。他看了看身前身后身左身右，没一个熟脸儿，心里不由得疑惑起来。

陈士和说的评书是《聊斋》。聊斋？不是狐仙就是鬼怪啊。小报记者骆小山不禁一哆嗦，起身去了厕所。

一连三个月，骆小山没给《国事报》写一篇稿子。报馆经理几次责问，这位小报记者均以小便失禁导致记忆错乱为由，封笔了。

于是，这桩发生在一九三五年的事件，渐渐为人们忘却并且成为尘封久矣的历史沉案。

# *10* 真 相

光景如流水。人比黄花瘦。公元一九四九年初春，天津这座城市终于解放了。

新生的人民政权开始镇反革命了。天津这座城市号称中国北方第一商埠，因此除了反革命，还有地痞流氓恶霸把头什么的，罪大恶极者不在少数。譬如臭名昭著的大混混儿袁文会就被军管会处决了。这是天津市"杂霸地"的首领。随即天津街头纷纷上演大型活报剧《枪毙袁文会》，广大群众无不拍手称快。据说该剧导演胡疑，在此之前曾经导演大型话剧《活鱼摔死卖》和大型活报剧《四·二八事件》。

有了枪毙袁文会的范例，革命群众的目光一下子变得雪亮。天津城北针市街的盛昌货栈，渐渐成为人们的议论中心。这卢家可是大恶霸啊。卢大少爷指派卢二少爷勾结一群混混儿，上演了一场挥刀断指的血案，以势压人当场将正昌货栈抢夺到手，更名盛昌货栈。从此卢家称霸城北，据说卢大少爷屋里一跺脚，一条针市街跟着乱颤，小孩子吓得不敢哭。后来，翟荫堂抑郁而终，翟家长子翟金诚和翟家次子翟云隆分别沦落社会底层，一个开馒头铺，一个开煤铺，艰难谋生，生活清苦，至今敢怒而不敢言。

玉姑销声匿迹，几乎无人知晓她的下落。然而北平和平解放之后，天津军管会还是收到一封检举信，署名玉姑。玉姑不会写字，她的这封检举信由小翠儿代笔。小翠儿那丫头解放之后进了扫盲班，又能写又会画，大有出息了。这封检举信的矛头直接指向卢家两兄弟，说他们是抢夺翟家产业的大恶霸。

　　这样一来，卢家兄弟一屁股坐在火山口上了。

　　为了避免打草惊蛇，军管会一方面派出便衣暗暗监视卢家。另一方面开始调查取证。中国共产党的政策是不放过一个坏人也不冤枉一个好人。"一九三五年事件"的调查小组由一男一女两人组成，男的姓周名道，中等身材，河南口音，那长相一看就是中国人。女的姓任名贞，瓜子儿脸，细高挑，五官端正，说话含有山东方言。河南周道和山东任贞这两位革命同志年岁不大，却久经解放战争炮火洗礼，具有丰富的革命斗争经验。

　　兵分两路，开始了调查工作。男同志周道根据玉姑检举信里提供的线索，首先找到隆昌海货店的当班襄理，深入了解情况。见面之后周道同志颇为惊异，这位在玉姑的检举信里被称为"大胖子"的当班襄理，此时竟然一派骨瘦如柴的模样。面对如此巨大的肥瘦反差，周道同志几次怀疑自己找错了调查对象。

　　这位当年极胖如今极瘦的当班襄理忠实叙述了公元一九三五年华历四月二十八上午九点到十点之间发生在隆昌海货店里的事情。他针对的主要人物当然就是那个操着杨柳青口音被人们称为"卢二少爷"的身穿蓝缎棉袍的青年男子。

　　你能证明四月二十八那天翟家的正昌货栈被卢家抢走了吗？周道同志耐心询问着。

　　如今极瘦当年极胖的当班襄理伸手摸了摸额头说，当时我不在现场。我听说卢家为了从翟家夺得产业，卢二少爷还挥刀剁掉了两节手指头呢。后来正昌货栈的牌匾就换成了盛昌货栈的牌匾。您看，当时卢二少爷站在隆昌海货店的店堂里，啪的一声打出一颗海蜇子揍在我脑门儿上，从那儿我就落下一个头疼的病根儿，这几年总共喝了三百多剂汤药也不见好转。我苦大仇深啊。

当班襄理满脸委屈的表情继续说，头疼不是病，疼起来要了命。我请求人民政府给我做主！我一定要让卢二少爷包赔我的医药费。可我前几天听人说这小子跑回农村老家种地去啦。

女同志任贞独自找到耳朵眼炸糕铺，深入调查研究。她牢记毛泽东主席"没有调查研究就没有发言权"的教导，掌握了大量的第一手资料，收获很大。据经营耳朵眼炸糕铺的刘夫妇揭发，卢二少爷带领打手们走进针市街抢夺正昌货栈之前，确实吃了二百只炸糕却只付了一百九十八只炸糕的钱，余款拖欠至今。

出身贫苦的任贞同志面对这一笔旷日持久的两只炸糕的债务感到异常气愤。她坚决认为，随着调查取证的日益深入，卢家的罪行必然暴露无遗。尤其那位外表木讷貌似文弱的卢大少爷，据说其罪恶远远超过那位外表张狂举止粗鲁的卢二少爷。

那就继续调查吧。

关键人物是钦三先生。为了集中优势兵力打好这一场歼灭战，周道与任贞一起找到天津西南城角十间房胡同钦三先生的住宅，调查取证。

钦三先生很有文化，详细叙述了当年卢二少爷率领一群打手抢夺正昌货栈的全部过程，有因有果有始有末，既不洒汤也不漏水，几乎就是一篇完整的史料。周道和任贞感到非常满意，并请钦三先生当场在总共八页的记录纸上按了手印儿。

周道同志不由得欢欣鼓舞，告别钦三先生走出十间房胡同，他主动提出请任贞同志吃饭，包子或者面条儿。任贞当场谢绝，并表示一定要发扬连续作战的精神，火速接触这场案件的主要人物翟家兄弟。只要找到翟家兄弟，卢家兄弟便有罪难逃了。这太好啦。周道同志受到任贞同志革命热情的感染，立即跑到马路边的蒸食铺买了八只蒸饼还讨了一头蒜，两人一边吃一边向东走去。

一路上，两人嘴里蒜味儿都挺大。

来到河东货场附近，就是后来拍电影《六号门》的地方。周道和任贞十分顺利地找到了翟云隆的住家。翟云隆的独眼妻子操着一口极其浓烈的天津口音说，翟云隆解放前夕跟着黑旗队的几个人逃跑到香港去了，至今没有音讯。

任贞同志很不理解，说翟云隆他又没有什么罪恶为什么跟着黑旗队逃跑香港呢。

翟云隆的独眼妻子躲避着扑面而来的蒜味儿说，翟云隆他不是常年从黑旗队手里趸煤吗，然后转手卖给老百姓。后来，他就认为自己跟黑旗队勾结多年，有着同样的罪过，解放军还没攻城呢，他就跟着那一群人到塘沽坐轮船跑到香港去啦。

那你了解当年卢家抢夺正昌货栈的事儿吗？周道一本正经问道。

我嫁给翟云隆还不到三年，有一次他喝醉了说起翟家的正昌货栈当年财源滚滚似流水，我那时还以为他跟我吹牛皮呢。唉，我要是提前十几年嫁给他，那就跟着享大福啦。光旗袍我就得有几十件。

取证不成，周道和任贞心中难免怀有几分失望。第二天嘴里没有蒜味儿，他和她一起前往河西谦德庄寻找翟金诚。

翟金诚开设在三义庄的馒头铺已经改卖大饼了。主人翟金诚则躺在家里养病，中风不语了。这两位革命同志走进翟家的时候，翟金诚的瘸腿妻子正在给丈夫更换尿湿的裤子。屋里味道不佳。

任贞同志看到翟金诚嘴歪眼斜的样子，几乎落泪了。卢家实在太可恶了，你们纠集了一大群青皮混混硬是抢夺了翟家产业，害得翟荫堂亡故，害得翟金诚卧病不起，屋里弥漫着难闻的臊气，就连馒头铺也改成大饼店了。卢家兄弟这种大恶霸倘若不杀，实在难平民愤。

周道同志有着强烈的事业心，并不甘心空手而归，他表情和蔼地俯身向中风患者翟金诚询问当年正昌货栈惨遭抢掠的具体情况。翟金诚表情木讷，语言含混不清，咿咿呀呀流出一股子口水。

你安心养病吧，如今解放了，人民政府一定会给你做主的。任贞同志大声说着，用力挥了挥小巧玲珑的拳头。

翟金诚突然张了张嘴，好像有什么话要说。

经过一系列调查取证，卢家的罪行铁证如山。为了做到证据齐全，任贞同志专程跑到档案馆调来当年的《国事报》，小报记者骆小山关于一九三五年事件的报道，成为任贞的第一手资料。

周道同志找到评书艺人杨瞎子请他提供证言。此时的杨瞎子真正成了一个双目失明的人，整天坐在家里不动窝儿。这位评书艺人说当年他视力尚存，只可惜没有亲眼看到卢家率众抢夺翟家的正昌货栈，否则他将出庭做证。这两位革命同志告辞的时候，杨瞎子连声称赞社会主义好并且高呼毛主席万岁。

周道同志和任贞同志集中精力，迅速整理出一份调查报告，这材料足有二寸多厚，有人证有物证有旁证，有归纳有分析有总结，真可谓无一字无出处，重若千钧。军管会同志普遍认为，这一次啊卢家兄弟死定了。

一个风雨之夜，军管会行动小组秘密逮捕了卢大少爷。经过连夜突击审讯，他供出卢二少爷在杨柳青南边置了八亩菜园子，回老家务农去了。

此时，卢大少爷的目光里流露出几分倦怠。盛名之下，他似乎需要休息了。

第二天军管会行动小组赶往杨柳青抓捕卢二少爷，扑空了。村里人说，这个左手缺少两根手指头的无赖根本就不姓卢，他名叫猴七儿。他前几天回家住了两天，第三天就溜了。有人说他去了新疆。这杨柳青人祖祖辈辈就有前往新疆谋生创业的传统，据说始于清朝乾隆年间。

卢大少爷被关在看守所里，脸色极其苍白，使人想起投进染缸之前的白布。他几天沉默不语，突然有所醒悟，开始喊冤叫屈，而且强烈要求跟毛主席或者朱总司令面谈。

看守所的小战士指着他的鼻子说，这里又不是厕所，快闭住你的臭嘴！

军管会的领导同志认为"卢案"证据确凿，线索清楚，情节明朗，不用老将出马，交给年轻同志审案就是了。满嘴山东口音的任贞同志向上级领导表示了决心，领导这么相信我，我一定圆满完成提审卢犯的任务！

卢大少爷毫不停顿地喊冤叫屈，已经哑了嗓子，任贞决定立即提审。

坐在审讯室里，卢大少爷当头就说，当年正昌货栈不是我抢来的，你们不信就去找翟家弟兄调查，我想他们一定保存着当年的字据和契书。

什么字据？什么契书？你必须给我说清楚！

好吧，我现在就给你说清楚。一九三五年翟家的正昌货栈已经维持不下去了。那年祭河他们翟家的大馒头里根本就没有银圆。翟荫堂抽白面儿你们知道吗？翟荫堂毒瘾难戒，弄得业不抵债。他只好低价卖掉正昌货栈。我一看价钱不高，就趁机把它给买下来了。

任贞同志笑了。我们经过充分调查取证已经掌握了你从翟家手里抢夺了正昌货栈的事实。你怎么还抵赖呢？

卢大少爷古怪地笑了。这没错，你去调查一百个人，那肯定有一百个人说正昌货栈是我卢某人从翟家手里抢夺来的。可我告诉你，我家的夹壁墙里藏有字据和契书，它足以证明正昌货栈是我花钱买来的。我实话实说，我不但花钱买了正昌货栈，还花钱买了翟家老少爷儿们的嘴，要求他们为我保守一个秘密。翟家见钱眼开，果然积极配合，因此至今没人知道一九三五年事件的真相。

什么真相？任贞同志听见自己的心儿咚咚咚跳着，很是紧张。

我告诉翟家兄弟，你们的正昌货栈我是花钱买下了，可我要上演一场动手抢夺正昌货栈的大戏，这就叫假戏真唱吧。翟家一听，连声说不明白。

任贞同志表情困惑说，你别说翟家不明白，就我也不明白啊。我警告你不要要花腔，你的唯一出路就是如实交代自己的罪行！

我自己没有罪行你让我交代什么？你们现在就派人去我家夹壁墙里

搜查吧，只要搜出那份字据和契书，我就彻底清白了。这人世间的事情，黑的白不了，白的黑不了。

军管会派出一组精干人员，前往卢大少爷家里搜寻夹壁墙里隐藏的所谓证据。深受领导重用的任贞同志继续审案。

我问你，一九三五年的正昌货栈是你花钱买来的，可为什么费尽心机非得弄成是你动手抢来的呢？任贞同志切中要害，突然发问。

卢大少爷似乎并不认为自己处于危厄境地。他两眼充满血丝说，嘿嘿，这你就不懂了。人活着，首先必须学会吓唬别人。你要是不会吓唬别人，那可就只能吓唬自己啦。

卢大少爷继续说，我告诉你吧，你看凡是花钱买东西的，那都是无能的人。你再看凡是动手抢东西的，那都是风光无限的人。天津卫这地方，只有老实人才去花钱买东西呢，因为除了买他没有别的办法啊。可抢就不同了，耍胳膊根儿、滚钉板、捞油锅，一块砖头先拍在自己脑袋上，实在不行再抄起菜刀砍了自己。这才叫万人景仰呢。天津卫大码头就是这样，人人都愿意说自己是老实人，人人又都不愿意做老实人。

任贞同志听得出神儿，一时竟然忘了记录。你说的天津人怎么会是这样的呢？真是不可思议。

卢大少爷亢奋起来，继续招供，我从小就有尿床的毛病，胆儿特别小，天一黑就不敢出门儿买东西了。长大成人做生意，我还是胆量不够。这一次我全盘兑付正昌货栈，当然是花钱买的。我不花钱翟家也不干啊。可我就是想让人们以为正昌货栈不是我卢某人买来的而是我卢某人抢来的。抢，这多威风啊。我花钱请来一位专门排演文明戏的导演，记得他名叫胡疑。我让胡疑编排了我卢某人抢夺正昌货栈的一场大戏，一不能露馅，二必须保密。

我怎么觉得你这是在跟我说评书呢？任贞同志操着山东口音问道。

卢大少并不停顿，继续招供说，我是一个独生子，没兄没弟，没姐没妹，后来又没爹没娘，我一旦演成了这一场抢夺正昌货栈的大戏，那就耀祖光宗啦。可是我不能挥刀去剁自己的手指头吧？再者说我也没那份胆量！思来想去，我总算有了办法。什么办法？我认了一个八竿子打不着的远门亲戚猴七儿，我让他冒充我亲弟弟，我让他号称卢二少爷，我许诺他只要最后大获全胜，砍掉了一根手指头我分一份产业给他，砍掉两根手指头儿我分两分产业给他。猴七儿这穷鬼一寻思，认为这是一笔好买卖，就同意来当这个卢二少爷了。

我花钱请来的那位专门排演文明戏的导演胡疑，这小子真有本事啊！这一场真刀真枪的假戏竟然一丝不差地给我演下来啦，当然卢二少爷剁掉的那两根手指头是真的。总而言之我大获成功！

你说的都是真事儿吗？任贞同志注视着卢大少爷，仿佛观察着一只怪物。

当天中午，军管会派往卢家搜寻隐藏在夹壁墙里证据的行动小组返回，带来一个惊人的消息。

卢大少爷的妻子自从卢大少爷被捕，渐渐从坐卧不宁变成心惊肉跳，又渐渐从心惊肉跳变成以泪洗面。这时候她娘家哥哥跑来告诉她，既然到了山穷水尽的地步，那就该烧的赶紧烧吧，那就该藏的赶紧藏吧。她认为娘家哥哥说得很有道理，随即打开夹壁墙拿出那只装有字据和契书的盒子，转身就投进炉子里了。军管会行动小组赶到卢大少爷家的时候，从炉火里确实看到了一团垂死的灰烬。

这个消息对任贞同志打击很大。

审讯室里，她啪地一拍桌子说，我告诉你吧，你说的字据和契书已经被你老婆烧成灰烬了。你现在就是跳进黄河也洗不清啦。你拿什么说明正昌货栈是你花钱买来的而不是动手抢来的？

天生胆小的卢大少爷思索了一会儿说，那你们只能去找翟家兄弟吧。那两个败家子不能不说实话吧？

任贞同志不得不问道，正昌货栈是你花钱买来的你却费尽心机把它弄成是你动手抢来的。那么我问你，你那时这样做是不是很愚昧啊？

你才很愚昧呢。卢大少爷不思改悔地说，似乎很瞧不起任贞同志的浅薄无知。

这就是事情的真相。

# 11　结　局

多年之后，翟金诚弥留之际。据现场目击者称他侧卧病榻几次企图开口说话，但都没有发出声音。据说他挣扎着很想说出一九三五年那场事件的真相。最终翟金诚还是将所谓真相带到骨灰盒里去了——那么狭小的一个空间装载着那么沉重的一个真相，令人担忧。

之后多年，日本间谍斋藤医生返回祖国坐在神户寓所里撰写回忆录。这本回忆录的第三章里，记载了作者当年在中国天津的行医生涯，其中提到为卢姓患者治疗手伤。斋藤医生似乎对天津街头的混混儿极其蔑视，称其为"愚昧无知的支那人"。

多年之后，据说有人在香港北角一家水果摊前偶然碰到翟云隆，说起当年家乡往事，这位远离故土的老男人不无感慨地说，他妈的，你说像卢大少爷那样的天津人，世界几百年中国几千年还会出现吗？我看他是空前绝后啦。

之后多年，玉姑去向不明，没有任何人听到关于这位女士的任何消息。爱情有时候就是一颗手榴弹，无论男女只要你牢牢将它抓在手里往往能够听到一声巨响——同归于尽了。那一封由玉姑口述小翠儿代笔的为翟金诚鸣不平的检举信则长久保留在一九三五年事件的卷宗里了。这姑且作为一九四九年的玉姑女士对一九三五年的翟金诚先生的一片痴情吧。只是不知道那颗一厢情愿式的手榴弹是否炸响了。

多年之后，那么狭小的店铺里炸制出来的"耳朵眼炸糕"竟然成了偌大的天津市名牌食品，还被冠以"三绝之一"的称号，这不能不说是天津市改革开放的伟大成果。

之后多年，坐落于大运河畔的隆昌海货店因道路拓宽而被拆除了。有人建议实施"整体移动"工程保存这幢建筑，毕竟只向西移动三十米嘛。最终还是拆了。

多年之后，周道同志任职政法委员会副书记。有一天他视察地处天津西郊的模范监狱，无意之间一眼在犯人出操队列里看到卢大少爷的身影，心头不由一动。他之所以能够在茫茫人海里一眼认出这位非同寻常的犯人，完全是由于当年的卢大少爷给他留下了终生难忘的印象。是啊，别人都是把非法抢来的东西打扮成为合法买来的，只有这位卢犯相反，一定要把合法买来的东西打扮成为非法抢来的。光阴似箭，一晃这么多年过去了，见多识广的周道同志为人处世已经达到炉火纯青的境界，但他仍然没有遇到第二位如此反其道而行之的人物。

于是，政法委副书记周道同志详细地向监狱的管教干部了解卢犯的思想改造情况。一位管教干部说，这老家伙可牛着呢，他多年以来都是监号里的"鹰头"人物。您知道鹰头吗？就是山中老虎啊。他吃饭呢有人给端碗，他洗脸呢有人给递水，他抽烟呢有人给点火儿，总之这里没人敢惹他。一旦有新犯人进来，那监号里的犯人们必然要将当年这位鹰头的英雄事迹极其生动地讲述一番。鹰头这位爷啊当年号称卢大少爷，他带领着兄弟走进针市街，一眨眼工夫咣咣两刀剁下两根手指头，当场就把正昌货栈给抢夺过来啦，那年头就连国民党警察都不敢惹他。

新来的犯人们听罢这一段惊心动魄的故事，往往就不敢言语了，顿生敬畏之心。然后新来的犯人总是寻找机会主动凑到这位鹰头面前，满脸谄笑地递上香烟点上火，表示臣服。

监狱出操结束了，犯人们列队返回监号。那个管教干部叫来了卢大少爷——也就是当今的卢犯。

卢犯脸色依旧苍白，身体还是病病恹恹的样子。这么多年过去了，他似乎并不见老，只是眼睛里多了几分游离的神色。

这时候的周道同志在天津生活多年已然没了河南口音，尽管他的家乡仍然出产道口烧鸡。周道同志缓缓走到卢犯面前操着一口地道的天津话问道，喂，我问你逃往新疆的那个卢二少爷这几年有消息吗？

卢犯操着一口半生不熟的天津话，低着头不假思索地回答说，谁知道那小子逃到哪儿去啦。反正也不是我亲弟弟，管他是死是活呢。

周道同志好奇心涌动，因此继续追问下去。喂，当年你非要把花钱合法买来的正昌货栈弄成是非法动手抢来的，结果被判为无期徒刑，落了个蹲一辈子大狱的悲惨下场。你现在如实回答我的问题，你堂堂正正的卢大少爷当年那样做，一定是脑子有毛病吧？

　　你脑子才有毛病呢。脸色苍白的卢犯伸手捋了捋白发斑斑的鬓角，满不在乎地说着。这种言谈这种举止这种表情，似乎隐约可见当年卢大少爷的几分神韵。

　　这时候的周道同志终于明白了，一个人就是一个人，一棵树就是一棵树，一粒米就是一粒米，一碗水就是一碗水，民国二十四年就是民国二十四年，公元一九三五年就是公元一九三五年，无期徒刑就是无期徒刑，终身监禁就是终身监禁，天津码头就是天津码头，狗不理包子就是狗不理包子，手榴弹就是手榴弹，卢大少爷就是卢大少爷，卢犯就是卢犯。人间万事万物那是根本不能互相比喻的。于是，籍贯河南新乡而且已经蜕化成为天津人的周道同志，只得无奈地笑了。

　　政法委员会副书记周道同志走进家门，放下公文包立即将视察模范监狱而巧遇卢犯的经过告诉了肥胖的妻子。肥胖的妻子坐在沙发里听罢这个故事，无声地苦笑了——这苦笑浮现在任贞同志的脸上，竟然流露出几分虚幻。

　　这虚幻，使你对这个世界充满了理直气壮的怀疑。

# 小 阔

## 1

二月二那天下午两点钟，小阔饿了。其实中午时分他闻见煎焖子的香味了。可是他不知道那是什么时辰。他写作写蒙了，可着全身力气往方格里填字儿，心里头还念叨着：我下辈子要是还投胎为人，说吗也不干这一行啦。干这一行还不如当年上山下乡呢！当年插队落户还能盼着选调回城什么的。干码字儿这一行，你就殁在桌子旁边吧。

小阔是个胡须很旺又不修边幅的男人。面部自然就显得很茂盛了。过午时分，他身子卧在藤椅里，歪着毛茸茸的脑袋看了看那老座钟。怎么还不到晌午呢我是真饿了。今儿下午两点钟有人来取货，我必须把稿子预备齐了。

这时候院子里有了响动。

小阔又翻出来一只手表看了看，才知道又给老座钟骗了。这老座钟论辈分小阔得叫它姨姥姥。没辙，我就给老座钟当孙子吧，它可是正宗德国货。

这工夫眼儿，已然有人到了小阔门前。

小阔住的这个地方，在天津西关外大街，离当年义和拳设坛口的吕祖堂不远，说起来也算是块有风水的地方。小阔母亲的姥姥，当年就闹过红灯照。中国近代史教科书说了，义和团红灯照是反封建反殖民的革

113

命运动。因此小阔有时号称革命者后代并不觉得心虚。他已然过了不惑之年。除了八年上山下乡，他没离开过这风水宝地。

这位客人在小阔门前站定，西服革履，有些假洋鬼子派头。中国改革开放没几年，这种打扮的人却渐渐多了。

小阔住的这院子恐怕只有在天津才能找到。人家北京是正儿八经的四合套，不走样子。这平房一到了天津就忘了祖宗。什么德行的房子都敢盖得跟马厩似的。小阔这院子又深又长，中央这条走道窄得能把人愁死。倘若俩大胖子迎面走来，必然有个高风亮节的学着古代先贤蔺相如的样子退回去。因此一有胖子进院，居民就说有灾了，听着好像江湖春典里的调侃儿，其实不是黑话。

今儿来的这主儿是个六十多岁的瘦老头。他瘦得活赛一根竹竿子。从进院第一户人家这瘦老头就开始打听小阔。每户人家都朝里努嘴儿。于是一户接一户这瘦老头便成了一支接力棒，人们一嘴接一嘴硬是把他给传到小院深处。小阔闻讯出门接棒了。他看见这瘦老头浑身上下让西装给裹着，又文明又礼貌的样子。

敢问，您就是作家小阔？

小阔连声说，作者小阔作者小阔。然后就将客人让进屋里，搬来唯一的藤椅请老者落座。

瘦老头说，我姓奚，奚啸伯的那个奚。

哎哟，您这个姓可贵重。小阔说，奚派的《珠帘寨》唱得好啊。

我是来为顾经理取东西的。

奚老先生，我这人记性差。顾经理……

奚老先生终于笑了，说这顾经理让我给你带来的。小阔看见对方递上来的是一只鼓鼓囊囊牛皮纸信封，他接在手里就闻见瓤子里人民币特有的味道。

咳！您看我这脑子怎么把顾经理给忘啦。该死该死。小阔说着猫腰就把那份沉甸甸的稿子从书桌底下找出来了。奚老先生慎慎接在手中，然后慎慎装入一只公文包里，起身告辞。

小阔送客。他心里寻思说，那位顾经理是个什么样的人啊？愿意出这么大的价钱附庸风雅。

奚老先生抖动着寿星眉说，您请留步，您请留步。

小阔欲言又止。

您是有话要我捎给顾经理？顾经理他下月去西德。

不不。我只想问一句。顾经理身边有您这识文断字知书达礼的老前辈，何必舍近求远雇我做枪手？这八万字的文章您一挥而就啊。

奚老先生笑了笑，一双又细又长的眼睛炯炯放光。我不在顾经理身边工作。只跟顾经理见过几面。他提出要出版一本著作，我就帮他跑一跑。小阔先生，山高水长肯定还有事情合作，我还会登门拜访的。哎，你没打算搬家吧？

小阔说这一两年我恐怕是不离此地的。

两人说着话，送客上了西关外大街。街边停着一辆黄色出租车。的士司机显然有些等得性急了，撇了撇嘴。

奚老先生是打的来的？小阔问道。

奚老先生钻进汽车挥了挥手说，如今干什么事情都得讲个效率。说罢便从车内递出来一张名片。小阔猫腰接了。

小阔看到名片上只印着"奚慎言"三个字。没有任何头衔和职位。右下角一行小字是家庭地址和住宅电话。小阔像读甲骨文一样认真看着。

小阔说，您府上在当年德租界啊。民国年间改为特一区。我看您这门牌是挨着袁大公子袁克文的老宅子吧？

奚慎言推门钻出汽车连声说，不可相提并论，袁寒云先生是民国四大公子，我一介草民而已。之后这老先生诧异地说，小阔先生真是通古博今，对当年天津租界地的寓公住宅了如指掌啊。佩服！佩服！

小阔乐了。旧时王谢堂前燕，飞入寻常百姓家。这的确说明人民当家做主啦。我一看您名片上的地址河西区台北路，就想起德租界十六号路。我这是瞎猫碰上死耗子。让您见笑啦。

奚老先生说，你一定是名门之后。要不然提起这些陈年旧事，你怎么会如数家珍呢。

咳！连我也闹不明白自己怎么知道这么多八竿子打不着的杂事儿。小阔说得很实在。

两人挥挥手作别，这辆的士就往东开去了。

过午时分了，小阔也拿腿往东走。我怎么觉得这奚慎言面熟呢？以前肯定在哪儿见过他。小阔手里捏着那张名片，一边走一边寻思。噢，我想起来了，这老头儿是个大编辑。

横过西马路，小阔进了西门脸儿。小阔装了一肚子历史。走在大街上看见了什么景致，心里就能念叨出它的来龙去脉。久而久之，小阔便时常体味到一种遗老感。其实他岁数不大，生在新社会长在红旗下。

还没走到鼓楼，他就进了路北一家小饭铺。一打晃儿又出来了。这时候他的表情显出几分怆然和无奈，一个劲儿咂嘴儿，把脑袋摇成拨浪鼓。

明明是二月二龙抬头。天津卫这地方讲究今天吃焖子。纯绿豆粉做成的焖子，切成小方块儿，油锅里煎得焦黄香脆，浇上蒜汁和芝麻酱，就只剩下吃了。全中国二月二这天，只有天津卫煎焖子。北京人光知道炸春卷。

小阔走进这家小饭铺，一听跑堂伙计的口音，就堵心了。伸长脖子往灶台看了看，那位大师傅也是个老坦儿。小阔坚决抵制这种民工开办的饭馆。这些满嘴外路口音的老坦儿，去年还在家务农种地呢。他爹那辈人还吃糠咽菜呢。吃这种小饭馆烧出来的菜，那简直就是社会大倒退。小阔觉得这天津卫生生给农村来的人给占领了，没了传统味道。

唉！天津卫完啦，这地界已然变成镇甸了。小阔走到鼓楼往南拐，沿着南门内大街上紧走几步，心情就奔了二道街。

那座坐东朝西的广东会馆修葺一新，这是因为沾了戏剧博物馆的光。早年孙文和黄兴都来这里做过演讲。孙文是孙中山，文的；黄兴是黄克强，武的。眼下广东会馆门口卖汽水的老太婆肯定不知道这码事。

116

天津卫的历史，断了档。

小阔饿得两眼发黑，兴许又犯了低血糖的毛病。他就近择个小饭馆，一步叉了进去。

这小老板儿倒是天津口音。小阔高兴了。听你说话是席场下坡的吧？

小老板儿惊了，您连这么细微的口音都听得出来？神仙转世啊！

## 2

饭馆小老板面有难色说，实在对不起您哪，今儿的饭座都包出去了，您明儿再赏光吧。

这时候闻见煎焖子的香味了。小阔瞧见里边坐了一桌子食客，都是豪放派头好像到了忠义堂。

小阔闻着煎焖子的香味说，今天龙抬头哇，我往别处去寻摸吃食吧。

饭馆小老板说，现在开饭馆哪还有卖焖子的？一盘子卖您几块钱，还能挣几分利呀。

这话使小阔十分伤感。是啊，这东西不卖了，那东西也不卖了。久而久之就没了天津卫的味道。咱就说这吃食：面茶、杏仁茶、穆奶奶羊肉粥、桂花江米藕、周记羊肉馅饼、三不管的转锅转，还有丁大少糖堆儿，当然北京叫糖葫芦……好东西都他妈的绝了种。这地点算是老城里，您说还有老城里的味儿吗？没啦！天津卫都快变成杨柳青那样的镇甸了。越弄越小气。

饭馆小老板说，这是哲学嘛，欲进先退。

这时候，从那桌大吃大喝的人里站起个中年男子。中等个头焦黄的脸儿，使人想起卖马时期的秦琼。这位秦琼大声叫住了小阔。

这位兄弟你留步。请问有名片吗，你留一张，改日我去拜访。今儿这些昔日好友给我接风。听你刚才一番话，我特别愿意跟你近乎近乎。

小阔咽下一团口水说，实在不敢当，我是随便说说让您见笑啦。

小阔此时蓦然忆起这位黄脸秦琼的来历。脸上的那道疤痕，脖颈上那颗紫痣，还有这双三角眼……这是当年叱咤风云的造反兵团总指挥黄金生啊。没错，一九六七年黄金生指挥攻打三五二七兵工厂，小阔挤在人群里多次见到这位时事英雄。

小阔心里寻思着，迷迷糊糊把奚慎言的名片递给了黄金生。他脱口问道，您判的不是无期徒刑嘛，什么时候出来的？

黄金生一怔，之后哈哈大笑。他朝那几位同桌饭友说，果然还有人能认出我来啊！我也算能遗臭百年啦。惭愧呀惭愧。

小阔记得黄金生投身"文化大革命"运动时是一名搬运工人。好像在河东六号门那边上班，据说是黑旗队的后代。

小阔拱了拱手走出小饭馆，心里感慨颇多。他惊讶自己竟然拥有如此清晰的记忆能力。那么多年过去了，一眼便认出当年的造反派大人物。这小饭馆里若是坐着袁文会和刘广海，我也能认出天津卫这两位大混混儿——虽说我生在新社会长在红旗下根本没见过旧社会。是啊，袁文会给毙了。刘广海跑了香港，去年他孙子回到天津开发房地产了。

拐进那条当年著名的小马路——城里二道街，小阔要奔南市清和街的丈母娘家，打听打听自己媳妇的最新信息。

城里二道街也没了风水。书法家华世奎，诗人杨无怪，还有写《红杏出墙记》的刘云若，甲骨文专家王襄，京剧名票王君直，画家黄松岩……当年都住这条街上。就连北洋大总统徐世昌也在这里降生。对了，还有当年那位造反派总司令黄金生。名人数不胜数啊。

走着走着便到了丁公祠，上坡就是葫芦罐。当年这里是护城河的水门。小阔心里抱怨说，我怎么知道这么多事儿呢？我他妈的累不累呀。

不行，我知道的事儿太多了。我必须想个办法清理清理。人家仓库存货多还容易着火呢，我脑袋里装这么多事儿不容易爆炸呀。

横过南马路他看见路边站着俩外国人，均是白种的。其中那女的用生硬汉话问小阔说，这里四？这里四？

小阔感受到改革开放的春风迎面吹来，就对这俩洋人说，庚子赔款之前这是天津南城墙，被八国列强逼着拆啦，城墙变成南马路。南马路后来铺了电车道，那是比利时电车电灯有限公司开的。

这些话对洋人来说太深奥了。俩白种人说了声"三K友"，走了。

这时旁边卖烟卷儿的小伙子大声问：吗叫庚子吗叫庚子？

小阔戏谑地说，你打麻将时没碰上过庚子呀？

卖烟的小伙子连连摇头，不知道被这位爷给涮了。

下坡走进南市地界。前边不远正是小阔丈母娘家所在，就是被称为三不管儿的地方。北京的天桥，天津的三不管，这都是大名鼎鼎的地方。

小阔隔几天就要来一趟丈母娘家。不知为什么，小阔对南市有种特殊的感觉。只要进了南市，他便觉得时光流转倒旋，自己成了亦古亦今的仙人，一眼望穿历史。

唉，我知道的事情太多了。明明四十啷当岁的人，却仿佛有二百年的阅历。只要南市旧貌依然，小阔就能看到旧社会景象。路过长城戏院，他心里就说这里当年叫上平安电影院。日伪时期卢仲轩当经理，民国年间兑给了冯承璧。冯可是南开的高才生啊。

其实刚才路过南门东下坡那幢青砖楼房，他就想告诉卖烟卷的小伙子，这座青砖楼房早年是协成印刷所，东家姓张。周恩来在南开中学办《敬业》小报，经常来这印刷所校对稿样。

沿着荣吉街拐上物建街，他想告诉大伙这儿就是著名的华楼，主家是末代皇帝溥仪的舅舅名叫良揆呀。转念觉得这是自己挺没眼的，这是对琴谈牛。

小阔心里知道，如今人们只图个现时眼眉前。用不着论古更犯不上研讨未来。因此小阔这满腹学问，也就只能跟肚里蛔虫做伴为伍了。

小阔并不觉得这有更多的苦恼，只是觉得天津变了，从大码头变成小地方了。

丈母娘家住的也是个大杂院。小阔邋邋遢遢的样子走进院子里，迎面有人说大姐夫来啦。小阔在这里被称为大姐夫。大姐当然是他媳妇。

径直进了北屋。一明一暗。外间屋没人，里间屋床上内弟大虾米似的躺着，呼呼睡得正香。内弟名叫二山子，无业游民一个。

小阔媳妇乳名叫大兰儿，去年前往南方挣钱去了。大兰儿跟二山子，这是丈母娘的一儿一女。

八成丈母娘又出去搓麻了。可是丁丁哪儿去啦？我的宝贝儿今天下午没课呀。小阔想起儿子那所学校，心里就笑得止不住。记得从前它是一家澡堂子，名叫新新浴池。如今改成小学校，每次开家长会小阔坐在教室里就算计着方位。嗯，这间教室当年是女部，那间教室当年男部，旁边是厕所。

这南市的诸多景物，在小阔眼里总是显现它的本来面目，可是跟别人谈论起来又觉得南市面目全非了。小阔因此而不知所措。

站在院子里点了根儿烟卷，小阔心里说，解放前这里叫杏花村，八条胡同都是青楼林立。要是用句洋人的词儿就是红灯区啊。他的思绪如脱缰之马，一眨眼就跑到万恶的旧社会去了。我是不是得了什么的毛病？这毛病吃药也不管用。

小阔就暗暗使劲儿，强迫自己思绪返回丈母娘家，面对现实生活。

这时对面南屋走出徐娘说，你们丁丁他姥姥往河北大悲院上香去啦。她是吃了晌午饭走的。她说上完香还要顺道去三条石，那有一群姐儿们牌局。

小阔只得苦笑。丈母娘这么大岁数还有如此腰脚。经常在神圣的佛殿与人欲的牌桌之间走动不止，鱼和熊掌两者兼得。看来丈母娘已经超越了自我。

嘿嘿，丈母娘年轻时候是个唱玩意儿的角儿呢。

小阔拱了拱手问南屋徐娘，丁丁他妈妈又从南边来电话了吗？我是说这一程子。

徐娘说，我可不掺和你们的家务事儿，清官难断啊。

小阔觉得此地的老娘儿们都赛王婆似的，就缺一个西门庆了。他走出了院子上了街，寻吃食去了。

## *3*

满街的饭馆都挂着粤菜的招牌，好像都得了一样的病。小阔进了一间规模不大的门脸儿，冷冷清清的没几个饭座。完啦完啦，天津这个城市完啦。小阔颇为伤感地要了一盘猪头肉一盘鸡爪子，又点了个全爆。

他开始喝酒了。心里念叨着一套顶针续芒的词儿：这就叫小阔深入生活，活跃活跃思想，想入非非，非常情况，况且如此，此地无银，银圆时代，代表大会，会当凌绝顶，顶花带刺，刺刀见红，红旗飘飘军号响……

小阔思维活跃，出口成章。这时他又想起那个顾经理。这个土包子开花，真是狗熊穿大褂——人样啦。只要土豪有了钱就想为自己重塑金身。出钱雇我当枪手，八万字大谈什么城郊接合部的社区文化。全是扯淡。什么，下个月去西德？人家两德早就统一了不分什么西德东德。土豪就是没见识。

有时候小阔很容易愤怒。这愤怒又很容易发展为仇恨。有时候，作家小阔是靠仇恨写作。他认为仇恨也是力量。

喝着小酒儿小阔想起媳妇。他的媳妇名叫宋之兰。小阔当年正是化仇恨为力量才将她娶到手的。那时宋之兰刚刚出道在区文化馆大厅里挂牌唱西河大鼓《杨家将》。一唱就是俩月。惊动了天津卫那些捧角儿的老斗。样板戏刹车没几年，人们耳朵忒素净。这宋之兰就一炮红了。她妈妈天天上场送散场接，总怕闺女让人家给办了。宋之兰有两把刷子。她让那些新时代的老斗吃不上又总想着，举止便在似浪非浪之间浮动。小阔那时已经在《环境与卫生》杂志社当编辑了，并且发表了几篇小小说。

他天天光临区文化馆大厅，考察这个女艺人是否刚烈。到后来宋之兰便阴差阳错成了小阔的媳妇，他也就不说"婊子无情，戏子无义"

121

这句话了。

饭馆跑堂伙计把"全爆"端上来了。小阔听见旁边那张桌子的两个小伙子正侃昨晚电视里那小品呢。一戴眼镜的小白脸说,小品的过热说明我国正兴起一股快餐文化。昨天那小品用柳活儿结尾看来还是比较少见的。之后小白脸又接着说,那男演员若是响了万儿肯定活穴大转能治杵。

小阔知道这两位是调着侃呢。他一时无法猜测他们的真实身份,暗暗为那小白脸惋惜。多奶油的模样啊,怎么满嘴春典不往人道儿上走呢?可惜那副眼镜戴在脸上得好几百块钱。

小白脸喊叫埋单。伙计呀开张票写作家协会,不用填日期,还指不定吗时候报销呢。

小阔抬头瞻仰着这两位,大声说你们这种人怎么能到这等饭馆来吃饭呢?这也太艰苦朴素啦。

小白脸眼镜一扬,根本不予理睬。

小白脸的同伴说,我们这是作家深入生活。

饭馆跑堂伙计指着小阔说,这位也是作家。

小白脸哼了一声,拉起同伴就匆匆走出去了。

小阔是饿了,埋头猛吃起来。这会儿没饭座,跑堂伙计是熟人,便凑在小阔桌前搭讪起来。

这程子怎么样啊,作家的身价比前些年高点儿了吧?当然你们比不上唱歌儿的。那些唱歌儿的算是肥了,一首歌顶我半辈子工资。饭馆伙计愤怒起来。

小阔对唱歌儿的不发表任何评论。他媳妇宋之兰撂下西河大鼓改唱通俗歌曲五年了,如今正在广东中山一歌厅里淘金呢。

喝着这烧心燎肺的酒,小阔坏了情绪。一年出一本长篇小说,连着六年了。怎么样呢?还是原地画圈。前几天又接了一部电视剧。行业片总共六集。写呗写出了惯性,写。

一个很有些吨位的人物走进饭馆。好一位胖老爷子。浑身上下全是肉，在衣裳里涌动着，充满活力。光头，油光油亮的，四方大脸肉乎乎的鼻子，吃四方的大嘴。一脸福相。呼的一声，地皮一颤这位肥爷就坐在小阔对脸儿，两人共着一张桌子。

桌子两边一比较，小阔知道自己东亚病夫形象已经跃然桌上了。而胖老爷子唯一的事情是全心全意出汗。

小阔叫来饭馆伙计。手巾把儿赶紧上手巾把儿呀！你看人家出汗拼拼的。

胖老爷子看一眼小阔，说我这身肥肉比别人提前俩月进伏，那时候还没蚊子呢。

饭馆伙计候着胖人点菜。胖人果然不同凡响，张口点了俩菜，都挺各色的。凉拌羊鞭，凉拌牛舌。

小阔心里说，您吃两头儿，一下一上呀。

胖老爷子从怀里掏出一瓶独流老白干儿。

小阔说，您这酒有些年头啦。

嘿嘿。一晃呀放了这么多年啦。兄弟，你来点儿品品。

小阔连连摆手说，我再喝就高了。

各人喝各人的酒，各人吃各人的菜。小阔生来便有体验生活的天性，耐不住人民大众的寂寞。他试探说，老爷子我看您像个经常出门在外的人。

嘿嘿，退休之后啊又被人请出来，整天东奔西走的。我看你倒不像是个经常跑外的人。

我素常便坐在家里写字儿。说得牙碜一点儿就叫作家。我自己认为仅仅是个作者而已。真正的作家那得说人家鲁迅啊。

胖老爷子呼地站起身。他手里端着酒盅注视着小阔。脚下却不停地走动，就这样他围着小阔整整绕了一圈儿，也不觉着眼晕。

小阔不知这是什么门户，只觉得绕场一周总有些向遗体告别的味道。

老爷子有什么话您就说吧，别是当年有哪个人面兽心的作家坑过您一头吧？小阔急声问。

这肥头大耳的老爷子只顾喃喃自语。老字号的，你肯定是土生土长老字号的。自打刘云若没了，我足有五十多年没见过你这路真正的作家了。

我成了真正的作家？小阔傻了眼。拿不准这到底怎么回事儿。

绕场一周之后，胖老爷子重新落座。小阔挥手对饭馆伙计说，赶紧上个噌蹦鲤鱼我们爷儿俩接着喝。

我今年七十一啦！这不是刚从广东回来给公司说成了一笔贸易。没人相信我七十一，都以为我五十几。嘿嘿，所以广东那边歌厅里的歌手有的就冲我起腻，坐我大腿上以为我是老小伙子呢。

听到歌手冲客人起腻，小阔皱了皱眉头。他就怕媳妇在南边操持了贱业。

我从小喜欢文学。可惜家里命令我读了商科。作家应当是个什么模样，我心里有数。早年咱天津卫有刘云若、宫白羽、郑证因，都是赫赫有名的大写家。我小时候有个街坊，名叫吴有无。天津卫的报纸，经常是四家五家的同时连载他的小说，那才叫家喻户晓妇孺皆知呢。他跟你差不多的意思。穿装打扮，言谈举止，说话办事，真是差不了许多。这才叫作家呢。后来进城的作家呀，一个个看着太土，不像风流倜傥的文人。再后来的工人作家就别提啦，只不过是手艺人里的土秀才。近些年又兴披头散发的现代派，又太轻了太薄了，没有一个读过《百家姓》的。所以说我五十多年没在天津卫见过真正的作家啦。在我眼里你才是个断档多年的真货。您就是吴有无转世啊。

小阔说，您说这话是折我的寿呀。那后来吴有无呢？

唉。抽上了白面儿，成了倒卧在三不管儿。伙计，结账结账！胖老爷子喝得脸放红光。

小阔扭头看见饭馆门口站着内弟二山子，神色有些异样。这一走神儿的工夫，让胖老爷子抢先结了账。小阔说，老爷子您这是……

胖老爷子递过一张名片。上边印着不少字。

河汉国际实业有限公司（美国独资）

总经理特别助理 言而信

　　小阔说您跟言菊朋先生同姓，也蒙古族吧？言菊朋先生是蒙古王公的后代，后来在蒙藏院任职。

　　肥胖的言而信哈哈大笑说，京戏是国粹，我也能唱两口儿啊，专学余派专学余派。

　　这时候走进来一中年汉子，大声说，谁在这儿冒充作家呢？跟我到派出所去谈一谈！

　　饭馆伙计说，刚才有俩吃饭的在这儿号称作家，还戴着眼镜。

　　中年汉子问小阔。你！是作家吗？

　　小阔可着劲儿摇头，活像个拨浪鼓。

　　言而信急了。你怎么不敢承认自己的身份！说罢这老先生涌动着浑身肥肉往外走，高声说解放前我在南市当过巡警，今天我倒要见识见识人民警察怎么回事儿！

　　这胖老爷子刚走出饭馆就被一块飞来的青砖给开了瓢。那位号称是派出所便衣的中年汉子抢起一只凳子朝言而信脊背上砸去。

　　小阔只得坐下抽烟，看着自称名叫言而信的胖老先生流血。

　　大胖子言而信被几个人抬到第六医院治伤去了。

## 4

　　小阔的儿子叫丁丁，读小学六年级说着就要考中学了。小丁丁常年寄住在姥姥家，把语文、数学、英语这三门功课念了个一塌糊涂。每次小阔到丈母娘家来，都要突击检查儿子书包里的作业本。丁丁的屁股自然就成了重灾区。

　　酒足饭饱的小阔进了院子。丁丁看见爸爸的身影，一扭身野猫似的爬上那棵老槐树。到了树杈高处一展身子就跳到邻家房脊上，没了踪影。院子里的几个孩子立即鼓掌欢呼——丁丁的又一次逃遁成功。

小阔毫无办法。前些年他专写武侠小说，曾如此这般描写了一位身轻似燕的童侠。丁丁后来读了这本名叫《阳刚剑》的长篇小说，深得其中真传，也身轻似燕了。这是读者对作者的回报。小阔暗暗苦笑说，后生可畏啊。

丈母娘屋里空无一人。小阔进屋找出一盘封面上印着"京韵精粹"的带子放进收录机就欣赏起来。白云鹏的唱段还是很有特色的。只可惜传人太少。就一个阎秋霞前几年还死了。后来的再传弟子赵学义，味道也还可以。小阔听着大鼓，眼睛却盯着院子里。

二山子啊二山子。他寻思小舅子已经走上了犯罪道路。

刚才饭馆门口横空飞来的青砖，肯定出自二山子之手。这小子就是这种手法，狠着呢。

小阔关了收录机。他倒背双手看展览似的从这屋踱到那屋。妻子的大幅照片挂在山墙上，一笑俩酒窝儿。这张黑白底片还是当年小阔给拍的。那时小阔天天去听宋之兰的西河大鼓书。进了门要一壶茶就这么不声不响坐着，直到散了书。场子里乌烟瘴气，捧角儿的老斗没一个合乎尺寸的。贩鱼的倒腾服装的开饭馆的，一个个都是歪瓜裂枣的暴发户。这伙人见来了小阔这么一个文质彬彬的忠实观众，就扔过来萝卜皮酒瓶子盖儿，想方设法驱逐他。

宋之兰在台上唱着，全都看在眼里。只见小阔起身走到那伙人桌子前，掏出了小本子晃了晃，接着又数落了那伙人一顿。那伙人服服帖帖没一人敢吱声。小阔回到原位接着听书，满脸不骄不躁的表情。

散了场，小阔采访了宋之兰。您怎么能把那些个体户治服啦？小阔笑了笑回答说，我是记者啊。我是《环境与卫生》的记者。除非他们不想在大街上摆摊了。他们知道我能治理他们，还向我道了歉。我呢就能管个环境和卫生什么的。

之后小阔给宋之兰拍了这张非常漂亮的照片，还推荐这张照片登上转年的挂历。一下子全天津卫都是宋之兰了。宋之兰就让小阔在家里住下，突击结了婚。

这时候，院子里响起噔噔脚步声，就跟砸夯似的。

小阔听出这是丈母娘双足的韵味。老人家今年六十六了，精气神儿不错。解放前没有人知道她叫陶克萍，都叫她的艺名赛鸭梨儿，口风又甜又脆的意思。赛鸭梨儿先唱奉天调儿，后来改唱西河调。因此女儿宋之兰出马儿时老书座们顺理成章叫她小赛鸭梨儿。

丈母娘从年轻时就单身，居然将一儿一女拉扯成人。毕竟是吃过开口饭的人。

丈母娘进门一阵风。这是一个干干巴巴的老太太，属于那种手一份口一份的干练人物。

小阔起身叫了声妈。这位妈就直接奔了暖壶，十分麻利地沏上一壶小叶儿。然后点燃一根烟卷儿，她眯起了那双六十多年的资深丹凤眼。

妈，丁丁他妈从南边来长途了吗？

前天来的。她挺好！还说快回来了。今儿是二月二龙抬头吧？咱们赶紧煎焖子吃。二山子干吗去啦？成天他妈的游手好闲充大尾巴鹰！

小阔听见焖子二字儿就往肚子里祭下两团口水。丈母娘思维敏捷，说起今儿的牌局。

小阔说，您又提拎捉五儿一条龙啦？

丈母娘一拍大腿说，让人家！说着丈母娘即赛鸭梨儿开始品茶了。

嗯呀想起来啦，我给你小王八蛋找了个活儿。我觉着挺好。这笔买卖你小王八蛋能挣八千块钱。今儿回家半道上碰见一熟人，已然说妥了。

丈母娘说话粗鄙而热烈。"小王八蛋"这个词是她老人家对乘龙佳婿的专用爱称。

小阔也跟着喝了一口茶。您说的是什么买卖？我文化人不会做生意啊。

这时候，宝贝儿丁丁黑着小脸儿溜进屋来。

小王八蛋的你干吗去啦？老太太厉声问道。

见丈母娘如此呵斥自己的儿子，小阔起身阻拦。妈，您管我叫小王八蛋的，管丁丁也叫小王八蛋的，我们不就成了哥俩儿了吗？

丈母娘听了一怔，然后哈哈大笑。是啊是啊，我还没留神这事儿，让你们爷俩儿用了一个称呼。这老婆儿闻过则喜，表示今后改正。

小小王八蛋丁丁趁机溜进里间屋。

您说是什么买卖呀，让我能挣八千块钱？小阔动了心思。

丈母娘开始认真讲解这笔买卖的内容。

你呀得替人家写一个剧本。按照人家拿来的材料写，不许自己拿主意。只要合格了人家就给你八千块钱。这个剧本人家排成小品参加比赛，可不能登上你的名字。作者得是人家。人家花八千块钱就是图希这个名声。

小阔说，好事儿！可我听着有点儿云山雾罩的。这人谁呀？别是缺心眼儿吧。

丈母娘急了，你小王八蛋就是疑心太大。这阵子正疑心丁丁他妈在南边不正经是不是？我给你找的买卖还能坑你？

小阔说，哪儿来的冤大头肯出八千块钱得这么一个屁名呢？我就不信能有这路鸟。

丈母娘压低声音说，还真是个冤大头。在文化馆混不出个头脸儿。可他老子是个官员。退休前官儿还不小呢。只要是他儿子的剧本，肯定有人给排成小品。他儿子不就混出头脸儿了吗？可是偏偏这废物儿子又不会写作。这买卖不就给了你小王八蛋吗？你听明白了吧！丈母娘一口接一口嚼着烟卷儿。

小阔低声说，我听明白了，心里还是不踏实。你早就不闯码头了。你知道现如今社会上的骗子比伏天里的苍蝇都多。我觉得您活了七十来年了，还挺单纯的有点儿像个女高中生。您比方说……

放屁！我若有那么年轻早就出去干大事业啦。丈母娘又点燃一颗烟卷儿，阴着脸寻思着。

丁丁猛从里间屋走出来说，爸，我写了一个三十二集的剧本，今天上课被老师给没收啦。

小阔一瞪眼，丁丁就吓得缩了回去。

丈母娘把烟头扔在地上伸脚使劲儿一踩。你这个小王八蛋是挤对我把实话说出来呀！我实话告诉你吧，那小伙子名叫王不达，他爸爸叫杨错。你听明白了吗？

小阔说，我听明白了，爷俩儿不是一个姓，这是个后爹。

人家亲爷儿俩！杨错是参加革命时的化名，就一直沿用下来。你懂吗？你写出剧本，署上王不达的名字，再由杨错去托门子拍成小品，拿到中央台参赛去，他让儿子出名。你呢得着那八千块钱。

小阔说，我总觉着这事儿不大保险。

丈母娘急得跳着脚说，这事儿我是一手托两家。明说了吧！从前杨错当文化局副局长的时候，偷着跟我相好了两年。这一回你小王八蛋该相信了吧？你挤对得我把当年的老底儿都抖搂出来啦！妈的。

小阔嘿嘿乐了。妈，这辈子您没白活啊，给大干部当过情儿。

外边有人尖着嗓子喊叫。电话！丁丁他姥姥的长途电话，打到胡同口寿衣店啦，赶快接去吧！

小阔寻思这是媳妇宋之兰从南边打过来的长途电话。

丈母娘奔出屋接电话去了。小阔望着这老太太的背影，眼泪就涌了出来。

他弹净了泪珠儿，心里说，有好多年没流这咸汤儿了。嗯，自打四十而不惑，就没湿过眼窝儿。今儿我是怎么啦？

丈母娘回来了。敢情这电话是找你小王八蛋的，你快回家吧有人等着你呢。

小阔拿了丁丁这一程子的作业本，就赶紧奔西头回家。他心里说，忙活了一整天，我也没吃上这二月二的煎焖子。本作家命苦哇。

## 5

天擦黑儿，小阔夹着一摞书走进院子。半路上遇见一书摊，大喊削价处理。他一眼瞥见自己的尸首躺着地上——这是自己那部唯一的纯文学小说集《肥水流向外人田》。他连忙搜寻总共找到五本，掏钱买下了。

摆书摊小伙子问道，您全收了，这是好书吧？小阔说，好书还能落到你手里吗？这本书的作者是个傻伯役，一天只吃一顿饭。

他为自己收了尸，也算是二月二龙抬头的功德。

走进自家院子，北屋邻居老五迎面拦住他，开始汇报情况。

今儿下午总共三拨人找你。头一拨是两个男的，为首的是个戴眼镜的小白脸，那揍性活像个兔子。第二拨是个女的，长得就像他妈的阎婆惜。第三拨呢，第三拨是谁呀？我怎么想不起来啦！嗷，第三拨是你小舅子。哎，你小舅子长得挺帅的啊。

小阔听了快步往自己家里走。他看屋里已经亮了灯，推门走进屋细看，光认识自己小舅子二山子，其他全是寡脸生人。

请坐请坐。我外出不锁门，你们随便进来抽烟喝茶。小阔热情张罗着。

这时一个声音响起，我看就遵循先来后到的次序，我先说吧。

小阔定睛细看，认出这位白天在饭馆里遇见的那个戴眼镜的小白脸。他身边一大个儿是他同伴。小阔笑着说，您二位是作家协会的吧？

小白脸咬文嚼字说，准确地说我们是作家协会下属当代小说创作促进会的。我叫苏聪。

苏聪说着拿出一个小本子准备记录。二山子最看不惯这路人，起身凑过去说，有吗事你快说！我看你怎么跟审案子似的？还记录呢！

苏聪脸一红一白问道，你笔名小阔，本名呢？

您这是查户口呢。小阔苦笑说回答说，我本名叫白阔来。《环境与

130

卫生》杂志社编辑。无党派。未受过任何重大奖励和处分。噢，已婚。您还要了解什么？

小白脸的同伴说，根据我们了解，你的小说创作分两个阶段或者说两种题材，一是武侠技击类，代表作有《阳刚剑》和《风流刀》，还有《忠义金枪传奇》。听说这三部长篇小说的畅销使你在三北地区被读者称为小金庸，是这样吗？

小阔只得傻乎乎笑了，金庸是谁呀？

小白脸接过同伴话尾说，你另一类小说是言情。《冬之吻》和《夏之恋》以及《杜鹃花儿开》是你的走俏之作。你在本市读者中被称为雄性琼瑶。是这样吧？

小阔说，我还真是头一回听说自己这些成就。

小白脸从提包里掏出易拉罐啤酒，打开就喝。小阔说慢待您了我这有花茶给您沏上了。

小白脸说，有位日本女学者研究你的小说多年了，她可能近期来华访问。你等待通知吧。

这两位作家协会的人物起身告辞，走了。小阔做出送客的姿态，根本没出门儿就驻了足。

好啊，你很火爆啊白阔来同志。第二拨客人说了话。

小阔知道这位女宾正是邻居老五所说的阎婆惜。他恭敬地哈着腰问道，敢问您是……

我是环境卫生局的名叫徐玉珍，职务是局党办副主任。我刚刚调来三个月，只是从档案材料上了解到你的一些基本情况。

小阔说，徐主任您好，热烈欢迎您来我家做客。

白阔来同志，你申办留职停薪三年，目前已经两年了。《环境与卫生》杂志撤销了。你呢自然就成了无根之木。留职停薪也没有实际意义了。这次我来告诉你有两条道路供你选择。

小阔说，您能不能先喝点儿水让我消化消化您的话？您尽拿话流儿灌溉我，我这儿都快决堤了。

徐玉珍不睬，执意继续说，一条道路是彻底辞职自谋生路，另一条道路是回单位报到上班，然后下到基层清洁队去当值班员。这两条道路何去何从，组织上要你在三天之内答复。

小阔起身说，那我就不留您吃晚饭啦。

外来的客人走净了，只剩下姐夫和小舅子两人。

二山子说，这两拨人带来俩消息，一好一坏。

我看都是好消息，也都是坏消息。哎二山子你姐这程子到底来没来长途电话啊？你妈妈总对我搞愚民政策，封锁隔离两口子感情。

二山子实实在在说，我姐挺好的，可能快从南边回来啦。

之后二山子发问，姐夫你胡同口那公用电话号码是多少？我得在你这住几天等着生意方面的消息。我的公司刚刚开张，还处于创业阶段呢。

23713413。小阔将从书摊上买来的五本《肥水流向外人田》码到书架子上，心里挺不是滋味儿。

小阔坐在藤椅上闭目养神。二山子伏在写字台前翻弄着一沓纸。

二山子，你说那位研究我小说的日本女士真的会来吗？

二山子嗯了一声说，他们侵略中国早就习惯了，还不是说来就来呗！

我得把这个消息快点儿告诉你姐。她一个人在南边唱歌儿也挺不容易的，这回让她也高兴高兴。

二山子说，姐夫你过来我问你一个字儿。

小阔起身说，今儿咱哥俩喝点儿酒，你出去买一只烤鸡回来，要只大个儿的！

他说着走到写字台近前，看到内弟正往一张大纸上写字儿。

二山子低声说，姐夫你得给我保密！

小阔拿起这张大纸看见三个字：价目表。

价目表下边是二山子写出的歪歪扭扭的文字。

一条腿（打折）：一千元，两条腿可以一千八。

一颗牙（打掉）：二百元，两颗牙可以三百六。

满面是血（眼打肿鼻打破）：三百元。

不动手打光用嘴吓唬，一百至一百五十元。

小阔看罢说，这不动手打光动嘴说就把问题解决了，属于最高级的劳动。只有九段高手文武兼备者才能完成。一百至一百五十元太低了。这叫兵不血刃能使江山易主。

二山子惊喜说，姐夫你是有学问！那我把它改成六百至八百元钱。今儿板砖给那胖老头儿开了瓢，就算是开市大吉吧。

二山子，你告诉我谁是事主？小阔猛然发问。

二山子怔了怔，说我们有职业道德替事主保密。再说人家早就交了订金。

那你要是折进局子怎么办呢？小阔有些悲凉地看着内弟。

客户的姓名好比密电码，宁死不能讲。二山子郑重地说着，表现出一种感人的敬业精神。

你必须告诉我，今儿这事主是谁！以后我永远也不问了。小阔抬高了嗓门。

二山子见姐夫犯了性，就无奈地摇了摇头说，没见过事主，有中间人给拉线。听说事主姓顾，好像是郊区的大款。那胖老头撬了他八百万元的生意。他要求让胖老头儿浑身见红养伤二十天以上，还强调不能出了人命。

小阔说，我×他妈的，看来作家还是要深入生活的。二山子，你立即给我金盆洗手，我给你找个又体面又能挣钱的事儿干。

二山子说，连你自己都让人家给炒了，你还给我找差事？你有钱先把你那些书从地摊上都赎回来再说吧。

二山子，你选了个残酷的行当！这是玩命儿你知道吗？小阔急了。

姐夫你别吓唬我，我看了美国电影《教父》的录像带，敢情全世界都有干这行的。二山子得意地说。

# 6

小阔对丈母娘说，我借一辆三轮车拉着您去行吗？丈母娘瞪起眼睛，老大不乐意。我陶克萍当年也是个角儿，你让我卧在三轮车里去见杨错那老小子，可算我把老脸当作屁股卖啦！不行，你小王八蛋得找一辆高级小轿车拉我去。

只好打了辆出租车，按照纸条上的地点找了上去。

大模大样下了出租车，丈母娘挺直腰板说，你别叫司机走了，等着咱们。

小阔心里说，您还没见着人儿呢，我先花出二百块钱去。

这是座老式洋楼，一看就是老干部的住宅。上了台阶先按响门铃。楼道里边问你是谁呀。丈母娘说我找杨错。里边还问你是谁呀。

丈母娘大声说，你告诉杨错，我是陶克萍！

进了客厅在沙发上落座。陶克萍指着茶几小声儿对女婿说，抽烟抽烟，抽老王八蛋的大中华！

先出来一位身材不高的小伙子，长得圆圆滚滚的。无话，不知是傲慢还是根本就语言功能不强。丈母娘说，这就是王不达，杨错的公子。

小阔冲王不达点点头。王不达应了一声。小阔心里说，贼人傻相是个人物。

杨错终于出场了：一身银灰色中山装一脑袋银灰色头发，鼻梁上架着金丝眼镜，年届七旬的老者走路姿态活像个小伙子。

陶克萍起身叫了声杨错同志，然后指着小阔说这位就是我给你请来的作者。

小阔吃惊地看到平日粗俗不堪的丈母娘，居然有如此文雅的言谈与得体的举止。

杨错同志与陶克萍请来的作者握了握手，扭身坐在帅位上。

你近来可好啊小陶同志。杨错关切地询问起当年情人的景况。

丈母娘说，很好，我经常参加一些社会活动，主要是在附近社区。

小阔心里说，您说经常出去搓麻将不就得了吗？还扯什么社会活动呀。

王不达拿出一沓子材料递给小阔。小阔翻了翻就明白了。这是个小品的梁子，故事发生在抗日战争时期，有那么一对夫妻……

你还有什么要求？譬如说风格方面，还有剧本长度。

王不达说，绝对不能让你白发扬风格，我们可以预付一千元，当然是人民币。

小阔尴尬地望了望丈母娘，不知如何应对这位大智若愚的王不达同志。

丈母娘说，其他的情况呢今天不谈，咱们主要谈谈艺术问题。您说是吧杨错同志？

一定是往事不堪回首或者小楼昨夜又东风，杨错同志目不转睛地看着红颜已老的陶克萍，情绪大涌大动。小阔见这对老情人都有状态，便要求王不达站到小院儿里一叙。

小院儿里小阔问王不达说，令慈大人……

我妈妈早死了。我还有个姐姐。

小阔想起出租汽车久等之下，必然收费惊人，便走了心思。

王不达话入主题说，你就放开写吧，反正电视台那边有我爸兜着呢。只要你交了剧本我就全款打给你。

好吧！我努力给你弄出个国货精品来，让你在全国小品大赛上拿个大奖。

这时候，陶克萍同志红着眼圈儿走了出来。杨错同志神情恍惚随后送出。王不达迎着说，爸爸，我跟这位作者已经谈妥，双方合作良好。

杨错说，我还忘了问作者尊姓大名呢。

小阔戒骄戒躁说，我的名字并不重要。先预祝令郎剧本打响吧。另外，我想请教您，马路对面那座小学校就是当年辫帅张勋的公馆吧？我记得这条马路应当叫巴克斯道。是吧？

杨错同志有些激动。好！好！年轻人有才学。这种事情很少有人脱口而出。我若没有从领导岗位退下来，一定委派你主修一部天津租界史。晚矣晚矣！

陶克萍见小阔身价瞬间上涨了这么多百分点，就兴奋地搡了一下杨错说，我没告诉你，他是我家女婿！

杨错领首笑道，你家之兰好福气，嫁了个好夫婿。这下子我也就放心了。你下次来不用叫出租车，先打个电话来，我从市文化局要车接你们。

那辆等候已久的出租车载着岳母和姑爷，从高干之家开回了贫民地区。

丈母娘见小阔付了那么多车费，有些后悔。她说，行啦这笔买卖拢成了，你只剩下写啦。你小王八蛋可得抓紧时间早日交活儿呀。

小阔连连点头说，这八千块的代笔费，您提成百分之十，八百块。

你小王八蛋倒还有点儿良心。丈母娘说着突然问道，你看杨错这人怎么样？

他自从成为这家的女婿，还从未见过岳母如此真挚的表情，不由心头怦然一颤。他知道岳母早年丧夫独自拉扯孩子长大，这辈子酸咸苦辣都尝过了，很不容易。

小阔实实在在说，杨错老先生这人不错。这种人愈到晚年人性愈好。也懂得奉献了也知道惦记别人了。他们在年壮有权的时候，往往不是个东西。

丈母娘认真听罢，很深沉地说，你小王八蛋是有点儿观察能力。我跟他真是两路鸟啊，落不到一个树林子里。

## 7

第六医院高干病房里躺着言而信。他脑袋上胳膊上裹着一道道纱布，活像一只巨大的灌肠摆在案子上。小阔悄悄走进来，看着挂在床头的病历卡片。上面写着：言而信。男。51岁。灯泡厂退休工人。无药物过敏史。

咦，这胖老头子不是自报七十一岁吗？

这时候言而信醒了。他看见小阔眼光里显现出茫然神色，机械地点了点头。

您还认识我吗？二月二那天在小饭馆里。

言而信点了点头说，你找我有事儿吗？

我只是来看看您，咱们毕竟有一面之缘嘛。哎怎么没人陪伴你呢？

我绝户一人无亲无故。我要了特级护理。伸手一按这铃儿，护士颠儿颠儿就来了，比狗跑得都快。

您为吗谎报年龄说自己七十一呢？

言而信笑了。你真的是个作家呀？这年头出门在外没人说实话的。

小阔说，我刚刚解决了温饱，心里天天盼望小康。

趁我现在躺在病房里没有精力说谎，我就实情跟你讲了吧。我为吗把五十一说成七十一？道理非常简单。这人一过七十岁就容易引起别人同情，尤其放松了对你的警惕。这事儿就好办了。你懂了吧作家。

那您怎么被人家打成这样呢？得罪黑社会了吧。

我自己心里明镜儿。我的信息快，那笔大生意就抢了先，拿给了雇用我的公司。这就遭了别人恨。养好伤出了院我还得这么干。我吃的就是这碗饭。

您多保重吧，祝早日康复。小阔握了握他的手。

言而信落泪了。咱俩萍水相逢你能来医院看我，我欠你一个大人情。这人情我忘不了。

你过奖了。说罢小阔背着装满剧本素材的兜子，走出病房。出了医院大门，身后追来一个声音：兄弟，我可找着你啦！

小阔扭头端详，敢情是那位焦黄脸的前造反兵团司令黄金生。

黄金生当头就说，你小子是个国际标准大骗子。说完这话黄金生朝远处望了一眼继续说，二月二那天我接了你名片，没过几天我按着上面

137

地址去找什么奚慎言。他是一干巴老头儿。我想几天不见你也不至于变得这么老啊。我就把情况一说，人家奚老伯寻思了一阵子，这才断定是你把名片给错了。敢情你小子还是个作家呀。

小阔连连摆手说，作者作者，我刚去医院探视一病人。

晦气！黄金生说咱俩找个清静地方说话。然后两人就往南开中学方向走去。

春天的气息已经扑满身了。人们却依然滞留在冬天氛围里，守节似的。两人一前一后进了那家名叫"春天你好"的咖啡厅，选了个角落坐下。

黄金生告别铁窗生涯以来，身心调养得颇有起色。脸色虽然焦黄，却已由卖马时期的秦琼变为瓦岗寨大将军秦琼。黄金生一眼瞥见咖啡厅门外有几个人反复走动，就不露声色开始说话。

哎，你笔名叫小阔啊。那我就叫你笔名吧。

不知为什么，小阔蓦然想起小米。一个活泼开朗美丽温柔的姑娘，竟然似一阵清风拂去而无影无踪了。这么多年了，小阔一直觉得不可思议。

他和小米是一起插队落户的同学。回城之后小米当了保育院的保育员，弹着风琴教孩子们唱歌。小阔在基层单位当文书。两人相爱了准备结婚。一夜之间小米仿佛变成另一个人，情绪宁静如水，说话声音似乎自旷野夜空传来，字字入人心脾。

两人也是坐在咖啡厅里。小米说不打算结婚了，要独自外出。小阔说你到哪里去啊。第二天小米就消失了。小阔以为小米过几天就会回来。这么多年过去了小米永无复还。他只能认为小米是被外星人掠去了。后来一家刊物发表他的作品，要求他在篇首写一句自己信奉的人生格言，他这样写道：坚信，坚信宇宙确有外星人。小阔苦闷极了，就天天去听宋之兰的西河大鼓了。

此时，黄金生自顾自地说着，丝毫并未察觉小阔的走思。

小阔啊，你得帮我干一番大事儿。当年我当司令成立造反兵团，从监狱里出来就明白了，我要当经理成立贸易公司。其实不管搞什么，道理相同，千头万绪归根结底一句话：胆大敢干！小阔你要跟我精诚合作，咱们重新创出一番事业来。

小阔收回思绪说，一抽烟就嫌呛，一喝酒就没量，我一穷酸文人能干什么？

我说了搞政治搞经济道理相同，要先抓舆论。现今广告也是一种舆论。黄金生说得慷慨激昂。

黄金生招手叫男侍过来结账。男侍说，我们老板有吩咐免费招待您二位。

老板走过来。这是一个不显衰老的汉子。他远远就抱拳行礼说，黄司令，我一眼就认出你啦什么时候出来的？

黄金生有些激动，站起身迎上去。

咖啡厅老板说，黄司令，我是造反六支队的宁大伟。

两人紧紧拥抱。小阔看着眼角有些发潮。

黄金生对宁大伟说，好兄弟，我也要创办公司了。咱们搞个联谊会一起发展！

宁大伟说，好！我最恨那些不忠不义的人。你还记得吗，我当初是一架子工。

黄金生说，咱们来个二次崛起，重振雄风。

他们与老板告辞走出咖啡厅。黄金生执意用摩托车送小阔。之后他小声说，小阔你掺和到什么事情里去了？我发现咖啡厅外面一直有人瞟着你。小心啊别让他们打沉了你。

小阔也还镇定。兴许与我到医院探视了那个病人有关，让我吃了挂落儿。

摩托车行驶起来。黄金生扭脸大声问他。我送你到哪儿去呀？小阔迎着风大声说，海河边上望海楼。

到了望海楼。别一猛子扎下去没了踪影，你勤跟我联系啊！黄金生挥手开车走了。

过了狮子林桥，路北那楼群里有小阔根据地的堡垒户。我有半年多没来了吧？暗号照旧。

走近了。他抬头往四楼那窗户望去。嗯，亮着灯呢。她在家。又唤起那温馨的感觉了。

8

堡垒户户主姜立英，是一位年近五十的单身女人。大眼睛，直鼻梁，浑圆的肩膀，丰臀隆乳，显得丰腴而厚重。她曾经是本市小有名气的魔术演员，"文革"之后改行当了会计。小阔有时到单位去找姜立英看她正在熟练地打着算盘，总觉得她还是在变魔术。

她比他大。他与她之间是一种说不清道不明的关系。反正小阔一有大部头的稿子他就驻扎到这里，没黑没白地爬格子。稿子写完了他就开拔。一去半年无消息。姜立英无怨无悔无脾气，随时恭候他的到来。如今社会上都时兴订合同了，而他与她依然是一种散淡的精神契约。

暗号照旧。叩门：嘭，嘭嘭，嘭嘭嘭。

门开了。姜立英似乎是正在洗头。她连声说快进来快进来，之后就跑到卫生间给头发焗油去了。

小阔环视着这两室一厅，觉得半年未见姜立英她反而显得年轻了。他叫了一声：我说彩立子，本作家还没吃晚饭呢。

他叫姜立英"彩立子"。旧社会江湖生意分金、皮、彩、挂、平、团、调、柳这八门。彩是指变戏法的行当，皆称彩立子。小阔这样称呼姜立英，既符合她那魔术演员的身份，又有立英的字义。姜立英很乐意听这称呼。于是彩立子就成了他对她的昵称。

小阔径直走进他每次驻扎所占据的房间，将沉甸甸的兜子打开，掏出一沓沓材料和稿纸，欣然摆开了战场。他扭头看到这间屋里多了一部电话。

改革开放，人民大众的生活的确走向小康。连彩立子这种素常与外

140

界很少往来的人家都装了电话。小阔开始抽烟。之后他开始阅读王不达提供的小品素材。

这素材内容太惊人了。一页页读着，小阔竟然沉浸其间了。

不知过了多久，姜立英叫他吃饭。厅里圆桌上摆着一盘蒜肠一盘炒花生米，热气腾腾一条红烧鲤鱼。你喝白酒还是啤酒？

小阔说不喝酒，一会儿得干活儿呢。之后他告诉姜立英，接了一个小品剧本给人家当枪手，只为了挣几个钱不署自己名字。他又说读了读素材心里挺激动，仿佛进入艺术世界。

姜立英身上散发着中年女人浴后的味道。她静静听完，说人活着也不能光为了挣钱，你要真的被感动了，干脆写自己的东西。

小阔说，八千块钱呢。

姜立英说，这倒不是小数儿，那就写吧。

小阔很快吃饱了肚子，起身继续阅读素材。他的的确确被素材迷住了。王不达的素材肯定也是花钱买来的。这对男女情感生活太感人。

小阔连连拍案叫绝，惊动了姜立英。

你怎么新添了个拍桌子的毛病？就跟戏台上审案子的县太爷一样。

小阔也觉得自己变了，说以往我没有过这种创作冲动。

你先别冲动，我给你做做卫生吧。姜立英拎着小阔的耳朵将他扯进卫生间。

洗头！你这是刚从监狱里出来啊。姜立英按着他的头哗哗开洗。轻轻涂上洗发液，之后姜立英双手亦刚亦柔挠着他的头发。

小阔猫腰闭眼，觉得舒服极了。他开始呻吟。姜立英说，你这脏孩子，一个月没洗头了吧？小阔顶着一头泡沫回答说，两个月了。

一遍又一遍冲净。她用毛巾给他擦干头发。他突然抓住她的手说，彩立子……

彩立子急急火火说，行啦行啦你别抒情了，坐下坐下，我给你泡泡脚。

双脚泡在温暖的水盆里。姜立英蹲在他面前，动手给他按摩脚掌的穴位。小阔渐渐激动起来。

他伸手抚摸着她那一头泛着光亮的黑发。你没白头发，真年轻啊不像五十来岁的……

姜立英说，傻蛋，我这头发是染的。

她突然问他。你媳妇快从南边回来了吧？

小阔说，我闹不清她吗时候回来。

他目不转睛看着姜立英。她却从不抬头与他对视。小阔寻不到对视，心里挺遗憾的。

这时候他又想起小米。他做了个深呼吸，努力不去想那个消逝的初恋。似乎只有这样，才对面前的姜立英更尊重些。姜立英毕竟给他带来温暖和欢愉，毋庸置疑她是真正的堡垒户。

唉，驻扎在这里就觉得姜立英不可多得。开拔而去呢一忘就是半年多。小阔觉得自己是个不可捉摸的人，处于糊涂与明白之间。

台灯前，他开始构想小品剧本的提纲了。姜立英站在他近前，手持电动剃须刀灵巧刮着他两侧脸颊。他感觉眼前一只蝴蝶飞舞不止。

不知过了多久，姜立英拍了拍他的头。告诉我明儿早点你吃什么？就不要写得太晚了。

小阔嗯了一声，竟然有些不耐烦。姜立英走到隔壁去歇息了。

小阔为这个小品故事确定了时间：一九三九年春。他为那可爱可敬又可人心的女主角起了名字叫小米。

这时他猛想起妻子宋之兰。想起宋之兰就感觉肚子饿了。看看手表，半夜两点钟了。

他推门走进隔壁卧室。屋里台灯亮了。

小阔没去观察房间陈设的变化，径直走到大床边。姜立英眨着一双好看的眼睛望着他。

我累了，想在你旁边躺一会儿。姜立英笑了笑，往里挪了挪身子。

小阔开始脱衣服。她说，你躺一会儿用不着脱衣服嘛。小阔执意脱了衣服撩起被子钻了进去。他发现她穿了一件宽松的大睡袍。

隔着这件陌生的睡袍他将她丰满而柔软的身体紧紧搂在怀里。他激动起来，伸手关了台灯。

黑暗中她平心静气说，其实你是一个很不讲道理的人，我只能拿你当个大孩子看待。否则……

小阔已经听不进这些话了，开始在她身上摸索着，确实像个探宝的大孩子。

他在枕头下触到一个凉硬的东西，顿时起了疑。伸手捻亮台灯。

姜立英说，你太无耻了脱掉了我睡袍怎么又弄亮了灯呢。说着她扯起枕巾挡住上身。

他看着从枕下摸出的一只硕大精美的打火机。这到底是谁的？你说！

姜立英注视着小阔。深更半夜你叫嚷什么？这是我先生的打火机。

哈哈！你先生？你哪儿来的先生！

姜立英正色道，我春节结的婚。我先生比我大八岁。

你为什么不告诉我！小阔起身跳到床下站着。

姜立英依然躺在床上说，你并没有问我啊。或者说你根本就没有想过我也应当结婚。

小阔面一红，随即又变白了。他一时不知说什么好。

我先生出差十几天了。明天上午八点十二分的火车到天津站。他出了火车站打的，估计他九点钟之后就会走进家门的。你在这个时间之前离开还是安全的。

小阔又上了床。我要是不离开呢？

姜立英笑了。这一次她的笑容里含有几分蔑视。不离开？我想你没有这个胆量，也没有这个担当。

小阔重新熄灯，将彩立子紧紧搂住说，现在你是我的！

姜立英无声无语躺在他怀里，任他作为。

小阔疯狂行动着并大声发问。我跟你所经历的男人相比，怎么样？

黑暗中他听到她一板一眼回答说，你最弱。

不，我是说性，性能力！我跟你现在的先生相比，是他棒还是我棒！你说实话彩立子！

他棒。说实话你是我经历的性能力最差劲的男人。你相信我吧小阔，你是个没心的人。一个男人没心，他哪还有性呢？

小阔坍塌下来，伏在姜立英身上不动弹了。既然我这么不堪，你为什么还对我这么好？

我没办法啊，因为你是个大孩子。

小阔呜呜哭了起来。彩立子我告诉你，我总觉得宋之兰在南方不光唱歌。她肯定是又唱歌又卖身！我实在受不了这个委屈……

啪！黑暗中姜立英狠狠打了他一个耳光。他止住哭声。

过了许久，她抚摸着他的头发说，你真是个可怜的人。写了这么多本书，其实你根本不懂爱情。你应当先把自己弄明白了，再去写别人吧。

小阔觉得自己浑浑噩噩的，便下了床说，我走吧天快亮了。

## 9

小阔失踪三天了。他岳母陶克萍认为，小阔失踪不用大惊小怪。再过几天这小王八蛋保准慢慢悠悠从外边回来了。弄得一场虚惊。

作家协会的小白脸苏聪像一只烧着尾巴的猴子，急得四处乱窜。那位专门研究小阔作品的日本女学者松田君代启程来华已然抵达北京。日本大使馆与市政府外办联系，市政府外宣办责成市作家协会安排接待这位日本女学者。事到如今，苏聪却无处寻找小阔，急得跑弯了双腿，暗暗叫骂不止。那位日本女学者真是瞎了眼，我们中国作家成千上万，她偏偏研究这位土拨鼠作家。

苏聪在小阔家门前站着，做守株待兔状。

小阔家里，他内弟二山子弄来一个女友同居。喝酒唱歌闹得四邻不安。有两次二山子居然指使苏聪去换啤酒。平时高傲不已的苏聪不敢不从颠儿颠儿去了。这时候已然是第四天了。

小阔背着书包脸色铁灰步履不稳进了院子。大喜不止的苏聪几乎晕过去了，冲上前紧紧抓住小阔的手说，明天下午两点钟在文苑大楼四楼会客室，你与日本女学者松田君代首次会面。

小阔抬起头看着苏聪，然后他向内弟二山子说，这人谁呀？一口气儿说了这么多词儿，这是贯口呀。

二山子伸出手掌在姐夫眼前晃了晃说，姐夫，你还知道我是谁吗？

小阔点点头说困死了我要睡一觉。

二山子对苏聪说，你放心滚吧，到时候来车接他就行。我负责看管他。

小阔进屋便倒在床上。二山子的女友吓得尖叫着跑了出去。小阔已鼾声如雷了。

小阔梦见妻子从南方回来了，已然成了著名歌星。他一直睡到第二天上午十点钟，醒了。

二山子站在床边说，日本鬼子已经进村啦。

那咱们就进地道呗，你还犹豫什么。

二山子听姐夫这么说，知道他还阳了，立即将苏聪的通知转告他。小阔呼地坐起身。

这有关国格啊！我头一次接待外宾。二山子，你陪我先到大众浴池洗个澡。我还得理理发吧？

姐夫，我看你由外皮到瓢子都得换换新。

你这么说就等于让你姐给你另找一新姐夫。我外皮换新，瓢子还得是我。

二山子说，南边来长途了，我姐过几天回来。

小阔兴奋得瞪着二山子不说话。

姐夫，这几天你猫哪儿去了？

听内弟这么一问，小阔像上满发条的机器人儿，在屋里寻找他那只牛皮兜子。我跟你说呀二山子，这三天四夜我可没白活呀！我体味到什么叫美，什么是生命，什么是欢乐什么是痛苦，什么是精神世界……太棒啦！

二山子十分认真地问，姐夫，这么说你去逛窑子啦？现在什么价码的？

小阔差点儿没窒息过去，半天说不出话来。

三天四夜已写出了那小品剧本的初稿，好似行云流水。小阔从事写作以来，首次经历了这种灵魂出窍，然后再度附体的生命巅峰体验。

他认为自己终于懂得了——写作，就是让灵魂出一身透汗。

他不认为这小品剧本的初稿还要修改。生命的巅峰体验是不可重复的。修改，只能使这个小品剧本滑向深渊。他甚至认为世界上不应当有那种靠修改而成功的作家。反复修改，那灵魂岂不成了一件补丁连补丁的破旧衣裳？小阔从牛皮兜子里掏出小品剧本，轻手轻脚走到书架前，放到最高一层用毛巾盖好。

二山子说，这准是淫秽书刊吧？有各种姿势的插图。

小阔急了。二山子能不能换个想法！除了逛窑子就是春宫图。你太庸俗了吧？

姐夫，你不就是一通俗小说作家吗？我是你忠实读者。

两人不吵了。姐夫小舅子一前一后奔了浴池。一路上，小阔心里想的还是那个动人心魄的小品剧本。这哪是小品啊，这明明是大品。

他是在海河边一条大船上写作这个剧本的。守船的老头儿收了他的两瓶子老白干儿，是天津卫的名牌直沽高粱。老头儿让他在河上当了三天四夜的船客。他伏在船舱里总共吃了四个馒头喝了三瓶子水。离船时老头儿说，公安局水上巡逻队刚过去，你千万要小心。

小阔也觉得自己活像个书写反革命标语的逃犯。

走进澡堂子，二山子找乐儿说，姐夫，你眼神怎么直勾勾的呢？这样你还能会见外宾吗？

小阔说，我心情很激动，光想那剧本呢。

你想我姐也比想那剧本强啊。

二山子，我突然觉得会见外宾没多大意思。咱俩洗完澡去看电影吧。我得好好想想什么叫电影语言，我要把这个小品剧本改成电影剧本，否则太可惜了。

二山子急得喊叫。姐夫，你真神经了吧！已经有人出了价码，你改成电影剧本谁给你拍啊？

小阔笑了。我猜测也有人给你出了价码，打一个人多少钱？

一千。二山子看了看姐夫，说出这笔专卖的底价。

我郑重其事告诫你！二山子千万不要干这种活儿了，以后我挣钱给你花，你看行吗？

姐夫，你还是先去会见那个日本娘儿们吧！我等你挣钱给我花，八成饿死了。

洗了澡，吃了午饭。下午两点钟，小阔准时坐在文苑大楼会客室里，在座的还有通俗小说研究会常务副会长兼秘书长王汪，小阔以前并不认识此公。

王汪说，小阔先生，以前听奚慎言同志谈到过你。

小阔哎哎应声，不知说什么才好。一提起奚慎言三个字，小阔就怕露出自己充当枪手赚钱为文的劣迹。

终于听见外边传来女人的高跟鞋响声了。专门研究小阔作品的日本女学者松田君代在中国翻译陪同下款款走进会客室。

小阔只觉得热血上涌心跳加快，勉强站起与对方握手，惊讶得半张着嘴。

小米！这日本女学者的相貌跟小米几乎相同，或者说她本来就是小米，甚至可以说就是同一个人。小阔呆呆看着东洋小米。

他听见她叽叽哇哇说着日本话。如果她会说中国话，就肯定是小米！

落座之后，小阔愣头愣脑问道，您以前在中国生活过吗松田君代女士？

小米式日本女人用日语说了几句话。中国翻译说，松田君代女士对

147

中国很熟悉的。

小阔心里想，这句是废话跟没回答一样。他侧身小声对中国翻译说，希望您能翻译得更准确一些。不要似是而非。

中国翻译借机提示他。您的目光不要长久停留在女外宾脸上不动。

她肯定是小米。我从她的眼神中就能断定。小阔心里念叨着，脑袋一阵阵发涨。

这个世界太小了。说罢身心交瘁的小阔昏了过去。

## *10*

小阔住进医院十天，这才觉得自己尚未到达生命终点站，还能继续存活下去。主治医生说，你疲劳过度，身体虚弱到难以支撑的程度，这是个惨痛教训啊。

小阔要求立即出院以继续那场与日本女学者的会见。二山子家犬一样围绕在病床前说，那日本娘儿们已经回国啦，你就别惦着了。

我要你跟我汇报具体情况。再者，别用日本娘儿们这种粗俗的字眼儿！人家是日本女学者，人家是从事我小说研究的专家。你懂吗？

说到这里小阔猛然觉得自己大病初愈应当关心小舅子才是，便试探问道，二山子你近来忙吗？

二山子说，只有一笔业务，这里头也把你给捎带进去了。可是你病成这样，谁忍心动手啊。

有人要动我？看来我是吃了那大胖子言而信的挂落。

人家事主说，谁去医院探视大胖就打谁，一千块钱一位，同时打俩一千八。

小阔乐了，看来我远不如大胖子值钱啊。

二山子说对，姐夫你总算有了自知之明。

好兄弟啊你听我劝吧，这一行不能干了。你再往下走，可就离进局子吃官司不远了。

我一没技术二没资金三没文化，只能做这一行。

我看到你这样，就觉得特别对不起你姐。

行啦行啦，我姐别对不起你就行了。

外边已是大好春光。小阔出院那天叫了一辆的士。既然住院花了这么多钱，干脆大方到底了。二山子不知有什么新业务忙去了，丈母娘来接小阔出院。

陶克萍同志问道，这么多医药费你报得了销吗？小阔坐在出租车里苦笑。我肯定被炒了鱿鱼还报哪门子销呀。

丈母娘惊了。哎哟我的妈呀，你也跟二山子一样成了无业游民？

小阔说，不，咱在人家日本女学者眼里还是个作家呢。

丈母娘乐了。我听二山子说，你头一天住进急诊室昏睡不醒，人家那位日本女学者还去探望你呢，眼里含着泪花说了几句日本话，转天就回国了。

小阔要求司机停车。司机说这里停不了。小阔大吼，我多给你钱还不行吗！

出租车停了下来。丈母娘说，你神经啦小王八蛋？

小阔说，那日本女学者去探视我，事后怎么没人告诉我呢？你们都太不拿我当人啦。您这么大岁数的人难道也不懂这个道理？

我这么大岁数也是一天一天长的。丈母娘催促司机开车以平息事态。

小阔怒气难消说，这件事情不能算完，你们太放肆啦！

出租车开到南市。小阔说，我要回自己家！

丈母娘只得让司机往西边开去，送姑爷回自己家。

我说小王八蛋啊，这么多年我头一次见你发脾气。丈母娘探索着说。

您住口！我不想听您说话。小阔眉头紧锁满面冰霜。

嘿嘿。丈母娘第一次感觉到这个姑爷像是个人物了。

出租车沿西关外大街开到小阔的胡同口。小阔让岳母下了车。他掏出一张百元钞票拍给司机说，不要找啦。之后大摇大摆走进胡同。

陋巷危房。人们苟活着。只是一个闪念，小阔觉得自己正匍匐着，向前渐进。他认为像自己这种人最佳的前进方式便是匍匐。原地不动时，还可以伏地睡去，做一个匍匐的梦。

他为自己这一重大发现而感到振奋。

走进自己的陋室。他打开门窗通风，春意就偷偷溜了进来。他在屋中踏步，陷入畅想。

丈母娘点着炉子悄悄给他做饭了。

邻居们苍蝇一样扑上来称赞，多好的丈母娘啊，这么心疼姑爷。闺女不在，妈妈上阵。

小阔在屋里大声说，你们都别闹哄啦！开演了！

开演了？邻居们都以为小阔在说胡话。

小阔坐在破藤椅上，闭目无语，进入剧情。

岳母为他做的面汤摆在桌上，渐渐凉了。

小阔自言自语：冰冷的太阳，冰冷的太阳。

岳母小声说，这是那个剧本吧小王八蛋？

嗯，是的。名叫冰冷的太阳。男主人公、女主人公，还有那位一百零二岁的老太太。她有这样一句独白：走啊当你走近太阳的时候，你将被冻得发抖。

吃饭吧，好儿子。岳母依然低声低语。她管女婿叫儿子，这是有生以来头一次。

小阔睁开眼，把抱在怀中的剧本用报纸裹好，小心翼翼放到书架上。他对丈母娘说，妈，这剧本我想自己留下。这是小阔人生首次管岳母叫"妈"。

自己留下？你想让它孵出一群小剧本呀。

我太喜欢这剧本了。写这个剧本，我明白了好多事情。这剧本里有小米，有大兰儿，有彩立子，有二山子，还有您老人家，有许许多多人。

你瞎说，这不是抗日战争题材的吗？

是啊。我跨越了时空。我匍匐向前。我懂得什么是写作了。这剧本我谁也不给。那订金我退给杨错和王不达。实在不行我全款赔偿。反正这剧本我留下，我把它当作镇宅之宝。

你给我住口！丈母娘跳脚一拍桌子，震得那碗面汤一蹦。小阔睁大眼睛瞧着岳母。

你别抒情啦！剧本你留下人家那位傻小子怎么办？男子汉大丈夫说话算数。这剧本你给人家。自己再写一个喜欢的揣在怀里焐着。

小阔连连摇头说，我再写一个？人这辈子能有几次巅峰体验啊，千金难求！说罢哈哈大笑，听着跟哭一个响动。

你哭也没用！反正剧本得给人家买主儿。丈母娘非常通俗地下达了命令。

小阔继续笑着，根本停不下来。

你别笑啦！我还没死呢。丈母娘气急了。

我这是笑我自己呢。我死了，我自己正祭奠我自己呢。这个剧本您千万别动！我要在家停上它七天七夜再发丧。你听说过老天津卫刘道元出活殡吗？

丈母娘说，你要学刘道元呀？那是个旧社会的叫花子头儿。

她对看热闹的邻居们说，你们知道吧干文艺这行的都这德行，整天五迷三道地撒呓挣。

一个邻居凑上前小声说，胡同里来了俩警察，手里拿着二山子的相片逢人就打听。

小阔打岔说，妈，咱今儿晚晌吃吗饭呀？

*11*

全城刮大风那天，小阔到作家协会找苏聪。改革开放的大潮在楼道里涌动着，充满生机。他找到苏聪办公室门前，见门上镶着两块牌子。

一块是当代小说创作促进会。一块是文豪实业有限公司。小阔叩门走了进去。

屋里坐着五男二女。打听苏聪，这七位一起摇头说不知道谁是苏聪。小阔很惊异，大有住院才十日、世上已千年的感觉。

我只能从苏聪嘴里打听那位日本小米的通信地点。可是苏聪消失了，跟当年小米消失一样，让人觉得不可捉摸。

终于从那位清扫楼道的老大爷口中找到了苏聪。仿佛苏聪曾是他嘴里的一颗假牙。老大爷将苏聪的来龙去脉说得有鼻子有眼。

苏聪啊调到电视台去了。他说那儿挣钱多。苏聪这小子特别聪明，哪儿挣钱多他就往哪儿去，嗅觉非常灵敏。

小阔就给电视台打电话。所有接电话的人都不晓得有个苏聪。一个大姐还告诫小阔说，社会上有许多骗子打着电视台工作人员的旗号，你千万别上当！

他也忘了那位中国翻译是哪个单位姓甚名谁了。

小阔很是沮丧，大有二度失去小米的感觉。

寻找东洋小米首先要寻找苏聪。好！小阔猛然想起那天在座的还有通俗小说研究会常务副会长王汪。他也属于知情人。

那就寻找王汪。他重新回到电梯间门前，问清了通俗小说研究会在八楼办公。他挤在电梯里问身边的中年男子。请问王汪同志在哪儿……

哦，昨天火化的。治丧小组工作已经结束，散了。

小阔听罢只得苦笑说，王汪是个好同志啊。

走出文苑大楼小阔觉得这番经历真是块小说素材。他终于明白那些国外现代派作家为何写出那么荒诞的文学作品了。生活中处处充满滑稽与荒唐。中国有一个小米消失了。多年之后又在日本冒出一个复制品。我也闹不清谁真谁假或者两个全是真的。

小阔觉得经过这样一番洗礼，自己深沉多了。他猛然想起给日本驻华使馆写信求助，这才是寻找松田君代女士的正途。这样想着心里踏实了，小阔做老鸟还巢状——快步走出文苑大楼。

半路上又遇见书摊，他瞄了瞄，担心落下自己的尸体。不由得想起丁丁，他就给儿子买了一套九成新的少儿读物。春秋史话，战国史话，秦汉史话。丁丁这孩子哪门功课都学不好，唯独喜欢历史。论起老世年间的事情，丁丁仿佛一块活化石。五年级时丁丁写了一篇作文，偶然间小阔看到了。这是他第一次认真阅读孩子的作品，题目是《我的爸爸》。

　　　我的爸爸是个作家。他有一双明亮的眼睛。他看我的时候，我就不敢说谎了。爸爸中等身材，有一只很动人的鼻子。他很辛苦。晚上不能睡，早晨就不容易起床。妈妈到南方工作了，当歌唱演员。爸爸照顾不了我。我只能跟姥姥在一起生活。爸爸隔上一两天就来看看我，什么话也不说一个劲儿检查我的作业。爸爸是个孤单的人。他没有兄弟姐妹，也没有什么朋友。除了一个人在家里坐着，就是一个人在街上走着。等我长大了，一定要帮助爸爸。等妈妈从南方回来了，我们全家一起幸福生活。

　　老师给这篇作文判了六十分。批语：太散、太一般化。你爸爸是工人就写成工人，是干部就写成干部。干吗非要说是作家呢？没有真情实感凭空编造的作文是难以感人的。

　　语文老师不吝笔墨写了这么多批语，小阔认为这对丁丁是个沉重打击。他认为儿子的文章无拘无束，写得很好，而且有着强烈的真实感受。

　　他觉得儿子是块好材料，日后发展非同等闲之辈。

　　打车回到家里，小阔守着剧本坐在破藤椅里，陷入遐想。我写了这么多年臭稿子，就弄出这么个精品来，还是人家的……他无可奈何喝着信阳毛尖，很想给姜立英打个电话，又怕画蛇添足。

　　有客人来访，还是这位奚慎言先生，依旧精瘦干练衣着整洁。

老人家进屋坐稳说，小阔先生你变了，你变得跟上次见面不同了。之后又补充说，我是从相学角度说的，你面相变了。

您研究哪门学问？奇门遁甲还是麻衣相术？

我只是随便说说。你的情况可能要有个大变化，应当就在这几个月吧。奚慎言一本正经说。

这是往好里变呢还是往坏里变？小阔好奇地问道。

还说不准。也不可能说准。我只能说事情要起变化。静与动相互转换嘛。

您圣明。您这次来寒舍……

奚慎言说，我想请你上街吃饭。咱们边吃边谈好吗？小阔一抱拳说，谢饭谢饭，这几天我得守在屋里不能挪动。您有什么指教，请明示吧。我猜测您又弄了一本书，今天是给我送活儿来了。

你猜得不错，这是一本报告文学精品集。十二篇，不超过二十四万字，先采访后写作。我给你找个二十四小时有热水的地方住着，你俩月完活儿。

十二篇，二十四万字，就我一人写？

你化十二个名字吧。京剧角儿里有一赶三，写作就不兴来个一赶十二啊。

小阔摇摇头说，这活儿太大，我搬不动啊。

所以我说你变了。要搁以往这活儿你毫不犹豫就接了。好！你要长大出息了。奚慎言说着便感慨起来，起身在屋里走动着。

小阔啊我跟你接触不多。退休前我当了四十多年编辑。什么样的作家都见过。你文笔不错，气脉也不短。编辑你的稿子我有一种快感。这本报告文学精品集的书号是我从北京买来的。还是那位顾经理出钱。他是农工商联合总公司总经理。下属十二个企业。一个企业写一篇。这本书就齐了。上次你替顾经理写的那本书，过些天就要出来了，他已经定了在科学大会堂召开首发式。届时作者顾玉衡现场签名赠书。那场面不定有多火爆呢。儒商顾玉衡就扬名天津卫啦。

听到这里，小阔觉得是自己将闺女卖给了姓顾的，人家选了黄道吉日大办喜事，不是头婚是纳妾。

奚慎言又说，我看脸色就知道你心情。我在出版社工作时，编的书两次获国家图书奖。那可是大奖啊。如今呢人家顾经理跟我说，物质富有了就要追求精神品位。他出五十万元资金，要我去北京给他活动这届国家图书奖。

小阔说，我想通了。只要顾玉衡的书得了国家图书奖，我就认为这是我跟别人的老婆通奸养了个私生子。获得国家图书奖，等于这私生子考上状元啦。

奚慎言哈哈大笑，溅了一桌子茶水。

好好好！你能修成正果，你能修成正果。奚慎言说完就告辞了。

第二位来访的客人是黄金生。这是个星期天上午。陋巷窄院里的人们进进出出以蚂蚁为榜样，忙碌着。黄金生进了院子就大喊一声小阔，然后雄赳赳往小阔屋门走。

许多人都能认出当年冲锋陷阵的造反英雄，惊讶得立在旁边不言不语看着。一时间院子里静悄悄。一只大鸟入林，百鸟哑音。

黄金生用四百万元资金注册了个公司，其中三百九十九万是找别人借的。明天剪彩开张，他急着找小阔给他写个仪式发言稿。

我成立了智囊团，这里头有你。等公司运转正常了，每月给你开智囊费。

你公司往后做什么生意？小阔问。

黄金生说，什么违法我公司做什么。

你成心找倒霉呀，怎么专门干违法的生意？

黄金生笑了。你又见识短浅了。这年头你不干违法生意就发不了大财。你要是照章纳税，准得穷死。你要是逃税漏税，准富。所以我的后半生就是要专干违法的买卖。合法的一律不干。道理千头万绪，归根结底一句话：你别让逮着。

唉，山不转水转啊。小阔埋头写黄金生总经理的发言稿了。

黄金生闲着没事儿，看见书架上放着一沓稿子，就伸手去拿。

不许动！小阔呼地站起身说，你不知道我在屋里守灵呢？你别碰它。你要碰它我跟你翻脸掰交情。

黄金生见小阔五官挪位，只得赔上笑脸。

小阔写完发言稿。黄金生问，多少钱？

小阔想了想，说，滚蛋吧往后你别来了。

你以为我真给你钱啊？我这是考验你呢！

黄金生骑着摩托车走了。这时院子里才有了响动，一群小鸟歌唱起来。

小阔铺开稿纸，写自己想写的东西。心之所想，兴之所至。他将自己的灵魂释放出来，冲到野地里撒欢去了。不大的工夫，他就写成这篇《小米死了》，寻思着要拿给《天津晚报》发表。

是啊，我六年没给晚报写稿子了。因为肚里没词儿。今天肚里居然有了词儿。就跟拧开水龙头似的，哗哗往外流。

他站在门口盯着抓丁。男孩儿不牢靠，我得找个女孩儿，梅梅！我给你两块钱上街买泡泡糖吃，这任务能完成吗？

好。顺便把这封信扔邮筒里。好孩子快去吧。

整个下午，小阔坐在破藤椅里闭目养神。他脑海充满蓝天白云，没有过去也没有现在更没有未来。他觉得自己凝固了。除了呼吸，身心呈现静态。

他体味到从心底升腾而起的感觉。他说不清道不明，只觉得很舒适很惬意，似乎回到原本位置，静而不僵。就这样，他一直坐到屋中大黑，黑得没了颜色。

一个人影儿飘进屋来，浑身散发着尘世的味道，还伴着几丝血腥。

小阔依然不动，心明如镜了。二山子，你小子半夜回来干吗？

姐夫的声音如山鸣谷应，深不可测。二山子惊呆了。

姐夫，我的事儿犯了。我只能漂啦，我回来拿点儿东西。二山子低声说着，抬手挂上了门帘和窗帘。

然后点亮一盏小灯。小阔看见内弟形容枯槁心神不宁的样子，心头一热。这次你犯的事儿不轻吧，总共打了多少人？

打了十几个。现在生意太少，我们就主动开拓市场，先摸黑儿把张三打了，再派人跟张三说是李四干的。然后张三就雇我们去打李四。这样呢市场就活跃了。姐夫，这回我罪过大了吧？

小阔拉开抽屉找出五千块钱。兄弟，我不是律师，我估计这次你让人家逮着就够呛了。你还是远走高飞吧，用不着惦念家里。

我们总共打断三条腿，一只胳膊，打瞎一只眼，打塌一只鼻子，还有一个八成是给捅死了。二山子小声说。

你什么也不承认！记住了兄弟。趁着警察没来你快走吧。

二山子没再说话，在黑暗里呆呆站着。

姐夫，我要是让人家逮着给毙了，你就给我妈养老送终吧。托付你啦姐夫。我姐那人靠不住，她心眼太活泛了。姐夫，我拜托你啦。

二山子出门就没了影子。

半夜小阔又写了一篇散文，起名《死山》。

我要是总这么写，可就快成著名散文家啦。他眼里含着泪水。

## 13

陶克萍选定今天去大悲院上香，以求佛祖保佑漂泊在外的二山子平安无事。这老太太跪在正殿堂前，心中一派悲凉。都说万事不走心，傻吃傻睡最养人，可是出了事儿谁能不走心呢？我老了反而来了大麻烦。求佛祖求观音赐我一个粗茶淡饭的晚年吧。我陶克萍除了偷着跟杨错相好过，从来没跟过别的男人。上天要罚就罚我吧，千万饶了我儿二山子。

陶克萍跪佛堂前老泪纵横之时，正是小阔梳洗完毕走出家门之际。他穿了一身蓝色西装打一条深红色领带，浑身镀了一层光。迈腿走出家门，他一下就愣住了。这又深又长的院子，每家每户门口都站着人，仿佛夹道欢送小阔出访世界各国。

各位高邻，你们这是干什么？小阔边走边问两旁邻居们。他索性站住不走了，一定要弄个明白。

昨儿《天津晚报》上登了你的文章，大伙才知道你挺苦的。从小就受磕绊，大了又受打击，至今也没混出个人样儿来。

小阔明白了，敢情是《小米死了》发表了。他只得跟邻居们撒谎。说写文章不见得是真的，虚构嘛。谢谢诸位真心可怜我。我一定往人样儿上长，以此报答各位邻居关爱。

邻居们鸡一嘴鸭一嘴，纷纷安慰小阔。

你打扮打扮挺帅的，前途错不了。等你媳妇从南边回来，两人好好安排生活，多好的日子呀再凑一张牌就开杠了。

小阔在邻人们的美好祝词中走出胡同迈上大街。今天他要安步当车，前往小洋楼呈送剧本。

我写作这么多年，今儿一篇散文《小米死了》却来了个小轰动。谁敢说文学已经失去轰动效应？兴许我还要走红呢。小阔在心里自己跟自己开着玩笑，抬腿进了邮局。

一封信寄给日本驻华大使馆文化参赞。一封信把《死山》寄给《天津日报》副刊编辑。然后他抱着剧本《冰冷的太阳》，一路往下边走去。

天津旧租界与天津华界的差异，从市容上依然能够看出明显差别。小阔生在贫穷的天津西头，从小就有自卑心理。尤其遇到家住五大道的孩子，便想起陈胜的名言：王侯将相宁有种乎？特别是下雨天屋顶漏雨，久住贫民窟的他心中便会愤怒起来。

小阔的愤怒很具价值。他每每将日常的愤怒转换成一种写作的力量。于是愤怒也成为他写作的一种精神支点。

他羡慕人家夫妻恩爱家庭美满，便将小说里的某个家庭写得轰然解体。他厌恶那种灯红酒绿的歌厅，便塑造某个形单影只的男人徘徊于街头雨中，读来竟催人泪下。总之，小阔要靠一种力量才能写作。他原创的格言是：文学总是偏爱生活的失宠儿，将懦夫变成强者。

一路行走，耗时五十分钟，他终于到达杨错老先生府宅门前。走进院子跨进客厅。王不达正在练习书法。小阔问他今儿不是星期天怎么没去上班呢。王不达回答说，剧本研究所不坐班。

天津卫还有这种研究所？整天专门研究剧本。小阔感到自己孤陋寡闻，连忙打听杨错同志安在哉。

有个什么公司今天剪彩，他被接去了，说是动动剪子就回来。王不达实实在在说着。

昨儿晚报有你一散文吧？我爸读了说不错。后来才想起作者是你——小阔。

啊，如今报纸上整版整版登广告，也就容易显出我那篇小稿是文字了。我估计是沾"壮阳灵"的光，它广告就登在我散文下边。天津卫肾虚的都看见了。

外边传来小轿车的声音。王不达振动着厚厚的嘴唇说，我爸回来了。

杨错身穿蓝色风衣神采奕奕走进客厅，立即大发感慨。如今公司多如牛毛。我拿剪子剪彩还没闹清这是什么公司，不过现在剪彩也扩编了，六把剪子一齐动手。今天剪彩的这家公司，据说总经理是天津当年最大的造反派头子。我是搞不清楚他是何人啊，"文革"那几年我在石家庄不在天津。

杨错发过感慨，才看见小阔在座。这老先生走过来与小阔热烈握手，还带着此前剪彩的气氛。小阔猜想这准是黄金生的公司开张了。昔日造反派头头，其知名度依然能抵当今一个小歌星。小阔很想告诉黄金生，你当年造反司令的名气，已经具有广告效应了。

小阔呈上剧本。杨错接在手里连声称赞小阔的写作速度。小阔觉得给杨错同志审读剧本的时候，就应起身告辞。

杨错拦下他，取出老花镜说，你等等吧，我一个小时就能读完。

小阔抑制不住情绪说，杨错同志这是个很好的剧本。如果是个好导演，一定会拍出一个好戏的。说罢，小阔又觉得自己老王卖瓜了。

杨错同志捧着剧本到书房里阅读去了。

王不达依然默默写着大字，做润物细无声状。静寂，就跟屋里没人一样。

眼巴巴看着剧本落到王不达名下，小阔坏了情绪。他终于明白了，写作其实是一种弱者的事业。

王不达离开颜体字帖，说了话。您觉得这剧本怎么样？

基本可以。小阔什么话也不愿说了。

王不达又说，听说在美国好莱坞，编剧并不重要，导演地位至高无上，是吧？

小阔只得回答说，有的导演出钱买个好故事，不用剧本就开拍了。

王不达探索道，你说故事是什么呢？

小阔其实早就没了谈话兴致，一派百无聊赖的表情说，人生是一条河。我觉得故事就是船与河流两者之间翻腾起来的水流和浪花。

王不达不言不语，认真听着，然后做思索状。这时候有了响动。杨错同志从书房里走出来。小阔注视着这位老一辈无产阶级革命文艺工作者。

杨错同志表情平静如水。哎，刚才你们谈论什么呢？

小阔不言不语。王不达也不言不语。就这样把老杨错给晾在客厅里。

啊啊，这个剧本还可以吧。我估计不会有太大修改，你先放在这里。如果有什么情况，我再通过陶克萍同志跟你联系。

小阔起身，主动与杨错握手。杨错同志，我有个很小的建议提给您。

杨错连声说欢迎欢迎。

您应当多跟陶克萍女士接触。我认为您会很愉快的。至少上次会面她很愉快。老友重逢可能会使你们长寿而脱俗。这种好事何乐而不为呢?

杨错没有想到这个剧本作者竟然提出这样的建议,令他猝不及防。他思索着问小阔,你这话是不是另有含义?

小阔平淡地说,我觉得您这样问我,特没劲。说着起身走向客厅门口说,那可是个好剧本,您千万别糟践了它。回见吧您哪。

杨错跟着追到院子里,又无言地站住了。

来时那种安步当车的飘逸心理全没了,小阔挺堵心。他挥手就叫了一辆的士,朝着南市丈母娘家开去。

快步走进丈母娘家的院子,儿子丁丁迎面跑上来。

爸爸! 我妈妈回来啦。

小阔听罢,随即四肢发软,一个趔趄差点儿跪在地上。

## 14

两年多没见到大兰儿了。小阔一步迈进屋,只见妻子坐在床沿上朝他微笑。丈母娘及时现场评点:这是一出天河配呀。

宋之兰比早先漂亮多了,这使小阔觉得妻子换了皮肤换了腰身换了手脚,只有脸蛋是原装的。宋之兰穿了一身纯毛大红色西服套裙,按天津风俗几乎就是个新娘子。

宋之兰文化不高写信费劲。于是夫妻这两年基本处于失去联系的状态。小阔忍无可忍牵着妻子的手进了里间屋。大兰儿身上散发一种生疏的香水味。他使劲儿将她搂在怀里。显得生疏了。他有一种将别人的老婆搂在怀里的感觉。

宋之兰用唱过西河大鼓的嗓子说,你别这样,让孩子看见多不好啊。她唱了两年通俗歌曲,就连说话也带着港味了。

161

这两年你在南边吃苦受累了，终于回家，可算团聚了。小阔说得十分激动。

丈母娘在外间屋"当当当"剁着肉馅，拉开包饺子的序幕。按理说天津卫有"长迎短送"的习俗，也就是"出门饺子回家面"，可是宋之兰最爱吃妈妈包的饺子，陶克萍也就改了章程，随着女儿心性了。

妈妈，您不要操劳了。咱们全家到酒楼里吃饭好啦。宋之兰借机跑到外间屋去跟妈妈说话。

丈母娘急了。你快进屋去！这刚进家门的团圆饭要到外边去吃？合着你没家没业呀。

妻子只得转回里间屋来。小阔搂住这歌星就吻，生把这只能唱歌的嘴吻得没了动静。宋之兰觉得潜到水底了，一时喘不过气。

她躲闪着小声说，家里又脏又窄，我实在受不了，咱们去宾馆住吧。

那宾馆也不是公墓，你住进去总得回家吧？小阔不大情愿。

你说话这么不吉利，什么公墓呀！咱们宾馆住上三天，久别胜新婚嘛。

小阔望着撒娇的妻子，点头同意了。大兰儿立即说，我有钱，住得起。

小阔说，二山子他……

妻子说咱妈告诉我说二山子出门跑买卖去了。

这时候邻居们都来了。扒窗户的挤门槛子的，完全是看新娘子的阵势。

小阔闪到一旁躲清静。他偷偷看着妻子。蓦然间，他想起当年在区文化馆登场演唱西河大鼓的小赛鸭梨儿。时光荏苒，往事淡忘。当年的许多情怀都没了。他一宗接一宗寻思着，内心五味杂陈。

妻子属狗，妻子穿三十七号半的皮鞋。妻子喜欢吃甜的，比如栗羊羹和沙板糖。妻子喜欢让他搂着睡，枕在胳膊弯儿里……想着想着，小阔觉得自己挺可笑的。其实结婚就是把两个不熟悉的人放到高压锅里。

162

等打开锅盖时，已经银婚了。

邻居们听着大兰儿讲解着改革开放的广东，还有广东的吃穿用戴。天津卫老娘儿们没见识，几乎把宋之兰当成了美籍华人。丈母娘则高兴得抹眼泪儿。

小阔悄声告诉岳母说，他已经把剧本给杨错同志送去了。丈母娘听了这话大声对女儿说，之兰啊这次回家你应该去看看杨伯伯。

宋之兰与邻居们热烈交谈着。开饭了。街坊四邻们都知趣地退潮而去。

哇！好久好久没吃上北方饭菜啦。妻子望着桌子上的荤荤素素咽了团口水。小阔启开白酒瓶子。妻子说广东的男士都不喝白酒了。小阔说，广东男士连水都不喝。洗澡要用啤酒。一天吃六顿饭。不许抽国产烟。两条腿走路罚款……

丈母娘对丁丁说，你爸爸又说单口相声呢。

丁丁立即说，吃葡萄不吐葡萄皮不吃葡萄倒吐葡萄皮。从南边来个喇嘛，手里提着五斤鳎目，从北边来了个哑巴，腰里别着个喇叭……

这绕口令触动了宋之兰。她眨眨那双好看的杏核眼说，妈妈，在南边有时遇到港台的老爷爷老奶奶，也有山东河北一带原籍的，他们提起京津的曲艺，那个迷恋劲儿，就跟受了病似的。有时候我就给他们反串一段京韵或者梅花，那就爆了棚啦。

丈母娘羡慕地看着女儿说，我年轻做艺时，往南最远到了徐州。你比妈强百倍呀！到了林则徐大人禁烟的地方。

女儿从皮箱里拿出个精美的盒子。缓缓打开，现出金光闪闪的耳环和戒指。陶克萍接过盒子看了看，说这些东西我年轻时都有啊。

宋之兰说年轻时有老了也要有。说着率领丁丁动手给老太太戴上了。陶克萍立即金光闪闪了，连声说道，女人就是比男人花费多。

小阔喝了口酒说，妈，咱们应当低调处理啊，千万别让街坊邻居说您小人乍富撅尾巴迎风。

岳母又抹眼泪儿了，说吃过饭你们两口子回家去，大兰儿累了早早歇着吧。丁丁听了，就闹着要跟爸爸妈妈一起走。

小阔说，丁丁你明天还得上学呢。丁丁说，我好几年没跟妈妈一个被窝儿了。宋之兰听了这话，嘤嘤哭了起来。

岳母统筹兼顾，说你们三口一起回家住吧，明天一大早叫丁丁起床上学别迟到就成。

一家三口人，走出院子上了大街。丁丁左手拉着爸爸，右手拉着妈妈，大声唱着歌。

走上和平路，小阔告诉丁丁早先这叫罗斯福路。丁丁说，日本时期这叫旭街。

好小子！小阔很惊讶儿子如此广闻博识，心里很是得意。

妻子惊喜地叫了起来。她终于盼到一辆出租车。丁丁也跳着招手，这是他人生首次打的。

司机问他们去什么地方。宋之兰说朝前开吧。

电视剧里警察打的都这么说。司机打量着宋之兰。

宋之兰想了想，说那就开到友谊宾馆吧。

司机说，友谊宾馆都让公司们给包了。您去凯悦行吗？

宋之兰终于露出天津口音。师傅你拿我找乐吧？你以为姑奶奶我住不起呀。告诉你我早打电话问了，凯悦满了。

丁丁乐了。敢情咱们要去住宾馆呀！小阔低声说，无家可归的人才住宾馆呢。

这一夜全家三口宿在津利华大酒店。宋之兰自己登记了一间。小阔和丁丁一间。丁丁在豪华的房间里打滚吼叫翻跟斗，累得他很快就睡着了。

小阔穿着睡袍到隔壁妻子房间去了。这是他们结婚以来第一次在外边过夜。

夫妻两人一起洗了澡。小阔兴奋得发抖，抖动着满脑袋洗发液的泡沫，就紧紧搂住大兰儿。他贪婪地看着妻子的身体，活像饿死鬼看见了米粉肉。他发现妻子被广东饲料喂养得肥而不腻，便暗暗认为广东是个好地方。

妻子坐在镜台前开始化妆，极其熟练地使用着那些对他来说十分陌生的东西：往脸上抹的，往胸上搽的，往头发上洒的，往脚趾上涂的。

小阔不解地说，这么晚了你还出去呀？

妻子笑了。你以为化妆就是要出去啊。

化妆化妆。他眼瞅着原装妻子没了，生生被化妆成了个精品。

妻子开始往手上戴钻戒，又佩上一条金项链。这时候妻子褪下睡袍，裸了。

小阔吃惊地看着化妆之后的裸妻，她腰上还缠了一条金链子，一扭一摆让人眼晕好似金店搬家。

他心里想，既然她全副武装了，今宵绝对生猛。于是想起印度神油。

## 15

陶克萍惊讶得拖挲着双手，连声说请进请进请进。她做梦也没想到杨错同志突然登门造访。

杨错进了门也显得有些尴尬。今天我是不速之客，打搅你了吧？

不打搅不打搅。您请坐杨错同志。

请把同志这两字儿去掉吧，咱这儿又不是官场。杨错颇有温度地说。

陶克萍解释说，这么多年叫您杨错同志都叫习惯了，不容易改嘴。您大老远跑来，有吗事儿呀？

杨错注视着老情人说，我倒也没吗太要紧的事儿，就是想来看看你。

陶克萍立刻背过脸去。这么多年了猛然听到这句话语，她感到莫大满足，顿时暖了全身。谢谢了，我还值得您来看啊。

杨错不言不语，目光饱含温度。这时院子里来了俩老婆子，大声召

165

唤陶克萍去打牌，说是三缺一。

陶克萍走出屋小声说，你们别叫唤了今儿我不去啦。

你是咱们麻协主席！你怎么能不去呢？你让吗玩意儿给黏住啦！

陶克萍使出浑身解数支走了两位牌友，走回屋里表情挺窘的。杨错同志您不知道吧，我家之兰从南边回来了。我估摸着小两口就快从家来了。

好！好！杨错听了异常高兴，使劲儿搓着双手。你们南市这地方啊，我第一次来是在红旗戏园观看你的演出，真是终生难忘啊。第二次是来看望三位业余作者。他们写了一部书叫《南市的变迁》，举行座谈会。今天我是第三次来，可巧之兰就回来了。

陶克萍修正道，您这是第一次到我家里来，访贫问苦呢。

杨错稳稳当当落座，一心一意等待宋之兰，一直等到中午。杨错遗憾地说，今天下午一点半钟有个老年协会的座谈会，我必须出席的。

那您吃了午饭再走吧，我现在就煮饺子给您。

时间来不及了。一点钟有车到家里接我。

陶克萍恋恋不舍把杨错送到大街上，目送着这老头子打车离去。她拿腿往家走，邻居的老婆子们便没遮没拦问个不休。

哎哟，这是不是要找个老伴？我看您也该往前走一步啦。

这老头儿是个干部吧？看着派头挺大的。退休金少说每月也得好几千块。

陶克萍只是笑笑，一概不答。快步走进屋里，她抓过一条毛巾哭了起来。

她一直哭到下午两点钟，仍然不见女儿和女婿进门。她不愿意孩子们有丁点儿不顺。二山子好多天没回家了。没准又是跟别人打架惹了祸，漂了。这种事以往倒也有过。躲过风头就回来了。去年跟别人打架进了派出所，拘留七天。陶克萍心里寻思着，暗暗抱怨二山子不争气。

下午三点钟，宋之兰和小阔走进院子。

其实小阔清早六点钟便起床打点丁丁了，一直送儿子上了公共汽车

166

去学校，他才返回宾馆房间顺手挂上"请勿打扰"的纸牌，搂着妻子睡到中午十二点。

久别如新婚。这次小阔彻底明白自己是多么喜欢宋之兰。他甚至在暗暗要求自己，即便大兰儿在南边不堪检点，我也不会撒手不要她。他以为，男人对女人的迷恋，有时说不清道不明。这时候用爱这个字眼是难以概括的。小阔承认离不开宋之兰。女人是水男人是鱼。

宋之兰伏在丈夫怀里诉说着行动计划：一天换一家宾馆，选择天津卫最好的酒店。叮嘱丁丁别让姥姥知道。一家三口好好过上几天资产阶级生活。

如果不是宋之兰抄起枕边那张昨天的报纸轻声读起来，小阔仍然不会起床，并继续沉湎床笫之欢。妻子读报像个小学生，一板一眼，一字一句。

我市公安机关破获一个以打人为手段赚取钱财的犯案团伙。这个团伙自称奥林匹克代理公司，气焰嚣张……读到这里宋之兰不认识嚣张的嚣，扭脸问小阔。小阔一把将她揽在怀里，然后翻身压住她。小阔心里想肯定是二山子被捕了，不能让大兰儿继续读下去。他妈的这该死的报纸，动不动就泄露重大机密。

小阔为了阻止妻子读报，以再次做爱的方式分散大兰儿的注意力。

他偷眼看了报纸。并没有提到二山子，只提到主犯宋某。小阔这才缓了一口气。

你说今儿晚上咱们住哪儿呢？妻子问他。他想了想说住天津大酒店吧。

退房离开津利华酒店回家。半路上宋之兰见了友谊商店就叫出租司机停车。她颠儿颠儿跑进去购物，让出租车等着。小阔惊诧地看着妻子抱着大包小包回到出租车里，轻声轻语说，大兰儿啊，你这不是购物，你这是发泄兽性。

夫妻双双抱着一大堆东西走进家门。陶克萍打量着女儿恢宏浩大的购物规模，笑容复杂地说，大兰儿你真有钱啊。

167

你杨错杨伯伯等不到你，下午有会议就走了。他说还会来看你的。陶克萍望着女儿说。

妈，在广东我经常想起您做的一种吃食，这会儿我又想起来了，就是我怀丁丁害口时候您给我做过的。

陶克萍努力回忆着，终于想起来了。宝贝闺女，你说的是籴籴汤啊！

小阔说，大兰儿，这证明你还没有彻底忘记中国特色的社会主义。

## 16

其实，小阔心里盼着日本驻华大使馆的回信。小米的下落无疑成了桩悬案，让人揪心。尽管小米很遥远了，可能已然出了银河系。即使出了银河系，她还是地球小米啊。

趁着白天阳光好，宋之兰打车去看望杨错了。家里只剩下丈母娘和姑爷。院子里也静悄悄。

小阔忙中偷闲写了篇散文《宾馆日志》。他对岳母说，您这大半辈子还没住过高级宾馆吧？比方说四星级呀五星级什么的。

岳母操着麻将术语说，四星就能开杠啦。我住宾馆干吗用，还是自家土窝好。

全家瞒着陶克萍进驻天津大酒店，小阔在电梯里遇见大胖子言而信。言而信瘦了，气色也不太好。他看见小阔身边站着一美丽少妇，便欲言又止。升到八楼小阔就跟随言而信走出电梯，告诉宋之兰在大厅里等着。

您有什么事情吗？小阔觉得言而信变得神色惶惶，好像人生遇到重大挫折。

你挨打了吗？言而信关切地问。

小阔摇摇头。言而信激动地说，凡是到医院探视过我的人，都挨了打。这事儿办得太绝了。我出院之后再也不敢为别的公司做事了。后来有人让我到发尔达有限公司工作，还说只要在发尔达工作就不会再挨打了。你知道吗？这发尔达又是子公司，它的总公司总经理就是顾玉衡。

这么说您又给顾经理当差了。这当然不会有人打你啦。我不是也为顾经理工作过嘛，当枪手。

言而信很贴心，轻声叮嘱小阔带女人睡宾馆一定小心。一是别染上性病，二是别给公安抓着。小阔听罢扭身就走了。

天津大酒店大厅。宋之兰坐在沙发里正用粤语跟两位香港小姐聊天。小阔远远望着，一时分不清哪位是原装的哪位是盗版的。

百川归海啊。这个言而信最终投奔顾经理派系。其实无论为哪家公司做事都属于打工性质，言而信一定明白这个道理。

深入生活大有收获。小阔写《宾馆日志》这篇散文十分流畅，三千字一挥而就。他在文章中表达了这样一个意思：中国人生活范围狭窄，夫妻破天荒住那么一宿宾馆，居然体味到外出偷情的心理。很愉悦很兴奋很新奇也很刺激，好似服用妙方良药。他决定把这篇稿子寄给大陆刊物《男朋女友》发表。

妻子宋之兰回来了，大声说杨错伯伯身体很好，又说她给杨错伯伯唱了一段西河大鼓《绕口令》，听得他老泪纵横。陶克萍听罢感慨不已说，当年我给他唱过好多次，如今你接了我的班。

宋之兰心里想着宾馆，就表面闹着回家，说累了乏了要回家好好睡一觉。

陶克萍说，大兰儿这次从广东回来，我觉得你跟过去不一样了。二山子要是在家，他也会这么认为的。

宋之兰说，我就是跟过去不一样了。我比过去漂亮了我比过去有品位了。妈妈，二山子出门跑买卖吗时候回来？我看他不是做生意的材料。

小阔摸着胡茬说，二山子做大生意，少则仨月多则半年吧。

丈母娘神色黯然。你们两口子回家吧，今儿让丁丁住我这里。你们在家也清静清静。

169

小阔听了觉得不妥。宋之兰却高兴地拎起挎包往外走。妈，明天上午我们再过来。

正是下午三四点钟，大街上阳光很好。宋之兰挽着丈夫的胳膊朝前走。小阔不言不语。

大兰儿你快过生日了吧？小阔叫着妻子乳名。宋之兰说是啊我属兔你比我大九岁。小阔说大九岁那我就提个建议，咱去看看你当年演出的场子吧。

宋之兰听了，紧紧抓住丈夫的胳膊说，亏你想得这么周到，咱们现在就去！当年唱玩意儿，我多不容易呀！那次多亏你用记者证治住那群臭狗食。嘻嘻，当时我就看上你啦。那时候我觉得你特别了不起，文武双全。宋之兰忘情地说着，又忆苦又思甜。

宋之兰当年演唱的场子，如今变成家具展销厅。她在所谓豪华高档的沙发间穿行着，寻找当年的演唱位置，一时难以静心。一个又一个的促销小姐向她推销各式各样的沙发。这破坏了她寻找昔日旋律的气氛。她觉得自己成了一只移动的沙发，抬头看见丈夫站在远处，不言不语等待着她。她觉得小阔这人挺好的，仍然保持着善解人意的美德。

女人是水，男人是鱼。鱼儿当然离不开水，水中也不能无鱼。没有鱼的游动，女人将无法忍耐死水的静寂。这就是男女之间的关系。

宋之兰从沙发阵地里跋涉出来，掩去沮丧的表情，极力振作起来。

大兰儿，你看中了哪套沙发？小阔故意问道。

妻子说天津的沙发档次太低。这哪里是沙发呢，一堆大板凳。

为了安抚妻子的情绪，小阔陪着宋之兰逛了一家高级服装店。妻子花五千多元给丈夫置了一套西装。小阔理直气壮地接受馈赠。宋之兰对他此番表现非常满意，咯咯咯笑着。

人家听你这笑声就知道你原先是个唱大鼓的。小阔逗弄着妻子。

宋之兰愈发笑得气短。她觉得丈夫挺哏的，是真正的天津老爷儿们。

他们乘车来到宾馆正是晚间饭口。妻子问丈夫中餐还是西餐。小阔说西餐吧。走进西餐厅，可巧落入人家的阵地。

奚慎言正在这里主持一个聚餐会，还说玉衡总经理马上就到。出席聚餐会的总共二十来人，一看皆是非凡之人，不是天罡就是地煞。身材精瘦的奚慎言说成立什么四海文化实业发展有限公司，隶属小顾庄农工商联合总公司。

奚慎言没话找话说，小阔先生，我遍寻你不到，敢情是陪太太四处游玩啊。你们伉俪都是文化界人士，今晚一起聚会吧。

奚慎言将出席晚餐会的人物逐一介绍给小阔。敢情个个都是码字儿的顶尖高手。尤其北京来的几位专写电视短剧的，有吴罪和施放，还有诸葛乱子和隋末醒。南京来了何午牛。上海是杨一洋和魏无畏。广州来的作家名叫黄二八。宋之兰听罢小声对丈夫说，这一个个的名字，都能凑成一部新的《封神演义》你信吗？

小阔问奚慎言，咱们天津写电视剧的有谁来了？

我请阿桂他没来。奚老伯说，天津卫除去你没别人了。

人们呼啦站了起来，说是顾总来了。小阔透过人墙望去，只见进来一位留着高平头身披灰色风衣的小老头儿。无论包装怎样，小阔认为此公走在大街上谁都能一眼认出这是个老农民。尤其他那张刀刻纹络的面孔，使人想起农业学大寨时期赶着大车进城淘粪的老汉。

奚慎言逐一为顾总介绍到会的作家。终于轮到跟小阔握手了，顾总很有内容地冲他笑笑说，相见恨晚，相见恨晚。

顾玉衡这句话使小阔改变了印象。此公已然不是老农民了，改革开放大好形势将其进化成为老地主。

顾玉衡发言。他说欢迎各地作家加盟四海文化实业发展有限公司。我们是有限公司，但是前途无限。我们选择从电视剧制作起步，争取用几年十几年时间办成中国好莱坞。打破中央电视台的一统天下，咱们也称称王！

小阔听着，不由想起秦末陈胜吴广揭竿而起的大泽乡起义。历朝历代的中国农民，了不得啊。

171

有人带头鼓掌。宋之兰小声说，这老头瞎说什么呀，他跟南方企业家相比，就是一小孩姥爷。不听了也不吃了，我想回房间睡觉了。

妻子的娇声压过了顾玉衡的鼓动之词。小阔侧身向奚慎言请假，奚慎言批准他们分两批择机溜走，譬如说以去洗手间为由。

他们终于溜进自己房间，做自己想做的事情。做到夜间十二点多钟了，宋之兰小声对小阔说我有一个想法。

小阔啊，我跟你实话实说吧，这次回来我要跟你离婚的。

小阔听罢沉吟道，果然不出我之所料……

之后小阔大声吼着说，果然不出我之所料！

宋之兰说，你别急，咱们买卖不成仁义在，凡事好商量。

## 17

这种季节里，公园是浅绿色的。植物们不敢雄赳赳气昂昂泛绿，偷情似的着芽。小阔怒气冲冲前边走着，宋之兰紧跟——赤着脚手里拎着一双高跟鞋。

似乎心疼宋之兰的脚，小阔停在一张木椅前，坐下抽烟。宋之兰跑上去挨着他坐，小声抽泣起来。

小阔开始怒吼，你凭什么跟我离婚？哼，你也太小看我了。你想离婚就离婚！我才不跟你离呢。这些年我一穷二白一无所有，就混上你这么个老婆算是私产，你还要去充公！告诉你吧大兰儿，我宁死不离，就是给我上老虎凳也没用！

渐渐围了几个观众，不远不近欣赏着。

小阔看了看周围环境，觉得应整顿一下了。他站起来大声说，同志们，不要围观。你们围观影响我俩的工作。我们是二十集电视剧里的男女主角，来这儿对台词呢。请大家散开吧。你们想看，请这个周末去人民剧场，在那里正式开机。

宋之兰于抽泣之中扑哧一声笑了。

观众们都走了。小阔养精蓄锐准备继续痛斥妻子。其实，他在宾馆房间里已经摔了几件东西。退房结账时赔了二百五十元。二百五令小阔怒火难消。

公园小路上有人走来。小阔起身望去。苏聪！苏——聪！小阔喊着追上前去。

宋之兰起身，看见远处有一男一女。

小阔很快就气喘吁吁回来了。他妈的肯定是婚外恋！我愈喊，苏聪这小子愈跑。后来干脆男女兵分两路。我当然追男的啦！我找他有重要事情打听。一转眼他跑没影了。这种男人遇事胆小如鼠，女人千万别找这路货色。我说大兰儿，咱俩离婚之后，你可千万别嫁这种临阵脱逃的小男人。

宋之兰问道，这么说你同意离婚啦？

小阔郑重说道，离吧。我能猜到南边阔佬等着你呢。咱们协议离婚，手续简单，一天搞定。

宋之兰哇的一声哭了起来。

大兰儿别激动。我知道你这是胜利之后的喜悦。

小阔，你是好人！我要回到那间小破屋里跟你再过几天日子。也不枉咱们夫妻一场。

远处几位老观众议论纷纷。这二位主角的台词不少哇！弄得没完没了。

主角儿就是词儿多。咱们天津卫光出大演员。男的数石挥是头一号，还有谢添牛犇魏鹤龄，北京人艺大导演焦菊隐，上影厂大导演沈浮，都是喝海河水长大的。女的就更多啦！

小阔挽着即将卸任的妻子，从观众面前款款走过。乍看绝对是幸福伴侣。

观众们大发感慨。这演员之间最容易出事儿。一男一女演两口子，演着演着就演到一块儿去了。这不，两人挎着胳膊走啦。

今天中午饭你想吃什么呀？宋之兰轻声问即将卸任的丈夫。

小阔说，烙热饼，夹臭豆腐，必须是北京王致和的。其实天津卫的天昌酱园也不错，给他们弄黄了。

很浓很浓的春意里，就在南市岳母那两间破陋的平房里，全家人有滋有味过起了日子。

说妥了，即将分手的夫妻共同过十天日子。不是九天也不是十一天，而是实打实的十天。

陶克萍和丁丁蒙在鼓里，以为美好生活从此开始了。

宋之兰已向小阔和盘托出自己的情况：深圳一阔佬等她去结婚，然后定居新加坡。因此宋之兰带来很多钱，用于离婚费用。小阔要她以陶克萍名字在银行存十二万，以白丁丁的名字存了八万。

你呢？宋之兰问。

小阔说，你打算给我多少？

宋之兰有些紧张：给你……十万？

小阔笑了。我一分钱不要，这十万你给二山子留着吧。

我兄弟是不是出了什么事儿？你要实话告诉我。

他是犯了点儿事儿。好在有我，你放心走吧。如果二山子有个什么大闪失，你再回来收拾残局。譬如把你妈妈接到新加坡去。

小阔坚定地说，丁丁你是别想带走的。他是我儿子，我要把他带大。等他大了，可以让他去找你。

你真是大仁大义啊，以往我小看了，真是对不起。宋之兰由衷地说。

这十天的日子里，这个家庭出奇的宁静。丁丁学习成绩大有长进。小阔白天伏案，写出了一部长篇小说的提纲。

他与她每夜都要做爱。小阔说，下次你再回来，可就算是外宾了。宋之兰听了，眼泪汪汪。

小阔，我、我没办法呀。我只能这样了……

别哭，你把自己哭老了人家那阔佬就不要你了。小阔依然说着单口相声。

他们去街道办事处办理了协议离婚手续。挺顺利的。两人在外面吃了顿散伙饭。小阔让宋之兰埋单，说你是过错方嘛所以要承担经济损失。

宋之兰回家将存折交到母亲手里，说明原委。陶克萍镇定地说，我就知道你俩得离婚。你这次回来哪像过日子的样儿啊。我懂，我也是女人。

小阔告诫丈母娘说，您先别让丁丁知道，今年他考中学呢。考不上耀华考不上南开，起码也得考上长征中学吧，离家还近。

陶克萍叹着气，连连点头表示只能如此了。

小阔出钱，全家到天一坊吃饭，这里津菜拿手。当年他娶大兰儿就是在这里办的酒席。那时候天一坊还称得起一流饭馆。如今不成了，从高端降至中低档。这顿饭小阔还请来了个录像的，扛着机器把全家人拍摄了一个里外三新。唯有丁丁是个不知内情的孩子，猛吃猛喝不知家庭解体了。

小阔对岳母说，您年轻时也是个人物，见多识广。这男女之间嘛，分分合合是常情。我活过好几十年没有海外关系，这次跟之兰离了婚，我在外国也算有了熟人。嘿嘿。

陶克萍毕竟闯过江湖，遇事不至于失态。她破例喝了白酒说，今天我表个态吧。我这么大年岁了，守寡几十春秋，今后谁我也不嫁，哪儿我也不去。我就死认天津卫这块地界了。小阔你不是总想写出大东西成个大作家吗？我给你讲讲我爹我妈和我的事儿，足够你写一辈子的。还有件事情今天咱们说妥了，二山子要是出不来了，小阔你小王八蛋可得给我养老送终。

二山子到底犯了吗事儿？宋之兰关心问。

陶克萍说，这事儿你别打听了，你都快成外国人啦。

宋之兰低着头落下泪水。

小阔抓住岳母的手说，您放心吧，今后你们家的事儿我实行三包。

好吧。为了庆贺你俩好离好散，我唱一段西河大鼓吧。陶克萍突然说。

小阔站起身说，好！这就算给大兰儿送行了。

陶克萍拿出当年百代唱片公司灌制唱片的老做派：各位看客，请你赏点儿耳音，学徒陶克萍至至诚诚伺候您一段，西河大鼓《薛刚反唐》……

18

宋之兰走后很长一段时光里，小阔天天躺在床上，瞪着眼睛望着屋顶。他每天只吃一顿饭，方便面什么的。日本大使馆还是没有回音。中国小米消失了。日本小米也一阵清风而去。

他就这样躺着，似乎是在晾制中国产木乃伊。

前岳母陶克萍来过两次。进门叫了声儿子，就哭了。

小阔说，我跟您说我离不开大兰儿。她俗气，她没文化，她爱财，她肤浅，她不贞节，可是我怎么就离不开她呢？您说我还算个男人吗……

陶克萍说，你小王八蛋只能挺住。我告诉你吧女人是猫，哪舒坦往哪儿去。我年轻时候也是这样的。女人最没劲呢。一旦被男人要了就变得刚烈了，其实呢，再遇见还犯贱。小阔啊，你被女人甩了不要紧，可以出家当和尚去啊……

哎，说到这儿我倒想起来了，前院刘四爷的儿子名叫大柱子，他现在是业务员。他在五台山逛庙看见你先前的对象了，叫什么小米？

小阔翻身下床站在地上说，您快说说小米到底怎么回事！

看见小阔五官挪位，陶克萍反而放心了，告诉他小米在五台当了尼姑。

小阔一屁股坐在地上说，当了尼姑，这比死了还严重啊，这比被外星人掠走还严重啊。大兰儿出了国，她毕竟还在地球上。这个小米出了

176

家，她跟我就是两个世界啦。不行！我一定要去五台山看看她。

好啦，小米总算有了下落。你好好活着吧，你小王八蛋想吃吗，老娘给你做。

您放心回家吧。我过几天就好了。我这人就是命苦，弄了个剧本成了心爱之物啦，还是人家的。自己老婆也成了人家的。就剩下养的一只家雀儿，昨儿还飞了。

岳母沉下了脸。你就别跟我说相声了。我问你，二山子到底能不能出来？

我不是律师，但是我估摸着他是出不来了，这孩子罪过挺大啊。

前岳母听罢点了点头，抬腿走了。

小阔动手写作了。他想起岳母说过要给他讲许许多多故事，于是内心便有了深深的期待。这人世间我不知道的事儿太多了，我知道的充其量沧海一粟啊。

天气热了。他走出户外活动，像个大病初愈的人。他愈发喜欢跟上年岁的人说话。有时聊的都是很久很久以前的事情。

每天他上班似的到前岳母家坐坐，听她叨叨往事。陶克萍一下老了许多，嗓音也沙了。他说，您这嗓音现在登台唱大鼓，满是云遮月的味道。

下小雨那天，小阔独自在家看本市电视台法治新闻。当他听到播音员说出昨天本市审判黑社会性质的犯罪团伙时，心就揪了起来。

电视画面播放审判会场。一排六名被告，内弟二山子站在主犯位置。这条新闻比较长，还播放了被打伤致残者的图像。当法官审问二山子时，他竟然一口咬定所有案子都是他做的，与旁人无关，也没有受雇于人。

小阔冲着电视里的二山子喊叫，你就承认是受雇于他人！这样会判得轻的！你是个浑蛋，太讲义气了，这样你会死的！

五个同案犯均被判十年上下的徒刑。法官宣判主犯宋山死刑，剥夺政治权利终身。

二山子当庭没有表示上诉。这时镜头几乎推成二山子的特写。这小子目光有些茫然，透出几分抑郁。

小阔这才发现二山子是个挺英俊的小伙子。一头乌黑的卷发。大眼睛很像他姐。笔直的鼻梁，周正的嘴唇，洁白的牙齿。

二山子你是个大傻蛋！这回没命啦你懂吗？小阔冲着电视机里的内弟喊叫着。

小阔在屋里暴躁地走动着。浑蛋，你他妈的还不上诉！连个帮你的机会都不给我。你这个浑蛋！你连婚都没结过就死啦。

小阔喊叫得四邻不安，人们都以为他疯了。他快速穿上衣服，赶到岳母家去。

夜晚的南市显得不伦不类。说宁静根本谈不上宁静，说火爆又火爆不起来。让人无法形容这块地界到底出了什么毛病。

小阔走进院子，却被徐娘家的儿子给截进屋去。小阔刚要挣扎，就被一只大酒盅堵了嘴。

人们纷纷说，大姐夫你给主持主持吧。

一张大圆桌坐了一圈人。徐娘说，今儿个是我家二小子徐明跟他好朋友李道春拜成换帖兄弟。新社会了也没人记得结拜仪式。大姐夫你是作家，你给说几句话。

小阔说，这年头亲哥儿们都有翻脸不走动的，哪还有拜异姓兄弟的？你们二位真是大仁大义。好！我祝几句吉利词儿。喜结金兰，今世有缘，有福同享，有难同当。不求同年同月同日生，只求同舟同心同力同风雨！

小阔扬脖儿干了这盅白酒，在人们欢呼声中走出了徐娘的家门。

他站在前岳母门前踌躇着，听见老太太屋里说，你小王八蛋进来吧，不用犯嘀咕。小阔进屋，看见丁丁已经睡了。

岳母盘腿坐在床上，活像一尊身定如石的佛。

我早就猜着二山子活不成了。今儿的天津法治新闻，好像院里邻居都没看见，全忙乎着拜把盟兄弟呢。当然也兴许看了装洋蒜呢。陶克萍

178

一字一句说着。

小阔安慰说，这事儿让咱摊上了，您得往开通处想。二山子是没救了，您得保重身体。

是啊，从今往后我也只能自个儿疼自个儿啦。

这时候院子里静下来。徐家的把兄弟也结拜成了，大伙开始喝喜酒。

老太太依然盘坐床上闭目养神。杨错这老东西，他怎么会揍出二山子这么个讲义气的儿子呢？陶克萍似在自言自语。

啊！小阔怔住了。天啊，二山子是他私生子呀。

杨错这老东西怎么会揍出二山子……陶克萍依然喃喃。小阔大声说，这么说就简单了，二山子性格随您啊。

陶克萍笑了，流下两滴眼泪。小阔啊，这么多年你小王八蛋才说出一句大实话。二山子是随我。二山子是我儿子！这小子又浑又义气，所以老天把他收了回去。

小阔问道，那咱们就眼巴巴看着二山子给人家毙啦。

老太太一瞪眼说，废话！你还想去劫狱呀？

小阔说，我的意思是告诉杨错，让他想想办法。

这么多年杨错也不知道二山子是他亲骨肉。我才不让他知道自己有生育能力呢。你敢去告诉他，我就剥了你皮！

小阔无所作为，只能默默抽烟。

哎我想起来了。大兰儿来电话说已然到了香港，她挺好的说别惦记她。

小阔说，大兰儿这人命好，往后生活错不了。

陶克萍突然说，儿啊，我没了儿子，远了闺女，你可得给我抱骨灰盒送终呀。

小阔蹲在地上抽烟。您能活一百岁呢，忙什么呀。

丁丁从里间屋床上坐起，喊叫喝水。丁丁迷迷糊糊说，我梦见山子舅舅了。他骑着大马双手打枪，英雄极了。

小阔给儿子喝了水。他自言自语道，你山子舅舅跟爸爸一样。他是武的给人家当打手，爸爸是文的给人家当枪手。

丁丁迷迷糊糊说，那你俩谁好谁坏？

小阔想了想说，论能耐，爸爸比不上山子舅舅。

之后他肯定地说，爸爸这辈子也比不上山子舅舅！

## 19

不紧不慢蹬着一辆三轮车，车上装着日常所用的东西。小阔从西关外搬到南市跟岳母一起过日子了。他觉得这很有意思。没离婚时跟岳母都不曾一起生活。离了婚了仿佛岳母才成了真正的岳母。这就叫相依为命吧。

他去见了刘四爷的儿子大柱子，详细打听了五台山的情况。他还买了一本有关五台山寺院的书，决定天热了就去看看那个早先叫小米如今法名静定的尼姑。

陶克萍给他讲的人间故事，刚刚开场。岳母告诉他岳母的母亲是个妓女是个很有名气的妓女。关于这个妓女的故事，岳母说要讲上半年。

怎么妓女还能生养孩子啊？小阔无知地问道。

你真不懂还是假不懂？旧社会很多女人生过孩子才去当妓女的，老倭瓜你知道吗？唉，新社会把你弄成傻子啦。

岳母年轻时演唱长篇大书，艺名赛鸭梨儿一唱就是两三个月。在天津卫三义庄也曾经扬名响万儿。如今老了，盘腿坐在床头给原任女婿说起了这部秘不示人的长篇大书。有时说到天津卫历史人物跟她的关系，老太太记不清姓甚名谁了，小阔就给补漏，说这位爷是江苏督军李纯，那位爷是褚玉璞的幕僚萧树华。

陶克萍疑惑不已，说你好像跟他们共过事似的，你小王八蛋真是记性出奇，要是遇到明君兴许是个人物。

这您老人家就不懂了。小人物记大人物，记得最清楚。因为大人物本身就是历史。您想想看，历史里有没有小人物？没有。

陶克萍想了想，探索着说，芦苇荡摆船救伍子胥的渔夫，他算小人物吧？

错了不是！他后来封了大夫呀。您唱大鼓的怎么也忘啦？

陶克萍苦笑了。他奶奶的，还真是没有咱们这样的小人物。

丁丁他姥姥，我找了个新事由儿，过几天就去上班了。小阔以"丁丁他姥姥"称呼前岳母，颇为巧妙诠释着二者的关系。

小阔是在黄金生的万事通科工贸公司谋了个差事。月薪不高不低，尚可。小阔渐渐添了个毛病，特别爱在心里说话。当在心中评价别人时，他爱说这句话：你进入不了历史啦。

晚间，他就伏案写作。他知道自己属于不入流的作者，便对那些所谓入流甚至入史的作家表示不屑。只要拥有这种不屑心态，小阔就可以悠然写作。写作是个筐，什么都能朝里装。

譬如说小阔不喜欢自己旺盛的胡须，就时常将它们移栽到书中那些大人先生们脸上。读小阔的作品，读者常见毛茸茸的人物形象在字里行间走动。原因正是如此。

有时上街买菜，偶见地摊上有自己的书，他也不收尸了。他觉得让自己的书流落街头，远比供在自家灵堂更好。以往自己太拿自己当回事儿了。他要对自己实施颠覆。

菜市场里他看中一捆韭菜，跟老农讨价还价。听您口音是静海独流一带的？

老农说，我上一辈在静海城里北粮食市胡同住，可惜败了家。

您贵姓？小阔看着韭菜问。

免贵姓杜。买菜没有问贵姓的。这韭菜一块五一斤你要吗？

您姓杜？好啊！您是名门之后。

老农傻了眼，以为遇到神经病。小阔蹲下身，递给老农一根烟卷儿。

如今啊，有些中国人数典忘祖，仿佛一群乱伦之后。我给您讲讲你

181

们杜家的故事吧。话说旧社会，干脆说民国初年。凡是戏班子到静海县城，都不许唱杜十娘那出戏。你们杜家的人当了妓女还怒沉百宝箱，这多丢人现眼呀。因此这出戏在静海不能唱。你们杜家是静海大户。不让唱归不让唱，照样赏银子走人。

老农摸着韭菜说，这点儿事你知道得比我都清楚。得！五毛钱一斤卖给你啦。你是哪所大学的教授？

小阔说，对呀！教瘦教瘦，我是愈教愈瘦，反正我是进入不了历史啦。

老农等他拎起韭菜便问道，教授你今年有六十吗？

听了这话小阔想起谎报年龄的惯犯言而信。他心头泛酸说，我今年六十八。

不像不像。六十八岁的人，不能够知道这么多老事儿。除非你今年八十八。

小阔不再搭理卖菜的老农，走到马路对面去买肉馅儿。

这时候，姜立英身穿白衬衫花裙子走了过来。小阔叫住她说，嘿嘿嘿，我还以为是一大姑娘呢。

天气大热了，姜立英的表情却平静如水，显得特别清凉。

今儿怎么一个人出来了，你先生呢？

姜立英手里也拎着一捆韭菜。什么先生不先生，我离婚了。

你才结婚多久就离了？这到底怎么回事呀。

那天早晨你走了，他就回来了。他在屋里也发现了一个打火机，这肯定是你忘下的吧？

小阔噢了一声说，那个进口打火机敢情丢在你家啦。

姜立英说，他不依不饶追问不休，还用榔头把那打火机给砸烂了。我没办法，就离了呗。

小阔有些抱歉地说，这真是没想到的事情，实在对不起。

反正我也不是什么贞节烈女，老倭瓜了。姜立英不怨不愠，挺大度的。

他与她横过马路。小阔说，我也离了，我老婆出国去了新加坡。现在只剩下我坚持社会主义道路呢。

姜立英不言不语跟他傍肩走着。

小阔继续自我介绍说，我离婚之后跟岳母一起过日子。今儿我出来买菜。

姜立英笑了。你离了婚倒出了个岳母，又跟我说相声呢。

小阔拢着她腰默默往前走。一人一捆韭菜。

你还记得我是个魔术演员吧？我照了照镜子觉得不显老。我打算重返舞台。女人嘛都有那么几年时光是最后的疯狂。姜立英轻声轻语说着。

我当然知道，你是天津魔术大师陈亚南的徒弟，你的拿手节目是大变活人。

两人并肩走上立交桥。凉风迎面吹来。姜立英突然说，天儿都热了，你怎么还不去五台山啊？

他怔了怔说，你怎么知道我要去找小米呢？

你那点儿破事儿不都写在文章里了嘛。合着你光在文章里充好人，实际生活里冷酷无情？你这作家当的……

小阔注视着"彩立子"说，谢谢你这么多年照顾我。往后我肯定要往正道上走，我正准备写一部天津人的史诗呢，长篇小说二百多万字。

快回家包饺子去吧……姜立英笑着说。

# 穷　学

## 1

光绪二十六年的六月十八，天津掉到八国联军手里了。转年，洋人成立都统衙门逼着天津卫拆毁城墙。城墙说拆就拆了。一时节偌大天津城没了遮挡。城里的老少爷儿们都觉着现了眼，好像是被人家给扒了裤衩，亮了宝啦。一些有气节的人，夜里做梦都伸手去捂屁股，怕没了国格的节操。

天津人要脸更要屁股，就是庚子那年坐下的病。自打烧毁望海楼教堂，天津卫还从来没吃过这么大的亏，一下伤了元气，蔫了。

那一程子，尽是大宅院派人往回抱城砖，说是要留个念想。没了城墙，城砖千万不能业障了，落到洋人手里。于是一夜之间，城里城外冒出许多城砖收藏家。收藏城砖在本埠成为一件露脸的事情，好像城砖上刻了字儿就是传国玉玺了。

天津城砖大都四散到大清臣民的宅子里了，光剩下城基活像瘪嘴老太太的牙床子，看着就让人堵心。又过了一程子，这环绕老城厢的"牙床子"就成了东南西北四条大马路。经过这么一拾掇，天津卫的城貌多少又有了几分门面。天津卫这地界，是最讲究脸面的。性子烈。要不怎么会闹出火烧望海楼那样的教案呢。人活着若是没了脸面，吃吗吗都不香了。

184

虽说没了城墙，久而久之人们不但习惯了，反而觉得没了城墙更豁亮。出了鼓楼奔北，一眼能望穿北大关乃至关下和老北开。城南呢？上了南马路往开边望去，那明晃晃亮堂堂的一派大水，乃是比京城什刹海还要大的天津城南洼。漫过这派大水往东南上看，您闭眼吧国耻啊，那边是人家日租界。日租界好像一条大蚕，华界就成了一片桑叶。国人忍气吞声只得吃自家的干饭。吃着吃着就民国了。

民国里没了皇上，天津卫那游客泛舟的城南洼也没了身影，仿佛是跟宣统一道逊了位。一风一雨，这里变成了一块热得发烫的地界。军阀买办，富商巨贾，看见这块地界眼珠子就蓝了。领地填坑，开路建房。李督军办起了东兴房地产公司。之后公司就泛滥成灾：慎益、清和、福顺、永安、聚福……一眨眼之间，平地起楼出现了二十五条街道。饭庄、旅馆、戏院、茶楼、当铺、赌场、烟馆、妓院、报社、书局、寺庙、学校、粥厂……这份繁华，成了天下第一的开发区。

昼如夜，夜如昼。这里便是远近闻名的天津南市地界。跟英法日德诸国的租界对照，天津南市的开发速度可真给天津卫的老少爷儿们作脸。那叫麻利，就跟炸那棒槌馃子似的，下油锅一打滚儿，得活了。九河下梢五方杂处各色人等，一起涌入南市谋生来了。人们说这地界是叫花子拾金，最养穷人。只要做个小本生意，蘸糖堆儿、贴饽饽熬鱼、煮乌豆……稳能养家糊口生个仨俩孩子。要是壮起胆子干大买卖，不出几年就能富得施馒头开粥厂周济穷人。

穷人也不穷。三不管儿这地界拉胶皮的都穿绸戴缎，晌午吃饭——大饼卷牛肉一吹喇叭。这就叫穷啊。这吃食远比那外县的土财主们正月里的饭食都强。论起穷，这是三不管儿的一大主料。穷吃，穷喝，穷不怕，穷大手，处处缝穷的。那望不尽的滚滚人潮，灌溉得南市成了一块肥地。

穷人进了南市才懂得锅是铁打的冰是水冻的，土地爷的肚脐儿是泥窟窿。

## 2

　　赵心软不是穷人，可也没富到当慈善家的份儿上。南市倒是有几个仗义疏财扶贫救难的像模像样的人物。比如魏六爷放棺材，比如杨十四姑舍粥，比如白傻子布铺买一丈再送三尺，比如陈老五炸豆腐收摊时锅里剩的油白给大伙煎饸饹不要钱……大善小善都是善，钱是王八蛋。赵心软这位爷算不上大富，但是坐吃到死还是能混上一口好棺材的。因此赵心软没有后顾之忧，光直着脖子朝前看了。他家的宅院就在东南城角的草场庵。您去那里打听这位爷，没人不知道。街坊邻居全都咂咂嘴，仿佛很是赞成的样子。赵家大少呀，人不错，没别的毛病，就是心太软啦还不如嫩豆腐。

　　赵心软姓赵。心软则是四邻们送给他的绰号。他祖父一辈子都给人家洋行跑腿，是位穷爷。传到赵心软父辈，咣地就撞上一个大运，发达了。人们背地里都称赵家是暴发户，依然不改旧日称呼偷着叫他家"穷赵"。这赵家三代单传，乘风而起家财兴旺传给了赵心软。他十九娶妻二十得子，一晃就是第二个本命年，虚岁二十五。赵心软和娇妻嫩子住在一个小四合套院里，日子过得挺腴。上辈人置了房产，赵心软率领妻小吃瓦片儿，一年一年的闲着没事干。妻子名叫玉贞。她娘家是西关外的马勺崔家，有门槛儿在理教。不知什么缘由，玉贞只生了一个孩子就打住了。好像赵心软不乐意多子多孙，有个孩儿解闷儿就得了。余外玉贞养了一只大白猫。

　　一家三口人，日子殷实。赵心软的口头语是：卖了孩子买个猴——玩儿呗。

　　公鸡每天清早打鸣。赵心软睡过晌午觉就要出去玩儿。他是个正儿八经的良家子弟，身上没吗坏毛病。他出去玩儿主要是为了消消食，预备着吃下一顿。他爹临咽气时嘱咐了，保重体格最要紧。于是赵心软就很注意保重体格。

186

约莫是下午三点多钟，人们的晌午觉大都睡起来了。赵心软走出自家宅门，往南市去。

赵心软白净子瓜子脸，中等个儿，走起路来稳稳当当的，挺受看的。他出了街口就是南马路。快到街口了，猛听到一阵哭声，惨音惨腔的。说是那家住户没出阁的大姑娘夜里嘎嘣儿就死了。坑得爹妈一天哭出好几个死。老的哭小的是声声肠断，字字含血。赵心软听到这种声音，立即心跳气短浑身起鸡皮疙瘩。

才十八，黄花大闺女，死了。老天爷呀我可受不了哭丧，太让人腌心啦。赵心软心里这样说着，转身就往回走。老天爷啊我绕道走吧，你就是拿手枪顶着我，我也从那家门口走不过去，这事儿太惨啦。

特意绕了三条胡同，他才从丁公祠那条胡同出来了，面对着南马路。一个摆糖摊儿的老头认识他。赵大少，您这脸色怎么跟刚吃了黄连似的？满脑袋黑云彩，又有吗事头让您心软哪？

赵心软咧嘴笑了笑，说，我闹牙疼呢回见吧您老。说完他抬腿要过电车道。没承想从东边走过来一群人，敲锣打鼓往西边去。看这外表，兴许是什么地方要办公益大事，人们忙着去贺一贺。

他问糖摊儿老头，这吗事儿？

糖摊儿老头说，办善哪。费宫人胡同今儿挂牌匾，九善堂。杜九爷把天津卫九个善社归到一堆，您不知道杜九爷？积德行善大好人啊。

谁？杜笑仙啊。赵心软听明白了，踮起脚尖看清众人抬着那块大匾上的四个大字：万众戴德。大太阳光下，这大匾金光闪闪耀人双眼。

天津卫没人不知道积德行善杜笑仙。街面上那首歌谣大人孩子都会唱。

> 屠宰场，杜笑仙，
> 天善社里把善办，
> 宰牛宰羊是肥差，
> 救灾救难不为钱。

杜笑仙是天津屠宰场场长，又是九善堂的常驻董事。这一回算是齐了。赵心软念叨着，心里挺敬重人家杜九爷。善人办善事。

过了南马路电车道，他奔三不管儿听玩意儿去了。迎面一个小贩冲他大声吆喝，江——米藕！

一听这仨字，赵心软双腿就迈不开步儿了。除了黑下咂摸媳妇玉贞，他就数跟江米藕亲了。

给我切一骨节儿！赵心软大声说着。

## 3

天津南市三不管儿就跟北京天桥赛的，这地界做吗生意的都有。金皮彩挂评团调柳，样样兴隆，吃喝嫖赌抽，处处销魂。拔牙，有快手李。点瘊子掐瘊子，找刘揪儿。乏了，有澡堂子。饿了，周遭都是卖吃食的。困了，有人陪你做梦。腿累了，雇胶皮。心累了，去算卦批八字儿。素素净净没事，那就去听玩意儿吧。评书相声鼓曲落子，开心解闷败火祛风。来三不管儿的人是冬夏春秋不分，昼夜不断。其实只有两路人：来挣钱的和来花钱的。于是这里就成了一块乐土。乐土招君子人，乐土也养小人。

赵心软是个规规矩矩的书座。他除了听书听曲，没有什么旁的去处。赵心软吃了一骨节儿江米藕，迈着四方步进了清和街。那藕的清香味儿依然在口。好东西就是余味不绝嘛。比方说谭家的京戏，去年听的今年想起来依然处处是好。江米藕也是如此。

赵心软爱吃江米藕的一个主要缘由就是这东西不属于性命。吃的时候张得开嘴，咬的时候下得去牙。要是性命可就另论了。去年跟几个熟人下馆子，人家点了一个清蒸羊羔，赵心软就迟迟举不起筷子。心软了。他总觉着一群活人在欺负一只死了的小羊。这顿饭赵心软只喝了半碗汤，夹了几筷子独面筋。他也知道那清蒸羊羔该吃。可他就是心太

188

软。手里筷子也就硬不起来，光耷拉着。

三不管儿的娱乐，有撂地的也有场子。场子有使苇席扎的，也有用布帐子围的。场子里都是板凳当座。赵心软不只听书进场子，也去听别的。他听了全本《杨家将》，过瘾。又去听《呼家将》，这是西河调，作艺的名叫汤瞎子。汤瞎子上场子张嘴就是这么一套词儿：

"大众的佛台，稳坐压言，贵耳留神听。前一回说了半本《呼家将》，还有那半本没说清。咱们是哪儿丢了哪儿找，哪儿接着说。书中单表哪一位？表的是，人前显贵，鳌里夺尊，出乎其类，拔乎其萃的——呼延庆啊……"

费了这一番口舌，才唱出这个人所共知的呼延庆来，可就离着留驳口要铜子儿不远了。赵心软倒不是财迷铜子儿。他只觉得汤瞎子废话太多，正文儿太少。

他就又想起了江米藕。啧，真是好东西，百吃不厌。

汤瞎子唱到呼延庆力劈凶僧欧子英，场子里已然上了七成书座。紧傍着赵心软就坐下一位。这位爷坐下就扯嗓子叫好，吓了赵心软一跳。

您见着吗了就叫好呀？赵心软心里嘟哝着，往旁边挪了挪屁股。

汤瞎子瞧见书座多了，就跟抽了大烟似的，立即起了精气神儿。

"呼延庆一声怒吼如雷鸣，好似地裂与天崩，擂台之上嗡嗡响，吓坏了和尚欧子英。他急转身形回头看，原来是黑大个子站台中……"

好！身边这位书座又叫了一声，之后嘎巴嘎巴嚼着吃食，不言语了。

只听见嘎巴嘎巴可劲儿嚼，还飘散出一股子香味。这位爷吃的是吗东西？赵心软犯了寻思，可又不好意思侧身扭脸去看人家的嘴。他就在心里猜谜儿。麻花？不对。崩豆？也不对。江米条？更不对。大蓼花？嘻，大人哪有吃这种东西的。猜谜儿猜不出来，赵心软心里起急。

"呼延庆在擂台上与凶和尚打了四十余合，才一拳将对手打倒。他双手抓起凶和尚的左腿，两脚死死蹬住凶和尚右腿，两膀用力一声大喝'开'，呲的一声那凶和尚就给劈成两半儿了。"

场子里书座们齐声喝彩。借这个乱乎劲儿，赵心软侧身冲旁边扫了一眼。他终于弄明白这吃主儿嘎巴嘎巴嚼的是吗东西了。

赵心软起身就走，连头也不回。

这时候大鼓书正唱到高潮之处，书座们的心思全在台上。此时只有赵心软一个人撤伙，就显得挺各色。有人以为他是个头一回听书的进城老赶。管茶水的伙计认识赵心软。看见他在这么个节骨眼儿匆匆退场，就乐了。

赵大少您听不下去了吧？这力劈活人的段子，您这么心软的人自然承受不住啊。哈哈慢走您哪……

赵心软低头快步出了书场，一路往开明电影园子那边走去。往西看，卖大力丸的高大楞正在撂地，刚刚圆了年子。赵心软知道这大力丸百病都治，实在不灵吃上两个还能解饱。他没心思看这种蒙人的景致，接着往前走。

这时候他身后头颠儿颠儿跟上一个人来，一声接一声召唤着。这位先生，这位先生您留步……

天津卫街面上，无论熟主儿还是生脸儿，见面打招呼都是这位爷那位爷的称谓。对看病的大夫批字儿的相士教书的老师，才称呼先生。因此赵心软不以为身后是在招呼自己，照样儿拿腿往前走。

前边又有个撂地的正在招揽生意，说是专治气蒙眼火蒙眼，只要点上药水儿立马就能摘下那层蒙，登时重见天日。赵心软在这地摊前站了站，扭身往广和茶楼那边溜达。

这位先生，这位先生您留步……那人颠儿颠儿跑到赵心软前边，呼哧带喘站住脚，一时说不上话来。他吓了赵心软一跳，以为遇见砸明火的了。

这个人一双大眼睛罩着雾气，是那种脑后见腮的倒瓜子脸，短粗矮壮的身坯子，两条罗圈腿儿。从相貌身形上看这位不像是君子人。赵心软心软，还是开口跟他搭了话。

您……可劲儿地招呼，莫非认识我？

先生先生，您哪听我说……

我又不在药铺坐堂，您叫我先生干吗？

这人立即改了称谓。这位爷这位爷，我一直踪着您哪。我打算跟您交个朋友，您要赏脸，我就跟您一个头磕到地上，结拜换帖子的异姓兄弟。您可不能驳我面子，咱们这是前世缘分啊。不求同生但愿同死……

赵心软听蒙了，弄不明白这是怎么档子事。我不认识您哪，您这是从何说起呢？赵心软往后退了几步。

这人好像是要急着给赵心软打千儿。我可认识您哪，我知道您心软连蚂蚁都不忍心踩，您天生是个大好人。这不，汤瞎子唱到擂台上力劈活人您就不忍听下去了，心善啊。

不知为什么赵心软感到有些害怕。他总觉着这事玄乎。自己只不过心肠软点儿，还不至于有那么大名声，已然到了让别人追着拜把子的程度。要说行善，还得说是人家九善堂的杜笑仙杜九爷。

这时候已经围上了一圈儿看热闹的。人们乱哄哄打听着。赵心软站在圈子里仿佛是个做江湖生意的，初来乍到三不管儿闯码头。

这小子是干吗的？跑三不管儿治杵来啦……

兴许是打把式卖艺的，生脸儿像个控子。

听见四周鸡一嘴鸭一嘴说这说那，赵心软慌了。他对那位非要换帖子拜把子的汉子说，我听大鼓不是缘为唱到力劈活人才出来的，那是因为坐我身边的嘎巴嘎巴敢情吃的是炸蚂蚱！我的天呀，蚂蚱活蹦乱跳的，一飞老远。嗐！生生下油锅给炸了。我可看不得这种事儿，一抬腿就跑出来了……

人们一听这话，轰地笑了。这笑声是母的，一下又生出一群看客。这阵势是圈大人薄、得看得瞧，赵心软傻了眼。看客们说话越来越损。

您哪见了炸蚂蚱都受不了，要是见了烤全羊呢？我看你是心软那玩意儿硬，假装斯文！

你到底是卖吗的？圆了年子赶快亮明了吧。

赵心软急得直跺脚。我吗也不卖！我吗也不卖！

哎哎，你吗也不卖，那你圆年子打场子干吗？你吃饱了，撑的？

我吃饱了撑的？明明是你们大伙非围着我不可。还有那位非拉着我跟他拜盟兄弟。哎，那位哪去啦？赵心软说着扬起脸四处寻找。

那汉子已然没了踪影。

这时候一个推着独轮车卖枣切糕的老爷子大声说，您是找杨八叉吧？我看他跑去跟一东北老客黏乎上啦，非说人家是他失散多年的表弟。这小子见天在这儿打八叉，见了这个磕头认干爹，见了那个张嘴叫姑奶奶。满嘴食火穷，跟谁都有亲戚赛的……

赵心软正懵懂着，人群嗡的一声散了。赵心软抬头看天，没下雨呀怎么人们都跑了？

这是谁这么大胆子，敢在池六爷地盘上做生意呀？这声音像打雷般传来，赵心软吓得脸上没了血色。

他爹活着时候多次叮嘱说，像侯家后啊三不管儿啊，那全是招灾惹祸的地方，能不去就不去。老赵家创下这点家业不易，千万在手里攥住了。今天来到南市三不管儿，我果然遇见了麻烦事儿。

走上来几个歪头斜眼的混星子。为首者是个黑大个儿，挑着大拇指走道。

敢情是你小子在这做生意呀？黑大个儿狠狠问道。

我、我不是做生意的……赵心软说着就往后退。黑大个儿突然哈哈大笑。赵心软心里哆嗦，转身就跑。

黑大个儿放声大喊，拿住他！别让这杆儿拉跑了！

有几个街面上的闲人也跟着起哄架秧子，放开嗓门喊叫，拿住他！拿住他！

人们都跟着喊，却没人去追。仿佛满街筒子的人吊起嗓子轰赶一只失魂落魄的公鸡。赵心软东突西撞，朝前扑腾着。

这真是个杆儿拉。混混们说罢，嘻嘻哈哈进了一家茶楼。

大街上，赵心软还在奔跑。他为了躲过一副剃头挑子，往旁边一闪却撞在一个卖药糖的玻璃盒子上。

马上来了几个闲人，想要动手打便宜人儿，却找不到恰当的由头。卖药糖的汉子被撞得一个趔趄，很是愤怒地说，你他妈的是小绺啊？让人家追得疯跑！我看你这小绺是要找死呀。

小绺就是偷钱包的扒手，天津卫也叫"白钱"。一时间赵心软成了偷钱包的小绺。这时闲人们动手打人就有了由头。打这个小绺！打这个小绺！

大街上的闲人好像歇了一年没事干，只见来了赵心软这个活儿，就纷纷捋起袖子，要活动活动筋骨。论起动手打便宜人儿，天津卫在中国排第一，北京上海远远比不上此地。

有那么六七个人，三下五除二就把赵心软揍得爬不起来了。犹如风卷残云大海退潮，一霎时打人的便没了踪影。仿佛这地界是从来就没有过人烟的荒漠，只剩下吃尽拳脚的赵心软，像沙滩上的一条死鱼，干趴着不动。

又换了一拨看热闹的，一个个装傻充愣。这位爷怎么躺这地界睡觉呀？可别冻着啊。

兴许是个赶考路上的举子，倒卧咱南市三不管儿了。

这人是谁呀？躺这儿跟死狗赛的……

他是杨八叉的盟兄弟。两人还没来得及换帖子呢。

看热闹的人们就这么七言八语议论着，很热烈。

打远处来了几个打着小旗招兵的，看灰颜色军装不是奉军也不是直军，像是杂牌军。

一个看热闹的人说，哎副爷，您哪招兵呀？这躺着一个你们要吗？

打小旗的大兵听罢，嘿嘿乐了。

他奶奶的，这一定是俺们直鲁联军的逃兵，我正要抓他回去关禁闭哪。说话的大兵山东口音，满嘴大葱味儿。

另一个河北口音的大兵说，今天该着咱哥俩有了茶钱。说罢，这两个灰兵搭起赵心软，就往旁边拽。这姿势，远看很像两个拾破烂儿的人捡了个大件儿，正兴高采烈往家里抬呢。

人们眼巴巴看着一个良家子弟给抓了兵。这时候，一辆胶皮车飞似的赶到了，吱的一声急停在街心儿，当头挡住这俩灰兵的去路。

你们把人往哪搭？两位副爷是招兵呀还是抓兵呢？嘿嘿，咱南市三不管儿乃是朗朗乾坤模范地区啊。

坐在胶皮车上一位胖爷，稳稳当当发了话。丘八呀，你们是褚玉璞的兵吧？

## 4

会友烟馆坐落在华林后的一条胡同里。这家烟馆是座两层的青砖楼房，进了门有个小院子，抬头搭着天棚。这种楼房四面不见太阳，全凭烟雾缭绕。有阿芙蓉瘾，也就用不着阳光了。会友烟馆以烟会友，真是个让人精神抖擞的地方。

烟馆经理名叫白宗三，是个斯文稳重的生意人。他的房间在二楼朝东的角落里，墙上挂着一幅字儿，行书八个字：救危解难广结善缘。

落款是津门九河生。九河生是白宗三的号。这位白宗三四十多岁了，尚未婚娶。他是个居士，修净土宗。发心逢初一逢十五，吃素。他日常起居也多以善行自律。有个好人缘儿。

这几年光景，吃素的九河生已然胖成了一个肉墩子，看上去分明是天津南市第一福态之人。

白宗三坐在屋里品着香片，听见楼梯响了。他知道这是派出去站口的伙计跑回来送信儿了。是啊，咱又该出去救危解难了。

跑回来的伙计叫硬子。硬子气喘吁吁说，白经理白经理，就在陈傻子包子铺地边，街心躺着一位。就是人们起哄架秧子给打的，已然动弹不了啦。咱们收吗？我看那揍性像个狗少。

白宗三立即抬腿下楼，坐上胶皮赶到了出事地点。有人认出他是会友烟馆的白经理，纷纷闪开一条道。白宗三说话文雅，一身肥肉乱颤。

二位副爷，你们当街乱抓良家子弟，就不怕褚玉璞督军大人关你们禁闭啊？你们不要军纪，还要不要王法呢？白宗三说着从胶皮车上迈腿下车。他随即蹲下身，很是怜惜地摸了摸赵心软的脸颊。

那两个大兵扛着小旗儿嘟嘟哝哝走了，硬是没敢耍横。

硬子，快把这位先生搭我胶皮上，咱拉回去医治医治。他们胡乱打人随意抓兵，这太不仁义了……

硬子一猫腰就将赵心软横身抄起来，放在胶皮车上。看热闹的人们喝彩不止。天津卫的老少爷儿们就是这样。一旦正义降临，他们立即从善如流。

胶皮车拉着昏昏沉沉的赵心软走远了。人们还在使劲儿捧白宗三。

白经理，积德行善您能活二百岁。

大好人！白经理你这种大好人肯定行大运发大财！

这时候撞过来一个蓬头垢面的叫花子，伸手便找白宗三要钱。白宗三冲伙计硬子一挥手说，给他钱让他去洗个澡吧。那叫花子接了钱就跪了。白宗三稳稳当当迈着四方步，往回走。

沿途不少人认识他，就停下来跟他行礼打招呼。人人都知道这位白宗三是大慈善家杜笑仙手下的小慈善家。天津南市三不管儿这地方，慈善家聚集，比苍蝇都多。

迎面又跑上来一个站口的伙计，向他报告说，一个盐山口音的老客让做大票生意的给坑了身无分文啊，刚才在客栈上吊没死了，此时正在水铺门口哭呢。您说咱们收吗？

收！这样的不收吗样的收？你小子缺心眼儿啊！白宗三有些起急，呵斥着手下站口的伙计。

南市这一带整天跑街站口的伙计，白宗三手下足有十几位。凡是遇见需要解危救急的事由儿，伙计就跑来请白宗三前去行善。凡是该收的货，白宗三就叫人给弄到会友烟馆里去。

善哉。

赵心软给胶皮拉到会友烟馆，依然昏昏迷迷不清醒。硬子背着他进了一楼一间屋子，放在烟榻上，四肢摆平了。

好像没伤着筋骨。连踢带打，给吓蒙了。硬子对白宗三说完，伸手点着了烟灯。

白宗三说，还是老办法，用大烟喷他，一会儿就清醒。要是肚子疼脑袋疼的，就给他烟枪，让他先抽两口，保准百病全消。

白宗三说罢抄起宜兴紫砂壶润了润嗓子，转到旁边那间屋里去了。这时候硬子开始抽那鸦片烟，一口接一口往赵心软脸上喷。

这鸦片的烟雾，就是香。人世间还没有别的东西能替代它。会友烟馆的这座楼，早就被这种味道给熏透了。这楼房也有了灵气，增了道行。

白宗三转到旁边那间屋里。他一进门，那位被救回来的盐山老客便跪在地上磕头。白宗三连忙猫腰扶起这位上吊没死的落难之人。你礼重了你礼重了。我看你也是规规矩矩的生意人，咱们不用见外啊。您贵姓？这是头一回到咱天津卫来吧？南市这地方是五方杂处之地，但还是君子多，恶人少啊。

这位盐山老客说，落难识真人，这辈子我也忘不了您的善举……

这时噔噔噔又跑进来一伙计，连声叫着白经理。白宗三走出房间领着伙计到了小院里。伙计小声说，白经理白经理，金小梦倒卧在咱烟馆门外边啦！

浑蛋，你赶紧找九善堂拉尸的，送到西营门外去！快去快去，别横在咱门口添堵。

这时候门外又来了一个骂大街的。白宗三，我×你小妈妈！你别在这儿给我装王八蛋啦！一肚子男盗女娼的杂碎……

白宗三对另一个伙计说，赶快把这小子给我轰走！别让他在这儿满嘴喷粪。

这时候屋里的赵心软，被大烟给熏醒了。

这是吗地方呀，周遭香喷喷的？他心里说着，睁开眼睛四处寻望。

5

东南西北四面城，电车道是比国人修的。比国就是比利时。它的电车叮叮当当围着天津四面城转圈儿，赚尽中国人的钱。

玉贞领着儿子小辈儿，隔着电车道往南市里张望。这娘儿俩就是不敢过了马路走到南市里去。玉贞在娘家做闺女时就接受这种教育：南市三不管儿是虎狼之地，女人万万去不得。玉贞是个本分女人，懂得哪条腿该迈，哪条腿不该迈。

天擦黑儿了不见爷儿们回来，玉贞心里不安稳。她有个毛病，凡事总爱往坏里想。越想越怕，越怕越想。一会儿就把自己吓堆灰了。她先是站在院子里等着，之后又站到院门外去等着，末了领上儿子小辈儿，站到电车道这来等了。

胖乎乎的小辈儿等得腻了，说妈妈我想吃丁大少的糖堆儿。玉贞说，人家丁大少傍黑卖那一阵儿，这会儿早就下街了，明儿我盯着给你买。

小辈儿说，我就得今儿吃！

这孩子虽然不到五岁，却懂得吃好东西了。那位丁大少名叫丁伯玉，乃是早先天津大关税吏丁琴轩的后人。家业兴旺时丁府一天三宴。每逢午夜必有多种精美小吃布满庭院，吃喝玩乐到天亮。丁府的师傅手艺绝伦。丁大少从小好奇，就跟着学了几手。败了家，丁大少居然能以蘸糖堆儿的手艺糊口。他心疼自己的力气，每天只蘸一百支。他穷到这步田地，依然架子不倒，雇一个小伙计给他挑着糖堆儿，上街沿途来卖。丁大少的糖堆儿是家喻户晓妇孺皆知。黄昏时分，人们早早聚在东门脸儿等候。丁大少前脚到了，糖堆儿便被抢购一空。丁大少领着小伙计转身打道回府。

天大黑了，玉贞起了急。小辈儿他爸出去遛遛儿一整天了，若再不见人影，我就坐电车回娘家叫我哥哥来，让他往南市里找去。

这时过来一个男人，背着灯影儿也看不清模样。这男人说，大嫂子，您这孩子卖吗？

玉贞吓了一大跳。她领着小辈儿往马路边上走了几步，躲开了。

那男人又贴上来，盯着玉贞的脸蛋儿，死看。大嫂子，我问您哪，这孩子卖吗?

玉贞一咬牙,上了泼劲儿。你有病?自个儿的孩子有卖的吗?你少跟我搭茬!

那……这孩子您赁吗?赁给我俩钟头得了。

小辈儿突然说,你赁我有吗用呀?

那男人说,嘿嘿,赁你帮我做生意啊,一本万利。

我赁!我赁!小辈儿兴奋地跳着脚说。

玉贞使劲儿给了小辈儿一巴掌,你闭嘴!

那男人又说,大嫂子您想多了,我可是个生意人啊。您……

玉贞拽着小辈儿站到远处路灯底下去了。白牌电车一辆又一辆开了过去。有的往东,有的往西,还是不见小辈儿他爸的身影。

妈妈,你刚才怎么不把我赁出去呢?

放屁!刚才那老爷儿们是拆白党,他剜下你眼珠子回家配药去,你知道了吗!

这时传过来一阵吆喝声。就是刚才那男人,不知他从哪儿弄来个小男孩儿。那男人蹲在马路边大声念叨着,引得几个过路的闲人立在近前听着。

我要是但凡有点儿辙,当爹的也不忍心卖自个儿的孩子。他妈妈得暴病死了,我欠了一屁股账!唉……有哪位好心人,您把这孩子买了去吧。您要是不缺孩子,您就帮我俩大子儿!我们爷儿俩这辈子忘不了您的大恩大德啊……

玉贞这才明白,他果然是做那种无本万利生意的。赁一个小孩子,全凭一张嘴,连哭带号就赚了银子。

从上平安电影园子上坡,眼瞅着过来一辆胶皮。只见车上坐着一个人。小辈儿眼尖,叫了一声爸。玉贞迈着一双小脚迎上去,眼窝儿都湿了。小辈儿他爸,你这是怎么啦?溜溜儿出去一整天,犯了胃口病吧?

赵心软歪歪扭扭还显得挺烦。你瞎叫唤吗!有话回家说,大马路上的咱又不是要猴儿的!

这辆胶皮一直把赵心软拉到他家门前。一家三口进了院子插上大门，进了北屋。

小辈儿他爸爸，你是让人家给打了吧？看你这棉袍也扯了。你这人整天不着家，早晚得吃大亏。

迷迷糊糊就让一群闲人给踹了一顿，他们是打便宜人呗。多亏遇见了人家白经理，从大兵手里把我给搭救回来了……赵心软说着。就草草吃了晚饭，赵心软犯了困。玉贞焙得了被窝，动手扒了爷儿们衣裳。让他进了被窝，自己和衣躺在旁边。

这几天街坊们说，这天儿一冷，外县的要饭花子都奔天津卫来了，大街上都是伸手要小钱的。凡是住宅院的，半夜门户要紧。玉贞心里念叨着，听见外边起了风，刮得四处乱响。这时赵心软翻了个身，说渴死我啦快拿茶水来。

玉贞知道他有这手儿，早预备着呢。喝了茶，赵心软却睡不着觉了。想起白天在会友烟馆的事儿，他不由得使劲儿往鼻子里吸了几口气。鸦片烟这玩意儿，这真是招人儿。

玉贞见他没睡意，悄无声儿地钻到他被窝里来。她小声说，你每天往外疯跑，是不是看我不顺眼呀？告诉你我是良家女子，我可比不上那些窑姐儿会来事儿……

赵心软任凭妻子来劲儿，心里光想着会友烟馆。玉贞见他这么麻木，也就泄了气。

那鸦片烟抽着真香啊。他对玉贞嘟囔着。

天亮了，玉贞听见院门外边有人叫嚷，她只得披衣起来去瞧个仔细。一会儿她颠儿颠儿跑回来摇醒了赵心软。

小辈儿他爸，咱门口横着个倒卧！有人说这死鬼原先是给唱京戏的孙老板架弦的，后来抽上了白面儿……

赵心软一屁股坐起来。这大清早儿的，给咱们添堵啊！我可看不得死尸，你赶紧找人抬走哇！

玉贞说，是啊，听说待会儿杜笑仙的九善堂就派人来，把死尸往西

199

头义地里送。

赵心软咂着嘴说，杜九爷，善哪！

## 6

杨八叉矮壮的身子国字脸儿，两条罗圈腿跑在大街上，远看活像是滚过来一只大旱萝卜。他一眼瞅见赵心软往会友烟馆胡同里去了，就小步追了上去。

他吓了赵心软一大跳。你、你又要跟我拜把兄弟呀？

听赵心软这么一说，杨八叉嘿嘿乐了。我可不敢高攀啦。我初来贵宝地，人地两生，只想多结交几个朋友混上一碗饭吃。您瞧瞧您看看，我是个里外三新的本分人。

听了杨八叉的话，赵心软的心软了。我能帮你吗呢？

杨八叉大声说，赵大少！您能跟我说句话，这就算是帮了我。赵大少！可着南市三不管儿，没人乐意搭理我。我这是散脚行——滥搭讪。

你整天打游飞，这到底是怎么档子事儿呢？

杨八叉听了这话，伸胳膊抬着一指胡同口说，咱能不能借一步，说说话？

站在胡同口烟卷楼子前，杨八叉算是打开话匣子了。

杨八叉没完没了地说着，前五百年后五百年，都快说到明朝的事儿了。赵心软惦记着会友烟馆的味道，心里起急。

老天爷有眼，这时白宗三一步三摇走了过来。赵心软远远拱手作揖说，白经理，我正要奔您那去呢。

白宗三哈哈大笑。我听伙计说您来过几次啦，我就知道咱们得成了朋友。您请，您请，我出去办点儿事情。

赵心软趁机甩开杨八叉，一溜烟进了会友烟馆。赵心软被硬子请进屋，一侧身歪在烟榻上。

好味道，好味道……赵心软连声说，飘飘成仙了。

刚才……杨八叉缠着我，就跟一只苍蝇赛的。你说杨八叉在老家县城里卖豆腐多好啊，非跑到天津卫南市三不管儿来撞大运。哪来那么多大运让你撞呀？我看他是屁眼儿里有虫子，该吃药打打啦！

赵心软一边寻思一边吸着鸦片烟，只觉得六根全净了。

这时候，那个杨八叉穿过聚粮里，直奔东兴街，跑得就跟一只细狗赛的。他今天的穿装打扮还挺扎眼，正应了天津卫那句话：精不精，一身青。他黑棉裤黑棉袄就缺顶棉帽子，兜儿里的钱顶多还能扛个三天五晌午。

一个身穿粉红缎子小棉袄的小媳妇端着一瓷盆小枣，打一院门里走出来。她一眼瞅见杨八叉，便惊讶得站住不动，两眼直勾勾盯着他。

杨八叉嘴爱招慷。小嫂子你认识我呀？他话音还没落地，这小媳妇尖叫着扔了手里瓷盆，任凭小枣撒了一地。

你个缺德鬼可回来了！你这挨千刀的……小媳妇一屁股坐在地上哭号起来。

从院子里闻声蹿出一个细长汉子。你这是怎么啦妹子？

这小媳妇坐在地上蹬着双腿说，哥，你看治成回来啦！

杨八叉心里说，我叫树起，我不叫治成呀！

细长汉子看了看杨八叉，满脸怨气说，你这人又勾我妹子心思，让她三天五天也缓不过劲儿来。你快走吧你快走吧，你以后别从我这门口过啊！

杨八叉说，我一句话也没说怎么勾她心思啦？我可是个规规矩矩的本分人。

细长汉子听了杨八叉的话，叹了一口气。怪不得我妹子把你当成她爷儿们呢。你这穿装打扮，长相口音，真跟治成差不了许多。

这时候小媳妇哭得平稳些了。治成啊你可回来啦，这些年我天天给你留着热被窝儿啊……

细长汉子说，妹子你又犯了迷糊，拿人家这个走道的当成了治成。行啦行啦，快回屋吧晌午给你包饺子吃。

这小媳妇进了院子，细长汉子双眉一锁对杨八叉说，您贵姓呀？听口音不是本地人啊。

我姓杨，叫杨树起，河北河间县人氏，没家没业，来天津卫有半年多了，住在白家老店。

我姓焦，人们都叫我焦四。那哭哭啼啼的女人是我一奶同胞的妹子，她叫瑞芬。对不起刚才给您添腌臜了。唉！其实我那妹夫治成啊，早死在山西大同两年多了。我妹子命苦哇！

焦四扭身进了院子。兴许是和面包饺子去了。杨八叉咽了一口唾沫，拿腿就走。

这时候，赵心软已然过足了大烟瘾，正在会友烟馆的烟榻上哼哼着鸳鸯调。

白宗三从外面回来了。他大胖的身子震得地板乱颤。看样子心气儿挺急。硬子迎上来问，吗事儿啊白经理？

办善！杜九爷又要办善哪，要在新明大戏院唱赈灾大戏，邀了杨小楼啊梅兰芳啊还有龚云甫……我又该忙得四脚朝天啦。

赵心软蜷在会友烟馆大烟榻上，继续哼哼着鸳鸯调《美不够》。他心里寻思着，人可不能穷啊，人穷了，吃不得吃，喝不得喝，抽不得抽，玩儿不得玩儿，那就是业障啊。

## 7

河北不少县份遭了灾，饥民涌进天津卫，个个都缺衣少食的，看着让人肝儿疼。杜笑仙的九善堂大举办善，赈灾义演惊动了九河下梢天津卫。

这义演的戏票，够价儿。头等包厢一百元，二等八十。散座呢？十块钱一位。募得了钱，就购粮放赈。天津卫成了个大善堂。

杨小楼梅兰芳唱两出戏：一出是《长坂坡》，一出是《霸王别姬》。赵心软不大爱听老旦戏，就把龚云甫撂在一边儿，盯上杨梅这两出戏了。他可没敢告诉玉贞花二十块钱听这两出戏，媳妇会说他是败家子的。

新明大戏院坐落在日租界旭街，戏院后身儿就是南市。长坂坡这出戏唱灯晚儿，赵心软吃了一碗炸酱面，顶着路灯从家里溜达出来，一路奔了戏院。

新明大戏院门前灯火辉煌。天津人最爱热闹，只要有个事儿，全城人恨不得都凑这儿来起腻。卖糖堆儿的卖瓜子的卖崩豆萝卜的，一个个吆喝得赛蛤蟆吵坑。几个巡警骂骂咧咧向着四外轰人。仔细看，敢情是轰那些要小钱的叫花子。猛地一阵吆喝，说是督办大人到了。新明大戏院门口顿时鸦雀无声。

等大人物进了戏院，赵心软这才走上前来，掏出戏票往大门里走。

赵大少！赵大少！你也来听戏来呀？

又是那位杨八叉。赵心软问道，这程子你混得怎么样，归齐找着事由儿了吗？

杨八叉的国字脸上溢出笑容。我去卦摊上算了算，小神仙说我不出仨月准交好运。到时候应了验，我请你喝酒！

说罢，杨八叉跑到一边吆喝着卖报去了。这是专登粉色连载小说和名人风流韵事的《九河时报》。赵心软知道，坤角金四凤怀了下野军阀朱力壮的孩子，这个爆炸性新闻就是这张报纸首家披露的。后来才闹明白，《九河时报》记者宋可人的眼神儿太差劲，把发福的金四凤的肚子，当成了有身孕。

这个杨八叉呀，真是四处打八叉。赵心软进了戏院，在散座找到自己位子，坐稳当了。

他偷偷往四外包厢里瞥了瞥，一个个气宇轩昂的人物。慈善家杜笑仙陪着一位太太坐在头等包厢里。这时候，打泡的戏便开了锣。

人们都是冲着《长坂坡》来的。杨小楼的赵云，梅兰芳的糜夫人。

头等包厢里，杜笑仙躬身迎进来一位将军，荐给身旁那位太太。之后杜笑仙退了出去，没了身影。于是赵心软专心听戏。坐在身旁有位爷却小声嘟哝不停，一个劲儿对楼上包厢发着议论。好啊，大慈善家杜笑仙公开拉皮条，把人家画家的老婆弄到包厢里来，举荐给新上任的督办将军，这回我又有文章可做了……

赵心软侧身看了看身边这位小爷，面熟。此人整天在大街上奔走。嗯，他就是《九河时报》专写损人文章的记者宋可人，一等一的刀笔手。赵心软心里寻思，这位记者小爷您胆子也忒大了，居然敢写督办大人的风流韵事。

舞台上的戏，好！这位赵云赵四爷真是名门之后忠义之人，为了救那么个没出息的幼主阿斗，生生在乱军之中杀了个七出七入。我们老赵家真是历朝历代出英雄，往远处说赵匡胤，立了大宋朝，还有财神赵公明。往眼眉前说，赵元礼，天津卫的大书法家。赵阔明是有名的面人儿大王。还有赵舒翘、赵秉钧、赵寄凡、赵聘卿……数不过来了，都是有名人物。

杨小楼的赵云，好！杨小楼没响名的时候，在京里人们都叫他小杨猴子，后来受了慈禧老佛爷赏识响了大名。梅兰芳的糜夫人，好！唱腔好，身段好，处处都好。赵心软听一出好戏如喝一瓶好酒，满面通红浑身发热，舒坦又迷糊。

散了戏出了戏院大门，门口黑压压一群人。这吓了赵心软一跳。仔细看，敢情又是那群叫花子。赵心软纳闷，这唱戏有灯晚儿，叫花子行乞也添了灯晚儿？新鲜事，天津卫尽添新鲜事。

一群叫花子，都操着河北宁津口音，伸着手往那些身穿皮袍的先生们要小钱儿。赵心软正犯犹豫，突然觉得身后一涌，不由自主就闪到了一边。人们小声说，督办大人出来了。

几个马弁前边开道。身披黑色斗篷的督办大人脚步匆匆走出戏院。他留着一撮黑黑的唇胡，扭脸望着那群被赶到黑灯影儿里的乞丐叫花子。

督办大人发问了，黑灯影儿里那些人，他们是干吗的呀？

身穿长袍的九善堂常驻董事杜笑仙凑上前小声说，一群要饭的叫花子。

督办大人伸手捋了捋黑黑的唇胡，大声说，今儿的义演得余下几万吧？一人给他们一块钱。说完，督办大人猫腰钻进小轿车，打道回府了。

那群叫花子里立即走出一麻脸大汉，冲着杜笑仙抱拳说，杜九爷，我们谢督办大人了。

杜笑仙笑了笑说，办！这事儿明天就办。

那一群叫花子，呼啦一声全跪下了，异口同声说，谢——啦！这浩浩荡荡的声音在夜色里传开，好像是敲钟呢。

赵心软心中很是感慨。他出了戏院奔北，过了南市牌坊往西，朝家里走去。

远处，唱杂耍儿的燕乐也散了园子。赵心软到了广兴大街往北拐。刚哼哼起一段京戏，冷不丁就被什么东西绊了一个趔趄。

这谁呀？黑灯瞎火的蹲在这儿干吗！说罢，赵心软才看清楚：一老头子一老婆子，仿佛两尊泥胎，端坐在一捆草袋子上。

老婆子小声说，您有零钱就给两铜子儿吧。

噢，叫花子呀！赵心软猫腰蹲下身。你们老公母俩不像穷家门的人呀！你们是河北哪个县的？贵姓呀？

散戏的人们看见赵心软跟叫花子搭上话，也有爱看热闹的就停下脚步，站在旁边等着看乐。

这位爷兴许脑子有病吧？怎么跟老叫花子聊上啦。

他还问人家贵姓，我看八成是要续家谱。

你可别小看叫花子，叫花子里还出了个朱洪武呢。

赵心软不听这些蝲蝲蛄叫唤。他对那叫花子老头子说，您贵姓呀我问您哪。

叫花子老头子目光平静如水，喃喃自语道，我天下第一家，我天下第一家……

哎哟，您也姓赵呀。好！咱们本家……赵心软兴奋起来，倒像是认

205

了一门百年不遇的阔亲戚。叫花子老头子抬头惊异地看着他。

几个看热闹的人觉得没什么好戏，嘟哝着抬腿要走。这时候气喘吁吁跑来了杨八叉。

你们遇见赵大少这样心软的人，这就算是你们的造化，他是有求必应啊。杨八叉开始捧场。

叫花子老婆子说，我家老头子腿脚不好，您积德行善给贴膏药钱吧……

杨八叉还在捧场。赵大少是个善人……

看热闹的人里站出一矮爷儿们。我看你俩一打一托的，别是要坑人家老公母俩吧？你们要是真善，就赶紧给钱别光拿嘴对付！

杨八叉大声斥责那个矮爷儿们说，你才是拆白党呢！我们是君子人。

赵心软看了看老叫花子，又看了看那些看热闹的，心不在焉地说，谁说我是拆白党？有拆白党坑叫花子的吗？新鲜！

这时候过来一辆胶皮车。

胶皮！胶皮！你把这老公母俩拉我家去。赵心软心血来潮，大行其善。

拉胶皮的看了看这阵势，乐了。这位爷，您住哪个旅馆啊？

旅馆？你也拿我当拆白党！我住东南城角，拐进草厂庵往里走，是坐东朝西的院子。

拉胶皮的根本不信人世间有这种事情，继续耍嘴皮子说，您说这地点我怎么愈听愈像冰窖胡同李善人家呢？高台阶，黑大门，天津卫的大善人……

赵心软不再搭话，扬手又叫了另一辆胶皮车。他一撩棉袍坐了上去说了声跟我走。

就这样，两辆胶皮，一眨眼工夫就奔北远去了。

看热闹的人们都立在路灯底下，茶呆呆发愣。

这谁家的狗少？从马路上拉着俩叫花子回家去了。

206

他脑子有毛病呗！这小子姓赵。他爷爷当年在侯家后背条子，他爸爸庚子那年捡洋落儿发了家。六月十八的财主呗。

噢，咱天津卫的狗少就这样，二二乎乎的，请神容易，把老叫花子拉回家就后悔了。轮到送神，那可就难了。

听着这些议论，杨八叉也蒙了。他万万没想到赵心软居然把那两个老花子拉家去了。南市这地界真是让人琢磨不出头绪。要照这样仗义疏财扶危济贫，赵大少可就成了《水浒传》里的及时雨宋江啦。

*8*

《九河时报》记者宋可人活了四十二年，身上最值钱的东西算是鼻梁子上那副水晶眼镜。他说自己全凭这副镜子看世界呢。可是当他住在娼寮里写文章时，脸上却任吗没有，不戴眼镜也不碍事了。

《九河时报》除了经理，编辑记者就宋可人一人。因此报馆也就没个准地方——妓院烟馆澡堂子茶楼……反正离不开南市这地界。

宋可人来到玉清池二楼洗澡。伙计迎上来说，宋二爷，刚才有个跑街的小子来找您。我看是个生脸儿。

宋可人认识的人太多，也就凡事不往心里去了。他三下五除二扒光了自己，披着一块毛巾就往堂子里走。宋可人是个身材高大皮肤黝黑的汉子，他泡在池子里没人能够看出这身坯子是个摇笔杆儿的爷。宋可人好像戏台上的文武老生，昆乱不挡。

宋二爷……池子里雾气挺大，飘来一公鸭嗓儿发出声音。宋可人说，这是谁招呼我呢？

立即凑上来一个人。宋二爷，您这身份的得上三楼洗盆池呀……

你谁呀？三楼？你好让眼儿队看我是吧？

我是杨八叉。我有个新闻跟您宋二爷念叨念叨……

吗新闻？怀孕十年愣生不出孩子，死了八期的人从棺材里爬出来了，是吧？天津卫新鲜事全让你人碰上啦。

207

宋二爷您怎么信不过我呢？嫌我穷是不是……

你身上是不是有牛皮癣？快离我远点儿。

出了池子，寻着厢位这位宋二爷躺在木榻上。杨八叉围着他转悠，活像个澡堂子伙计。

从外边来了个卖葛沽青萝卜的，宋可人睁眼叫了两片儿。之后他闭目养神，心里想着稿子的事情。杨八叉蹲在木榻前，蚊子一样嗡嗡着。

头一个新闻是我自己的。嘻嘻，您看我穷成这份德行，敢情是穷出头转了运……

桃花运吧？宋可人撩起眼皮问。

您圣明！那天我路过一院门，一女人脑子受病拿我当她爷儿们。敢情别人都瞒着她呢，她爷儿们早死在外埠啦。这不，前天她娘家哥哥找我。说我这口音长相穿装打扮跟那死鬼没有二样，干脆，要招我去当女婿！已经选了黄道吉日，就等我上门呢！

宋可人嘿嘿乐了。好事儿呀！这一回你是又娶媳妇又得财产，飞来凤啊。他娘家哥哥叫吗名字？

杨八叉说，都叫他焦四。他妹子也挺乐意的，她脑子坐的病，见了我就全好啦！

宋可人翻了个身说，第二个新闻是吗？

杨八叉急了。我这段儿您得先给写在报纸上呀！合着我白给您讲啦？您给不给我写？

你有屁快放，说第二个。

说第二个？行，我倒插门儿这事儿您必须给我写上。等哪天报纸印得了，我买一份寄老家去。我爹临咽气时嘱咐我要耀祖光宗。

宋可人打起了呼噜。

杨八叉急得直眨巴眼，心里说，你真是缺觉呀，累成这样您夜儿个准是逛窑子去了……

过了一会儿宋可人小觉醒来，饿了。他吩咐伙计去饭馆叫菜，转脸又看见杨八叉。哎，你怎么还没走哇？有病是吧……

第二个新闻还没跟您讲呢。赵心软这人您知道吧？就是那位出门连蚂蚁都不忍心踩的赵大少，昨儿黑下雇车把要饭的老两口子拉家去啦！哈哈，您说他是没爹呀还是没娘呀，硬是把俩老叫花子弄家里去了，善，真善哪。

宋可人听到这段儿，一翻身从木榻上坐起来。真的？你小子从头再给我说一遍！咱南市这地界真是出慈善家的宝地！你从头儿给我说起。

这个赵心软啊，他散了戏走出新明大戏院，拐到广兴街上撞见俩老叫花子……

这是谁在说我呢？从一板之隔的厢位传来赵心软的声音。杨八叉愣了神儿，压低声音说，宋二爷，此时说话的这位就是赵大少。

噢，这我得开开眼。宋可人披起毛巾，伸脚穿上木趿拉板儿，起身就往旁边厢位里走。

宋二爷，我时常看您写的文章。大梁酒徒是您笔名吗？赵心软起身相迎。

不不，大梁酒徒是人家李燃犀，这跟我两码事儿。赵大少，久仰啦。不才听说您大行善举，接济乞讨之人……

赵心软伸手指着右边木榻说，您瞧正是这位老伯，夜儿个我将老两口子请到寒舍，今儿个，从家里领出来泡个澡……

宋可人惊了。他看见右边木榻上那位干瘦老头子，正拿小竹勺掏耳朵呢。天津卫的大善小善，像赵大少这样把乞丐接到家里吃住，又领出来洗澡更衣的，绝对是闻所未闻。

宋可人一拱手说，善！这叫眼见为实。赵大少您先陪着老爷子，晚响儿要是有工夫，咱们好好聊聊。我这厢先告辞了。

返回厢位宋可人躺在木榻上，连连摇头说，乱了乱了全乱了，这世界真是无奇不有啊！之后宋可人对杨八叉说，我就等着喝你小子喜酒啦！你是人财两得呀，快滚吧！

宋可人伸手摸出水晶眼镜，戴在脸上东瞅西看。怎么眨眼之间冒出这么多好事呀？这不成了大同世界啦。宋可人倒头便睡。

白宗三身穿皮袍走了进来。伙计们招呼着白经理，迎上前来。

我专程找一个人，劝他笔下留情多行善事。白宗三满面春风说。

您找哪位爷？白经理请您尽管吩咐。伙计递上手巾把儿。

白宗三抬手往前一指。你看，我就是找那位爷。

躺在木榻上宋可人打着呼噜，睡得山响。他梦里也不相信人世间有赵心软这样的善人。

9

玉贞见丈夫从外边弄了俩老叫花子回来，一时闹不明白是怎么档子事儿。老头子老婆子被赵心软安顿在东厢房里住。玉贞拉住丈夫小声说，你这是吗打算？我让你给弄蒙了。

赵心软说，呵呵，积德行善，积德行善呗。

玉贞扯开嗓子号了起来。你积德行善，从外边认了叫花子爹叫花子妈回来，你让我怎么办呀！这日子没法过了，我不活了！小辈儿你记住妈妈是让你爸逼死的……

赵心软拉住媳妇说，你怎么动不动就要寻短见呢！

玉贞气得拎起小包袱，自个儿回了娘家。

那老公母俩倒是不多言不多语的人，打从住进东厢房就没见出来过。小辈儿人小不懂事，已经跟这两位叫花子混熟了，一口一个爷爷，一口一个奶奶，叫得亲亲热热的。

赵心软有点儿为难了。这几天街坊们见了他，全都躲着走。他们以为赵大少脑子出了毛病，弄回俩叫花子在家里养着，说不定哪天他犯病就会上街打人。

邻居们私下议论着，忧心忡忡。赵心软好像成了个瘟疫。这令他心里很别扭。天津卫大慈善家小慈善家成堆儿。我瞅冷子也慈善一把怎么就脑子有病呢？看来行善也得有行善的身份，秃神瞎鬼大眼贼儿，不行。

赵心软心思不整，躺在炕上抽起大烟。打从跟会友烟馆有了联系，他就新添了这么个嗜好：止渴生津，清热败火，解乏去饥，开心解闷。

玉贞啊玉贞，你这人动不动就回娘家。你娘家又不称金山银山，不就是满院子马勺嘛。你住几天也该回来了，妇道人家不能跟爷儿们使性子。赵心软抽着大烟寻思着，渐渐没了烦恼光剩下舒坦了。

这时候咣咣咣有人叩响院门。

赵心软才不搭理呢。这些年他没干过给人开门的活儿。跑去开门的都是玉贞。

过了一阵子，又是咣咣咣叩门，还夹杂着叫喊声。这时候赵心软抽足了，起身下炕。外边挺冷。他紧缩着身子跑去打开门插棍，呼地拉开院门。

门外站着内兄崔瑞，瓜条子脸上平平淡淡。

大哥，是您呀。进屋进屋。赵心软对大舅子客客气气的。

内兄崔瑞不言不语，手里举着两支糖堆儿。小辈儿呢？这大冷天还跑出去玩啊。内兄崔瑞顺手把糖堆儿插在窗台的墙缝儿里，拍打拍打身上的浮土进了屋子。

小辈儿呢？内兄崔瑞又问。

这倒霉孩子准是跑到外头玩去啦。赵心软随内兄进了屋，有些不知所措。内兄在理教，不抽烟不喝酒，连茶都不饮，是个素素净净的男人，就知道整天忙着制作马勺。

内兄崔瑞说，这大冷天儿这么让小辈儿跑出去玩呢，怪不得玉贞这两天哭哭啼啼没完没了，一个劲儿说你二二乎乎的。

赵心软知道崔瑞是给妹子拔创来了，就不言不语听着。他这一闷口，内兄崔瑞也没话了。屋里站着俩哑巴。

赵心软担心那两位老叫花子从东厢房里出来。这时内兄崔瑞开了口。

妹夫，咱们都是苦出身穷家底，如今日子不错了，有吃有喝的，你怎么又没病找病呀！

赵心软说，是啊，我也没说别的呀，玉贞她就蹿了。

内兄崔瑞看了看炕头的烟具，沉下脸色说，你挤对得玉贞回了娘家，这日子你是怎么个安排？你也不能让那俩要饭叫花子常年驻扎吧。

我也是一时为了积德行善，并没有打算给他们养老送终。

我看你办事总是二二乎乎的，人世间有捡金子拾银子的，你怎么捡回俩老叫花子呢？

这时候院门一响跑进一个人来，他进了院子就嚷嚷。赵心软一听，这是杨八叉来了。

赵大少！赵大少！《九河时报》把你给登出来啦！杨八叉连说带跑进了屋子，那表情就像一只下了蛋表功的母鸡。

你看看，报纸登了这么大地方，这比烧饼不小哇。宋可人说你是慈悲为怀孔孟传人，把俩老叫花子接回府上奉养，实为津门多年之罕见……

赵心软拦住他说，你又不识字，你瞎叫唤吗呀！

内兄崔瑞从杨八叉手里抓过报纸，看了看说了句"你是有好日子没好过"，一扭身便悻悻而去了。

杨八叉一点儿眼力见儿都没有，还在一个劲儿说着。你赵大少的新闻上了报纸，耀了祖光了宗。我的那个新闻，宋可人理都不理！

赵心软无奈地瞥着他。你有吗新闻呀？

我交了桃花运啦！我让人家看中当了上门女婿。过几天初五就办喜事儿。我是人财两得，好大一份家底呢。

噢，天底下真是好事成堆。你算是个有福之人。赵心软说着，眼睛往院子里瞟。小辈儿这倒霉孩子跑哪儿玩去啦？不行我得出去找找他。

赵大少！等我有了家业，咱俩真的结拜成盟兄弟，那时候就门当户对了。杨八叉说完放下报纸，美滋滋地走了。

屋里只剩下赵心软一人。玉贞回娘家有五天了，这光棍不好当。怪不得那两位老叫花子成双结对出来乞讨呢。人要是砍了单儿，难受。

赵心软来到东厢房近前，想看看这两位老叫花子。他叩了叩风门子，没有动静。推门进去，敢情屋里空无一人。

走啦！这两位老叫花子走啦？老天爷呀，他们是不是把小辈儿给拐跑啦！赵心软慌了手脚。

他跑出院门，前后张望。一个街坊出门倒泔水，上赶着对他说，你是找你家小辈儿吧？我看他跟那俩老叫花子往南去了，足有个把钟头了。

赵心软更加慌神，拿腿往南奔了去。过了电车道就是南市地界。这时赵心软犯了大烟瘾。一个接一个打哈欠，顿时没了精气神儿。

迎面走来卖爆肚儿的大梁子，也是胡同里的街坊。大梁子说，我穷得天天卖爆肚儿，你赵大少有家有业怎么托人卖孩子呀？你屁眼儿有虫子吧？

赵大少听了这话怔住了，你怎么说我屁眼儿有虫子呢？

你赶快去三不管儿看看吧！那两个老叫花子摆开场子，把你家小辈儿放在中间，说是儿子儿媳前后脚死了，光撇下这么个小孙子，可怜啊。此时正跟人们讨小钱儿哪！

赵心软大叫一声，就奔着三不管跑去了。

一路上，赵心软看到很多叫花子，有男有女有老有少；有哭的有唱的有吹铁管的有敲牛胯骨的；瞎的瘸的哑的死了爹妈的没了儿女的；乞钱的讨饭的求棺材本儿的……

赵大少看得眼花目眩，乱了方寸。这真他妈的是穷人的天下啊，我儿子小辈儿呢？

## 10

赵心软心急火燎找遍了半个南市。此时小辈儿已然随着这老公母俩回到家里了。赵心软平时吃咸不管酸，他哪里知道这两个老叫花子一连三天带着小辈儿外出打场子做生意，连哭带号已然赚了钱。

这三天小辈儿成了正月里的孩子——玩得太美了。那老头子老婆子

213

一连三天，领着他出来做生意，来的都是热闹地界儿。小辈儿人小不懂大人事，头一天出来的时候，他听见老头子对老婆子说，咱有瘾啊，这几天没乞没讨的，浑身不自在。老婆子说，咱总这么养着，兴许养出一身毛病来，咱们还是出去画锅吧。

老公母俩忍不住浑身的酸懒劲儿，就活动开了腰脚。老头子从鲜货铺子门口捡来一只大蒲包，摁扁了往马路边一摊，让小辈儿一屁股坐上去。你别动啊宝贝儿。老婆子这么说着，把刚从干货店炒锅底抹来的黑灰往小辈儿脸上一划拉，立马造出一张小叫花子的面孔。小辈儿身上的好衣裳太扎眼，老头子不知从哪弄来一条麻袋给小辈儿披上。老婆子立即坐在地上哭号起来。

小辈儿觉得特别好玩。我怎么成了一个没爹没娘的孩子呢？这真咥儿呀。

老头子猫腰告诉他，这是过假家不许笑，这时候老婆子哭罢投河死去的儿子，转而哭上吊而死的儿媳妇。

好像是天上下雨砸在身上。小辈儿往四外看了看，这才知道是人们往他身上扔钱。有纸票子也有铜板。嘻嘻……小辈儿心里乐了，觉得特别好玩。

老头子喃喃着道谢说，谢谢列位君子的大仁大义。

老婆子止住哭号说，积德行善必有好报，我替我可怜的小孙子给诸位叩头啦。

挤进来一个打牛胯骨的瘸腿汉子，操着宁津口音。

你们是谁家的？你们怎么占了这块地界呀。瘸腿汉子质问着。

老头子不搭言，猫腰拉起小辈儿。老婆子把那条麻袋拎在手里，说了声咱们走吧。

小辈儿就随着二老打道回府。小辈儿不甘心，抬起脸蛋儿对老头子央告说，爷爷明儿咱们还出来玩吧，明儿是第四天了……

老婆子说，好孩子，你千万不能让你爸爸知道了，一会儿奶奶给你买糖炒栗子吃。

214

这时候，赵心软找不到儿子，就急匆匆往回奔。半路上看见报贩子叫卖《九河时报》，那吆喝的词儿听着倒是开心解闷。

快看啊，天宝班的姑娘从良后悔啊，从良后悔！快看啊，大慈善家杜笑仙给大官僚拉皮条勾引穷画家的妻室啊，勾引妻室！《九河时报》《九河时报》！九河下梢天津卫，无奇不有，大慈善家杜笑仙给大官僚拉皮条勾引穷画家的妻室啊，勾引妻室！

你穷嚷嚷吗？坐住你的屁眼子！这时来了几个大汉，逮住卖报纸的小贩，推搡着。

我、我是卖报的！我招你惹你啦？哎你抢我报纸……你抢我报纸干吗！

几个大汉抢过那一摞子《九河时报》。不许你卖这种胡说八道的报纸！不许你卖这种胡说八道的报纸！

这几个大汉抢了报纸扬长而去。报贩坐在大街边上发呆。赵心软又心软了，走上去问询，你犯了吗条律？你卖的报纸有毛病呀？

小报贩急赤白脸地说，你才有毛病呢！

你这孩子怎么不懂倒正呢？就敢冲我汪汪叫。赵心软挺堵心。旁边有个看热闹的人小声说，他卖的《九河时报》登出杜九爷拉皮条的事儿，这不是捅马蜂窝吗？弄得那位大官僚没了脸面。那就等着倒霉吧。

噢。赵心软听明白了，知道卖报纸的也挺不容易。心又软了，掏出俩铜板儿，扔给坐在地上发呆的报贩。

我又不是要饭的！我又不是要饭的！报贩扔回两枚铜板，起身走了。

这小子的性子还真刚烈。赵心软心里想着，拿腿往城里走。小辈儿这孩子被弄到哪去了？他过了南马路拐进住家的那条胡同，远远看见小辈儿坐在门墩儿上吃栗子呢。

一块石头落了地。踩着一堆栗子皮他站在小辈儿面前。没轮到当爹的开口，小辈儿却先说了话。这孩子说话多少有些结巴，听着让人着急。小辈儿告诉他这几天跟爷爷奶奶上大街去玩儿，一屁股坐在草垫子上，还有人往身上扔钱，玩儿得特别美。

你小毛孩子懂得什么啊，明儿不许出去啦。赵心软推开大门进了院子，怔住了。

那老公母俩，正立在当院里晒太阳。兴许是晒得暖热了，老头子老婆子都脱了上身，把棉袄摊在地上晒着。老头子坐在朝阳的墙根儿底下闭目养神，似睡非睡，手中捏着一只鼻烟壶，时不时送到鼻孔前嗅一嗅。

天底下有这模样的叫花子吗？赵心软思忖着。走近细打量那两件晾晒的棉袄：新棉花新里子，唯独外面破旧不堪的，分明是藏巧露拙，落得个含蓄实惠。

老头子痛痛快快打了个喷嚏，然后睁开了眼睛。赵心软盯着他手里鼻烟壶问道，您还有这么个嗜好呀？雅兴雅兴。

啊……老头子颇为知礼地站起身，咧开嘴朝赵心软笑了笑。这几天来赵心软还没能在亮亮堂堂的地方仔细打量这个老头子。

老头子顺手将鼻烟壶装进怀里。老婆子从地上拎起晒得暖烘烘的棉袄，展开架势伺候着给老头子穿在身上。赵心软看到老头子稍稍有些驼背，中等身材显得干干巴巴的。

这几天在您府上讨扰了。老头子眨着一双细长的眼睛，慢声慢语对赵心软说。

赵心软十分诧异。这哪里像是叫花子呀！老头子言谈举止丝毫没有乞丐痕迹。

您二位……哪里人氏啊？

老婆子抢着答道，河南开封。哎大少爷，我这两天怎么没看见大少奶奶？

大少奶奶？谁……您说小辈儿他妈妈呀？她回娘家了。不过这不干你们的事儿……我想问问，你们老公母俩根本不像乞讨之人，怎么会落到这步田地呢？

老头子看了看老婆子，说我们命里本该是穷人。嘿嘿，乞讨之道不是也能长寿吗？穷就是命，穷也能穷上瘾啊，因为穷本身也是一门学问。

赵心软没听明白，就对老头子说，天气还不太暖和，您二位要是非得出去走动不可，从明儿起千万就别带小辈儿去了，他还是个孩子呢。

老头子老婆子连连点头称是。

走进北屋关上门，赵心软一把揪住小辈儿耳朵说，明儿你要是再去当小要饭花子，我就揪下你两个耳朵让你变成菜瓜！

小辈儿哇的一声哭了起来。赵心软又心软了，松开了手。

有人在院外叫门。

谁呀？这大晌午头儿的……赵心软打开大门，一个饭庄伙计拎着大提盒，说是送菜来了。

你找谁呀？赵心软问。

您这宅门订了菜，我是按着门牌找来的。您姓赵吧，我是先得月饭庄。

不容分说，这伙计走进堂屋，十分麻利地打开提盒，把八个热菜摆在八仙桌上。赵大少，您还有吗吩咐？

赵心软知道这是要结账。这时候老头子从东厢房里出来，站院里召唤先得月饭庄伙计。

堂头儿，我这儿结账哪。先得月饭庄伙计转身出屋跑过去。老头子付了账小声说，你就甭找零儿啦。

饭庄伙计接了钱说了声谢谢，之后狐疑地看了看老头子，拎着大提盒走出院门。

这伙计走出院门小声嘟哝着。怪事儿，结账的老爷子好像就是那个叫花子呀……

赵心软站在屋里看着八个炒菜：烩乌鱼蛋、高丽虾仁、干烧冬笋、九转大肠、糖醋活鱼、扒虎皮肘、盐爆里脊、黄焖鸡。

赵心软望着满桌子景致，弄不明白这是怎么档子事情。

老头子走屋里说，这几天我们上街挣了钱，就从先得月饭庄叫了这八个菜。

这菜，都是您点的？赵心软问。

啊……不成敬意，不成敬意。老头子说。

看来这老头子有点儿来历。赵心软心里寻思着。小辈儿凑过来，举着筷子吃了起来。

老头子从怀里掏出《九河日报》说，这上边把您周济乞丐的善事登出来了。我看了文章，这宋记者写得不错，就是有个错字儿……

赵心软觉得这位老爷子活像前清的翰林。

## 11

转天早晌足有九点多钟了，赵心软和小辈儿还偎在被窝里睡回笼觉。倒是听见过大门响。赵心软断定那老公母俩外出走动了，就在心里盘算说，今儿我得跟老头子盘盘道，摸摸他到底是什么来历。

十点多钟了，有人叩院门。赵心软慎着不起，只盼叩门的人快走。可就是盼不走这主儿。咚咚的叩门声响了不停，催促赵心软起身穿衣裳下炕。

他披着棉袍出屋去开院门。门外站着那个杨八叉。

海河没涨潮你怎么冒上来啦？

我……我明儿结婚。杨八叉愁眉不展地说，早先说妥了，《九河时报》宋可人给我当主婚人，可是他有事儿去不成了。我想求赵大少您去给我捧捧场面……

我给你道喜呀！宋可人他怎么啦？赵心软问。

咱屋里说话行吗？这大冷的天……杨八叉说着往北屋里走。小辈儿趴在被窝儿里手里玩着毛号儿。

您真的没听说呀？宋可人让人家给打了。左腿打折了，报社也关了门。他没家没业让会友烟馆白宗三经理接走养伤去了。

噢……白宗三经理，他善哪。宋可人缘为吗事儿给人家打了？是混

218

混儿还是官面儿?

杨八叉突然有了城府。嘻!咱也闹不明白怎么档子事儿。八成是写文章笔杆上得罪了谁呗!嘿嘿……

兴许是写文章得罪了给大官僚拉皮条的杜笑仙呗。赵心软寻思着,嘴上没说。

杨八叉又说,赵大少您明天一定给我捧场啊。您要是不去我就一个亲戚朋友也没有了。您随不随礼,那倒搁其末末……

赵心软只得应承了杨八叉。这家伙迈着两条罗圈腿走了。小辈儿起了炕,穿好棉衣棉裤。赵心软叮嘱儿子说,你别出去玩儿。一会儿咱爷儿俩去西头把你妈妈接回来吧。

小辈儿应了一声。一闪身小泥鳅似的蹿了出去,直奔了东厢房。赵心软拿起大烟枪要抽两口儿,听见小辈儿在院子里嚷嚷起来。

爸!爸!叫花子爷爷跟叫花子奶奶都没啦!

这孩子别叫唤了,他们准是出去行乞啦。赵心软丢下烟具,奔了东厢房。

东厢房原本是存放杂物的,常年不住人。此时只见屋里拾掇得利利索索。当屋案子上摆着一只磕了边的小碗,一看就是江西瓷的。小碗里黑乎乎,端起来细看,敢情是锅底灰兑了水,就跟墨汁差不多。小碗旁边斜傍着一棵鸡腿大葱。大葱须子很旺,已经饱蘸墨汁,它俨然一支粗大的毛笔。

迎面白墙上写着四个楷体墨字:"穷亦是福。"这四个大字每个都有锅盖那么大,直透着一股功力。落款是:"中州赵起翁 民二十四年春书"。

嗨!这老爷子果真是个人物。嗯,兴许原是富贵出身,败了家散了伙,只好出门行乞了。你看这字儿,颜体写得正经不错。嘿嘿,锅底灰当墨,大葱作笔,真是落魄了。人啊,这叫三起三落呢。

小辈儿一旁连声问道,叫花子爷爷跟叫花子奶奶呢?他们都走啦。

是啊,他们都走啦。赵心软感慨地说。

小辈儿一屁股坐在地上，哭了。我要跟爷爷奶奶出去要小钱儿，我要跟爷爷奶奶出去要小钱儿！

你丢人现眼！赵心软见儿子如此向往叫花子生活，气得给了小辈儿一巴掌。

小辈儿哇哇大哭在地上打滚儿。一身干净衣裳，全脏了。

这才几天工夫，你就添了一身小叫花子的毛病？穷相穷骨头！

小辈儿居然念起乞讨生意经，可怜可怜我这没爹没娘的孩子吧！我爸爸还停在床板儿上没棺材哪……

赵心软哭笑不得，就又给了儿子一巴掌。

你这倒霉孩子算是走畸啦！俗话说三岁看老。你从小学了叫花子的毛病，将来怎么立世为人啊？赵心软念叨着，又觉得这事全怪自己。

是啊，我干吗非弄那俩老叫花子住家里呢？我想积德行善，可是让孩子学了一身叫花子毛病……

好啦小辈儿，你快起来掸掸身上浮土，咱爷儿俩上你姥姥家接你妈妈回来。

小辈儿依然沉浸在巨大的悲伤之中。爸，那叫花子爷爷跟叫花子奶奶还会回来吗？

赵心软觉得小辈儿挺热乎人的，是个心里有念想的孩子。他对重情重义的小辈儿说，你放心吧，那叫花子爷爷叫花子奶奶迟早要回来的。

听了这话，小辈儿不闹哄了。赵心软就躺在北屋炕上抽大烟去了。

他抽着大烟，在心里跟自己说话。会友烟馆收留了小报记者宋可人，白宗三行善哪。这回宋可人抽大烟就方便了，那地方足够他抽半辈子的。

突然有人拍打窗台。赵心软赶忙起身往外瞧。敢情是小辈儿装扮成个小叫花子模样，正嬉皮笑脸跟他行乞呢，那架势跟真事一样。

大爷大奶奶，可怜可怜我这个没爹没娘的孩子吧！您的大恩大德我这辈子也忘不了啊……

赵心软忽然想到：这孩子将来要是真有混不上饭吃那一天……他当

220

叫花子也算是条活路呢。

小辈儿，你快进屋来吧。我问你长大了想干吗呀？是混官面儿呢还是干买卖呢？

小辈儿脱口而出，我长大要当叫花子！

你这孩子真是不让人省心啊！赵心软啼笑皆非，只得是老太太吃山芋——闷口了。

## 12

赵心软去西头玉贞娘家接回媳妇。两口子就算是和解了。转天，他跑去给杨八叉新婚贺喜。赵心软是领着小辈儿去的。为的是给无亲无友的杨八叉壮壮门面。杨八叉满面春风，新娘子反倒显得无动于衷，大有曾经沧海难为水的感觉。

这是一座大院子，南北足有十几间房，却只住了办喜事的一户人家。别的屋子门上都挂着锁头，空空荡荡好似空城计。女方的娘家人挺多，清一色的老爷儿们，也不知都是哪门子的亲戚。

入赘上门当女婿，女方又是二婚，这喜事办得不大。两口子吃碗喜面睡到一个被窝儿里，也就成了。

赵心软随了份薄礼，率领着小辈儿随着众人吃喜面。杨八叉的喜面不错，三鲜卤，鸡子儿虾仁肉片儿，黑木耳黄花菜，外加红粉皮儿。

赵心软吃了一碗面，正犹豫着回不回碗儿。焦四走了过来。赵大少，我再给您盛一碗面吧？

听焦四这么说，赵心软反倒不好意思再吃了。我饱了，谢谢您哪。这喜面太好吃了。这时小辈儿突然闹哄起来。不好吃！不如六国饭店的折箩好吃。

焦四抚着小辈儿脑顶说，这孩子说话真哏儿。你想要媳妇吗？明儿让你爸也给你娶一个。

这个焦四是杨八叉的大舅哥。此人身材高大，一双目光很有精神。

赵心软转脸看了看新娘子长相，觉着这哥哥妹妹的言谈举止相差很远。妹妹不言不语好像个死面卷子。哥哥却是个精明之人。那一大群老爷儿们，敢情全是焦四的换帖兄弟。一个比一个沉默寡言，只是低头吃面。

赵心软知道该告辞了。杨八叉领着媳妇瑞芬送客。送出院门，新人留步，你们两口子好好过日子吧。

杨八叉得意地说，您看我混到今天这样儿，还算不错吧？嘻嘻……

焦瑞芬死眉塌眼不言语。杨八叉连忙解释说，我媳妇脑子受了病，有时候走神儿听不见别人说话。

赵心软觉得自己并不了解杨八叉的底细，便敷衍说，女人会过日子懂得疼人就行啊。

赵心软牵着小辈儿的手，沿着胡同往大街上走。这时他发现胡同里住户不多，显得挺冷清的。小辈儿人小鬼大闹闹哄哄说，爸，我看这地方冒穷气！

一辆排子车从大街上拐进胡同，驶到赵心软面前。排子车上铺着厚棉被。断腿养伤的小报记者宋可人半躺半偎，目光凝凝望着赵心软。

宋可人从怀里掏出水晶眼镜戴上，继续打量着赵心软。您是赵大少，咱俩在玉清池澡堂子见过面，你奉养了两个老乞丐……

承蒙您夸奖了，这是小事一桩，不足挂齿。赵心软拱了拱手。

这时杨八叉闻讯跑来了，满脸惊喜。宋记者！您真赏脸啊，这伤筋动骨的您还跑来给我捧场，您快进屋吧，吃碗喜面吧……

杨八叉扭头招呼媳妇说，瑞芬啊来了贵客啦！

瑞芬还是死眉塌眼，不言不语走出院子，迎了过来。宋可人毕竟是个闯荡世界的人物，全然不把新媳妇的冷漠放在心上。他哈哈大笑说，我这个当记者的就是好奇，只要有新鲜事儿我绝不放过。

我来到天津算是遇上好人啦。承蒙诸位拿我当人。宋记者您看我这媳妇娶得不错吧？杨八叉说着拉了拉媳妇袖口说，这位是宋大记者。

这时候瑞芬突然尖叫一声，一屁股坐在地上哭号起来。

焦四闻声从院子里走出来。他看了宋可人一眼说，我妹子见了生人就容易犯病，这跟抽羊角风差不多。现丑啦现丑啦。宋大记者您屋里吃碗喜面吧？

宋可人倚在排子车里说，杨八叉你媳妇怕见生人，从今往后我就不能跟你走动啦。你们两口子好好过日子吧，我撤啦。

赵心软领着小辈儿也撤了。出了胡同宋可人叫住赵心软说，以前我在南市地界没见过这伙人，他们兴许是新搬来的吧？

赵心软随着说，如今杨八叉有了着落，用不着整天上街打游飞了。

宋可人突然问道，你知道我这腿是谁给打折的吗？

我哪知道呀！赵心软连连摇头。

拉排子车的小伙子说，是啊，我们哪知道是谁给打折的……

赵心软这才看出拉排子车的小伙子是会友烟馆的硬子，就冲硬子点了点头。

宋可人连连打着哈欠，赵心软心里暗自揣摩，这位宋记者一定是抽上白面儿啦，这会儿鼻涕眼泪全都下来了。

大街上涌过来一帮女乞丐，不是大姑娘便是小媳妇。她们青布包头，手拿竹板，三五成群，站立在商号店铺门前，张口就唱。不要饭光要钱。那些商号店铺没有一家敢怠慢的，早早备好了铜子儿，送神一般递过来。

宋可人躺在排子车里感叹道，厉害呀厉害！这沧州府来的女拨子势不可当。南市成了穷人天下啦。

小辈儿目不转睛望着这些女乞丐们，被她们的唱词儿给逗乐了。

你这倒霉孩子！怎么见了要饭的娘儿们比见了亲妈还亲呢！赵心软呵斥儿子。

硬子拉着排子车走了，赵心软动了慈悲心，迈步追了上来说，宋记者呀您要是没处养伤，住到我家也行！

宋可人笑了。你赵大少果然不是虚名，心眼儿好！我交下你这个朋友啦。我还没混到走投无路的境地。有暇请到会友烟馆找我吧。咱们好好叙叙！

好啊，会友烟馆我有日子没去了，光躺在家里抽啦。

## 13

宋可人是在玉清池澡堂挨的打。那天他正躺在木榻上睡觉，被四条大汉拎起来就给扔到外边大街上。他光着屁股没看清打手是谁，腿骨已经被人家用柳杆儿给打断了。小报记者当场昏死过去。他那么大的身坯子，光溜溜陈设在街心，让南市的老少爷儿们开了眼界。这次算是栽到家了。

可巧是硬子跑街站口，给白宗三送了信儿。白宗三赶来雇车把宋可人拉到会友烟馆，立马请来苏先生给他正骨。苏先生说这是他见到的第一百零八条断腿，三下五除二就正了骨。

白宗三对这条断腿感到惋惜。宋记者您是火命吧？我觉着您应当是火命。忌水！上次我去玉清澡堂劝您别写那篇文章，您要是听了我的，也就不会断腿了。我劝您远水而居。别没事儿就泡澡堂子了。

您看是谁派人打的我？兴许是拉皮条的杜笑仙吧。

嘻！杜九爷是天津卫有名的慈善家，人家能干那种莽汉粗人的事情吗？我看兴许是……

别说了，我在南市混了这么多年，自己肚里有本账……

伤筋动骨一百天。半夜疼得受不了，宋可人恨不得掰块大烟吞了。好在白宗三经理奉他为上宾。到了六十天，宋可人觉出自己左腿变瘸了。苏先生这种正骨高手，看来也只是个虚名而已。

这时候他成了个地道的白面儿鬼了。会友烟馆积德行善，天天供他抽，而且分文不取。

宋可人喝着酽茶说，我这个人心里有数，不到天黑不点灯。这件事儿早晚有揭锅的时候。

白宗三正色道，您说这话是吗意思？跟我念山音呀！我办善事难道还办出错来啦？

这时候赵心软手里拎了二斤小八件儿走进会友烟馆，他是来看望宋可人的。一进门就看见宋可人被硬子架出来，使劲儿往外推搡着。

哎哎，你俩这是练把式呢？赵心软不知出了什么事情。

宋可人高大的身坯一瘸一拐，活像一棵即将伐倒的大树。他挣脱硬子的推搡哈哈大笑着说，你们以为这样就能整死我？老子早就看出这步棋啦！我要是心里没根敢来会友烟馆？白宗三你转告杜笑仙，我还有一条腿等着他派人来敲……

赵心软豆腐心，见不得全武行的场合。这到底是怎么回事？和为贵，和为贵啊！

白宗三浑身肥肉踱了出来。赵大少，您不要大惊小怪。宋记者在这儿住腻了，他打算出去睡大街，我只能端茶送客。我说宋记者，以后你打我会友烟馆门前经过，别忘了进来喝口茶。

宋可人被硬子架出大门外，一把推了出去。

赵心软越听越糊涂，颠儿颠儿追上宋可人。小报记者脸色煞白，歪着身子从怀里掏出一块钱说，你赶紧给我买个木拐来，没木拐我怎么走道啊！

您，怎么落到这步田地？

我的大基业刚刚开始呢。你就是心太软了。赶快去给我买木拐吧，在荣吉大街西头儿！

等到赵心软气喘吁吁扛着木拐跑回来，宋可人已然没了踪影。

宋记者！宋记者！赵心软四处寻找，暗暗担心宋可人再遇不测。

赵大少你是喊那小报记者啊？升平戏园的伙计告诉说，他跟陈小辫儿走了，坐着胶皮直奔登瀛楼吃饭去了。你快追还能赶上。

陈小辫儿？就是那个吹铁管的叫花子头头啊。赵心软问。

没错。陈小辫儿新近又娶了姨太太。他手底下的叫花子比那些大帅们兵都多！可气势呢。

我的天啊，陈小辫儿又娶了姨太太！赵心软径直奔了登瀛楼。登瀛楼是鲁菜山东馆，它在南市有一号。赵心软扛着木拐进了大堂。堂头儿迎上来照应，操着山东福山口音。

赵心软说，我找人，找……没等他话音落地，堂头儿说您往里走东边雅座就是。

你知道我找谁呀就这么板上钉钉？赵心软疑惑着。

嘿嘿，您不就是送木拐来了吗？肯定找那腿脚不灵便的，错不了您哪。

您真是高眼。赵心软来到东边雅座门口，听见里边宋可人正在高谈阔论。

早世年间范大先人立下规矩，全都写在《范丹遗书》上了。范大先人是个大学问家，所以说咱们"穷家门"里藏龙卧虎英才辈出啊。

这时换成陈小辫儿说话了，瓮声瓮气的。这么说您宋记者也是门里出身？

不假。无奈世人都以乞讨为耻，所以我从未提起自己出身"穷家门"。

陈小辫儿突然问道，您祖上的杆子上，是黄穗子还是蓝穗子？

宋可人哈哈大笑。起先蓝穗子不许进城。到了光绪年间准许蓝穗子进城行乞，也要每月二十六以后。鄙人祖上是黄穗子！随便进城。

陈小辫儿说，当年营救朱洪武的梭师和李师，总共传了六大支派，就是丁高范郭齐阎。咱没听说有您这个宋姓……

哈哈，陈爷您问到节骨眼儿上了。实话实说吧。我爷爷为求取功名脱离丐帮，改名换姓用的是姥姥家姓氏。结果一辈子也没中举，只得重回"穷家门"。惭愧啊惭愧……

这时候跑堂的上菜。赵心软看见大盘子里是山东名菜扒大乌参。他随手将木拐递给跑堂的伙计。你给捎进去吧，递给那位瘸爷。

陈小辫儿在雅间里高呼上两瓶直沽高粱。

赵心软心里说，这叫花子派头比市长还大。看起来叫花子这行跟邮局银行铁路一样，也是他妈的祖传铁饭碗啊！

怪不得宋可人走在大街上浑不吝呢，敢情这家伙心里有底，实在混

226

不下去还有丐帮接手。由此看来，穷既是一门学问也是一门行当啊……

过些天就是五月节，玉贞吩咐赵心软上街买几把叶子预备着包粽子。市场里买了粽子叶，赵心软顺脚去看望杨八叉。他走进那座院子，只见北屋锁着门。从南屋出来个黑瘦的老太婆，赤红脸儿沙哑嗓子。赵心软问起杨树起。这老太婆说不认识。赵心软又说找焦家老姑焦瑞芬。

搬走啦！都搬走啦！老太婆不耐烦说，到底搬哪儿去了我也不知道。

好端端一个杨八叉没了踪影。赵心软不甘心问道，那个焦四也搬走啦？

凡是姓焦的都搬走啦！当初租我房子焦四说住半年。他们家只有三只木箱子两床被窝，一天才吃两顿饭。

气人有，笑人无。这是天津卫老毛病。赵心软拎着粽子叶往家里走。

南市这地界是越来越火炽了。早先还有几块空地。枪毙犯人就在上权仙电影院对面空场上，如今可没这么豁亮了。刑场挪到河北小王庄去了。赵心软顺着荣业大街往上边走，迎面来了一辆木轱辘车，走起来轰轰隆隆动静不小。

赵心软站住了脚步。这种车辆如今街面上很少见了。它好像一张巨大的太师椅，两侧安装着硬木车轱辘，行走起来颇有势不可当的气魄。

车上端坐身躯魁伟的小报记者宋可人。他头戴着一项四方帽，见角见棱，身披一件不僧不道的袍子，足得有两丈灰布。赵心软定睛细看，敢情这帽子是用报纸叠成，全是字儿。宋可人手持羽毛扇端坐车里，令人想起兵出祁山的诸葛孔明。打量着这身行头，赵心软乐了。

这辆木轱辘车隆隆停在大福鞋帽店门前。梆！梆！梆！宋可人脚下装着两片竹板，他用力踏动，那竹板机关就发出清脆的声响。

大福鞋帽店的伙计跑出来，伸手把钱递给推车的小乞丐。端坐车上的宋可人表情不悦说，你们掌柜的是慢性子吧？他家孩子掉井里都不带着急的……

大福鞋帽店的伙计不敢还嘴，只是嘿嘿赔笑着。

赵心软惊讶得半张着嘴巴，不敢相信端坐车里的是小报记者宋可人。

木轱辘车轰隆轰隆往前推走了，停在亨通绸缎庄门前。宋可人右脚踏着竹板儿，梆梆作响。

没见有人出来搭理他。推木轱辘车的小乞丐扯起脖子说，要过五月节啦，我们当家的宋二爷给你们亨通绸缎庄送贺礼来啦！

还是不见有人出来应承。这时推车的小乞丐随着宋可人竹板的节拍，张口数落起来。


　　绸缎庄啊大财主，元宝多得没法数；

　　金元宝啊银元宝，不养小来不养老；

　　买卖好啊大轿抬，就是门口没人来！


唱到这里，亨通绸缎庄里有人探出头来往外看了看。宋可人摇了摇手中的羽毛扇吩咐推车的小乞丐说，快把咱们五月节的厚礼给绸缎庄掌柜的送进去！

已然转为乞丐帮首领的宋可人，他做出大当家模样叮嘱小乞丐，咱的礼重！你可要轻拿轻放。

小乞丐手里捏着一根红色鸡毛，一串小步跑到亨通绸缎庄门前，双脚站稳大声喊道，大掌柜的，小的我给您送五月节大礼来啦！

亨通绸缎庄的伙计立即举着个红包儿迎出来。

宋可人坐在木轱辘车上拖长音儿喊道，五十块啦！谢——谢！

亨通绸缎庄伙计傻了眼，哎哟五十啦？

宋可人闭目养神摇摇手中羽毛扇，又是拖着长音儿喊出新价码。六——十块啦！谢——谢！

手里捏着红色鸡毛的小乞丐也甩出长音儿跟着喊叫。六——十啦！谢——谢！

一眨眼间，也不知道从哪儿涌出这么多叫花子来，一起堆在绸缎庄门口，不言不语。

亨通绸缎庄的生意算是没法子做了。

宋可人稳稳当当坐在木轱辘车里，手摇羽毛扇继续涨价。八——十啦！谢——谢！

这群乞丐齐声附和着。八——十块啦！谢——谢！

这群乞丐就这么吆喝着，还是不见亨通绸缎庄大掌柜的出来。

看热闹的人愈聚愈多。赵心软问身边人。这亨通绸缎庄够各色的，大掌柜的是谁？

谁？人家是堂堂有名的杜笑仙的弟弟杜遇仙。有势力。

这时，闭目养神的宋可人已经把价码上涨到了一百块钱。有个看热闹的说，这位宋二爷不当记者入了穷家门，尽管他是口一份手一份的，今儿这台阶恐怕也不好下的。

赵心软心里说，谁能想到原先小报记者宋可人，入了穷家门当了叫花子头儿呢。这才叫三十年河东三十年河西。文化人转行做了叫花子头儿，十几年咱天津卫倒有先例，那是大名鼎鼎的刘道元，从葛沽老家来的。

亨通绸缎庄门前挤满了乞丐，也不知道都是从哪儿冒出来。赵心软身边挤来两个戴着"汇文中学"校徽的男学生。

这时候，宋可人慢慢悠悠说了话。你们派几个人去花子店把铺盖卷儿搬来吧，看这意思咱们得在贵宝号门口住上十天半个月的。

看热闹的有人喝彩。好！宋可人赛过刘道元啦！亨通绸缎庄还硬撑？你们也该尿啦，这样太不懂吗了。

赵心软也有些激动，他觉得这位穷家门首领活像从容镇定的大将军。比当年直系奉系的师长们更有气派。

袍带混混卢五爷颠儿颠儿跑来了。懂得门道的人都知道这是亨通绸缎庄尿了，请出卢五爷说和来了。

宋可人更来劲了。鼻音拖得悠长。二——百——块啦！谢——谢！

长袍马褂的卢五爷乐呵呵说，哎哟！这不是穷家门的宋二爷吗？

宋可人坐在车里拱了拱手说，您爷、爷、爷、爷……

卢五爷脸色郑重起来说，您进去先喝碗茶，有吗事儿咱们好商量。这事儿我要是管得了，就管；这事儿我要是管不了，我轻拿轻放。

宋可人伸手指着推车的小乞丐手里那根红色鸡毛说，快五月节啦我给亨通绸缎庄送了礼，等了半天我还以为进了坟地，愣是没见活人出来。

好！赵心软忍不住大声喝彩起来。我活了这么多年，今天明白咱天津卫那句俗语：兜儿里没钱——穷横。

14

打从杨八叉做了倒插门女婿，胖了。一连三天是干饭炖肉，又一连三天是馒头熬鱼。把杨八叉吃得真想管焦瑞芬叫妈。天津卫这地方太好了，九河下梢吃不尽穿不绝。

这天早晌儿焦四来了，说搬家吧，咱们赶紧收拾收拾，马前。

焦瑞芬立即收拾东西，满打满算一只小包袱。杨八叉看着余下的东西不解地说，这些个……

焦四大大方方说，这些都给他们撂下。

杨八叉外路人不懂天津卫规矩。这地方赁房子是连同家具一起赁。只有铺盖卷儿是房客的。即使你光着屁溜儿来到天津卫，只要手里攥着大把票子，眨眼之间就能把自己扎裹起来跟大爷似的。大街上不光有赁铺盖的，还有租媳妇的呢。

杨八叉不知道这房子是租的，就随着焦家以为搬了新居。这新居是个独门独院儿。挺格局的，也清静。安顿好了，杨八叉伸手拉住瑞芬胳膊说，咱俩结婚都半个月啦，还没干过一回呢。今儿咱俩干干吧。

瑞芬眨巴了眨巴小眯缝眼睛说，干啊？等黑下吧黑下咱俩干。

杨八叉就抬头看太阳，心里盼望天黑。

230

过了晌午，焦四领回来几个人，说都是他的盟兄弟。其中那个姓石的是个律师，专管市面上的纠纷调停，动不动就在法院门坐地炮，弄得法官也惧怕三分。

焦四叫杨八叉过去，说跟他的盟兄弟们见见面，之后就坐下喝酒。杨八叉喝了两盅对众人说，我老家河间出产一种老酒，那味道，你一开瓶子满屋儿喷香……

石律师点着一根香烟说，你也该回老家看看了吧？还是老家好啊。

想起河间老家，杨八叉连喝了几盅，觉着头重脚轻了。焦四对众人说，他没酒量！一喝就高。

石律师对杨八叉说，喝酒不多，你肉可别少吃，那酱肘子归你吧。听我的劝，吃饱了不想家！

杨八叉舌头发硬，说听您这口气，就好像我要出远门似的，这是给我送行呢。

焦四召唤瑞芬。妹子，你扶你爷儿们回屋歇着吧。

杨八叉回屋倒头便睡。焦瑞芬看着丈夫醉酒的模样，说盼天黑盼天黑，这天黑了你不是想砸我吗？可你又死睡不醒，真是个苦命人啊。

杨八叉一觉睡到转天早晨。他躺在炕上寻思着昨天的事情。噢，我喝多了倒头便睡了。寻思着他起身往四处看。瑞芬手里托着茶碗冲他笑呢。

爷儿们口干，媳妇茶水就端上来了。这瑞芬出了奇的贤惠。今儿是黄道吉日吧？

没错，今儿是黄道吉日，瑞芬说。

这独门独院很静，听不到鸡鸣狗叫，仿佛深山古寺。杨八叉洗了脸。瑞芬说，点心预备好了。看你喝醉了，我买了杏仁茶和白糖馅蒸饼，吃着素净。

杨八叉呆呆看着媳妇，只觉得自己是许仙，瑞芬是白娘子。最可惜的是杏仁茶颜色发黑，味道老了。

眼看着爷儿们吃了喝了，媳妇瑞芬说，今儿晌午你想吃吗？我给你做去。

　　杨八叉心里太舒坦了。他问媳妇咱结婚有半个月了吧？瑞芬笑着说十八天了，今儿晌午咱们吃打卤面吧！

　　好啊。咱俩结婚那天不就是吃的打卤面吗？咱俩天天吃打卤面就好比咱俩天天结婚。

　　瑞芬乘兴说，那你往隆兴海货店去买包黑木耳吧。

　　隆兴海货店还卖山货啊？杨八叉不解地问。

　　天津卫的海货店，它有吗卖吗！还卖冬笋腊肉板鸭呢。我听说隆兴老东家退了位，新换了小儿子主事。你快去买吧就别慎着啦。

　　杨八叉拿了钱，抬腿要走。

　　哎你等等，你认识黑木耳吗？瑞芬问。

　　杨八叉乐了。我二十好几的人了，黑木耳还不认识啊？一手交钱，一手交货呗。

　　老赶了不是？我就知道你是个怯勺。告诉你吧，黑木耳这东西必须先尝后买。你先搁嘴里含着，然后慢慢嚼，不能甜不能咸，只觉着满嘴木性味，那才是好木耳呢。你记住了吗？

　　杨八叉说，我记住了。你们天津卫吃东西太讲究了。我得跟你好好学学，省了人家笑话我老赶。

　　瑞芬露出少有的笑容说，来，你含上两粒仁丹，清热解毒散风固表……

　　杨八叉觉得媳妇挺疼人的，除去轻易不让上身，都是尽妇道的。他出了院子走上胡同。瑞芬跟随丈夫站在门口，望着他远去的背影，轻轻叹了一口气。

　　杨八叉出了胡同走在小马路上。看见路东那家鸡毛小店正是他以前住过的地方。他抬眼细看，却觉得这家鸡毛小店改了门面。

　　小店大门两侧新添一副对联，使刀子刻在木头门柱子上。

　　上联是：虽非作宦经商客。下联是：却是藏龙卧虎堂。横批是：乞天丐地。

杨八叉问小街边缝穷的女人。这是怎么回事？小店改字号啦。

缝穷的女人说，它改成叫花子营啦！陈小辫儿出钱买下来的。这里有位宋二爷主事。听说这宋二爷挺有学问，这门对联就是他的词儿……

这话正说着，叫花子营的大门开了，轰隆隆推出一辆诸葛亮坐的木轱辘车。杨八叉看见车上坐着以前的小报记者宋可人，如今的叫花子头儿。

宋二爷！这程子您可好啊？杨八叉又惊又喜。

宋可人庄严持重，摇了摇手中的羽毛扇，注视着杨八叉。

杨八叉走上说，宋二爷，您不当记者太可惜了……

树起呀……宋可人郑重地叫着杨八叉的大号。俗话说，水往低处流，人往高处走。我宋可人不做小报记者入了穷家门。这算是人往高处走哇。你以为我中了状元招了驸马才叫往高走吗？人生道理高深莫测，树起啊你慢慢寻思去吧。

这番话说得杨八叉瞠目结舌，如听天书。

宋二爷……您是怎么入穷家门这行呢？杨八叉特别好奇。

哈哈！这也是大尽小尽赶的。其实我心里明镜儿似的，我这条腿是杜笑仙派人打折的。之后又指派白宗三接我去会友烟馆养伤，故意让我学会抽白面儿。我只能顺水推舟呗。给大烟，抽！给白面儿，我他妈的正想添这宗嗜好哪。抽呗！杜笑仙这小子阴着哪。他打断我腿，还贿赂苏先生给我接错骨茬，让我变成瘸子把我从会友烟馆轰出来，盼着我变成路边倒卧。他杜笑仙万万没想到我宋某人加入了穷家门。你杜九爷不是富吗？君子报仇十年不晚。等着吧，我迟早要发穷水掀穷浪淹了他万贯家财！

杨八叉听得连连点头，犹如鸡啄碎米。

杜笑仙以为我是傻子。今晌午在"聚合成"，请我和陈小辫儿吃饭。假装跟我套近乎呗。

宋可人一口气说罢，伸手拍了拍杨八叉肩膀说，江湖险恶你要当心，只能自己心疼自己，就好好活着吧！

233

木轱辘车轰轰隆隆，宋可人被伙计推着远去了。杨八叉呆呆望着他的背影。

这时候从叫花子营里又出来一个手持划啦棒的叫花子。

这叫花子看见杨八叉便走过来说，我家宋二爷去南市富贵庄叫花子店讲学去啦！讲学你懂吗？

杨八叉好奇地说，他讲学，他讲吗学？

讲穷学。穷——学，你明白什么叫穷学吗？我家宋二爷写了本书，就叫《穷学》。这本书比庙里和尚们念的经文还深呢！

杨八叉这才明白，人想往高处走，不光只有一条道路。穷学……就是穷的学问吧？他这样寻思着，就走进隆兴海货店。

站柜台的是个白脸伙计，令人想起戏台上的罗成。杨八叉捏了一朵黑木耳放进嘴里含着。站柜的白脸伙计连忙说，这位爷，黑木耳可不能这么吃呀。

听了这话杨八叉脸色一沉说，你拿我当老赶是不是？我这是先尝后买！说罢他扭身坐在待客的长条凳上，独自品味黑木耳的味道。嗯，瑞芬说得对，不能甜不能咸，满嘴木性味儿……

站柜台的白脸伙计看着杨八叉，想笑又不敢笑。这时候焦四大步迈进了店铺，身后紧跟着石律师和两个壮汉。杨八叉觉得心口有些难受，便起身想跟焦四说句话。他刚站起身就扑腾倒在柜台前，口吐白沫。

焦四和石律师走上前来大声嚷嚷。可是怎么啦？黑木耳有毒吧！生生把人给药死啦！不好啦隆兴海货店出了人命啦……

死人啦！站柜台的白脸伙计吓得尿了裤子。


## 15

赵心软躺在北屋炕上抽大烟，美滋滋好似魂灵出了窍。屋子里的烟是越抽越浓，呛人嗓子了。他丢下烟枪从炕上爬起来，这才看出这阵势不对，八成着火了。

真着火了！西屋里火苗子已经蹿上房了。他从堂屋往外跑，又看到北屋也有了火光。

小辈儿站在院子里哇哇哭着。

哪儿来的火呀？他大声问小辈儿。

我……我玩洋蜡点灯……小辈儿哭着说。赵心软急了，扯着小辈儿推开院门把儿子揉到胡同里，然后跳脚喊叫救火。终于来了几个端着铜盆的邻居。

水会！叫水会快来呀！我家着火啦！

一眨眼工夫，这套小四合院成了一片火海。赵心软是鹰嘴鸭爪子——能吃不能拿。他除了扯嗓门喊叫，屁能耐也没有。

可巧来了个走街串巷卖酸梅汤的。赵心软好像见了救兵，猫腰拎过一桶酸梅汤使劲儿全泼在自己门楼子上。可是火势愈发炽烈。

卖酸梅汤老头儿叫唤起来，这整桶酸梅汤你全包了啊？等火灭了你给我拿钱去！

玉贞从街坊家赶来时，赵家焦成一大堆木炭了。玉贞叫了一声就昏死过去。

赵心软对卖酸梅汤老头儿说，你把地址留下，改日我给你府上送钱去！

我还想积点儿阴德呢。老头儿推车走了。

邻居跑来抢救玉贞。盘上腿，掐人中，抚抚胸口，捶后脊梁，好不容易才让玉贞苏醒过来。她望着根毛不剩的家院，哇哇号哭起来。

这是火烧独门呀！我们家做了吗缺德事儿啊，一把火烧得任吗不剩哇……玉贞边哭边叙事，思路清晰。

只有东厢房的一面墙，没烧倒……咱们借这面墙先搭个棚子睡觉吧，反正天气也不太凉，赵心软小声安排着。

玉贞抹着眼泪说，小辈儿他爸你素常心眼这么好，前些天还弄俩老叫花子住家里。你积德行善反倒招了火灾，这是老天爷瞎了眼吧！

玉贞你别难过了。当年我爸就是房无一间地无一垄，咱们慢慢熬吧……

你爸后来捡拾洋落交了好运呀！往后咱们往哪儿捡洋落去？还能再来个八国联军庚子之乱？

兴许就有行善济贫的。天津卫不是有九个善社吗？赵心软开导着媳妇，开始寻思如何搭建挡风避雨的罩棚。玩火惹祸的小辈儿偎在妈妈怀里，睡着了。

有了难处，赵心软发现自己根本没有朋友。他一咬牙去找杂货铺的螃蟹李，借了十块钱高利贷，叫棚铺来人搭棚子。

人们都知道赵大少落了难。一把火烧得他成没毛儿的鸡，兴许后半辈子也缓不起来。要想过富裕日子，那得来世了。

玉贞的哥哥崔瑞来了，手里拎着一把马勺。崔瑞说，听说全都烧没了，我给你拿个马勺来，省一件是一件吧。他厚增跑哪儿去啦？

厚增是赵心软大号——赵厚增。玉贞说厚增去棚铺叫人了。

赵厚增回来了，站在东厢房的矮墙前面，久久不动好像中了病。

一派烟熏火烤，东厢房的矮墙上四个大字分外清晰，就跟石刻似的。

"穷亦是福。"赵心软心里念叨着这四个大字。神道。真是神道。唯独这面墙没被大火烧塌，这四个字好像烧成瓷了……

崔瑞走过来安慰妹夫。厚增，钱财这东西生不带来死不带去，你可要想开点儿啊。

听了内兄崔瑞的话，他不言语，自己在心里说，这回我算是想开了，这大火烧去百病……

赵心软蹲在地上，号啕大哭起来。

跑来一个善社的小力巴，不言不语搁下五斤馒头就走了。赵心软哭痛快了，擦了擦脸蛋子对媳妇玉贞说，你炒菜打壶酒，我跟大哥喝几盅。干的吃那馒头。稀的做锅巴鱼面汤，可别太咸了。

都烧成这样了你还讲究吃喝，玉贞听罢甩手拒绝。转念想到娘家哥哥来了，不吃白不吃。她反而加码说，我看熬几条黄花鱼吧……

236

崔瑞说，就用我带来的马勺盛面汤。酒我是不喝了，厚增你不是不知道，我有门槛儿在理教。

大哥！我看从今儿起你就动酒吧。我家都烧得根毛不剩了，对酒当歌，人生几何。你还不喝上两盅？人生无常，甭说喝酒，我还想学着抽白面儿呢。

内兄崔瑞听了这些话，惊得眨眼看着妹夫。

玉贞抢着说，小辈儿他爸你有病！你还想抽白面儿？这大火把你烧蒙啦？我看你是满嘴跑火车……

棚子搭好了。玉贞从邻居家借了炉子和灶具，做了饭。妹夫赵厚增与内兄崔瑞坐在棚下。崔瑞出人意料给自己瓷盅斟满高粱酒，引来妹妹玉贞一声惊呼。哥！您怎么动酒啦？

崔瑞稳稳当当看了妹子一眼。今儿动酒，今儿就不在理教；明儿不动酒，明儿就又有了门槛儿。来吧妹夫咱哥俩把这盅干了。

赵心软乐了说，我家这把大火反而把大哥给烧明白了。好吧，咱哥俩把这盅干了！一盅酒下肚，赵心软犯了话痨。

大哥，天津卫有句话：鸡毛掸子南头窑，刷子马勺韦驮庙。在西头你们马勺崔家有一号。在东南城角提起我们老赵家，人们背地里叫我家穷赵，说我家是六月十八的财主。不就是八国联军进城我爹抢了金店洋落吗？满天津卫你数一数看一看，凡是趁乱发财致富的，没有几家能戳住的。这过眼钱财啊，早早就踢腾净了……

崔瑞插言道，河北大街开军衣铺的柳家，算保住了家底。就是专给奉军做军衣的那家……

赵心软说，我知道柳家保住了家底。再有就数我赵家了。可是一把火我也根毛全无，穷啦！以后想吃个烫牙的烧饼都买不起了。这穷的滋味不好受啊。

之后他压低嗓音对内兄崔瑞说，大哥，我大火烧了家当，我反倒觉得轻省了，您说这不邪门吗？

一个街坊跑进棚子说，赵大少，外边有个男的找你。他站在药王庙门口等着，叫你快去呢。

果然，药王庙胡同口站着个摆糖摊的男人。赵心软东张西望不见有旁人，就扯开嗓门喊叫，这是谁找我？哪位要找我请您显形吧！我赵厚增在这儿恭候着呢。

那摆糖摊的男人笑了。赵大少，有一位赵老先生托我给你捎了个便条。

噢……赵心软接过便条打开看着，纸上写着西南城角大中旅馆甲六号房，赵缄。他心里寻思，从哪儿冒出个赵老先生？也兴许是多年没走动的本家兄弟。可是我爹活着时没听他提起有同姓亲戚啊。

赵老先生请您立马就去，这可是急茬儿的。这摆糖摊的男人催促道。

赵心软想了想，冲着摆糖摊的伸手说，借我车钱我雇辆胶皮，回来保准还你。

似乎知道他家失火，摆糖摊的不大情愿地扔过五毛钱来，说您不着急还呢。

大街上叫了辆胶皮，这位赵大少往西边去了。过了南门东道路就堵了。这辆胶皮走两步停三步，就是行不起来。

前边出吗事啦？就跟过队伍似的。

拉胶皮的说，前面过叫花子队伍。您没看见足有好几百号人，往九善堂找杜笑仙，都说是谢恩其实是求乞。这会儿九善堂大门外都被叫花子们围黑了。

这准是宋可人领众吧？以前那个小报记者。赵心软说。

拉胶皮的说，没错。这位宋二爷新近加入穷家门，可是能耐真不小哇。要不说哪行哪业都得有文化呢。

赵心软明白了，这是宋可人给杜笑仙添堵，一定要报打断腿的仇。

拉胶皮的又说，这年头不是讲究行善吗？宋二爷呀偏偏给手下十个叫花子头职名"十大恶"。您说宋二爷这人够各色的吧。

胶皮往前走着，赵心软暗暗琢磨，我为人做事太实在了，急匆匆奔

238

向大中旅馆，还不知道怎么档子事儿呢。

胶皮到了西南城角，赵心软下车走进大中旅馆。茶房听说他找甲六号房的客人，便恭恭敬敬前面引道。

这大中旅馆又格局又干净，房客也都是有身份的人。绝无引车卖浆者流。

赵心软抻了抻衣襟抚了抚头发，轻声叩响甲六号房门。

听见里边说了声请进，赵心软推门迈进去。他顾不上细看房间陈设，先定睛寻找活物儿——只见有位老先生西服革履迎面站着，很是有些派头。赵心软欠了欠身子，我叫赵厚增，请问尊驾宣我前来……

请坐请坐。老先生口气和悦。恩公啊，您怎么认不出我啦……

赵心软听罢愣住了，恩公这种称呼以往只在戏台上和评书里听到，属于老世年间的称谓。此时此刻赵心软他仔细打量对方，不由惊讶起来。哎哟，敢情是您呀！

这位老先生正是东厢题字不辞而别的老叫花子。赵心软被眼前景象弄糊涂了，您别是微服私访的八府巡按吧？我这给您老人家行礼啦。

这位赵老先生笑容满面。我昨天从沈阳过来的。一到天津就听说你府上失火，大人孩子还都太平吧？

这把火烧得挺暖和的，请人搭了罩棚，全家倒是还能凑合着……

一会儿我就得上火车去外埠，时间仓促我跟你交代底细吧！赵老先生给他沏了热茶，打开话匣子。

我姓赵名路行，别号乞翁。在老家开封是数得上的富户。我爷爷做过巩县的知县，我父亲在山西做官。祖产传到我手里光大宅院就有五处，另有好几百间房子。我在四十岁那年不知为什么，一下子就迷上了行乞，只觉着四处游荡沿途乞讨乃是人间最为快意的事情。每次我外出行乞，家里都费尽周折把我找回去，我在家里忍些天又跑出来。我行乞上瘾啦！家里实在没办法，老伴儿只得跟我出来，如今已然二十年了。我俩一路行乞，已经到过十八个省了……

赵心软打断了他的话，您老人家这是跟我讲笑话吧？就跟三不管儿

239

说评书的赛的。

赵老先生正色道，老汉我句句实情，绝无虚言！这次去沈阳是本家侄子成婚，请我们老两口前去。我不能以叫花子打扮贺喜吧？这才改为西服革履的样子，坐火车来到天津。赵路行说罢，冲着套间里小声呼唤。

老伴儿你穿装好了吗？出来见见这位恩公吧。

一位穿绸戴缎的老太太，从套间里走出来。赵心软一眼便认出对方。衣着阔绰的老太太满面慈祥说，小辈儿好吗？他又长高了吧？我还挺想那孩子的。

赵心软听罢心头一热。小辈儿这孩子经常念叨爷爷奶奶，总盼着你们再带着他上街做生意。他还梦见过你们呢。我看这孩子是忘不了你们老公母俩了。

这两位老人听罢连连点头，满脸欣慰表情。

赵老先生取出一沓钞票说，贵府失火我理应出力相助。略备薄礼三百块吧。你先租房子置物件。其实几千几万我也出得起，只是不想过腺了，有情候补。我这里有本书，送给你留个念想吧。

老太太补充说，我们里边穿着叫花子衣裳，外边罩着这身行头为了住旅馆方便。一会儿出旅馆就找个清净地方脱掉外罩，变回我们原来的模样。所以还得请你给我们帮个忙……

赵心软听明白了，您这三百块钱我收了，谢啦。好吧，咱们走吧。

老两口衣着体面举止富态，走出大中旅馆。赵心软后边随着，就跟小伙计似的。走上南马路他前头引路，奔了黄家粪场。说是粪场其实是个地名。这里特别清静，几乎没有住家。赵心软站在矮墙头外边，望风。

老太太动手脱掉春绸裤褂，露出里面打着补丁的粗布衣裳。她颇为感慨对老头子说，我总算扒掉这层皮了，穿绸戴缎的难受，穿补丁粗布的舒坦！

老头子也脱掉西装和皮鞋，用力做着深呼吸说，哈哈！老伴儿啊咱

240

俩又成叫花子啦……

赵心软隔着矮墙头问道，您二位已然入了穷家门吧？

老头子连声说，没有没有。我们没帮没派，随遇而安，行走天涯。说罢老头子从地上捡起根木棍儿，牢牢拄在手里。老婆子把两人脱下来的好衣服系了个小包袱递给赵心软。

这几件衣裳我们只穿了两天，请您不要嫌弃啊，就算是给小辈儿留个念想吧。

已然变身为老乞丐的赵老先生拱手行礼说，赵大少爷，我们就此别过，无论后会有期还是后会无期，我和老伴儿都祈祷您全家太平！

赵心软望着他们的背影喊道，二老多多保重！天热了别吃犯歹的东西……

赵心软知道后会无期了。他毫不犹豫地穿好老头子的西服和皮鞋，拎起老太太的春绸裤褂，一路快走奔家而去。

半路上有人吆卖小报，特意说是刚刚上市的《穷报》。赵心软拿在手里端详，报头位置赫然印着：特聘主笔 宋可人。

我的天啊，这位宋二爷本事太大了，又在穷家门里办起报纸！天津卫，大码头，奇人奇事顺水流啊。

他再细瞧这张小报，对开，竟然有七八个栏目：穷吃，穷穿，穷活命，穷的学问，穷不怕……在"穷出头"这个栏目里，赵心软读到一则最新消息。

哎哟，杨八叉死啦！他尸体摆在隆兴海货店门口整整三天，隆兴海货店大掌柜的撑不住了，只得赔了大洋八百块私了……

敢情穷出头就是死啦？杨八叉一条人命被卖了八百块钱。赵心软惊得出了一身冷汗，心里咯噔一下明白了。他妈的，这穷天穷地穷世界，敢情做吗生意的都有。这才叫穷而后工呢。

*16*

在南市首善街西边一条胡同里，赵心软赁了两间空房，全家搬进去

241

住了。他托跑合儿的孙铁嘴把烧成空场的地皮卖了，彻底告别过去的生活。

玉贞穿着老太太留下的春绸裤褂，显得肩是肩腰是腰，就好像是给她定做的。赵老先生留下的那身西服，赵心软没再享用，天天挂在家里供他瞻仰。

居家的日子过得很快。这天吃过早饭，媳妇玉贞说了话。小辈儿他爸，自从咱家失火败家，我倒觉得你是个沉得住气的人。你别整天在家闷着了，出去找点儿事做吧。

赵心软居然思索起来。玉贞啊，你说我要手艺没手艺要学问没学问，我出去能做吗事由呢？

嗨！老丁家穷了还会蘸糖堆儿呢，你不比丁大少有能耐！

赵心软受到媳妇鼓励竟然无动于衷，倒在炕上抽起了大烟。玉贞说，你千万别学会抽白面儿。

等我穷到山塌水泻的地步，再学着抽那玩意儿吧。

玉贞不愿丈夫再耍贫嘴，给他指派活计说，你出去买点儿卤油，咱们蒸大菜包子吃！你带上小辈儿去吧。

爷儿俩穿戴整齐，一大一小出了家门。赵心软领着孩子出了胡同，一外路口音小伙子迎面走来，跟他打听宁家大桥怎么走。赵心软说奔西再往南拐。小伙子怯怯地道了谢，就往前快步走去。

这个外路口音的小伙子走出十几步，一个身穿粉红小褂的小媳妇走出院门，手里端着一瓷盆小枣。这小媳妇直勾勾盯着这个小伙子，一声尖叫扔了手里瓷盆，扯开嗓子哭号起来。治成啊，你可回来啦！这半年真是想死我啦！

外路口音的小伙子连忙说，我叫仁福不叫治成啊！你认错人啦……

这时焦四从院里走出大声说，妹子你看花眼啦，这个人不是你爷儿们治成！

赵心软认出这个女人就是焦瑞芬，暗暗叹了口气。这种黑道生意无本万利啊。焦四以穷发财，杨八叉因穷丧身……

242

这时那个外路口音的小伙子已经被焦四请院子里叙谈了。赵心软硬起心肠，自言自语。我的老天爷啊，这又是个倒插门女婿，我赵厚增这就叫见死不救吧？

赵心软自责着，领着小辈儿出了胡同，前边就是杜笑仙的九善堂开设的周困济贫的大棚。这大棚冬天舍粥，以免叫花子们寒风中冻馁而死。眼下正是春景天，大棚不舍粥，偶尔放发杂合面窝头儿。

小辈儿手里端着那只本该去买卤油的大碗，噌地就蹿进了大棚，没等赵心软回过神儿来，这孩子大碗里盛着两个饽饽就跑回来了。这时候赵心软明白了，伸手扯住儿子的耳朵。

咱们不是来这儿求食的！我看你天生就是个小叫花子……

小辈儿挣扎着说，我伸手递过去大碗，那人就给我两个饽饽……

赵心软觉得儿子已经成精了，只得摇头苦笑说，你小子比爹强百倍啊，我在你这年岁还天天尿炕呢。

爷儿俩接着朝前走，又遇见叫卖《穷报》的，赵心软掏钱买了一份，看见上面登了不少广告——穷记布店开张，价钱比正经布店便宜五折还多。穷记饭馆专门给叫花子们包伙食，一年只收八个月饭钱。头版下角有篇小品文，题目叫《死不起》，文章告诉人们有八种最便宜的死法，连棺材都用不着。

赵心软在新闻栏里看见大字标题：杜笑仙选票不够数，宋可人当选区议员。

赵心软爆了粗口后对小辈儿说，这位宋二爷了不得，兴许就能当上南市的市长。

他领着小辈儿去了隆兴海货店，站在柜台前面寻思着杨八叉暴死的场面。这时他抬头瞧迎面挂着个木牌，上写八个大字"万勿品尝，后果自负"。

听说杨八叉连棺材都没混上，焦四图希省钱用苇席卷了尸首，埋到西营门外乱葬岗了。

赵心软笑着对站柜台的黑脸伙计说，我买五毛钱黑木耳。

对不住您哪，本店没有黑木耳，连白木耳也不卖了……

你们大掌柜的真是个老实人啊。赵心软发感慨说，天底下穷人太多，死也死不迭，总是有撞进网里的。

他买了一碗卤油，小辈儿手里拿着那两个饽饽。爷儿俩回到家。小辈儿进门就挨了妈妈一巴掌。玉贞又嗔又气地说，小辈儿！我看你今生今世是饿不死了，从小就有讨吃讨喝的本事。

小辈儿挨了打并不哭泣，反而嚷嚷着提出要求，妈妈，你用这卤油给我煎饽饽吃吧，拿虾皮跟葱花炝锅！

赵心软累了，一歪身子躺到炕上翻出那本书，看了起来。这就是赵路行老先生临别赠送的《人世间：一百零八条道》。

他读进去了，读得天黑忘了吃饭，几次被玉贞催促才放下手里书本。

厚增啊，你这是要去赶考吧？我看你要中了状元也是个陈世美。

晚间睡觉了。赵心软将玉贞搂进怀里说，我得把你养得胖点儿，你太瘦了。

过穷日子我能不瘦吗？你有吗本事把我养胖了？

我自然有办法。只要咱的买卖开了张，玉贞你就等着浑身长肉吧。

赵心软按照《人世间：一百零八条道》上讲的，跑去达仁堂抓了六味草药，去老西儿开的染料店买了二两红矾。他把这六味草药放在个坛子里。泡上三斤白酒。

玉贞啊，这药酒泡到第六天就成了，超过六天劲头太大，我降不住啊。

玉贞嘻嘻笑着问，这药酒一定是强肾助阳的吧？我就知道你恨不得弄死我……

臭娘儿们你尽想美事儿呢。赵心软思索着，翻了翻皇历书。

玉贞又说，我总想起姓焦的那伙人，你说他们得害死多少人啊。

嗐！猪往前拱，鸡朝后刨。人生在世，各有各的道道。有的人靠坑害别人活着，有的人靠祸害自己活着……

玉贞截住他的话，我看这两条道儿你都不能走，咱吃一辈子窝头咸菜，认了。

你要是这么说，我只有最后一条道可走了。

最后一条道？你要死啊！玉贞急切地问。

赵心软慢悠悠地说，那就去死呗。

你去死？我还没浑身长肉哪！你要去死也得让我能够享上几天清福。玉贞气得嚷嚷着。

百姓人家的光景过得挺快，说着说着天儿就冷了。天津卫讲话，腊七腊八，冻死叫花儿。大地被冻得裂出一道道口子。大街上冷冷清清路见人稀。

只要过了晌午，南市的人们还是出来活动了。从西南城角上了电车，崔瑞在南门东这站下电车，一路顺着东兴街奔着妹子玉贞家来了。头年热天里崔瑞的老婆添了一对儿双子，加起来总共六个孩子了。崔家上有多病的老爹，身边有个经常要喝汤药的媳妇，全家九口人吃饭，全凭崔瑞卖马勺糊口。进了冬景天没有多少人来买马勺，崔家日子就难熬了。他明知妹子家里也是穷时荒业，不得已顶着西北冽子还是跑来借钱了。

前边大街边聚了一群人。人圈儿里站着个光膀子男子。这大冷天没有棉衣裳穿，看来我崔家还不算最惨的。这男人赤裸上身冻得通红，下身只穿了黑粗布单裤，站在寒风里瑟瑟发抖。

这赤膊男子手里拎着洋皮铁桶，分明是行乞讨钱。

只听当啷一声响——有人向洋皮铁桶里扔了块银圆。阿弥陀佛，你先找地方暖和暖和，钱凑够了赶紧买件棉袄穿上。这个居士慈眉善目说道。

崔瑞伸长脖子朝洋皮桶里望去。半桶了有票子有硬币。这时他仔细打量那男子，差点儿叫出声来。

妹夫！我的老天爷……

赵心软石头人儿似的，无动于衷。旁边有人问崔瑞说，这人是你妹夫？

崔瑞立即改口说，我是说"美孚"，这洋皮铁桶是美孚牌煤油桶……

不断有人向洋皮铁桶里扔钱，发出或清脆或沉闷的声响。

崔瑞抬腿就往妹子家跑去。他进屋看见玉贞正坐在炕边包饺子呢。

妹子！怎么妹夫变成叫花子啦？他光膀子讨钱就不怕冻死啊！崔瑞气喘吁吁地说。

他冻不死！玉贞笑着问哥哥说，您看他铁桶里的钱满了吗？

崔瑞急了说，妹子！你们这是要钱不要命啊！我这就拽他回家来……

话音未落，赵心软光着膀子推门走了进来，上身冻得红里泛紫。崔瑞脱下棉袄就往妹夫身上披。赵心软躲闪着，笑了。

大哥，我冻不死！我这是上街做生意呢。你张口叫妹夫，我不能应声啊。我做这种生意必须一腥到底，不能露了底子。

一腥到底？以制作马勺为生的崔瑞不懂江湖切口，愣怔着。

玉贞迎上去拿手巾给爷儿们擦了擦脸。哎哟，你出去半个多钟头，这桶里就快满啦！这穷家门的生意真是无本万利，怪不得宋可人下了海呢。

玉贞欢天喜地把洋皮铁桶抱到炕上，好像得了聚宝盆。她转身拿起个酒瓶子，用棉花蘸着已然变成红色的老白干，轻轻往丈夫身上搽着。

妹夫妹子，你们这到底是怎么档子事儿？崔瑞急忙问道。

赵心软开始讲解了。我用六种草药泡成药酒，加进半勺红矾，用棉花蘸着往身上涂抹，这肉皮就变红了，这颜色跟冻红的一模一样。我浑身就跟着火赛的，根本不觉着冷！临出门我喝上两口这种红矾酒，五脏六腑热透了。我拎着铁桶在大街上站着，能扛个把钟头不觉得冷。

玉贞兴奋地指着洋皮铁桶说，哥，这就是厚增半个多钟头挣回来的钱……

崔瑞连连咂嘴说，如果不是今天亲眼所见，你打死我也不信世上有

246

冻不死的药！

赵心软穿上小棉袄说，一会儿我再出去一趟，得换个地方了。

崔瑞打量着洋皮铁桶揣摩道，这够全家吃几天的吧？

玉贞一撇嘴说，半个月也饿不死！自打进了腊月厚增出去做这种生意，进项够吃半年了。不过，他也不能天天出去，更不能站错了路口，穷学是门学问，里面学问深着呢……

这都要感谢人家赵老先生留下的书，那天厚增看完这本书跟我说，开了天目啦开了天目啦！玉贞说着脸上露出神秘之色。

赵心软脱下小棉袄光着膀子，喝了两口红矾酒，从地上拎起洋皮铁桶对崔瑞说，大哥你等我回来，咱哥儿俩在家喝两盅，吃了晚饭去玉清池烫澡，烫了澡去中国大戏院听戏，谭富英来天津啦。

我陪你去吧？崔瑞不放心地问妹夫。赵心软已然不是当初的赵心软了，他老油条似的笑了笑说，做这种生意没有配对儿的，你要让那些善心人以为你是光棍儿！

赵心软走出家门换了个方向，朝着俗称夜市的平安大街走去。他心里盘算着，过几天要去老北开那边做生意，不能死认一块地界儿。等过了年进了正月，我就往靠近日租界那边挨冻去……

他正寻思着，只听咣的一声好像有块金砖扔进洋皮铁桶里。他低头细看，不是金砖是块大砖头。

抬头看见一位爷端坐胶皮车上，他身穿皮袍头戴水獭皮帽，一时看不清相貌。赵心软看出这块大砖头是这位爷扔进桶里的。

我万万想不到你怎么干了这行？前几天有人报告说有个光膀子的在我地盘上做生意，哈哈原来是赵大少……

赵心软凑近两步仔细打量，这位爷原来是宋可人。

宋二爷……他猫腰要从洋皮铁桶里取出那块大砖头。

你不识货吧？这是庚子年留下的老城砖，我送给你做个纪念吧。好啦，你在我地盘上做生意就做吧。我赏给你这口饭。不过……你过来我跟你说详细了。

赵心软疑疑惑惑凑上前去，好像大臣听皇帝的圣训。

坐地胶皮车里的宋可人低声说，你说实话，做生意用的红矾酒吗？

赵心软点点头，说是从书里学到的。

宋可人凄楚地摇了摇头。这玩意儿冬天用了，转年三伏天它要发出来的，让你浑身长满小疮，小疮流黄水要流到白露才会封口呢。

赵心软低声回复说，这事儿我早就知道了。谢谢宋二爷关照。您不知道吧？进了夏天我就凭着满身黄水小疮往铁桶里挣钱呢。

宋可人连连摇头感慨不已说，赵大少真是个挣钱的耙子。你别忘了毒火攻心，那时候命就不保了。

赵心软深深鞠了一躬说，宋二爷您放心，我干不了两年就金盆洗手呗。

第二年三伏天，赵心软果然生了满身黄水小疮。他又凭着黄水小疮在街面上做了生意。他的洋皮铁桶里总是放着那块老城砖，亲手拿毛笔在这块永乐年间烧制的大砖上写了一堆墨字：人穷要脸面，人富要肠胃，不穷不富要屁股。

玉贞弄不明白这是哪家的至理名言，就挖苦爷儿们整天光想着屁股的事儿。赵心软自有道理说，你妇道人家不懂人生道理。

入秋天气凉爽了。他托孙铁嘴兑回那块火烧独门的地皮，原模原样盖了一套小四合院，但是比原先单薄了，有的三七墙改为马连垛。赵心软不再追求百年大计，人生就是样子货。

七七事变了，日本人占领天津卫，华界处处飘着膏药旗，满城都是大药铺。

玉贞搬进故地新居，满心欢喜对爷儿们说，小辈儿他爸你猜我多少斤呀？一百六挂零儿！我胖得就跟天天喝大油似的。我劝你洗手别干了，咱们有了这个家底就过太平日子吧。

赵心软愤愤不平说，咱有了这个家底，街坊邻居照样儿还是叫咱家穷赵！

咱又没卖屁股！穷赵富赵又能怎么样呢？一身肥肉的玉贞已经学会抽烟，叼着红锡包牌烟卷儿不以为然说。

我听说宋可人成立了叫花子军，他南下投奔老蒋去了。老蒋迁都到了重庆。宋可人这趟道不近啊！赵心软感慨着。好吧，这兵荒马乱的我洗手不干啦。先坐吃两年再说。听说就连梅兰芳都留着胡子不唱戏了。

这时小辈儿九岁了，说话有些口吃外加大舌头。仍然被称为"穷赵"的这户人家一声不吭一语不响，过起了流水般日子。

## 17

乱世英雄起四方。天津卫的杂霸地袁文会投靠日本人，成立一千五百人的袁部队。天津南市三不管儿的江湖上生意，照旧。金皮彩挂评团调柳，还是样样挣钱。

赵心软整天躺在家里抽大烟，却觉得不过瘾。他知道除去烟瘾自己还有"乞瘾"，只好强忍着。

一天过晌，赵家院门外边来了位失目的老头子，口口声声进院请教。这独门独院是赵厚增先生府第吗？

嚯！这是从哪儿来了个文丐啊，听口气就跟前清大学士似的。赵心软起身迎出去说，在下就是赵厚增！

我可算找到你了。河南开封的赵乞翁你认识吧？他临死前把这只匣子托付给我，一定要我送到你手里。

赵心软接过这只红木匣子，当即打开细看。失目的老头子拄着麻秆走了。

这只红木匣子是红呢衬里，看着很是考究。可惜这只是个空匣子，没有任何内容。赵心软把这只红木匣子供到龛上，想起已然故去的赵老先生，心里有些难过。

色即是空，空即是色。他望着供在龛位上的红木匣子，想起《心经》。莫非赵老先生这是在点化我？

当年赵大少爷动过做居士的念头，当个佛界的俗家弟子。如今没了这种心气儿了，反而乐意过俗世的日子，尤其化装成叫花子上街行乞，这日子有滋有味赛过神仙。乞瘾赛过烟瘾酒瘾赌瘾奸嫖瘾。赵心软彻底体会到赵乞翁夫妇抛家舍业四处行乞的乐趣了。这既是宿命，也是前世没有满足的瘾啊。

一天，玉贞带着一身肥肉回娘家看望得了肺痨的哥哥崔瑞。家里剩下赵心软和小辈儿。乞瘾难捺。他对小辈儿说，咱爷儿俩上街玩玩吧。之后他动手打扮小辈儿。九岁的小辈儿记性特好，立即想起五年前带他上街行乞的叫花子爷爷和叫花子奶奶。

爸爸，你这是领我出去当小叫花子吧？

赵心软说，你知道京戏票友吗？那叫有戏瘾，不唱难受。今天咱爷儿俩上街玩票儿，就跟票友过过戏瘾一样。

小辈儿很是赞同爸爸的想法。于是爷儿俩穿戴妥当，走出家门上了南马路，手拉手往南市深处走去。小辈儿人小鬼大，浑身冒精气。赵心软叮嘱儿子说，小辈儿你别作得太火啦。

爸爸您放心，圆了年子我立马变成个缺心眼的孩子。谁见着我谁都得觉得我可怜！

爷儿俩在清和街上站定，选了块既朝阳又通风的地界，铺上破苇席头，小辈儿一屁股坐下。赵心软立在儿子身后，一脸哀苦之相。

这时候他张口做生意了。尽管不属于穷家门里人，他使用的却是江湖上的"哀怜口"，字字凄苦句句催泪。

这位大恩大德的君子人啊，这孩子没爹没娘没亲的没热的，我也没钱给他换季，请求众位帮帮吧。我就是来世当牛做马，也要报还您的大恩大德……

小辈儿哭丧着小脸儿，埋头坐着不言不语。

只做了半个时辰生意，爷儿俩就下了街。小辈儿心算着说，爸爸，我早计算出来了，咱们一个钟头敛了不到两块钱！

嘻！今儿太过瘾啦！咱不在乎钱多钱少，只要过瘾就行啊。这钱留着过年给你买炮仗吧。你千万不要告诉你妈妈。

下晚儿玉贞从娘家回来了。她惊诧地问赵心软，今儿你怎么满面红光的？小辈儿脸蛋儿也显得水灵了。

赵心软打着马虎眼说，是啊，你这身肥肉膘子，我们爷儿俩都托你的福呗。

第二天玉贞出去串门子。赵心软又忍不住了，带领着小辈儿又奔了老地界。一路上他寻思着，人世间做生意都要有本钱，只有行乞是无本而获利的生意，只要你有条破嗓子吆喝就是了。供养嗓子的本钱就是喝凉水。

来到庆善街"六国饭店"附近，他刚摆开地势还没做生意，有人站在背后拍了拍他肩膀说，兄弟，既然你穷得没饭吃，我给你找个大饼夹牛肉的地方吧！那活儿也不累，还管茶水喝。

赵心软回头看，这是两个歪戴帽子斜瞪眼的混混儿。再仔细打量，左边那个混混正是焦四，冲他咧嘴笑呢。赵心软登时明白了，这是袁文会派人出来抓华工，送到日本去做苦力。他转身撒腿要跑，迎面上来三四个大汉，一声吆喝架起他双脚离地，快步远处跑去。

他大声喊叫着。我不是叫花子，我是出来玩票儿的！焦四你瞎了眼啦！我赵厚增是良家子弟啊……

他就是变成驴嗓门儿也是白喊白叫。南市这地界没人愿管闲事儿，尤其没人敢管大混混袁文会袁三爷的事儿。于是，这位依然被街坊邻居称为"穷赵"的赵大少爷，被几个混混儿弄到小胡同深处，顿时没了踪影。

小辈儿坐在破苇席上，好像睡着了又好像刚刚醒来。他哪里知道亲爹已经被送往塘沽码头了。这鬼头鬼脑的孩子，此时专心专意做起了乞讨生意。

他大声哭号起来，娃娃嗓门却也是字正腔圆。

可怜可怜我这没爹没娘的孩子吧！可怜可怜我这没爹没娘的孩子吧！

# 没戏的日子

## 1

何吉祥是在冀剧院大门口遇到保卫处长的。这时候他肯定不知道保卫处长即将成为第七个死者。何吉祥只知道保卫处长二十年前也是个冀剧演员，唱小花脸但默默无闻。小花脸果断地告别舞台而进入当时的政工组。如今，他铁棒成针当上了堂堂的保卫处长。保卫处长的主要业绩是在一年之内破获花案九起，但对赌博和酗酒却显得毫无办法。

何吉祥每天都要走出冀剧院大门去马路边上的那个烟摊，给自己添加草料。他常年抽黑猫而不改牌子。然后他还要到马路对面的酱货亭去，给儿子买上两根香肠。至此，他就该转身往回走了。左手捏着两根广式香肠，右手拿着一盒黑猫香烟，他迈进冀剧院大门，径直走向大院深处——那一排早先是道具仓库如今是职工宿舍的青砖平房。走进家中他砰的一声将屋门反锁。全天的户外活动到此结束。若想再见何吉祥，只能等待翌日他的外出了。

所以说他的每天去大街上买烟买香肠，就好像是去赴一个什么约会。

卖烟的人是老头儿。这老头儿满头白发表情显得持重。一身银灰色纯毛中山装他常年不改样子，有角有线透出高雅气度。远远望去，这老头儿端坐烟摊之前，仿佛一尊纯银打就的雕像。雕像周围一派祥和。

何吉祥买了黑猫香烟拿在手里，每次都要问，这烟是真的还是假的？

假的。银灿灿的老头儿立即答道。

何吉祥说，假烟，您为什么还要卖呢？

老头儿说，假烟，你为什么还要买呢？

这就成了一场永恒的对话。何吉祥知道老头儿不卖假烟。而老头儿又从来也不标榜自己的烟货真价实。何吉祥由吸烟有瘾增加到买烟有瘾。卖烟的老头儿与黑猫香烟浑然一体了。

何吉祥是乐呵呵买了黑猫香烟之后遇见保卫处长的。保卫处长推着一辆大红色摩托车，雄赳赳的样子使人想起他当年的小花脸生涯。

保卫处长口气很冲地说，听说你天天买香肠吃呀？已经小康水平啦。

这香肠是买了给我儿子吃的。

保卫处长有些轻蔑地说，你有儿子？做梦啊。跑我面前撒吆挣来啦。

何吉祥笑了笑说，这香肠真的是给我儿子吃。我有四个儿子。

今天下午我就去你家查户口。我倒要看一看尤红什么时候给你生了儿子让你当了爹。

如果谈话到此结束，保卫处长一定会安然无恙的。但是何吉祥十分郑重地换了一个话题。

你当了这些年保卫处长了，应当在关键时刻站出来才对。咱们剧院不出三个月就死了六个人，跟一九五八年大炼钢铁放卫星一样。总得想个办法阻止阻止这种死亡的势头吧？用个什么法术破解一下。

何吉祥呀何吉祥，你好歹也算个剧院编剧了，怎么到处散布封建迷信思想呢？死人的事情是经常发生的。自然规律嘛。保卫处长一边说一边发动着摩托车。他跨上摩托车突然朝何吉祥诡秘地一笑，说攘外必先安内，你还是先把家庭治理好了吧，嘻嘻。

大红色摩托车轰然而去。

攘外必先安内。这好像是蒋委员长常说的一句话。你保卫处长对我说这话是什么意思？何吉祥乐呵呵寻思着。保卫处长的摩托车已经驶出三十多米远了。迎面驶来一辆蓝色大卡车。

何吉祥眼巴巴看着保卫处长被那一团巨大的蓝色撞成一只大鸟而飞翔起来。

之后这只大鸟重重落在咖啡厅门前。

那团巨大的蓝色并没有凝固。它疯狂地朝何吉祥扑将上来。

何吉祥呆头呆脑站在那里一动不动。

我儿子在家等着吃香肠呢。他心里想。

## 2

楚简是瞒着愤世嫉俗的父亲，来冀剧院写匾的。走在冬天的大街上，他起先想打一辆"面的"，转念一想又觉得有些奢侈，还是奔了公共汽车站。公共汽车的站牌上印着十全大补丸的广告。这时楚简想起了武山。

每逢这种季节，武山已经开始进补了。海马呀蛤蚧呀什么的。人高马大的武山非常重视男人的基本建设。给人的印象似乎每天都在忙着深挖洞和广积粮。来冀剧院写匾这个活儿，就是武山给楚简揽来的。带有一定的扶贫性质。

楚简知道自己走向市场了。瘦小枯干的楚简是一个年近四十的单身男人，他原本立志与书法结婚的——一生都是蜜月。不知在什么时候他觉得自己冬眠了一次。醒来便将手中的毛笔当成了餐具。手持餐具的楚简知道，轻易不要向人提起自己是大书法家楚道子的儿子。楚道子的书法艺术如在天夕阳，照耀着楚简。

楚简来到冀剧院大门口。他猛然觉得这是一个庄严肃穆的地方。抬头去看门楼之上的那块匾额，楚简怔住了。他如同仰望燃烧的云霞。

门楼之上的那块匾额出自楚道子的手笔。

父亲那炉火纯青的行书的确令人感动。

喂，喂喂，别看啦别看啦！这是大门口不要站着不动阻碍交通。你听见没有？

楚简看了看大门口：冷冷清清的根本没有什么交通。再看传达室门口，站着一个瘦脸汉子。瘦脸汉子身穿一套有些破旧的蓝色运动服，脚上穿着一双塑胶拖鞋。这装束显得有些不伦不类。他朝楚简招招手说，你快过来别挡道啊。你喜欢书法呀？你知道那匾额是谁写的吗？这瘦脸汉子右手拿着两根广式香肠，左手拿着一盒黑猫香烟，脸上没有什么内容。

楚简摇了摇头说，我不知道这匾额是谁写的。我真的不知道这匾额是谁写的。说罢谎话，楚简觉得满脸燥热，心情一下子就变坏了。

瘦脸汉子见楚简根本不懂匾额，遗憾地晃了晃手中香肠说，寻找知音特难。

我是来冀剧院干活儿的。我是武山介绍来这儿干活儿的。楚简大声说。

这人笑了。武山原先是我们这儿跑龙套的。在样板戏《沙家浜》里，他还扮演过伪军呢。

噢。这冀剧，早先就叫华北梆子吧？那时候你们叫华北梆子剧团对吧？

瘦脸汉子点了点头。改成冀剧是为了好听。

楚简说，早先演沙家浜里阿庆嫂的那个人还在吗？

我们这有六个阿庆嫂。最大的五十九，最小的三十八。你问哪一位？

楚简有些迟疑地说，叫尤红吧。

你说的是三十八的那个，人还健在。你怎么认识她的？

我不认识，我不认识。楚简连声说。

这时候从里边又来了一个剃着光头的中年男子。瘦脸汉子对楚简说，他才是传达室的门卫呢。有什么事情你跟他说吧。

说罢瘦脸汉子右手拎着香肠左手拿着黑猫香烟往冀剧院大院里走去了。

　　光头男子十分威武地说，你找尤红呀？刚才那个人就是尤红的丈夫。

　　不，我根本不认识尤红。我是来你们剧院干活儿的，写匾。

　　光头男子说，这一阶段我们这里连续死人你知道吗？已经死了七个了。干活儿时希望你注意安全，进去吧进去吧。

　　楚简一步迈进冀剧院，心儿咚咚咚乱跳。

8

　　车祸之后的那几天，何吉祥成了冀剧院的热门人物。目击者对他说，当时他如一尊雕像立在那里。如果不是有人背后推了何吉祥一掌，他肯定成了蓝色大卡车的第二份点心。第一份点心当然是那位横尸街头的保卫处长了。据说那辆蓝色大卡车的司机，是一位年仅十九岁的姑娘。她驾驶着蓝色卡车一直撞到冀剧院的大门上，才停了下来，立即有消息称，这姑娘是冀剧院的仇人，否则怎么会如此凶猛呢？

　　出事的当天晚上，何吉祥在家中接到了尤红打来的电话。妻子的声音在电话中居然显得有些陌生。何吉祥说，你是谁呀这么晚了还来电话。

　　尤红说，我是尤红我是尤红呀。

　　尤红？我妻子就叫尤红。你是不是跟她同名同姓？何吉祥一丝不苟地问。

　　你浑蛋，我就是你妻子尤红。

　　那你就是浑蛋的妻子啦。你在哪儿？

　　我在郊区的一间大仓库里拍戏呢。这是我平生头一次拍电视剧你知道吗？镜头不多，是个小配角。我在这儿等了快一天了，听说一会儿就该拍我的戏了。

何吉祥说，盼望早日在银幕上看到你的形象。

哎，尤红，今儿上午咱们剧院的保卫处长给汽车撞死了。还有一个人站在剧院大门口，差一点儿也成了死鬼。你知道那人是谁吗？

尤红说，你别忘了给我那盆菊花浇水，哎你说那人是谁呀？

何吉祥倏地没了说话的情绪。他搪塞着，那人是个大傻瓜，天生弱智。

尤红说了声喊我拍戏呢，就挂断了电话。

何吉祥连续吸了三支烟，开始写日记。这时候儿子在里间屋闹了起来。他乐呵呵走进里间屋安抚了一番。儿子懂事，不闹了。

他开始写日记。他先写了天气动态和儿子的情况，然后又写道：

众所周知，冀剧是一门濒临死亡的艺术。然而冀剧院编剧何吉祥（就是我）活得却比较健康。这就使我（就是何吉祥）想起了大森林里那些被放倒的大树。树死了，它身上却生长出许许多多活泼的蘑菇。莫非我就是一颗蘑菇？如果我是蘑菇，那么尤红是蘑菇吗？嗯，大家都是蘑菇。

我必须找到那个无名好人。若不是这个人生死关头在背后狠狠推了我一掌，我肯定写不了今天的日记。怎样才能找到这个救命恩人呢？

包括保卫处长在内，冀剧院三个月里总共死了七个人。其中病死三人、自杀一人、他杀一人、车祸二人。来势凶猛啊。剧院里已经在盛传即将出现第八个死者。还说阿尔巴尼亚人早就替我们预测出来了，第八个是铜像。究竟应当如何制止这种死亡的势头呢？嗯，一要依靠党，二要依靠群众。

这时候咚咚咚有人叩门。

何吉祥急忙在日记中写道：有人叩门。我最讨厌有人叩门。我得去开门了，今天的日记就写到这儿啦。

何吉祥收拾好钢笔和日记本，又跑到里间屋看了看儿子。儿子挺乖。他这才跑去开门。

门外站着保卫处长的遗孀潘秀英。潘秀英依然在抽泣着。这就使人

258

想到她当年的走红剧目《孟姜女》。

孟姜女老了。

何吉祥把身子堵在门口说，有事儿啊潘大姐？我看您必须节哀以保重身体。

潘秀英当年是个大青衣，展样又稳重。她望着何吉祥说，我就想知道他临死之前跟你说了什么？我就想知道他临死之前跟你说了什么？

何吉祥十分担心潘秀英会挤进门来，坐在屋中倾诉。那样肯定会影响他儿子们的正常生活，因此何吉祥坚守门口寸土不让。他十分认真地思索了一会儿，说保卫处长没跟我说什么呀。

潘秀英有些起急。很多人都能证明，他临死之前跟你在冀剧院大门口说了一会儿话。何吉祥你不要有顾虑，你告诉我吧。

这很重要吗？譬如说，能够增加抚恤金什么的。何吉祥认真地问。

跟抚恤金呀赔偿费呀都没有关系，但我必须知道他临死之前心里想的什么，口里说的什么。告诉我吧何吉祥。

何吉祥心中清楚，保卫处长跟他说的那些话，只有一句是最具思想性的。就是蒋委员长消极抗战一心剿共时所说的那句名言。

何吉祥轻轻咳了一声。我告诉你吧潘大姐，他临死之前是跟我说了一些话，但总结起来只有一句话。

一句什么话？潘秀英急切地问。

冀剧是不会死亡的。

真的？他真的这样跟你说？潘秀英瞪大眼睛向着何吉祥。

何吉祥违心并坚定地朝她点了点头。

这么说他还是个好人，这么说他还是个好人。

潘秀英喃喃自语。

屋里传出来几声狗叫。潘秀英怔了神儿。

对不起，我儿子饿了。何吉祥立即将门关闭，跑进里间屋去了。

别叫唤，爸爸来啦！给你们吃香肠。

## 4

尤红曾强烈要求何吉祥给她更换一个新名字。何吉祥没管这事儿。尤红之所以想改掉名字是因为中国出了一个红遍南北的歌星也叫尤红。歌星尤红使冀剧演员尤红多次落入尴尬境地。走到一个地方，一说尤红来了人群立即沸腾，欢呼歌星的光临。当人们看到这个尤红完全一副陌生面孔的时候，嘘声四起。一个女中学生模样的追星族十分愤怒地冲上前来，我请求您立即更换名字！您怎么能叫尤红呢，您太没有自知之明啦。

曾出演一百零八场阿庆嫂的尤红觉得自己已经丧失做人的权利，对生活失去了信心。幸亏她怀孕并且生了一个女孩儿。那个歌星尤红也渐渐光彩褪尽并且移居美国。冀剧演员尤红这才鼓起了生活的勇气。

尤红自幼入戏校坐科，八年之后入了青年剧团，成了冀剧著名旦角。冀剧进入休克状态，著名旦角无戏可演，仿佛贞洁女一样活着。

尤红的嗓音很好。渐渐她找到了一些工作。譬如说配音呀演小品呀去电台播一段广告词什么的。尤红的经纪人是武山。

武山骑一辆银灰色摩托车将尤红驮到拍摄现场。武山说已经跟制片主任讲好了，就那么一小场戏，片酬四百元。

尤红独自一人走进那间破旧的大仓库。没人搭理她。她有些怯场。她从来也没进过电视剧组。终于找到了一个制片。她说，我是尤红。

制片是个小伙子。你是那歌星？你不是去美国定居了吗还嫁给一个老外呢。

尤红说，是武山介绍我来的。

小伙子说，武山，就您哪？我跟您说武山可是一个人面兽心的家伙。一会儿您就去化妆吧。

剧本呢？我演什么角色呀？尤红问。

化妆的时候，尤红偷眼看着剧本。这是一个微乎其微的角色，台词寥寥几句。

尤红惊讶地叫了一声。

化妆师是个壮汉。壮汉说，你哪儿疼？

您告诉我，这剧本是谁写的？

化妆师说，有您的戏您就演，管这么多闲事儿干吗呀！

尤红只得去问刚才那位制片。

制片说，影视这东西，讲究导演中心制。编剧是谁我根本不往心里去。真正的导演，花钱买个故事就能开拍，编剧不就是那几个穷困文人嘛。没用没用。

尤红几乎走遍了这座大仓库，几经打听，才知道了编剧的大名：古树。

尤红心里想，这肯定是个笔名。

尤红一眼看见姜志文朝她走来。这是一位因主演了一部电视剧而突然红起来的小生演员。

姜志文走到尤红近前说，你就是我妻子呀？尤红没想到姜志文大牌明星说话如此风趣。她笑了笑说，在这部戏里我无奈地成了你妻子。

现场的工作人员轰地笑了。

姜志文说，与众不同！一般人会说，在这部戏里我荣幸地成了你妻子。你与众不同，特棒。我担心我会真的爱上你了。

尤红不失时机地问姜志文。喂你知道这编剧古树是谁吗？古树？

姜志文说，古树就是很古老的树。

尤红暗自惊讶。这剧本里所写的情节怎么和现实生活中的真人真事一模一样呢？AA制夫妻，互助组的家庭结构。这些都是鲜为人知的秘密啊，怎么都被写进剧本里来了。编剧不可能凭空就能想象出这种情节。编剧是怎么知道这些事情的呢？

导演是个老太太。作为观众，尤红早就闻知老太太的大名。

姜志文扮演丈夫，名叫魏平安。

尤红扮演妻子，名叫丁紫。

导演问姜志文。你跟她对了对词儿吗？

姜志文连连点头说，配合默契。

这时候导演说，预备——开始！

尤红一下子兴奋起来了。尤红兴奋起来便显得更加漂亮。她知道这是在演戏，她更知道这一切原本都是真的。演戏只不过是简单再现一下生活而已。

魏平安前去开门。丁紫身穿一件紫色风衣款款而入。尤红心里想，我也有一件紫色风衣。只不过款式有些过时了。

魏平安说："亲爱的你回来啦。"

丁紫说："亲爱的我回来啦。"

魏平安说："咱们的胖丫头刚刚睡着。我可是当了一天家庭主妇呀。"

丁紫说："不要紧，好在咱们是 AA 制夫妻。我今天出去配音，是个单本剧。上下集的活儿，总共给了一百五。"

这时尤红按照导演规定的行动路线走了几步。

丁紫说："今天你又带孩子又做家务，按照咱们的规定你应当提取三分之一。亲爱的一百五十元的三分之一是多少？"

魏平安说："五十元。"

魏平安接过五十元钱，放进自己床头那只蓝色保险柜里。

丁紫将那一百元钱，放进自己床头那只绿色保险柜里。

丁紫说："我母亲病了，住进二七二医院了。"

魏平安说："明天咱俩去探视一下吧。打算花多少钱买食品？"

丁紫说："六十元上下吧。"

魏平安找出钥匙打开床头那只蓝色保险柜，从里边拿出三十元钱。丁紫也用钥匙打开床头那只绿色保险柜，从里边拿出三十元钱。

丁紫说："你的加我的，一共六十元。"

六十元钱被魏平安的手放进床头柜上一只红色玻璃鲤鱼的大嘴里。

尤红知道这时是一个手和鱼嘴的特写。

魏平安说："亲爱的，咱们上床睡觉吧。"

丁紫开始脱衣服。丁紫眼中含着泪水。

导演大声喊，停——之后这位老太太对尤红说，这是喜剧，你哭什么？AA 制夫妻是一种比较夸张的生活现象，你不要当成正剧来演懂吗？更不要当成悲剧来演懂吗？

尤红点了点头。她觉得导演老太太挺浅薄的。活了大半辈子了，也没什么阅历。

导演雄赳赳地说，再拍一条吧。

就遵照老太太的旨意又拍了一条。

姜志文小声对尤红说，你的戏不错，特本色。你叫什么名字？

我叫尤红。尤三姐的尤，红色江山的红。

姜志文说，尤红尤红你属于速溶型演员。

尤红说，我总怀疑这个剧本是我先生写的。

你先生？你还没离婚呀！

尤红反问道，你离啦？

姜志文得意地笑着说，我压根儿就没结过婚。不过，我觉得戏里的 AA 制家庭挺有意思的。有机会真想尝试尝试呢。

尤红注视着这位英俊小生说，你像个大孩子。你不知道的事情太多了。

姜志文说，我不知道你是否依然爱我。

导演老太太大声说，姜志文你怎么到处聊天分散精力！我们请你是来拍戏的你懂吗？明星要有大牌风度你懂吗？

尤红知道自己的戏已经拍完了。她只想问那位导演老太太一句话。

古树是谁？

*5*

开会地点在一楼练功房。据说这里经常半夜闹鬼，发出各种响动。

足有一年多没开全体会议了。彼此见面显得格外亲切。虽然剧院无戏可演，但大家也都没闲着。会场上信息爆炸。

冀剧院的王院长开始点名。于是他就成了焦点人物。大家一致认为王院长胖了——全剧院的肉都长到他一个人身上去了。

冀剧院的职工有这样一个特点，那就是夫妻多。年轻时恋爱都愿意就地取材。如今冀剧院自然拥有一批中老年鸳鸯。

王院长点名的时候，如同在点鸳鸯谱。

尤红，尤红来了吗？

何吉祥举手答道，来啦。

王院长说，你是尤红吗？你是何吉祥。

她是我妻子，我代表她来开会还不行呀。

王院长气哼哼继续点名。

吕雅琴！吕雅琴来了吗？

传达室的那个光头男人举了举手。

王院长朝光头男人说，莫正义，你兴许有一年多没见到你老婆吕雅琴了吧？

光头男人名叫莫正义。莫正义站起来十分平静地答道，快两年了吧也可能两年多了。

吕雅琴应当停薪留职了吧？莫正义你能替她做这个主吗？王院长逼问。

莫正义沉着面孔说，王院长今天开会不是专门讨论吕雅琴一个人的事情吧？

王院长拿起名单又念出一个名字。

牛治成！牛……

会场嗡的一声乱了起来。

牛治成就是在车祸中死去的冀剧院保卫处长。

王院长中了撞客吧？何吉祥站起来说。

莫正义十分镇定地说，点死人的名，这是阎王爷才干的事儿。王院

264

长被阴魂附体啦。

潘秀英呼的一声站了起来，眼神直勾勾的。

治成他走了。治成临走之前说了最后一句话。他说，冀剧是不会死亡的。就冲这句话，我没白跟他夫妻一场。冀剧是不会死亡的……

王院长连声说，潘秀英潘秀英，实在对不起对不起，我拿的这张名单是去年的老皇历啦！我也是糊涂啦，咱们继续点名吧潘秀英请你坐下。

潘秀英不坐下。她执着地问道，王院长你说心里话，这冀剧是不是不会死亡？你说！

当然，当然啦！冀剧是不会死亡的。请大家相信我，党和政府会号召人民群众努力弘扬民族优秀文化的。只要大家坚守岗位……

何吉祥站起来说，什么时候有戏呀？

王院长说，很快很快。咱们继续开会。

何吉祥的座位挨着光头莫正义。他问莫正义冀剧到底会不会死亡。莫正义笑了笑说，何吉祥你到底会不会死亡呢？

何吉祥说千年王八万年龟总得有个死。

你知道我为什么剃这种光头吗？

何吉祥认为莫正义问得很突然，就侧面去看他。莫正义嘴角紧抿目光望着脚下。

莫正义的光头与陈佩斯相似。他不是因脱发变成光头的。他剃成光头是为了追求不毛之地的效果。莫正义本是个武丑。无戏可演的时代，他主动要求去剧院传达室当门卫，据说是为了拿到每天六毛五的门卫补助费。早先莫正义抽劣质烟喝烈性酒。去年在他四十岁生日那天，烟酒全戒。如今他只喝那种用六味草药泡成的热茶。余下时间他便皱着眉头像在思虑问题。

四十岁生日那天莫正义剃成了光头。

何吉祥认真看了看莫正义的光头，笑着说，你剃光头是为了图个凉快。

265

那到了冬天我还得费钱买个皮帽子。何吉祥我觉得你看问题不太透彻，莫正义说这话的时候两眼依然看着脚下。

莫正义说，革命呀有时候处于低潮，有时候就处于高潮。

不总处于低潮，也不能总处于高潮。

何吉祥望着莫正义，笑了。

这时候王院长的讲话已经进入实质阶段。

经费非常紧张。我们领导班子算了一笔账，叫作多演出呢多亏损，少演出呢少亏损，不演出呢不亏损。咱们如今是苟延残喘凑合过日子。总这样凑合也不是长久之计呀！为了节约每一个铜板，我们领导班子搞了一个方案，今天出台，今天出台！

听说有新方案出台，会场立刻安静下来。

第一呢是今年的医药费统统不能报销了。没钱。至于明年怎么办？我们有个初步想法，给大家报，但只能报百分之三十。

第二呢是年底能不能给大家发一点儿奖金过节。我告诉大家，肯定能发！至于发多发少就要看汪大爷的能耐啦。

于是人们一起将目光投向人称汪大爷的汪立田。这是一位身高体胖的老头子。

汪立田站起身来向大家招了招手，很有几分领袖派头。有人喊道，汪大爷讲几句话吧！

汪大爷也不推辞，大步咚咚走上台去，亮出了做大报告的架势。王院长闪到一旁。

莫正义小声对何吉祥说，汪立田那时候特别瘦，在沙家浜里演个江湖郎中，就那么两句词儿。那时候你还没来咱们剧院呢。

何吉祥想了想。那时候我在部队文工团写歌词。

哎莫正义你在沙家浜里演过什么角儿？

莫正义一板一眼说出三个字：刁小三。

汪大爷在台上讲了起来，声若洪钟。

大家都知道，咱们剧院办的那个第三产业由我承包了。这个酒楼呀不那么好办。可我有决心到年底见了效益，给大家挣出点儿零花钱来！孔圣人说三十而立。我跑了一辈子龙套，到如今才刚刚挺直腰板受到领导尊重，今年我刚好一个甲子，我这叫六十而立。

人们听了汪大爷的话就鼓掌。会场上有人喊叫。选举汪立田当院长！选举汪立田当院长！

何吉祥也受到这种情绪的感染。用脚打着节拍，他轻声吟出打油诗一首。

> 汪立田，能挣钱，
> 当个院长不为难；
> 带领大家奔小康，
> 有戏没戏都过年。

莫正义听了这首诗说，何吉祥呀到什么时候咱们才能痛痛快快唱上他一台大戏呢！

王院长又念了几个人的名单，说是散会以后这些同志留下。

汪立田这位财神爷在人们的簇拥下走出会场。王院长站在一边，成了孤家寡人。

被王院长通知会后留下的有八个人。何吉祥、莫正义、潘秀英，还有鼓佬佟志路、武生老演员田云生以及美工谭非和两个后台人员。

王院长一张国字脸上愁云布满。

留下你们老几位，都属于特殊情况的，咱们剧院的情况大伙都知道……

鼓佬佟志路五十多岁的人了，却总是心神不定。他拦住王院长的话说，王院长我有个心悸的毛病，你最好开门见山，要不我等不到您这出帽儿戏唱完，就得跑厕所。你开门见山吧。

好吧，我就一个一个地说。先说你佟志路吧。据说你在外边开了一个亭子，卖书刊杂志。有这事儿吧？

佟志路说，那是帮我儿媳妇干的，不能算是我的亭子。这事儿犯法吗？

不犯法。不过凡是这种情况，就等于是在外边又供职了。所以佟志路你得办理停薪留职的手续。每月呢你交给剧院八十元钱，这叫管理费。你的工资呀津贴呀从下个月就全部停发了。

佟志路听了，很受打击的表情。他小心翼翼问道，我要是不同意停薪留职呢？

王院长哈哈大笑说你不同意管什么用呀！

之后王院长又对莫正义说，你老婆吕雅琴也跟佟志路一样，停薪留职。但她每月交八十元管理费可不行，得交二百元。

为什么？大活人还能议价呀。莫正义问。

吕雅琴整天深圳啊海南呀飞来飞去做大生意，所以就得交二百元。王院长斩钉截铁说。

莫正义说，这事儿你跟吕雅琴去谈吧，我代表不了她。我也不知道到哪儿找她。

怎么你连自己老婆都管不了啦？

莫正义盯住王院长的眼睛轻声细语说，王院长你要是敢再说一遍，我肯定跟你急。

王院长立即将话题转到何吉祥身上。

尤红也是整天这儿配音呀那儿演个小品闲不住。但她没在另外单位供职，所以我们决定让她放长假。工资停发就是了，也不用给剧院交什么管理费。这叫从轻处理。你有什么意见何吉祥？

我跟莫正义一样，主不了自己老婆的事情。王院长你亲自去跟尤红谈吧。

王院长又将话题转到佟志路身上。

老佟，你的事情就这样决定了。老佟，老佟你睡着啦？王院长伸手去拉歪坐在椅子上的佟志路。

老佟已经人事不知了！美工谭非尖声说。

人们慌了。老武生田云生吼着说，王院长你把老佟逼成这样，不是心肌梗死就是脑溢血！快叫救护车呀。佟志路是全国有名的司鼓！

莫正义背起佟志路就往外跑。

何吉祥对潘秀英说，你家老牛被汽车撞死是第七个死者。当时就有流言说第八个是铜像，第八个是铜像。怎么样？

潘秀英说，第八个是铜像？

应验了吧？应验了吧？铜与佟谐音！佟就是铜。这一次佟志路肯定成了第八个！

之后何吉祥又大声说，咱们剧院出毛病了，咱们剧院出大毛病了！

潘秀英神经兮兮说，你住口！我家老牛临死之前说了，冀剧是不会死亡的。

何吉祥环视着练功房问，这里真的经常闹鬼？

## 6

儿子们饿了。我训练的儿子都是最有教养的小绅士。饿了也不闹哄。这就叫气节嘛。

何吉祥心里念叨着，打开屋门走向里间屋。儿子们一见何吉祥，都显得兴奋不已。

他从保鲜箱里拿出一盒食物。

我现在就给你们弄午饭吃。回来晚一点儿啦，全怪王院长讲起话来啰啰唆唆。佟志路又一下子人事不知，送了医院。我估计这鼓佬活不成了。他可是全中国冀剧界第一鼓佬呀。第一鼓佬又有什么用呢？到马路上去卖报纸卖杂志，统统是低俗不堪的东西。佟志路太可怜了，把一张老脸全卖了，一无所有啦。

何吉祥将香肠切碎，掺入煮熟的奶粥里。

儿子们，得凉一凉你们才能吃。咱们接着说第一鼓佬佟志路。也算是个艺术家啦，往马路边上一站，尊严全没了。他太傻，不懂得人世间还有别的道路。这道路又体面又能赚钱又不用抛头露面。什么道路？嘿嘿，何吉祥道路。何吉祥就是我呀。我是个编剧。有职称，二级编剧。何吉祥道路用一句话就可以概括。嘿嘿，何吉祥蹑手蹑脚在家养殖儿子，养殖儿子卖！

你们都是我儿子。我的儿子是四只名种小狗马尔济斯！干我这行当隐蔽在家不用求人舍脸，特别的崇高。为什么崇高呢？因为动物是人类的朋友嘛。嘿嘿。

何吉祥面对这四只马尔济斯小狗，好像有说不完的心里话要向它们倾诉。而那四只小狗的妈妈——一只毛色雪白瘪嘴凹脸的母狗则静静地注视着何吉祥。它有个高贵的名字：珍妃。

何吉祥觉得这位狗女士比尤红更为娴静。

四只小狗生下来已经四十多天了。断奶之后它们的主要饮食是奶粥。肉是必不可少的，因此何吉祥每天都要上街去买香肠。

你们的伙食标准比我还高呢。我是谁？我是堂堂冀剧院的编剧，你们每天比编剧吃得都好。

四只小狗悄没声地吃着奶粥。何吉祥简直心花怒放了。越高贵的狗，就越没响动。整天乱汪汪的狗，大多都是贱货。

门外摩托车响。何吉祥最反感的东西就是摩托车。社会上流行着一句话：要想死得快，就买一脚踹。摩托车这东西总意味着一种突发的变故，生与死只在一个瞬间，保卫处长就是骑着它才送了性命。

听声响他知道是宋金来了。

宋金是晚报的记者。他獐头鼠目的长相，却是个热心肠。他很忙，给人一种行色匆匆的印象。似乎这世界上有三分之二受苦人都是他的朋友。他夜以继日在朋友与朋友之间走动。

何吉祥拉开一个门缝儿。门外果然是宋金。他开门迎客，却一眼看到宋金身后站着一个衣冠楚楚的小伙子。

谁呀这人？他轻声问宋金。

宋金漫不经心地说，自己人。

只得让这二位进了屋。何吉祥立即向宋金呈上黑猫烟。那位衣冠楚楚的小伙子已经掏出万宝路叼在嘴上。何吉祥觉出自己的被动。

　　二位喝什么茶？

　　衣冠楚楚的小伙子说，有滇绿吗？

　　宋金不停地在屋中踱步说，喝信阳毛尖！

　　喝了一杯热茶。何吉祥就等着宋金说话。

　　宋金是何吉祥的贸易窗口。何吉祥每次都是通过宋金将一只只小狗卖到四面八方。何吉祥曾经这样评价宋金在他整个生活中所起的作用。

　　共产主义是天堂。宋金是桥梁。

　　宋金听罢，哈哈大笑。宋金自封二等记者。他告诉何吉祥目前记者分三个等级。

　　一等记者玩股票，二等记者拉广告，三等记者才办报。

　　宋金使劲儿喝着热茶。吉祥呀今儿你又要发财呀。我来找你一共两件事儿。

　　那位衣冠楚楚的小伙子不耐烦了。我说宋记者呀，咱们别在这儿灌大肚啦。我看看货吧。

　　何吉祥看了宋金一眼。这位是买主？

　　宋金点点头说，这是头一件事儿。

　　我不知说过多少次啦，别领买主到家里来。何吉祥声音压得很低，抱怨着宋金。

　　宋金说，快让人家看看货吧。我们还急着走呢。你就是死要面子活受罪。

　　何吉祥只得到里间屋去。听见一声狗叫。

　　之后陆续跑出四只雪白的小狗儿以及何吉祥。

　　这时候的何吉祥很像一个大保姆。

　　衣冠楚楚的小伙子眼睛一亮。

　　马尔济斯？它爹它妈都是马尔济斯吗？衣冠楚楚的小伙子猫腰从地上捞起一只小狗儿，抱在怀里仔细打量。

何吉祥说，断奶了，今儿整四十六天。它妈妈在里间屋呢，不放心您就去见个面。绝对纯种。岛国马耳他的第三代移民！

衣冠楚楚的小伙子抬起头看着何吉祥然后说，我好像在哪儿见过你。面熟面熟。

别价。那肯定是您认错人了。我素常大门不出二门不迈的。何吉祥十分客气地说。

这四只小狗儿我都要了。你说个数儿。

何吉祥笑着说，款爷，您还没看清公母哪。

宋金朝何吉祥说，装箱吧装箱吧。

何吉祥说，这是三公一母。价码您跟宋记者去商量。大家都是朋友嘛。

何吉祥动手将四只小狗儿装入一只钻有透气孔的箱子里。这时候里间屋的那只母狗发出一声很是哀婉的叫声。

宋金说，绝对纯种名狗！这是生离死别的场面呀。人家当妈的只叫唤一声就强忍悲伤了。要是换了那种菜狗，能汪汪得中南海都听得见你信吗？狗也有境界高低之分啊。

何吉祥听了这番话，眼窝儿竟然一热。于是他想起"无为在歧路"那句诗，很是赞成王勃。

衣冠楚楚的小伙子对宋金说，我出去叫一辆的，待会儿你把箱子驮到剧院大门口吧。

小伙子翩翩而去。

宋金立即从怀里掏出一沓子人民币。

四只狗儿总共五千块。进门之前他就把这钱给我了。这小子是个小款，打算用这几只狗去贿赂海关的一位母夜叉。他见谁都说面熟。

你不是还有第二件事儿吗？何吉祥提醒他。

噢。有个小活儿。计划生育委员会组织几场演出，急用一个小品。你给攒一个。

何吉祥有些迟疑。写人工流产的段子呀？

稿费呢不太高，一小品五百。宋金说道。

行啊，我写。谁让大家都是朋友呢。

宋金抱着箱子往外走。

宋金宋金我总想问你一个事儿又总也想不起来问。你说，有没有特等记者？

宋金把箱子捆在摩托车上认真想了想。

何吉祥你小子是不是在挖苦我？


## 7


一辆奶白色面包车驶过来，稳稳当当停在冀剧院大门前。这辆面包车的车身上贴满了红色不干胶剪成的英文和汉字。

汉字是：电视系列剧《城市故事》摄制组。那些英文就不得而知了。光头莫正义坐在传达室里喝着热气腾腾的药茶，目光投向窗外。他知道这辆车不是接角儿就是送角儿的。当然是去拍电视而不是去唱冀剧了，如今没人能够想起冀剧。冀剧离休了。

从面包车里钻出一个身穿柠檬色风衣的女子。她朝司机挥了挥手，然后转身走向剧院大门。这女子显得神气十足，走路时将胸脯挺得很高。仿佛是在给丰乳霜做广告。

莫正义眯着眼睛心里说，乱了全乱了，以前舞台上演到女八路赴刑场才这样挺着走路呢。如今和平年代女人们反倒愿意走这种就义步儿。乱了全乱了。

尤红挺着胸脯走进传达室。莫正义闭眼睡着了。尤红站在他身后，伸手摸了摸光头。

莫正义回头看了看尤红。噢，角儿回来啦。

你知道我干什么去了吗？拍电视剧。咱们唱冀剧的女角儿里头，我是头一个去拍电视剧的。我跟那个姜志文拍了一场对手戏。姜志文果然大牌明星……

大爷是第八位。咱们剧院三个月里连着死了八个人。你家何吉祥也差点儿让汽车撞死。

那位孝子走进冀剧院大院，人们一下子就炸了锅。怪不得这阵子练功房里半夜叮当乱响哪！阎罗来拿人。应了那句话：第八个是铜像。早就听说佟志路的乳名叫橡子。铜佟谐音，像橡谐音。一切都在命理之中了。

尤红惊慌地往家里跑去。路过木工棚的时候，她看见一个男的在里边干活儿。

那男的使劲儿看了尤红一眼，便又低头去干活儿了。一阵北风刮起满地木屑。猛然觉得很冷。尤红还没跑进家门就扯开嗓子喊叫何吉祥。

何吉祥拉开屋门望着归来的妻子。

你的声音比马尔济斯可响亮多啦。

尤红跑进家门一头扑进丈夫怀里。

吉祥吉祥，你搂紧我！你搂紧我！我怕……

何吉祥不明白妻子为什么这个样子。尤红你这是怎么啦？一进门就煽情啊。

一进咱们剧院就觉得浑身不自在。又听说总共死了八个人啦，你还差一点儿被汽车撞死，我觉得生活特没意思。尤红十分柔弱地说着。

误会，完全是误会。咱们剧院形势大好。死人嘛，要奋斗就会有牺牲。不足为奇……

何吉祥紧紧搂住尤红，浑身似着了火。

尤红却渐渐平静下来。

吉祥我问你件事情。

问吧。咱俩也该沟通沟通信息了。

你知道谁是古树吗？

古树？咱们国家最古老的树是银杏树吧？也叫白果树。庐山上有几棵。

你最近没写什么剧本吧？

275

何吉祥放开尤红指着桌子上的稿纸说，写呢。给计划生育文艺晚会写一小品，名叫该死的二胎。哦，忘了告诉你了，咱胖丫她姥姥住院了。

我妈住院了！哪个医院？什么病？

重感冒。没事儿，就是又转肺炎了。

不行，我现在就去医院看看我妈。

何吉祥说，别空手去呀，买些罐头什么的。

打算总共花多少钱？何吉祥又问。

尤红想了想，说肺炎嘛花六十块钱差不多。说罢她从屋子角落里找出一只塑料网袋。

何吉祥迅速从怀中掏出三十元钱放进塑料网袋。尤红也往里放了三十元钱。这时候她蓦地想起，这场面跟拍戏的那个情节一模一样。

咱们胖丫这阵子好吗？尤红换了一个话题。

何吉祥说胖丫住到奶奶家去了学习有进步。

听着女儿学习有进步，尤红笑了。于是她放松情绪说，改明儿去医院看我妈吧。从进门连口水我都没喝。哎，拍片子这种活儿真能把活人累死。咱胖丫长大，千万可别当演员。

我告诉你一噩耗，从下月起你就没工资了。王院长勒令你放长假。前几天开的全体大会。

里间屋那位珍妃女士汪汪叫了起来。

你把那四只小崽卖啦！多少钱？

五千。你提成三分之一，照老规矩办。

尤红说，三分之一是一千五百块。干你这一行的利润可真不低呀。我拍一场配角戏片酬才四百元。你再提成三分之一……

何吉祥及时接住话题说，四百元的三分之一是一百二十元。我给你提成一千五，你给我提成一百二。我吃大亏了。

尤红很得意。一家人不说两家话，咱们取长补短同舟共济搞好家庭建设嘛。

何吉祥到里间屋看了看珍妃，然后他故作散淡地说，尤红尤红，如果今儿你不去医院了，那咱们是不是上床？

何吉祥开始脱衣服。

尤红似有些犹豫，一边脱衣服一边说，应当铺上电热毯。太冷啦。

他说，你不要提高做爱成本。节能吧。

拉过一条羽绒被，何吉祥躺倒了。

尤红突然说，狗的交配期一年几季呀？

两季，农历的二月和八月。怀孕期四个月。

尤红掐着手指算了算。那下个月你又该带着珍妃去配种啦，配种费涨没涨。

何吉祥不言语了。他闭着眼睛。

吉祥吉祥，你搞一项科研吧，让狗跟人一样，全年都是交配期。那样你可就发大财了。

你能不能不说话？何吉祥怨气冲天。

尤红不说话了，依偎到他身边。

装在风衣口袋儿里的 BP 机嘀嘀响了起来。

你什么时候养了这只会叫唤的鸟呀？

尤红说，你不知道呀？前些天武山帮我搞了一个优惠价，中文机才三千块。说着她看了看显示屏上的内容。吉祥要做爱你就抓紧时间，呼我去电台呢，有几段广告词得录音。

全世界就忙你一个人啦！何吉祥急了。

从下个月起我就没有工资了，吉祥吉祥你一点儿都不同情我，太冷酷了。

门外摩托车响。里间屋的珍妃听见这种声音，汪汪叫了起来，显得暴躁不安。

尤红从床上爬起来穿衣服。是武山接我来了，去电台棚里录音。

珍妃还在狂吠不止。尤红说，珍妃是不是对武山有什么意见？

明明是摩托车把人家珍妃的四个孩子给掠去了，它听见这种响动肯

277

定暴躁呀。

尤红穿戴整齐。何吉祥依然躺在被窝儿里。

我走啦亲爱的。尤红俯身来吻他。

别价，节约情感保存实力吧。他躲闪开了。

尤红挎上小皮包走出屋去。

何吉祥躺在被窝儿里，扯开嗓门大声说，武山——你不进来喝杯茶呀？

武山似乎没有听见，也就没回答。

轰的一声，摩托车驶去了。

何吉祥爬起来穿衣服。

他大声唱了起来。叫——小——番！

是京剧《四郎探母》里的那段嘎调。

之后他就到里间屋去喂珍妃了。

## 8

死鬼佟志路的儿子是个笨嘴拙舌的大老实人。爹死了，得跟人家医院结账，不结账那尸体从停尸房里就是拉不出来。找剧院要支票，王院长连连摇头说没钱。

没钱，佟志路的遗体就得典当在医院里。王院长明白这个道理，只得领着孝子去想办法。

走在冀剧院大院里身后又跟着一个穿孝服的，心广体胖的王院长觉得特别堵心。

迎面遇见潘秀英，两眼黯淡无光。

王院长，冀剧是不会死亡的。可咱们剧院的台柱子一个接一个死去啦。王院长，你必须想个办法驱邪，让正气上升。王院长你怎么不说话呀？我要求演戏！我强烈要求演戏！

王院长知道潘秀英丧夫之后脑子就出了一点儿毛病。等剧院经济好

278

转，一定得送她去安定医院查一查。

路过大门口的时候，光头莫正义站在传达室门口，一脸郑重。

他叫住孝子，说我莫正义是个穷鬼，这点钱只是表个心意。佟志路生前给我打过鼓！

那孝子接了钱，给莫正义鞠了一躬。

王院长说，莫正义你有心！

给钱就有心，不给钱就没心？莫正义问。

王院长领着孝子往名流酒楼走去。

这名流酒楼是紧傍着冀剧院的院墙盖起的三层小楼。临近晚餐时间了，酒楼门外渐渐热闹起来。王院长在酒楼门口对孝子说，你在这儿等我一会儿。孝子便哨兵似的站在门前。

王院长走进酒楼寻找总经理汪立田。一位服务小姐显然不知王院长何许人也，就盘问了几句。王院长不悦，说你告诉汪立田，我是冀剧院的王青亭。

许久不见小姐回来。一个干粗活儿的小伙子告诉王院长，汪总经理在九号雅间陪客人呢。

王院长毕竟是一院之长，他来了官本位的脾气，大步咚咚直奔九号雅间。

九号雅间在三楼。三楼走道上王院长遇见刚才那位小姐。小姐说，汪总经理早就吩咐了，什么人也不能打扰他在九号待客。

王院长不睬，径直推开九号雅间的门。

屋中酒宴丰盛却只有两位贵宾。

汪立田正躬身端着茅台给那位留着仁丹胡子的大老板斟酒呢。

王院长大吃一惊。坐在这位大老板身边的那位阔太太原来正是光头莫正义的妻子吕雅琴。

吕雅琴浑身珠光宝气笑哈哈望着王院长。那位大老板却被突然闯入的这位不速之客给弄蒙了，他手持酒盅呆呆望着王院长。

汪立田刚要发作，见是王院长，就赶忙向那大老板赔了一个笑脸，拉着王院长出了雅间。

王院长，有什么急事呀这样搅我的应酬？

王院长还没有完全恢复元气。他喘着粗气说，这就是吕雅琴姘着的那个大阔佬呀？

汪立田伸手捂住他的嘴。您别胡说！有什么事儿快说，我现在正争取这大老板给咱们酒楼投资哪。吕雅琴是个牵线人物，我恨不能管她叫祖奶奶呢。

王院长这才冷静下来，佟志路死了，剧院没钱跟医院结账。先从你这儿拿一张支票吧。

汪立田说，按你与我立的承包合同，可没有这种硬性摊派的项目呀！

你让我怎么办呢汪立田！这酒楼毕竟还是咱们冀剧院的产业吧？

汪立田与王青亭这两个都很胖但胖的内容迥然不同的人，一起走下楼来。

佟志路的儿子认识汪立田，他进门扑通跪在地上给汪大爷行了一个孝子礼。汪立田见状就叹了一口气。

你爸爸可是冀剧界的第一鼓佬哟。他三十而立啊。我跑了一辈子龙套，如今六十而立。看在老伙计的份上，我伸一把手。

拿着支票，汪立田对王院长说，要是你跟我论公，那从我手里你一分钱也拿不走。

王院长沉着面孔一句话不说。

汪立田狡黠地笑着说，王院长，刚才你见到吕雅琴，怎么不跟她谈一谈停薪留职的事儿呢？您是贵人多忘事啊。哈哈……

王院长接了支票，气哼哼领着孝子走了。

汪立田站在酒楼门外，呼吸着新鲜空气。

他自言自语着。孔夫子在世，我就叫他改成六十而立。现今中国谁能三十而立？没有。我汪大爷现今支撑着你冀剧院的大半个江山……

一辆摩托车停在他近前。车上的二位摘下头盔汪立田才看清，一个武山，一个尤红。

尤红嘴快，说汪大爷我去录广告回来到你这吃夜宵。

汪立田一拍大腿说，武山呀！我正有一件事儿要问你呢。我知道你上天入地神通广大。

武山长胳膊长腿，那张脸看上去像一只英俊的猎狗。他目光如炬注视着汪立田。

什么事情你尽管说。武山优美地点燃一支万宝路，然后吐出一个烟圈儿。

汪立田凑前一步说，能搞到楚道子的字儿吗？

楼上有一阔佬刚刚托我办这事儿呢。

武山吸了一口烟，说外人的事儿我不管。

不是外人，是我的事儿！我正盼着这阔佬投资扩建装修这座酒楼呢。有酒楼才有剧院呀。

三天之内听我信儿。武山一给油门，驮着尤红就疾驶而去了。

汪立田小声说，这三天之内，武山你这个大能人可千万别出车祸呀。

## 9

这次楚简来冀剧院的任务，是给冀剧院的那个风景小区写一些通幽呀观鱼呀入胜呀之类的匾额。总务处将他安排在一个破旧的工棚里工作。总务处的那个斜眼处长始终认为楚简是个手艺人，叫他楚师傅。楚简觉得斜眼处长的观念没错。书法家是只写字而不刻匾的。楚简既写又刻，自然带了一些工具来，当然就成了楚师傅了。

楚师傅的工作看起来比较简单。

他系上围裙，心里居然觉出几分难过。他说不清这是一种什么情绪。他告诫自己要长得结实一些不要过分脆弱。

开始干活儿了。

先将字写到宣纸上，是那种一般的宣纸，然后才往木匾上刻呢。刻，有阴文也有阳文。最后往文上填入石绿。

楚简工作的时候，从形象上看依然是个瘦小枯干的男子。他在心中跟自己说话。

一百年之内，不会出现大书法家了。

十年之内，不会出现大写字匠了。

小写字匠会应运而生层出不穷的。譬如说我这样的小写字匠，将多如蚂蚁。

工棚外边来一个人。

师傅，这位师傅啊。

对师傅这种称谓，楚简毕竟还不大适应。他依然专心刻匾，不以为是在唤他。

师傅，我叫您您怎么不理我呀？

楚简停住手中刻刀，他觉得工棚门口燃烧着一团大火。这团大火气势扑人。

是一位身穿大红毛衣的女子走了进来。

楚简呆呆望着大红毛衣，任火光照耀着。

那是一双明媚的眼睛。楚简觉得面熟。

师傅呀，这木工棚很久没人干活儿啦。

除了这双眼睛，其他便觉得很陌生了。

上一次是您给我修理了柜子抽屉。这一次呀这个相片框子又散了架。您给修理一下吧。

上一次那抽屉是我修理的吗？

大红毛衣扬了扬细细的眉毛大声说，是你，就是你。

楚简心里说，那我必须是个木工了。

好在修理这个相片框子未必非得木工。楚简动用一个小写字匠的全部技艺，修好了那个样式有些古典的相片框子。

楚简认为功德圆满了。

拿回去吧，它又可以挂上相片了。

大红毛衣笑了。不挂相片。我要镶上一块镜子，挂在我家门框上，就是个照妖镜。

照妖镜？什么照妖镜？楚简问道。

你还不知道呀！整个冀剧院宿舍没有一户门上不挂照妖镜的。说啦，谁家不挂就得成了那第九个死鬼。已经死了八个啦！

楚简十分认真地听着，觉得大红毛衣是一位心直口快的美丽少妇。

你，是冀剧院的演员吧？他问。

她一笑眉毛弯弯的，我什么都不是。我也说不清楚我究竟是个什么人。

楚简望着她手中的照妖镜说，人，要是被鬼吓成这个样子，那做人的尊严呢？

大红毛衣呆呆望着楚简，像一个小女孩听到一个闻所未闻的故事那样，肃立着。

我，我头一次听见这种说法。是啊是啊，我所认识的人，从来没说过这么深刻的话。

楚简又说，如果鬼具有这么大的力量让人害怕，那咱们都去做鬼吧。

大红毛衣冲上来伸手去捂楚简的嘴。

别胡说！咱们都去做鬼不就都成了死人了吗？太不吉利啦。大红毛衣嗔怪地说罢，轻轻捂在他嘴上的那只手随即拿走——如清风拂过。

楚简没有想到眼前这位显然是少妇的人，居然还保持一种女孩式的清纯。

你是一个很有文化的木匠。她说着朝工棚外走去。楚简觉得那团大火正在失去。

谢谢师傅。大红毛衣走到工棚门外，回头朝楚简挥了挥手。

楚简立即低下头去——刻匾。

一辆黑色摩托车轰的一声停在工棚门口，泛起一阵尘土。楚简觉得来了一艘鱼雷快艇。

尘土散去楚简看到一个装束近乎蝙蝠侠的人物走了进来。摘下头盔蝙蝠侠成了武山。

武山说，书法家来工棚下放劳动啊。

楚简一边刻匾一边说，劳动光荣嘛。

你先干活儿，待一会儿到尤红家去吃午饭，我有要事相商。

尤红？我不认识呀。楚简惊异地站起身。

就是穿大红毛衣那个。不是刚刚从这走了吗。

她就是尤红？十六岁登台唱阿庆嫂的那个尤红？楚简喃喃自语，满脸沧海桑田的感慨。

只剩下那双眼睛没变，还是她的。

武山哈哈大笑。你别在这儿发思古之幽情啦。第二排平房六号，一会儿见！

轰的一声鱼雷快艇就开走了。

当年楚简插队当知青的时候，正是只有样板戏可听的年代。当时冀剧还叫华北梆子。来了一个青年剧团演《沙家浜》。楚简看了一场又一场。他跟着这个剧团走，竟然走了三个县。回来之后生产队扣掉了楚简半年的工分，以示警告。他暗暗记住饰演阿庆嫂的演员叫尤红。

按道理十八岁的楚简应当迷恋李铁梅才是。但楚简却不能自拔地迷恋上了阿庆嫂。

脱掉戏装阿庆嫂自然就是尤红了。

楚简当时说不清楚他是迷恋阿庆嫂还是迷恋尤红。那时阿庆嫂与尤红是合一的。

如果是迷恋阿庆嫂，那么楚简应当强烈希冀自己成为阿庆。但他从来没想过阿庆。

如今楚简认为，知青时代他可能单恋尤红。

很快就临近中午了。楚简心底居然有些紧张。给冀剧院写匾已经六天了，剩下的都是收尾的活儿。他解下身上的围裙，走出工棚。

这个大院子的西半部是一大片荒草地。荒草丛中隐约可见一个方圆不小的土台子。这时楚简心情非常盲目，就蹚着杂草走了过去。

居然是一处文化遗迹！他很是吃惊地站在土台子近前，呆呆看着土台子边上立着的那块石碑。碑上刻着四个苍劲的大字：沽北大台。

从落款上看，这碑乃是一九六四年立的。

碑旁还有一面已经倒塌的木牌。上面的字迹已然斑驳。读了一段，楚简才知道这沽北大台在清末民初处于繁华重镇的路边，常年鼓弦之声不绝，名角四季荟萃，真正是冀剧早年的发祥地。名伶蹦蹦红的坟墓，就在沽北大台迤西一箭之地。

楚简就这样呆呆立在沽北大台近前。

什么事物都有这么一个过程。楚简自言自语往回走。远望冀剧院的宿舍区，那一幢幢平房在正午的阳光下，处处都有光源在闪烁。

一下子增添了许多太阳。照妖镜。

楚简似乎想起了什么，猛地一拍大腿又朝沽北大台跑去。他立在那块碑石前边。

真是数典忘祖，这沽北大台四个字肯定是我父亲写的。没错！他中年的作品就是这个样子。三十年啦。这四个字我父亲写了三十年啦！那时候他老人家还不用鸡毫写字呢。

楚简有些激动。他朝剧院食堂走去。我不去尤红家吃饭。我不去尤红家吃饭。楚简念叨着走上了柏油小路。

前边又有一团大火在闪动。楚简又看见了那件大红毛衣。

声音十分悦耳。

我还以为你是个木匠呢。武山说你是一书法家。我真是有眼不识泰山呀。快请吧，就等你这位贵客入席呢。

楚简走上去，却不敢与尤红对视。

你叫什么名字？尤红笑吟吟地问。

楚国的楚，书简的简。楚简。

你这名字特怪。书法家的名字都特怪吧？

285

楚简十分平静地说，我不是书法家。

## 10

鼓佬佟志路的死，印证了第八个是铜像这句话并非谎言。冀剧院宿舍区住平房的家家户户门前高挂照妖镜，空气越发紧张起来。

年过半百的武把子田云生急了。他站在宿舍区的小空场上大声嚷嚷，颇像仁人志士。

怎么就没人站出来组织一下民众呢！咱们不能任着邪气伤人出现第九个吧？大伙就这么等着？冀剧院的有识之士站出来呀。

田云生慷慨陈词颇有些五四热血的精神。

只走出一个两眼发直的潘秀英来。

我就不信邪！治成死前说冀剧是不会死亡的。都说练功房夜里闹鬼，我非要去抓个鬼来看看。彻底的唯物主义者是无所畏惧的。

田云生说，潘秀英咱俩说的不是一个意思！我是要求剧院当局迅速采取驱邪扶正的措施。跟你那半夜抓鬼完全是两码事儿！

急得田云生在一排排平房之间走动。他的身躯被每家每户门上的照妖镜映得明晃晃亮堂堂的。浑身明亮的田云生更加愤怒。

听见何吉祥屋里正在推杯换盏吆喝酒令，田云生一展身段推门走了进去。

他进门就说，咱们得想个办法呀。

大家就都停杯止筷愣愣看着他。

桌子四周坐着何吉祥尤红夫妇，还有大能人武山和刻匾的楚简。主要食物是红烧排骨。

人们嘴里都在嚼着红烧排骨的肉。啃光的骨头扔到桌子下边。那只纯种马尔济斯母狗正在忙碌地啃着人们的弃物。

这是最为公正的人狗平分——秋色。

何吉祥召唤着母狗的名字。珍妃！珍妃！

姜志文是谁呀？莫正义眨着一双小眼睛问。

尤红笑了。你是装傻充愣，一个子儿不少挣。你真的不知道姜志文是谁？莫正义，你快把这一程子咱们剧院发生的大小事情，向我来个全面汇报。

告诉你头一件事儿吧！我离婚了……

尤红听了，看了莫正义一眼。之后她端起莫正义的茶缸子喝了一口。天哟！我忘了你这家伙天天喝药汤子。苦死我啦。

莫正义说，苦尽甜来啊。

离了婚，那吕雅琴嫁给那个大老板了吗？

莫正义说，不知道。我就知道她这辈子是唱不了戏啦，永远离开冀剧舞台了。

那才叫苦尽甜来呢。尤红满嘴苦味地说。

羡慕？那你也立马儿跟何吉祥离婚，去嫁一大款。你也永远离开冀剧舞台。

我才不离婚呢。我的家庭特稳定。有戏也好没戏也好，我觉得现在的日子还说得过去。旧社会咱们戏子不也是混一年说一年吗？何况这新社会的商品经济。横竖咱们还是艺人呗。我现在活得很踏实。千万别太拿自己当回事儿。

莫正义咕咚咕咚喝下一茶缸子药茶。他抹了抹嘴，不言不语。

这时候传达室的门被推开了。一个头戴孝帽子腰上扎着白带子的小伙子一进门扑腾一声就跪下了。莫正义一惊，知道这是丧考丧妣孝子礼，不能去搀扶。

跪在地上的孝子说，我爸爸上午过世了，您让我进去给院长书记送个信儿。

尤红惊声说，你爸爸是哪一位呀？

佟志路是我爸爸，孝子说罢抽泣不止。

佟大爷死啦，身体挺硬朗的呀。

快进去送信儿吧。王院长在二楼尽东头。之后莫正义对尤红说，佟田云生一听这名字居然跟光绪皇帝有着关联，就明白这世道已经没了丁点儿正统。他大声说，何吉祥你是编剧有墨水，你说咱们该怎样扶正驱邪呢？

是不是该排一出大戏唱一唱啦？

田云生的大圆脸因激动而涨得通红。

尤红站起身说，田大爷这是个好主意！

田云生猛一转身摔门而去了。

名叫珍妃的动物依然在桌下忙碌而完全丧失了它那来自欧洲血统的贵族气质。

武山喝了一口啤酒说，什么都得符合中国国情。他说话声音很轻，却能字字入耳。

尤红欢快地说，我拍的那部电视剧下个月十二频道就播。嘻嘻……

楚简不言不语，慢慢嚼着排骨上的肉。

你得表个态呀！武山对楚简说。

楚简怔了怔说，我觉得尤红你最成功的艺术形象，还得说是阿庆嫂。

武山急声说，我是问你令尊大人的字儿，究竟怎么办？阿庆嫂早死了八期啦。

何吉祥说，不要提死字不要提死字。说着他拿起一张报纸。诸位诸位，我的寻人启事已经登出来啦，宋金这小子是有办法，我一分钱没花。我要寻找那位从背后狠狠推了我一掌的无名英雄。

楚简低头嚼着馒头，不言不语。

武山又说，我到底出多少钱才能求来令尊大人的一幅字呢？说话呀楚简。

花钱没用，花钱求不来他的字。楚简慢声慢语说着，又咽下一口馒头。

尤红说，你喝汤楚简！

楚简就喝了一口汤。

我父亲写的字，对你来说有这么重要吗？

武山那张猎狗式的脸因激动而泛白。非常非常重要，有人指名道姓求楚道子的字儿。我在这里恳求你了楚简老兄。

让我想一想办法吧。楚简说。

武山进一步说，除了我，谁找你求老爷子的字你也不要答应！明白吗？

拜托你啦楚简老兄。尤红也配合着说。

楚简抬起头看着尤红说，我该回去刻匾了。

楚简稳稳当当走出屋门。

何吉祥立即问武山。你是怎么认识他的。

武山很费思索地说，认识有一年多了。忘了是在什么地方认识楚简的啦。我认识的人太多了，令我不堪重负。

非得要楚道子的字啊？何吉祥开始剔牙。

武山十分诡秘地点了点头。

楚简朝自己干活儿的工棚走去。办公楼前聚着一小群人。田云生正在那里激动不已地演讲。听者大多是一些上了年岁的人。

我查了皇历，今年是蹦蹦红诞辰一百二十八周年。咱们应当借这个日子动弹动弹，一是驱邪扶正，二是鼓一鼓大家的精气神儿。找王院长去吧，咱们请愿，要求演一场大戏！

听到这里，楚简突然说了话。

我认为，不要轻易用请愿这个字眼儿。只是去找领导，说我们要求排练一出大戏。

人们齐刷刷回过头来，注视着楚简。

田云生点了点头，颇为赞同的样子。

潘秀英走过来。你是来干活儿的木匠？我告诉你吧，我要去练功房抓鬼了。我是正，鬼是邪。我抓了鬼，冀剧就更加健康了。

楚简看着这个高大的女人，说你应当多多注意身体，不要总想抓鬼的事情。

288

楚简到工棚干活儿去了。

黄昏时分，工棚门口来了一个胖老头儿。

听说，您是大书法家楚道子的儿子。

楚简抬头看着来者，楚道子是我父亲。

那今儿晚上我请您吃饭，在名流酒楼。

你是谁呀？楚简问。

我是名流酒楼的总经理汪立田。

## 11

自从晚报上登出何吉祥的寻人启事，他家里的电话就繁忙起来了。

你是何吉祥啊？我是晚报读者。我认为，那个人一掌竟能把你推出绝境，肯定不是平常之人，那一掌是不是太极乾坤掌，绵中含刚？

何吉祥只得嗯啊敷衍着。

仍然是武术爱好者打来电话。

那一掌，会不会是八卦连环掌？

后来电话中，出现了气功爱好者。

推你那一掌，你当时有气感吗？

何吉祥开始后悔，不该刊登那个寻人启事。救命恩人没找到，引来了一群武术气功迷。

尤红依然繁忙，像一只飞舞的蝴蝶。何吉祥知道，若想天天与妻子在一起，他必须也变成一只蝴蝶，就好比梁山伯与祝英台。

变成蝴蝶他就没办法养狗了。让尤红去飞舞吧。于是何吉祥每天照常走出剧院大门，到老头儿的烟摊买烟，到酱货亭买香肠。

这一次卖烟的老头儿欲言又止。

何吉祥就问他，有什么事情吗？

老头儿摇了摇头，不言不语。

传达室里光头莫正义从窗口伸出手来，招呼何吉祥进屋去。何吉祥进了传达室才看到，吕雅琴身穿一件薄呢大衣沉着面孔站在电话机前。经过阔佬的饲养，这位青衣的确红颜不老。

何吉祥朝她点了点头，说角儿在这儿啦。

莫正义坐在椅子上说，何吉祥请你进来做一个证明。我跟吕雅琴是夫妻吧？

你们没离婚呀？何吉祥问。

吕雅琴摇摇头说，他不同意离！

我不是不同意离，我是不同意跟你协议离。莫正义使劲儿喝着药茶。屋里苦味飘溢。

如今有些层次的人，都兴协议离婚呀。

莫正义笑了。何吉祥你不了解情况。她找了一个阔佬。我要是跟她协议离婚，跟订合同似的，这等于我把自己老婆给协出去了。我不！我让法院判离。是法院把吕雅琴给判出去的。而不是我协那个议协出去的。你说对不对？

何吉祥心中认为这纯属形式主义。

吕雅琴无可奈何说，莫正义你浑身优点就这么一个缺点，死犟死要面子！

我浑身缺点就这么一个优点。懂吗？

吕雅琴说了句只能法院见啦。她推门走出传达室，远处一辆黑色牌照的小轿车等候着她。

何吉祥说，咱们剧院离婚率大约百分之四十！

桌子上的电话叫唤起来。

莫正义不接电话。何吉祥伸手要去接。

别！每回都是响到第六声的时候我才接呢。

何吉祥觉得莫正义身上怪癖越来越多。

响到第六声莫正义抓起听筒。

我正在当班。我当班去你办公室谈话。这传达室谁管？什么，锁门？王院长我告诉你，火葬场都从来不锁门，咱们冀剧院锁门能成？

莫正义放下电话，端起药茶喝了起来。

来了一辆出租汽车。车上钻出一个浑身牛仔装脸上戴墨镜的男子。这男子径直朝冀剧院里走去。

何吉祥觉得这个人过于目中无人了，就出了传达室大声说，首长，请您留步！

牛仔装果然喜欢别人叫他首长，站住了。

何吉祥看出这是个三十多岁的小生。

何吉祥说，您应当跟传达室打个招呼。

牛仔装摘下墨镜说，有这个必要吗？

莫正义也走出传达室。你说有这个必要吗？

何吉祥觉得这人的脸孔有些面熟。

这人手持墨镜转身就朝里走。

莫正义苦笑着摇了摇头，朝那人的背影喊道，你站住，你站住！

那人当然不站住。

莫正义突然跑了几步，打出一连串筋斗竟然从那个人的头顶上空翻身越过，稳稳地落在他的面前。

这位目中无人的男子惊呆了。

出去！老老实实给我出去！莫正义说话声音低且有力，透出十倍的尊严。

何吉祥暗暗惊讶。莫正义这个不入流的武丑什么时候有了这样一身好功夫呀！

那人乖乖朝大门口走去。

莫正义稳稳当当坐在传达室里喝着药茶，他的秃头闪烁着含蓄的光泽。

那人探索着，重新走了过来。

好像什么事情都不曾发生。莫正义说，您有什么事情啊？

我找一个人。她是个演员名叫尤红。

莫正义说，您是哪里呀？

我叫姜志文，华北电影制片厂的。

莫正义转身看了看何吉祥。你先登个记，请这位何同志接待你吧。

何吉祥立即说，尤红同志不在。

她什么时候能回来呢？外出了吧？

不知道，尤红同志一贯行踪不定。您要是有什么事情，我可以转告她。

没什么事情，我顺便来看看她，另外您转告她吧，前些天她参加拍摄的那部电视剧，过几天中央台六套节目播出。到时候别忘了收看。

何吉祥说我一定转告尤红同志，哎那部电视剧叫什么名字？

叫《城市故事》，系列剧总共可能三十六集。尤红的表演还是很不错的。

何吉祥说，城市故事？这年头城市能有什么故事。炒股票和婚外恋是如今两大主题吧？哎那编剧是不是署名古树？

对！署名古树。这人说着就告辞了。

只见这位姜志文明星，重新戴上墨镜在马路上拦了一辆"面的"，走了。

莫正义望着脚下说，当年四大名旦四大须生，也没有如今这些影视演员架子大。影视这东西，可真是把人给宠坏啦。

你什么时候练出了这么一身好功夫？

莫正义还是目光望着脚下说，我哪有功夫我哪有功夫。你千万不要说我有什么功夫。

门咣当一声被推开了，王院长绷着一张国字脸大步迈了进来。他身后跟着潘秀英。她的那一双丹凤眼里射出愤恨的光。

莫正义！叫你去院办谈话，你为什么抗拒？

莫正义看了一眼王院长。你有病是吧？你是不是吃错了药啦王院长？

你有病！王院长猛地一拍桌子，那一杯药茶溅了潘秀英一身。

人家潘秀英已经举报你了。敢情这些天练功房是你在那叮咣乱响吓

292

唬人！你搞得全剧院人心惶惶。你弄得冀剧院根本没法振兴！

莫正义不慌不忙伸手摸了摸光头。王院长，你应当说我正在谋划发动第三次世界大战。说到这里莫正义突然挥手一劈那桌子角，大声吼叫说，你们都他妈的给我滚出去！滚出去！

这吼声震得屋顶落下一缕灰尘。

就是你们这种浑蛋把冀剧给毁啦！

就是你们这群浑蛋吃着冀剧喝着冀剧还根本他妈的不懂冀剧！今儿你提处级，明儿他升副局，你们是冀剧身上的蛆！浑蛋王八蛋！

王院长完全被这种吼叫给吓蒙了。

王院长站在传达室门外，鼓起勇气大声说，莫正义你不要吼，你半夜到练功房瞎折腾吓唬人是不是？装神弄鬼，我处分你！

何吉祥拍了拍王院长的肩头，用推心置腹的口吻说，王院长我有两点看法。

你说你说，咱们集思广益。

第一，你确实不懂冀剧，真的不懂。你要急不是？别看你也是唱冀剧的出身，你未必真懂。第二呢，第二点我说出来你肯定跟我急。第二啊，我同意莫正义对你的评价。

什么评价？王院长急切地问。

你是个浑蛋。

你骂人！你骂人不吐核儿？王院长急了。

何吉祥也急了。你住口！王青亭王院长，莫正义这几年是坚持刻苦练功，每逢子夜就到练功房摸爬滚打。这是什么精神？如今大家都跑出去赚钱，还有谁在这样练功！你还说他在闹鬼吓唬人。你是不是浑蛋？说！

王院长傻了眼，半天说不出话来。

王院长猛地一指潘秀英。你诬告莫正义，快去给他道歉。快去给他道歉。

潘秀英哇的一声哭了起来。

何吉祥心里说，当年她演孟姜女的时候，比这哭得凄凉多了。

王院长使劲儿一跺脚。别哭了！咱们剧院的煤快烧光了。从下个礼拜就没有暖气啦。大家都多穿点儿衣裳吧。

田云生走上来说，莫正义是好样的！王院长我们要求排一场大戏，驱一驱这里的邪气！

咱们剧院哪还有钱排戏呀！王院长哭丧着脸朝大家作了一个揖。

我练功是为了我自己，用不着你们来表扬我。以后谁也不要提我的事儿。我这人可不是好脾气。莫正义站在传达室里大声嚷嚷着。

## 12

这几天楚简成了俏货儿，武山四处追着找他，汪立田则暗中活动，企图悄悄甩掉武山这一道工序，与楚简成交。

楚简完工了，到总务处找那位斜眼处长结账。斜眼处长正在接电话。放下电话他斜着眼睛，叹了一口气。

楚简说，经济这么困难，干吗还要刻匾呀装饰呀花这些没用的钱。

斜眼处长说，越穷才越要面子嘛。这不是雪上加霜吗。田云生又查出癌症了，才五十五岁。我看冀剧院是寿数已尽了。

楚简跟他结了账，觉得手中的这沓票子沉甸甸的。四十岁了，楚简第一次靠手艺挣这么多钱。怪不得人们都放下脸面走向市场呢。

斜眼处长说，楚师傅，若不是武山力荐你，我早就把这活儿给别人干了。

谢谢你了。楚简心里想，是不是该给斜眼处长回扣呢？回去问问武山吧，这些事情我真是一窍不通。

楚师傅，田云生的癌症他本人并不知道，你是外单位的人，但也不要出去讲这件事情。

你们剧院有钱给田云生治病吗？

正在到处化缘。正在到处化缘。

楚简走在冀剧院的小路上，远远看见一群五十多岁的半大老头子正在一起踢腿活动腰眼儿。楚简看到其中有田云生。他走上去大声说，田老师，你们这是干什么呀？

我们正在做准备，排一出大戏唱唱。为了子孙后代，咱们也得驱一驱这院子里的邪气！田云生手持一柄宝剑，说得很是豪壮。

楚简觉得心里挺不是滋味的。

楚简，你在这儿干什么呀？

他转身去看，是尤红在喊他。尤红今天穿了一身海蓝与奶黄相间的运动服，朝气蓬勃的样子。但楚简还是想起当年的那个阿庆嫂。

尤红你这一阵子好像很忙啊。

尤红眨了眨大眼睛压低声音说，我去演了一阵子小品，是姜志文给我找的活儿。那武山找你要的字搞到了吗？

你是帮着武山竞争吧？你俩一拨的。

尤红摇了摇头。我跟武山不是一拨的。我自己一拨。告诉你一件事儿，那个电视剧《城市故事》明儿晚上演第六集，有我的戏。要是感兴趣你就看一看。这是我第一次拍电视剧，你给提提意见。

楚简看着脚下说，我一定看，我一定看。

他走出十几步了，尤红又追了上来。

楚简我告诉你，我跟武山真的不是什么一拨的。

那幅字儿，你愿意不愿意给，都与我没有关系，我每天忙这忙那，都是为了挣钱谋生呗。但武山就不同了，他是干大事情挣大钱的人物。我说这话你明白吗？

楚简点了点头。明儿晚上我一定看你的电视剧。说完他的面孔腾地就红了。

他走到冀剧院大门口，莫正义从传达室窗户里伸手召唤他。他对这光头有些兴趣，就走进传达室。

莫正义眨着一双小眼睛冲着他笑。他知道这是友好的表示，莫正义很少给人笑脸。

活儿都干完了，结账啦？

楚简点点头。从明儿我就不来了。

你要是没急事，就聊聊天儿？瞎聊。

楚简说，其实咱俩并不熟悉。

不熟悉不等于没缘分。莫正义说。

楚简说，有缘分不等于有结果。

其实有没有结果，我看并不重要。

楚简说，定一个时间约你到我家做客。

你定时间吧，我去。

于是两人定下了时间，莫正义摸了摸光头说，我足有五六年光景没出这冀剧院的门儿啦。

这一次你就走出去嘛。这冀剧院又不是监狱。楚简轻松地说。

莫正义却说，这冀剧院正是我的监狱。我自己给自己判了一个无期徒刑。我乐意。

这时候楚简猛然觉得自己对莫正义有了进一步的了解。一辆的士唰地停在剧院门前。

何吉祥怀里抱着一条毛毯从车里钻了出来。那毛毯里鼓鼓胀胀裹着个东西。

何吉祥你干什么去啦？莫正义推开窗子问。

给珍妃配种去了。一次一千块呀。

何吉祥此时的情形，很像是刚刚从产院接了妇婴回家坐月子。他不愿招摇，抱着珍妃大步朝宿舍走去。

横里杀出一个王院长，大声嚷嚷。

何吉祥，明天叫尤红到我办公室去一趟，有重要事情。

别是税务局找她吧？何吉祥乐呵呵说。

13

是老城区洋房路上的一幢小楼。小楼拥有一个小院子。莫正义站在

296

黑色铁门前，觉得自己进入了一个完全陌生的世界。这些年工作在冀剧院生活在冀剧院，荣辱也都在冀剧院。仿佛忘了世界还有别的东西存在。譬如说眼前这种小洋楼。

莫正义伸手去按门铃。

门悄然开了。门里站着楚简。

我还没按门铃，你就知道我来啦？

我感觉你站在门外了。仅仅是感觉。

楚简穿了一件宽大的袍子。这古铜色的袍子一下子改变了楚简在莫正义心目中的印象。他知道称楚简为楚师傅是很不恰当的。

他有些后悔。他觉得不该到这种地方来。他知道自己已经离不开冀剧院了，准确地说是离不开冀剧院的传达室了。

楚简引他走进一楼的客厅。然后他坐在沙发上。其实你的生活挺平静的。莫正义说。

现在没有哪个地方是平静的。你喝什么茶？

我什么茶也不喝，莫正义说着，从自己的那只帆布兜子里掏出一个大口玻璃瓶子。还是那种自制的药茶。

你给我往瓶子里兑一些开水就行。

莫正义这才发现客厅的那一面墙上，挂着十几支形状各异的手杖。有竹的，也有藤的，还有树根的。楚简说，这些手杖都是我父亲收藏的。它们来自庐山、泰山、黄山、衡山……

莫正义心里想，有一出戏名叫《雁荡山》。

你戒烟戒酒又戒了茶。你好像什么都不愿意要了。是吧莫正义？

嘿嘿，首先要立足两个字：不要。在这个基础上你得到了，不就等于是白捡吗？所以你看，我连头发都不要了。

楼上传来一个老人的咳嗽声。

这位老人就是那个大书法家楚道子？听这咳嗽的声音倒是没有什么与众不同的地方。莫正义心中寻思着，大口喝着自己的药茶。

楚简端来一盘花生。莫正义你的事情我已经听说了。你夜夜坚持练功为了等待冀剧革命高潮的到来，却被别人误解为装神弄鬼。有一个问题我要问你。要是你这辈子赶不上革命高潮的到来呢？比方说总是低潮。

莫正义摸了摸光头。这个问题你让我想一想再回答你，这个问题……

客厅里静极了。楚简无言看着莫正义。

我能回答你了。这辈子赶不上革命高潮的到来？这是很有可能的。可我天天练功，不还落一个好体格吗？我不吃亏呀！到老了有个好体格就能不受子女虐待，这也挺好呀。

楼上又传来老人咳嗽的声音。

莫正义说，你应该给你父亲吃点儿药。

楚简说，楼上有阿姨照顾他。咱们接着聊天儿吧。莫正义我觉得你身上有一套实实在在的哲学，使用起来很方便。

莫正义终于笑了。这一套实实在在的哲学，与我当年刻苦学毛著有关。比方说如今人们都不练功了，我练！这就叫敌退我进。等到真的赶上革命高潮到来，我这身功夫一登台就是大腕儿！这就叫数风流人物，还看今朝。如今人们四处乱窜像是吃了耗子药。你一定坚守。这就叫我自岿然不动。

楚简专心致志听着。

毛主席把智慧留给咱们，就是心疼咱们。担心咱们冒傻气干蠢事。所以说咱们不能冒傻气干蠢事。

楚简有些心得。你是在用上一个时代的智慧，生活在这一个时代里。对吧？

对呀！那四书五经不是照样有用嘛。莫正义又喝下一大口药茶，提起那个马路边摆烟摊的老头。

楚简听说那老头儿是尹子弦，非常震惊。尹子弦，全国闻名的琵琶演奏家，如今到马路边来摆烟摊？楚简呆呆望着莫正义。

莫正义说，这位尹子弦就是用上一个时代的智慧，生活在上一个时代里的典型人物。他摆烟摊不是挣钱糊口。他是把自己镶在这么一个位置上，陈列着让大家看。所以这个尹子弦是"只识弯弓射大雕"！

楚简听着，若有所思。他无意地端起莫正义的苦茶抿了一口。哎哟！太苦了太苦了。

天天喝苦茶，你遇到什么事情都觉得甜。多高的山，你也就乌蒙磅礴走泥丸了。

莫正义的言谈中，随时都会出现引用得当的毛泽东语录或诗词。这样他的言语与他的光头一样，闪烁着幽远的光泽。

楚简起身到楼上去了一趟。莫正义在客厅里走动着，欣赏那些手杖。

老年人才喜欢手杖呢。他心里想。

楚简从楼上下来了。他说，一会儿饭就好了，咱们边吃边聊。你真的一点儿酒都不喝吗？

莫正义说，我不在这儿吃饭。我已经将近十年没在外边吃饭了。说是来聊天儿的，就聊天儿吧。不要增加别的内容。

我父亲知道你来了，很高兴。

你父亲知道我是谁呀？

我跟他讲了你的事迹。尤其跟他讲到了你如今仍能活学活用毛主席语录的事情。

那我去见见你父亲吧？

我父亲是轻易不见客人的。今天对你例外，今天对你例外。这时楚简显出几分高贵气质。

楚简引着莫正义来到二楼。

一个老者坐在一张藤椅里，定定注视着莫正义。楚简将客人引荐给父亲。大书法家楚道子面色红润目光清澈，显得超凡脱俗。他似乎对莫正义的光头颇感兴趣，目不转睛看着。

你，还是老传统。从坐科的时候，就剃这种光头吧？楚道子伸手指着光头问。

莫正义不言不语，咧嘴朝老人笑了笑。这时他看到二楼的这间房子里，墙上也挂着几支手杖。

您特别喜欢手杖啊？莫正义问。

楚道子点了点头。你是唱冀剧的。冀剧"文革"前叫华北梆子，解放前叫腔儿戏。那高腔那反调，都是非常好听的。有个叫罗化廷的老演员，你认识吧？

我认识。他得心脏病死了。他的大弟子叫江福安，名气也是很大的。江福安改行了。

楚道子关切地问道，改行了？

改行干出租车了。如今有几十辆小轿车啦，注册了一个化廷出租汽车公司。起这个名字是为了纪念他的师傅。莫正义稳稳当当说着。

我也是学唱冀剧的，后来改行了。楚道子说。

楚简惊了。父亲从来没有提过这段经历呀！楚简心目中，父亲生下来就是个书法家。

我八岁学戏。当然啦那时候叫腔儿戏。到了十二岁，我就改行了。我到一家南纸局去当学徒。那时候我还不识字呢。

莫正义听着，觉得楚道子这人是个十分实在的老者。讲起当年的经历，一点儿也不虚荣。

楚简拦住父亲的话头说，医生叫您少说话，话多了伤气。一会儿您又该咳嗽了。

楚道子对莫正义说，这位角儿，您能给我唱一段冀剧吗？有劳您了。

我从来没出门唱过堂会。您是老前辈，我就破这一次例。不过我唱功不行。我工丑儿。

之后莫正义在屋中站定，运了一口气。他脱口问道，楚老前辈当年学戏，叩谁为师呀？

楚道子的眼窝有些泛潮。恍惚如隔世呀！我师傅艺名红遍天。刚才我说的那个罗化廷，论辈分他是我师弟。这一辈人已经没有了。

那您就是我的老老前辈了。唱冀剧的里头出了您这样一位大书法家，真是大伙的光荣。

莫正义重新站定，咱们还是按老规矩办吧，之后他将右手放在左边胸口上说，请您赏点儿耳音，学徒莫正义，至至诚诚地伺候您一段儿高梆子——《英雄泪》！

尊一声好汉爷莫要强梁，

明日里就送爷赴那法场，

人生一世好比一条河，

爷是那水中砥柱，

就该铮铮挺起身呀，

爷是那石边水浪，

只能哗哗往下淌！

大书法家楚道子听罢，老泪纵横。

送莫正义下楼的时候楚简说，莫正义我拜托你一件事情，请不要跟别人提起我父亲当年冀剧坐科的经历。

莫正义说，凡是你认为不光彩的事情我绝不传播。楚简说，你误会了我不是这个意思。

走出院门，立即迎上来一个人。

楚简，我在门口等你好半天了。汪立田说。

武山从暗处走出来说，把话说透了吧，我要把字儿从楚简手里拿走，直接献给台湾阔佬。

楚简对莫正义说，你看竞争多激烈啊。

*14*

清早尤红就觉得有些恶心。她猜测王院长找她谈话，不会有什么好

301

事儿。接了姜志文的一个电话，呕吐了一次。她懒洋洋起了床。

何吉祥跑出去干什么了？大概又去寻找更为中意的公狗了。想起公狗尤红就想起武山。

喝了一杯奶。又打了两个电话。这部家庭电话的费用每月由夫妻双方均摊。尤红心里有数。这一阵子自己的电话打得特多。

走进王院长办公室，里边坐着田云生的妻子倪彩蓉。这位当年的刀马旦正在朝王院长抹泪儿。王院长眉头紧锁听着她的诉说。

老田他不知道自己得了癌症。让他吃营养，他不吃。让他静养，他不养。大夫说他至多还有半年活头儿，他却整天筹划那个什么驱邪气唱大戏的事儿。王院长您让我如何是好呀！

王院长安慰了几句，就让倪彩蓉回去了。

王院长说尤红胖了。尤红说没胖还是原先的九十九斤。王院长说你千万可不能发胖啊。

尤红以为王院长要向她推销减肥霜。

王院长告诉她又要演戏了。参加梅花奖大赛北方赛区的选拔赛，意义重大。市里为这事儿给冀剧院拨了一点儿款子，必须立即投入排练，并力争拿回一个好名次。

上哪出戏？我是主角儿吗？

废话。叫你来，能是拉大幕的事儿吗？

谢谢院长！尤红有些顽皮地给他敬了一个美式军礼。王院长，今儿晚上十二频道那个电视剧里有我，劳神您看一看，提提意见。

尤红乐得大蝴蝶似的飞了出去。

何吉祥坐在沙发上，那张瘦脸上挂满深沉，像个营养缺乏的哲学家。

直觉告诉我，这一次珍妃没能怀孕，这一次珍妃没能怀孕。

尤红说，那公狗不是实行三包吗？

何吉祥望着妻子。这一阵子你好像很忙。我还忘了，前些天有一个叫姜志文的人来找过你。是不是送银子来啦？

尤红显得有些不大自如。这一阵子我出去演了几个小品。告诉你吧吉祥，有喜事！

她将王院长找她排戏的事情说给了丈夫。

应当庆祝一下。绝对应当庆祝一下。

怎么庆祝呀？尤红喜不自禁地问。

何吉祥认真想了想。这样吧，为了你在喜讯面前身心更加愉快，我决定舍命陪君子——与你做爱并保证完成任务。

尤红咯咯咯笑得直不起腰来。

我看了节目预告。今儿晚上电视里有我演的那一集戏。你可不能干起来没完没了，误了我看自己的戏。

何吉祥说，你过高估计我的战斗力了。

这时尤红身上的 BP 机响了起来。她看了看机子。真是对不起，我有急活儿得出去一下。你说当个演员有多不容易啊。

何吉祥说，你去的地方有电视吗？可别错过欣赏自己的大好时机呀。

我要赶回来看电视的。她说着就匆匆化妆。

何吉祥说，其实在哪儿看电视都是一样的。

尤红吻了一下丈夫，急匆匆走了。

当这种没腕儿的小演员真是没劲。人家召之你即来，人家挥之你即去。

何吉祥自言自语打开电视机。

没戏可演，人们抱怨没戏可演。其实这种抱怨都是假装的。没戏的日子更实惠更自由，跑到四面八方去挣钱。年轻漂亮的，傍大款。不年轻不漂亮的，在家里忍着画钞票。就好比说是爹死了，的确没人疼你了；可的确也没人管束你了。冀剧就是这样的爹，咱们大伙就是这样的儿子……

临近晚饭时间，何吉祥抱着珍妃坐在沙发上给莫正义打了个电话。

莫正义，我他妈的想请你喝酒！

莫正义坐在传达室里说，你发昏啦？不知道我从四十岁生日那天起把烟呀酒呀全戒啦。

何吉祥说是啊我发昏了。之后他又给宋金发了一个传呼。

许久不见宋金复机。这位特等记者不定掉到哪个窟窿里采访那独家新闻去了。

何吉祥这时发现自己居然没有朋友。武山根本算不上朋友，只能算是相识。又想起了那个只有几面之交的楚简。还有那个马路边摆烟摊的老头儿。前几天才知道此公原来竟是琵琶大王尹子弦，当年他一抱琵琶，整个世界都掉到十面埋伏里去了。

百无聊赖。电视里播出一些花花绿绿的广告。

这时何吉祥恨不能立即看到那部电视剧里尤红的样子。徐娘半老了吧？

就在心中回忆尤红当新娘子时的模样。回忆不起来了。人们没了历史，只有一个光秃秃的现在。

何吉祥找出一瓶白酒，自斟自饮起来。

电话铃响了。他也学着莫正义的样子，等响到第六声才伸手去接。

拿起话筒，他喂了一声，没有应声。他又喂了一声，还是没有应声。何吉祥知道电话是通的，只是那边的人不说话罢了。

这人谁呀？他心中思索着。

之后他充满猜忌地说，您不用焦急，尤红正在路上。您耐心等待吧先生。

对方突然扑哧一声乐了。我是宋金！何吉祥你小子吃谁的醋呢？尤红干什么去啦？

何吉祥觉得十分尴尬。我，我喝醉了。

宋金说，别醉别醉，我告诉你一个爆炸性新闻！

## 15

说是上午九点在练功房集合，参赛小组就算是成立了。到上午十点半还不见有人来。尤红急得去找王院长。王院长说，尤红我问你一个问题。你是在剧院排戏挣钱多，还是到外边去演小品什么的挣钱多？

王院长您是不是要查我的账啊？

你真是不开窍。慢慢寻思去吧。

王院长走了。尤红也寻思明白了。跑到剧院大门外，她叫了一辆"面的"就到购物中心花钱去了。

午饭时间，莫正义看见尤红拎着一只网兜走进剧院大门。

莫正义说，尤红你这是干什么呀？

我要挨门挨户去做思想政治工作。

回到家，见丈夫还在床上睡着。屋子里酒气扑鼻。尤红是子夜时分回的家，进门就睡了。今天一早她起床去练功房开会之前给何吉祥弄好了早点。此时这碗面汤原样摆在桌子上。

吉祥，起床吧。昨晚上你看那电视剧了吗？给我提点儿意见吧。

何吉祥睡眼惺忪说，戏不错，表演很投入。尤其是打开保险柜时的那个眼神，非常有味道。

真的？我也觉得那场戏我演得不错。

何吉祥坐起身穿上衬衣问道，昨儿晚上你看电视啦？在哪儿看的？

昨儿晚上我没来得及赶回来，我在外边看的那个电视剧。我现在得挨门挨户去央告了，你快起床吧。

尤红走了。何吉祥心里想，自己把自己蒙在鼓里。昨儿晚上你不定疯到什么地方去了，忙得连电视都没看。唉，谁叫咱们是 AA 制夫妻呢。

尤红走到美工谭非家门口。门框上的照妖镜闪闪发光。谭非开门见是尤红，那脸上的笑容就显得有些僵硬。

尤红说，知道你抽烟，送给你一只打火机。我知道在咱们剧院跟一个戏呀，挣不了一壶醋的钱。这一次，算是你给师姐挎刀啦！

谭非有些窘。外边有六集电视短剧让我去当美工。尤红姐我这也是为了养家挣银子。

305

尤红说，要时间能错开，你还得捧一捧我呀。师弟可不能拆师姐的台。

谭非说，我一定尽力，我一定尽力。

尤红又去拜访伴奏的头头儿岳忠。岳忠不抽烟。尤红送给岳忠妻子五双长筒丝袜。岳忠说他有时去舞厅伴奏。这一回要集中精力托着尤红参加梅花奖大赛。

临出门岳忠妻子问，尤红姐昨儿晚上电视里，我怎么没看见你呀？

尤红谦虚地说自己是个小配角。

她就一门一户去拜访自己的那个底色班子。说上一些好听的话，争取人家的合作。

潘秀英这一次是后台杂务。她送给潘秀英一条纱巾。潘秀英说，昨儿晚上我在电视机前一直看到再见那两个字，也没见到你露面。

是十二频道吗？是十二频道吗？

废话！我还能看十三频道呀！

尤红她也闹不明白究竟是怎么一回事。

她终于把手中的东西都送了出来，急匆匆走回家去。

吕雅琴身穿一件黑色大衣朝办公楼走去。

尤红回到家见何吉祥正在给珍妃梳毛。

你说有这种道理吗？剧院参赛排戏，我得挨家挨户送礼说好话拉拢人心。好像我是个阔太太票友，为了过戏瘾请大伙给我捧场。这不成了私人戏箱了吗？又是打火机又是丝袜子又是纱巾什么的，我花了毛四百块钱。

何吉祥心悸地问道，美工是谁？

不是谭非就是张剑。怎么啦？

没什么事。下月六号我妈妈过生日。

尤红说，去年给了四百吧？今年给六百。我出三百，你出三百。咱们去定做一个大蛋糕，钱由我出。吉祥，昨儿晚上你看电视了吗？

何吉祥说，蛋糕定做那种二百块钱一只的。昨儿晚上我看电视了，你没看吧？

怎么都说电视里没我呢？尤红转过脸去问。

对，的确没有你。你的戏全给剪了，一丁点儿也没留。魏平安跟丁紫的那场家庭戏，全剪了。换成魏平安跟情人高小萍在地铁站里狂吻不止。昨晚上你肯定非常非常忙，否则你不会连自己拍的戏都不看的。是吧？

尤红小声哭了。怎么会弄成这个样子呢……

何吉祥却大度起来。要奋斗就会有牺牲。尤红你不要难过了。影视这东西就是这样，瞬息万变。它跟你唱戏不一样。一出春秋配几十年一贯制。这次参赛你还唱春秋配呀？

尤红含泪点了点头。

谁扮演魏平安的情人高小萍？

何吉祥回想着缓缓说，性感演员刘爱红。

尤红哇的一声哭了起来。

何吉祥心里一下子明白了许多。

这时电话机叫唤起来了。

一个自称知情者的人在电话中说愿意将所知情况献上，但必须面谈。

什么情况？何吉祥问。

当然是你所需要的情况。并且是急需。

我急需知道怎样才能一夜之间成为富翁。

对方说，给富婆当午夜牛郎。

何吉祥笑了。可惜我已丧失这种功能。

对方口气变得严肃起来。明天上午九点你在冀剧院大门外等我。说罢就挂断了电话。

谁呀？尤红警觉地问。

咱们 AA 制夫妻不是早有约定，不打听对方的事情吗？何吉祥说罢又去照料珍妃了。

307

尤红突然想到：既然我的戏都剪光了，那何吉祥怎么会知道我在拍保险柜那场戏时演得特别好呢？他就是编剧古树！他把稿费独吞啦。

## 16

何吉祥在日记里记述了宋金在电话中报道的那个爆炸性消息。他不知道今天一早这个消息已经在冀剧院的院子里传播开了。

冀剧院的一个美工私下承包了一项工程。这工程就是给火葬场装修一个超豪华灵堂。这个美工以前都是承包酒楼舞厅之类的装修项目，为活人服务。这一次为火葬场装修灵堂，是他为死人服务所迈出的第一步。一个月完工，此公净赚四万。在庆贺灵堂开业的酒席上这个美工端着五粮液对火葬场党总支书记表决心说，这个灵堂我实行三包。美工装修灵堂带回来一身沉重的阴气，于是冀剧院一连死了八个人。

冀剧院总共有老少五个美工。人们议论纷纷，正在研究这个罪恶的美工究竟是哪一个。

何吉祥不知这消息已经弥散开了。他在上午九点钟，按时到达指定地点。

他想去买一盒黑猫香烟，却发现马路边空空荡荡的，没了尹子弦的身影。

何吉祥的心一下子也变得空空荡荡的。尹子弦到底怎么啦？会不会有什么意外……

他去酱货亭为珍妃买了两根香肠。

一辆山地自行车唰地停在他面前。是一个身穿皮夹克的小伙子。

何吉祥看着皮夹克，觉得眼熟。

是宋金领着你，买了我四只小狗，是吧？

皮夹克笑了。何老师你记性真好！那时候我还是个公司的小老板呢。如今一贫如洗了。

何吉祥说，有党的富民政策你怎么会穷呢？

308

我炒汇赔了一百一十四万人民币。我叫李无敌。

你知道我为什么叫你何老师吗？

是因为我培育了那四只小狗吧？

李无敌说他八年前曾考入冀剧院学员班学老生。只学了一个月就因吃不了这种苦，退学回家卖羊杂碎去了。但跟冀剧毕竟有师生关系。

何吉祥说，是你打电话约我来的吧？

李无敌点了点头。何老师，我想咱们能不能互相利用一下？我告诉你连日来所寻找的那个人是谁。你呢，帮助我办一件事儿。

我帮助你办什么事儿？

鼻正口方的李无敌说，帮我认识一下吕雅琴。

这事儿不难吧？那我先告诉你是谁从背后推了你一掌，把你推出死境的。那天我正在马路对面等一个小姐。

你快说，是谁救了我！推了我一掌……

就是那个脾气特倔的武生。我在学员班待了一个月他就训了我六次。姓田吧？

田云生呀？何吉祥的头脑嗡地一热。想哭。若不是李无敌说出实情，田云生这个人怕是到死也不会讲出这件事情的。这种好人偏偏得了癌症。老天爷太不公道了。

李无敌很帅地点燃一支香烟。何老师我请你把我引荐给吕雅琴，并且给我美言几句。在跟她搭成情人之前，我必须获得她的好感。

何吉祥很诧异。吕雅琴比李无敌大十几岁。再者她如今傍着一个台湾大阔佬，你一个贫下中农能打入敌人内部？

英俊小生李无敌干劲十足地笑了。何老师你怎么不知道如今男女关系也是一种供需关系呢？那位阔佬包养了她，一年顶多来大陆住两个月吧？吕雅琴其余时间一片空白。在这种情况下，如果说阔佬每年花六十万包养她，那么她则应当从那六十万里，拿出二十万，包养一个小伙子，这样一切都平衡了。你听懂了吗何老师？

何吉祥说，听懂了。我现在知道了你的商业秘密而不泄露，这已经是在帮你的忙了。咱们两便吧。你看见传达室里那个光头了吗？他如今在法律上仍然是吕雅琴的丈夫。他一身功夫你得小心他废了你。听懂了吗？

能言善辩的李无敌呆呆看着何吉祥。

何吉祥往大院里走去。他想去看一看那位脾气很坏但心地很善的田云生。

素常，他是想不起来这个田云生的。

遇见了倪彩蓉。他问田老师在不在家。

倪彩蓉脸上全是无奈。他领着几个人到后边那沽北大台去了，说是要拾掇拾掇场子。

之后倪彩蓉突然说道，你知道是哪个美工吗？妨人！一下子妨死八个人。连我家老田也给妨上癌症了！一定得查出是哪个美工干的。

潘秀英走上来说，二楼会议室，王院长正给那五个美工开会呢。肯定是坦白从宽抗拒从严首恶必办胁从不问。

何吉祥坏了情绪。他低着头往家里走去。远远就听见珍妃的狂吠。跑到家门前，又听见尤红那放纵的哭声。何吉祥猜想大事不好。冲进屋，他看见尤红披头散发手里拿着一瓶速可眠。他夺过这瓶药，一把将珍妃抱在怀里。珍妃见了主人就自动停止狂吠，但尤红见了丈夫却号得愈发激烈。

出了什么事情呀？出了什么事情呀？

尤红将哭声抑住，大声说，我什么都没有啦！我什么都没有啦！

何吉祥吃惊地说，连钱都没啦？

你胡说！为了钱我能这么难过吗？刚才王院长来了个电话。

有人举报你偷税漏税是吧？

你胡说！我根本没有那么多私房钱，王院长说那个台湾阔佬，要出十万元赞助冀剧院。但必须由吕雅琴参加这次梅花奖的比赛……

王院长就把你给换下来啦？

是的。玉院长唯利是图见钱眼开。他是冀剧的蛀虫！王院长和钱太

310

亲了。

何吉祥说，我们跟王院长一样，也是见钱眼开的人。

珍妃跑上去，舔着尤红的手。

尤红说，王院长还不如这条狗呢。

对，总会有一天珍妃也将堕落的。

何吉祥在屋中踱步。

冀剧，迟早有一天会成为博物馆艺术的。在它被送进博物馆之时，肯定有一批人，为它而殉葬。成为殉葬者的，是一种缘分。这说不上是好事还是坏事，只能说是一种缘分。打个比方吧，蜻蜓不可能飞翔在漫天大雪之中，蜻蜓跟雪花没有缘分。这一次你被吕雅琴给换下来了，应当说这一次你与舞台没有缘分。你是蜻蜓，那舞台上飘着漫天大雪。

尤红眨着那双美丽的大眼睛说，那又为什么有一出戏叫《六月雪》呢？要是六月下雪，蜻蜓就能跟雪花同飞共舞了。缘分呢？

何吉祥说，这一次你算是把我问住了。我无言以对。我无言以对。

尤红又继续哭了起来。

吉祥吉祥，说心里话我觉得活着特没意思。我不是这次被换下来才产生这种想法的。以前我就觉得活着特没意思。

何吉祥递给妻子一只手帕说，我深有同感。不过还得活下去啊。我若死了珍妃可怎么办呀？

*17*

冀剧院大门口鞭炮巨响。昔日冷冷清清的局面竟然一下子火爆起来了。王院长在众人簇拥下亲手挂上了那块牌子：冀海艺术装饰公司。

莫正义坐在传达室里闹不明白这是怎么一回事，闹不明白怎么一回事，他就不声不响喝那药茶。他成了卧龙岗散淡的人。

传说美工装修灵堂妨死了八个人，王院长是非常重视的。他立即召集那五个美工开会，满脸喜滋滋的表情，令人摸不着头脑。

311

我王青亭有眼不识泰山，居然不知道咱这美工里有神仙。我们共产党人不搞唯心主义。不但不搞唯心主义，我还认为能够走出剧院去装修灵堂是一种本事！是哪一位赶紧自己站出来。我决定咱们成立一个装饰公司，就请那位装修灵堂的美工站出来，担任经理。

这几个美工面面相觑。

谭非说，王院长你别是欲擒故纵吧？

我已经焦头烂额了，我还有精力跟你们玩那种技术吗？你们都好好想想吧。

谭非说，好吧我承认，是我装修的那个灵堂。但你必须给我保密。否则那些死者家属非吃了我不可。

另一位美工张剑站起来说，装修灵堂时，是我给谭非做的助手。王院长你不用拷问了，没有别人的事儿。

好！王院长一拍桌子，国字脸上眉目舒展。谭非当经理，张剑当副经理，你们另外三位大将同时加盟，咱们成立装饰公司。这样一来冀剧院又多了一条活路！咱后办执照先挂牌子。

谭非说，这是真的？

装饰公司成立的第一件事情，就是积极参加楚道子作品的竞争。只要争到楚道子的字，就能换来台商投资。王院长胸有成竹地说。

王院长正苦于无缘结识那台湾阔佬。吉人天相，那位名叫叶力衍的先生竟主动打来了电话。叶力衍先生在电话中声称赞助冀剧院十万元，同时表示很愿意在这次梅花奖预赛中看到吕雅琴小姐的表演。

王院长欣然应允，并以冀海艺术装饰公司董事长的身份告诉叶力衍先生，敝公司正在为寻求楚道子的作品而努力。

叶力衍先生闻知王院长也参加这次竞争，在电话中欣慰地笑了。祝您能找到楚简先生。

18

寻找楚简的电话竟源源不断打到何吉祥、尤红家里。尤红似乎生了病，整天躺在床上。几年来她不曾像今日这般在家中静静歇息。这个世界仿佛将她遗忘了。何吉祥问她，这几天你的 BP 机怎么不响啦？

尤红说嫌它烦气把它关了。

第一个打电话寻找楚简的是名流酒楼总经理汪立田。这位六十而立的老头儿恨不能立即得到楚道子的字。汪立田十分悔恨不该让武山这只猎狗知道台湾求字这一信息。如今本市不下十标人马都在竞寻楚道子的字儿。

第二个打来电话寻找楚简的是宋金。这位特等记者说在台湾论起画儿认张大千的，论起字儿认大陆书法家楚道子的。许多家公司已表示，不惜重金寻求楚道子作品，以此吸引台商资金来大陆落户。这已经成为一场商战啦。

尤红说，我们跟楚简几乎没有什么往来，宋金呀你打电话来也得不到什么信息的。

还有一些素不相识的人打来电话寻找楚简。尤红心里想，武山这家伙怎么没打来电话呢？

黄昏时分，何吉祥不在家。电话响了。

尤红不耐烦地抓起听筒说，我根本不认识楚简，你不用问啦！

话筒里传来一个声音。我就是楚简。

你是楚简？你、你来电话有事情吗？尤红竟然有些慌张，她也不知道自己为什么慌张。

尤红，那天晚上我始终坐在电视机前，是十二频道。那个电视剧里，我怎么没看到你出现呢？我今儿打电话，就是专门问问这事儿。

哦。尤红觉得欣慰。可解释起来又显得语无伦次词不达意。

楚简我告诉你，情况有些变化。影视这东西变化就是大。它跟冀剧不一样。一出《秦香莲》唱几十年不带改动的，是吧？楚简谢谢你关心我的艺术生命。这些天你忙什么啦？

楚简在电话中突然说，有机会，你得给我唱一段《沙家浜》，风声紧雨意浓那段。行吗？

行！行行！尤红觉得自己变得特别脆弱，泪水已经涌满眼窝儿了。

尤红我告诉你一个电话号码吧，有什么事情需要帮助打电话找我。说罢号码楚简就挂断了电话。屋子里一下子显得旷旷如野。

尤红激动地哭泣起来。一种多年不曾体验的情绪在心底升腾起来，愈来愈浓烈。这些年我是一只旋转的陀螺，为了生存我不停地旋转。赚了一些钱。什么活儿都干。我还给一个大款的家庭舞会当过主持人呢。舞会上那位大款展示着他的四个妻子，厚颜无耻。

武山终于打来电话了。武山说明天在冀剧院二楼会议室有一次十分秘密的会议。会上，楚简将宣布哪一位竞争者得到楚道子的作品。

最近这一段时光你们一直在争夺楚简啊？

武山说，绝对白热化。估计我能够获胜。

尤红说，我病了。

你安心养病吧。武山撂了电话。

尤红自言自语。楚简活得也不容易啊。

BP机响了。尤红其实并没有关机，她一直在等待那个人发来呼号。

打开字屏尤红一眼就看出不是她所等待的那个人。传呼是何吉祥发来的。

何吉祥怎么会知道我的传呼机号码！

字屏上何吉祥说，他随珍妃在宠物医院急诊部观察室，估计将在那里过夜。

珍妃病了。尤红埋怨自己，连珍妃病了都不知道。这太对不住朋友了。

吉祥为什么不直接往家里打电话呢？

尤红知道不能这样等待下去了。她必须主动寻呼那个人。那个人的BP机是自动台，并有语言信箱的密码功能。

尤红拨通他的自动传呼号码，录下了给他的留言。她几乎是颤抖着说出这段话的。

我是阿红。我怀孕了。肯定是你的。你为什么不跟我联系？你快给

314

我来电话吧。

尤红守着电话机，等待回音。

传来了阵阵器乐之声。多么熟悉又多么生疏啊。

尤红知道这是吕雅琴正在排练那出《春秋配》。这应当是我尤红的拿手好戏呀！梁蕊兰老师生前一字一句给我说过这出戏呀。我是名门正宗。十万块钱，吕雅琴就把我给刨了。

BP 机却响了。屏幕上显示出来的汉字令尤红泣不成声。

自行解决。我出资三千供你调养身体。

这家伙连个电话都不肯打来，我从来没去医院做过人流，我不知道该怎么办。这家伙真是个浑蛋。唉，其实当初我就知道他是个浑蛋……

尤红知道自己落入靠山山崩靠水水流的境地了。我该怎么办呢？我一个朋友也没有啊。

## 19

一大早儿，莫正义刚刚沏上药茶，就有小轿车来了，按着喇叭催他去开大门。王院长昨天吩咐了，今儿上午有个会议，外边要来许多人参加。有文化官员，也有商界大款。

小轿车里坐着吕雅琴。法院已经判决离婚了。但吕雅琴深知前夫的脾气，必须小心行事。她摇下玻璃说，我是来这儿开会的。

莫正义挥了挥手表示放行。

李无敌骑着那辆山地自行车气喘吁吁说，我是来开会的。

进了大门李无敌蹬着车子猛追吕雅琴的小轿车。他要靠自己的实力去接近吕雅琴。

宋金度过了摩托车时代，开着自己的红色夏利驶进冀剧院大门。他摇下玻璃对莫正义说，今天这里将出现重大新闻。咱要是抢先发稿，估计今年的韬奋奖就是我的啦。

我听说你是倒腾古董发了大财？莫正义问。

宋金淡淡一笑，獐头鼠目地开了进去。

武山依然是骑着摩托车来的。他脸色阴沉，神色中含着杀机，很像一只伺机捕物的猎犬。

莫正义不烟不酒不近女色，目光便自然有了些法力。他看出武山身上很躁。

今天我要是拿不到那幅字，立即报警。大家谁也别走，一块儿进局子。武山凶狠地说。

你凭什么报警？这又不是黑会。告诉你今天方方面面的人都到了。你千万不要炸窝。

莫正义说着，一辆轿车载着几个黄头发的外国人驶进了冀剧院。

武山说，我炒房产赔进三百万去。这一次我得捞上一把吧？就看楚简这小子够不够朋友啦！

莫正义搬出一张椅子坐在传达室门外。

这么多人蜂拥而来，都是为了名和利呀。

九点钟过了。莫正义关上大门，留了一个小门。楚简身穿一件黑呢大衣走了进来。

身材瘦小的楚简穿上这件大衣显得有些沉重。

莫正义站起身跟楚简打了个招呼。

楚简说，我是来开会的。

莫正义就挥了挥手，请楚简朝里走。

楚简的步姿看上去有些疲累。他回过头来问莫正义，怎么这样清静呀？

莫正义说，没戏的日子就是这样清静。

楚简走进会议室，人们呼啦都站起来了。

王院长以主持人的身份说，想不到事情愈弄愈大，今天连文化局管理处的宗处长都来了。

楚简显得有些羞怯。怎么外国朋友都来啦？之后他就环视着会议室。他看到吕雅琴跟一个穿皮夹克的小伙子热烈地交谈着。

武山目光冰冷地望着楚简。

宋金说，楚简今天怎么进行呀？

王院长说，大家都争着找楚简可谁也找不到。而开放搞活发展经济又必须把这个问题给解决了。我就请楚简今天当场与大家见面。需要说明一下，今天这项活动的策划是我们冀海艺术装饰公司。我是董事长。谭非是总经理。

楚简从提包里拿出一只大口玻璃瓶子。

大家是不是都想要我父亲的字啊？那就按顺序伸手往瓶子里抓一个阄儿，自然就见分晓了。王院长你来主持一下吧。

一个穿制服的人说，我们是公证处的。要不要公证一下呀。

文化局的宗处长说，这个嘛还是要按照政策行事，这很好嘛，哈哈。

宋金举起相机开始拍照。

吕雅琴站起身说，我们大东公司的总经理叶力衍先生委托我在这里宣布，无论是谁抓到了那个阄，我们都愿意买断它的。

一个穿制服的姑娘说，要照章纳税的……

人们已经排着队伍开始往玻璃瓶里抓阄了。那几个黄头发的白种人站在一旁看热闹。他们用半生不熟的汉话说，艺术、艺术品，中国国宝和中国国情，钱……

抓到阄的人就急切地打开看个仔细。一个又一个阄上都写着相同的两个字：没有。

武山也抓到了一个：没有。他的脸色铁青。

宋金放下记者身份也去抓阄。同样没有。

吕雅琴也抓了一个相同的阄儿。李无敌不去抓阄儿，却偷偷抓住了吕雅琴的手。吕雅琴闪躲着。李无敌用炽热的目光烘烤着这位款姐。

大口玻璃瓶里只剩下三个阄了。人们想冲上去抢。楚简脱掉黑呢大衣说，不用抓了。抓下去仍然是没有。

这时人们看到脱掉黑呢大衣的楚简身穿一套蓝色西装。他的右臂上，佩着黑纱。

会议室的人们都惊异地站了起来。

我父亲楚道子先生，前天去世了。昨天上午十点钟火化。老人家早就立了遗嘱丧事从简。所以连报界记者都不知这件事情。他的遗嘱还有一项主要内容，就是将他手头的所有作品一道焚烧，我们也照办了。也就是说我手中一件父亲的作品也没有了。

人们轰的一声议论开了。

楚简接着说，在他老人家去世的前一天晚上，的确写了一幅字。这字儿送给了那天晚上为他清唱冀剧《英雄泪》的一位演员。这位演员走后我父亲说，这位演员生不逢时，他本是一位非常优秀的冀剧演员。最后我要告诉诸位一个无人知晓的秘密。我父亲早年也是一位小小的冀剧演员。他至死都非常喜爱冀剧。

楚简说罢，披上大衣稳步走出会议室。

汪立田头脑机敏。他追着楚简说，您告诉我，您父亲把那幅字儿送给了哪位演员？有款儿吗？我要找到那演员出大价钱买断！

楚简不理不睬，走向前去。

这时冀剧院的院子里，鞭炮之声大作。

王院长急赤白脸说，这又是怎么回事？这又是怎么回事？

会议室里只剩下吕雅琴独自发呆。李无敌见状，走上去突然搂住她。

吕姐姐你不要难过。我愿意为你分忧。

吕雅琴无动于衷仿佛一尊木雕。

## *20*

鞭炮鸣放之后，田云生率领众人焚香拜了祖师爷，就听见唏嘘之声渐起。紧接着又有人抽泣呜咽。

田云生冲着西边蹦蹦红的墓地作了一个揖。之后他说，诸位不是师兄就是师弟，今儿咱们可要在这儿沽北大台上火火爆爆唱上一出大戏！

拉弦的刘师叔，您是前辈了，劳您托我们一把吧！

家伙点儿就响了起来，沽北大台是一处文化遗址。在冀剧院的大院子里却算是一个荒草丛生的角落。今儿，这沽北大台四周插着一支支红旗，风儿吹来啪啪作响。很是威武。

沽北大台露天之地，这些上场的角儿们，都是五六十岁的人了。穿上行头打上脸儿，却一个个龙虎之气不减当年。天冷也不觉冷了。

是那出火火爆爆热热闹闹硬硬朗朗瓷瓷实实的大戏：十八罗汉斗大鹏。

田云生扮演大鹏鸟。以往大鹏多着黑衣。今儿，田云生一身金黄，扮成一只金翅大鹏。上了装，人便没了平日的嘴脸。那降龙罗汉眼泪汪汪对伏虎罗汉说，田云生他一直不知道自己长了瘤子，咱们师兄师弟这次兴许是最后同台了。这才叫生离死别哪。

伏虎罗汉说，他是金翅大鹏！死也值啦。

扮长臂罗汉的人走过来冲大家一拱手说，我是莫正义，能跟师叔师伯们同台，小子我这辈子没白活！师叔师伯请指点我。

敢情后继有人哪！一个大罗汉说。

莫正义心里说，我等待革命高潮的到来。

不知从什么地方得到的消息，电视台的记者来录像，电台的编辑来录音，报社的记者来采访……

沽北大台一下子热闹起来。也不知道从哪儿来了那么多观众。大多是上了些年岁的人，围到大台之前。

开戏了。金翅大鹏一个亮相，台下好声即起。都是十分内行的老观众啊。

王院长领着一群方方面面的人也赶来了。

台上扯着一个横幅会标，个个大字十分醒目：

驱邪扶正暨纪念蹦蹦红诞辰一百二十八周年大义演

319

金翅大鹏正与孙悟空一通对打。

琵琶大王尹子弦站在人群中观看着。

尹子弦心里说，真悲壮啊，这是最后的挣扎了。

他们还能在台上挣扎一下，已经是英雄啦。敢于挣扎就是英雄啦！

田云生一个漂亮的造型，又要了一个好！

台下一个老头子说，如今唱那些通俗歌曲，有个叫街的嗓子就成，根本不用坐科！

演出继续进行着，赶来看戏的人还是陆陆续续往剧院大门里走去。有些腿脚不便的老年人，就叫年轻人蹬着三轮车送到戏台底下去。

尤红替莫正义守在传达室里。

吕雅琴独自一人从冀剧院走出来。她隔着窗子主动跟尤红点了点头。

尤红有些激动，她大声说，吕雅琴，你一定要好好排戏，争取拿个好名次回来！

隔着窗子吕雅琴使劲儿朝她挥了挥手。这辈子兴许只有这一次机会啦！

尤红落下了眼泪。当个女戏子多不容易呀。

门口渐渐清静下来了。尤红又觉得恶心。远处那紧一阵慢一阵的十八罗汉斗大鹏的音乐传来，像是在催促着尤红下决心。

她终于拨通了那个电话。

楚简吗？我是尤红。我有一件事情想请你帮助。你很忙吧？给你添麻烦了。

楚简大声说我不遗余力。

我想约你一起去殉情，比如说卧轨呀跳崖呀投海呀什么的。您愿意去吗？

楚简似乎在思考着。之后他说，如果你有很多人选，那么你先考虑别人吧。

你是唯一的人选。尤红坚定地说。

好吧，那你告诉我咱们在什么地点什么时间集合。不过最好安排在三天之后。

楚简呀你丝毫没犹豫就答应我啦！

年轻的时候，曾多次幻想过这种美丽的结局。当然，如今你已经面目全非，不是那个阿庆嫂了。但我依然敢于跟你同归于尽。

尤红手持电话笑得泪流满面。

阿庆嫂的日子，多好过呀！又革命又体面，年年鱼虾稻米吃不尽。身边也没有色狼骚扰。沙家浜已然成为昔日的天国了。

一辆救护车叫唤着疾驶而来。进了冀剧院大门，这辆车朝沽北大台方向驶去。

尤红想，可千万别是田云生啊。让他平平安安唱完这一出金翅大鹏吧。

田云生这辈子是金翅大鹏，我是谁呢？我是阿庆嫂啊。这演员呀，一辈子往往拥有两个身份，一个在戏里生活着，另一个在生活中，这两个身份总打架！这辈子你休想安生了。

尤红坐在传达室里，喝了一口莫正义的药茶。她觉得味道不错。

潘秀英从院子里急步匆匆跑到传达室来。

多少年没看过这么好的戏！多少年没看过这么好的戏！潘秀英双唇颤抖着说。

那救护车，是田云生吧？尤红试探着问。

潘秀英抹着眼泪点了点头。他昏过去啦。

尤红说，当年蹦蹦红就是倒在沽北大台上的。琴师胡十九跪在台口向观众磕头，才给蹦蹦红募了一口棺材。蹦蹦红才三十六岁呀。

潘秀英说，你怎么知道这么多事情。

都是蜜月里何吉祥给我讲的。

那辆救护车呼啸着驶出冀剧院大门。

十八罗汉斗大鹏的那些老演员，妆不卸脸未洗。一群人来到冀剧院大门外，向过往行人和车辆散发一种黄纸印成的宣传品。

宣传品上写着：父老乡亲们要多多扶持咱们冀剧！冀剧是不会死亡的！

电台直播板块节目抢速度将这条新闻播出了。何吉祥是在宠物医院住院部听到这条消息的。

## 21

这座古老城市的卫星城就在九十里以外，名叫塘湾。塘湾新兴之地已经一派繁荣。当年尤红嫁给何吉祥是旅行结婚的。新婚燕尔两人乘波音客机去南方观光。飞机从塘湾上空飞过正是晴好天气。

何吉祥给妻子讲解着这座城市的历史。尤红鸟瞰这片土地，蓦然觉得那卫星城塘湾很像是一个被大人遗弃的婴孩儿。

这就是那卫星城留给她的深刻印象。

尤红约楚简上午九点钟在塘湾金融中心大厦门前会面。天气不太冷。尤红身穿黑色薄呢套裙，脚下一双黑色高筒皮靴。

她脸上平静如水。

去年来这金融中心拍过一部专题片。她出演一位导游员，为观众介绍一个个金融机构以及那人头攒动的证券交易大厅。那解说词写得十分粗糙，配乐更是驴唇不对马嘴。

记得领了六百元钱。制片是个势利眼，知道尤红是个不入流的角色，就故意压低片酬。

尤红对这座十八层大厦印象不佳。

身穿黑呢大衣的楚简从一辆出租车里出来，站在马路边上。远看，他像个早熟的大孩子。

尤红与楚简隔着一条车流不断的大街。

尤红朝着楚简微微一笑。

他与她在过街天桥上走了一个迎面。

咱俩不约而同都穿了黑色。尤红笑着说。

楚简面无表情地说，黑色表示庄严肃穆。

下了过街天桥。尤红说，我约你来，是要你陪我去做人工流产手术。

楚简微微一怔，啊了一声。何吉祥不在？

我怀的不是他的孩子，所以我不能让他知道更不能让他陪我了。

你可以让那个人来陪你。他也有这个责任和义务来陪你。是不是？

我不想叫他来陪我。当然了，他也不会来陪我的。他是个浑蛋！

这样攻击自己的情人是不太好的。尤红我现在明白你的意思了。你要我充当丈夫的角色，陪你走进医院，然后等在手术室门外。

尤红说，我从来没做过人工流产，我一个人很害怕。真的，非常害怕。我现在是故意装成不害怕的样子的。我不知道该怎么办。

去哪个医院？

我已经打电话联系过了，塘湾医院计划生育门诊部。就在前面不远。

他与她并肩朝前走着，尤红觉得应当挽着胳膊走，就去挽楚简的胳膊。这时她才感到楚简身材比自己矮那么一点儿。

楚简说，咱俩走在一起不像夫妻。

走在一起很像夫妻的，未必是夫妻。

走进医院，楚简就显得笨手笨脚了。尤红尤红是不是要我在家属一栏里签字？

你签不签呢？尤红问。

签，当然签。既然来了，哪有不签的道理。

尤红说，那我要是有个手术意外呢？譬如说我死了。

楚简突然站住，闭目片刻。你死不了。你死不了。

计划生育门诊部门外的长椅，坐了一溜儿青年妇女。显然她们都是尤红的同类。

楚简小声说，每天这里要超度掉多少条小生命啊。绝对慈善机构。

正午时分，尤红终于从手术室走出来了。

她脸色有些泛白。疼，有些疼。

楚简挽了挽尤红。尤红含着眼泪说，我让你一挽，便有一种成了老太太的感觉。

医院大门外，楚简叫了一辆的士。去哪儿？他问尤红。

尤红说，去火车站，然后回家呗。

不殉情啦？楚简问。

的士载着他们到了火车站。塘湾站每小时有一列客车发往中心城市。

刚才给我做手术的那个女大夫说，你叫尤红呀，跟前些年那个大歌星的名字一样。

楚简说，我听说那大歌星尤红在美国当了寡妇，近期打算回中国来，这就又多了个尤红。

他们走进候车大厅，找了一排椅子坐下了。

这时何吉祥拎着一只很大的皮箱也进了候车大厅。他身穿一套黑色西装，左胸别了一朵很小却洁白的菊花，走向售票窗口。

虽然离得挺远，尤红还是一眼便认出这是何吉祥。她觉得穿黑西装的丈夫一派持重，但她没有看见丈夫胸前佩戴的那朵白色菊花。

楚简并不环视候车大厅。他低头对尤红说，其实你我并不熟悉，其实你我并不熟悉。

不熟悉不等于没缘分。尤红说。

这时楚简抬起头往远处看了看。

那个人是何吉祥吧？他胸前还佩戴了一朵白花儿。楚简说着不由站起身来。

白花儿？尤红也站起来往远处看了看。

这时何吉祥正拎着大皮箱走向四号检票口。

远远地尤红看见了那朵小小的白色菊花。她问身边一位正在清扫的铁路女职工。四号检票口正在检多少次列车的票？

女职工一边清扫一边说，零次慢车，去西大岗墓地的专线。有的人买了墓地去那儿埋骨灰。

龙红呆坐不动。楚简说，手术之后还很疼吧？

何吉祥为谁佩戴白花儿？墓地专线每天只有一趟车吧？尤红你怎么哭啦？

尤红抹了抹眼角说，是珍妃死了。他肯定是去西大岗墓地埋葬珍妃。肯定的。

楚简说，把狗埋到人的墓地里去呀？

是的，何吉祥会这样做的。会的。

楚简说，珍妃死了，以后他还养狗吗？

尤红有些哀婉地说，不是他养狗，是狗养他。懂吗？从来就不是他养狗而是狗养他。

之后尤红又说，都是来这儿葬送生命的，都是来这儿葬送生命的。人和狗一样啊。

楚简去买进城的火车票了。

尤红呆呆坐着。

珍妃死了。珍妃怎么会死了呢？珍妃不应该死了呀。珍妃太可怜了。

楚简买了车票回来，尤红不见了。

哎干什么去了？尤红你这个阿庆嫂呀跑到哪去啦。你早答应给我唱一段风声紧雨意浓啊。

楚简走出候车大厅，去寻找尤红。


**作者附言：** 我国无冀剧这个剧种。小说中一切与冀剧有关的事物，当然都是虚构的了。望读者与戏曲专家切莫当真。

# 旺　族

## 1

小银子一觉醒来，太阳正落山。暑热，像一口烧着开水的大锅——足能蒸死一头驴。她没睁眼就伸手摸了摸身边。是炕席。就知道温玉田睡醒晌午觉已经走了，带去了屋里的男人味儿，只剩下自己一个寡妇躺在家里出汗。

没听见街上有什么响动。日本皇军前几天就开出镇子进山讨伐八路军了。只剩下温玉田的警备队——一群穿黑色军装的大兵。

小银子坐起身，打了个哈欠推开炕上的窗户，往外看景儿。窗户外边是尔雅镇的后街。太阳摸不着的阴凉地界里坐着几个正做手工营生的女人。小银子瞅见她们就咯咯咯笑了起来。她身上穿着汗津津的红兜兜红裤衩，笑起来活像一团颤动的火。这笑声传到外边阴凉地界，就有人喊热。仿佛天上的那个毒辣日头，落在小银子屋里了。

小银子还是笑不止声。天气就显得更热了。那些女人被小银子的笑声震荡着，有些不知所措。正在纳鞋底子的如意妈高声喊道，小银子你浪声浪气笑个啥呀，温玉田没喂饱你吧？

小银子回嘴便说，我看你们还没有养汉的胆量哪，只会养活孩子。

女人们听了这话，都郑重了脸色。她们不言不语拾掇起针线筐篓，牵起自己的孩子各往各的宅院走。小银子瞅着十分惊讶，闹不清自己的哪句话是卤水，将这些女人都点成了豆腐。

你们咋都走了呀？咱们接着说话吧。小银子不敢笑了，挽留着女人们。

一般高的几个孩子，都光着屁股晒得浑身黝黑。三四岁的一帮小活物，孩子腰上都由一串儿碎布缝做的五毒儿拴着，远看像是拖着一条彩色的绳子。孩子的妈妈手里死劲儿逮住绳头儿牵着往家里走，像是一人手里牵着一只小狗儿。那神情，仿佛一松手孩子就被人抢了去。

咯咯咯，小银子禁不住又笑了起来。就你们的孩子金贵呀，整天牵着不敢撒手呢。

只有如意妈一手牵着如意正正经经朝小银子的窗户说，大友他妈为啥疯了你知道不？你没生过孩子就不知道肚子疼。

哪天高兴我就生一个孩子给你看看。

女人们走尽了，窗外就没了景致。小银子扭着屁股回转身子。那只大黄狗不知啥时候进了屋，立在炕沿前喘着粗气。

大黄狗的名字叫荆轲。荆轲在小银子面前低眉顺眼像个四条腿走路的丫鬟。小银子伸手从炕席下摸出一张票子，派荆轲去买一盒烟卷儿。

荆轲叼着票子去了。小银子心急地候着烟卷儿。这时候从街上传来一个很大的响动，震得双脚一颤。小银子怔怔着立在屋里。她不知道这时候温玉田正倚在若玉的药铺柜台前悠悠喝着茉莉花茶。他眼巴眼瞅着十字街口的那座刚刚垒成的炮楼轰隆隆坍塌了。十二个警备队大兵全都捂在里头。

门帘一晃小银子知道是荆轲买烟卷儿回来了。进门的却是那个接生婆老毛子，是个穷老俄。老毛子黄头发蓝眼珠进了门就说，炮楼倒了警备队全都捂在里头啦。

小银子跳着脚说温玉田也捂在里头了。没顾得穿衣裳她就跑出家门上了当街。红兜兜红裤衩的小银子像一朵流动的火烧云。

十字街口那座土坯垒成的炮楼已经坍成一个土山。满眼全是尔雅镇的女人。只顾哭号围着这座土山打转。小银子跑上来喊叫。先别哭丧！

赶紧往外刨人兴许还有救哪。

人们轰的一声爬上土山，搬坯刨土喊叫着自己的亲人。

小银子心里念叨着温玉田使劲儿往土里刨着，手指渗出了鲜血。荆轲趴在远处井台子上，伸着舌头舔着石板上水灵灵的晚霞，一口一口将那所剩不多的夕阳咽到肚子里去。小银子大声嚷叫，荆轲你快来嗅一嗅，这温玉田到底捂在哪儿啦！

十字街口是个热闹地方。绸缎庄、饭馆、杂货铺、豆腐房都派了伙计来帮着刨人。一个披头散发的女人站在一边哈哈大笑，嘴里不停念叨着。这疯女人是大友妈。

都死吧死得一个不剩，死了比活着强呀。

春天的一个傍黑儿，大友不见了。这孩子才四岁。后来在油坊的大缸里漂着大友的尸首。大友妈看见缸里的儿子就疯了。

大友是属小龙的。大友妈在街上疯跑，整天念叨大友是一条小龙。一惊一乍的像是身后有人拿刀追着杀她。

啪！像是一声枪响。人们直起身子抬头看，只见十几个生脸汉子已经包围了十字街口，手里都举着盒子炮。人们愣怔着像是在做梦。

尔雅镇一下子凝固成一块大石头。

大友妈蹲在地上浑身哆嗦。大友死了我们全家都活不成了，这一伙人就是来拿我的。疯女人叨叨着，脸色铁青。

为首的是个精瘦的老汉，瓜条子脸。他夏布的褂子黑绸裤，一顶大檐草帽扣在脑袋上。

别害怕别害怕，我们不伤老百姓。这老汉乐乐呵呵说道，听我支使，男人站一堆儿，女人站一堆儿，不许说话。

这时候小银子才觉出自己穿得太少了。

拎着盒子炮的汉子们早已将店铺里的东家们召唤出来了。一个大嘴汉子从绸缎庄里摘了一幅中堂出来，举给瘦脸老汉看。满盈大叔，这幅中堂是王介臣写的，咱们捎回去吧？

小银子站在女人堆儿里心中想道，这瘦脸老汉名叫满盈，他们是哪

328

路英雄呢？

满盈大叔对店铺的掌柜们说，我们不稀罕银圆，我们要书籍要字画要古董玉器。他说着伸手翻了翻收敛来的一堆书籍，嘿嘿乐了。

这尔雅镇人杰地灵，怎么尽是些个皮影戏的唱本儿呀？三教九流的。我们要的是经史子集，早先京城里翰林们看的书。满盈大叔说着就将那些闲书踩在脚下。这时候东边的铁道线上传来几声枪响，隐隐约约的，满盈大叔变了脸色，快步朝女人堆儿走来。

一个汉子告诉满盈大叔，这边站的都是小媳妇，那边站的都是大姑娘。

满盈大叔朝小媳妇们走来。他十分和气地说让我摸一摸吧咱们赶早不赶晚。

小银子壮起胆子问，满盈大叔你们是八路军吧？满盈大叔不言语，一个接一个摸着小媳妇们的腕脉。远处那一堆尔雅镇的男人被盒子炮镇唬着，不敢动弹。

满盈大叔摸住一个又黑又瘦的媳妇的腕脉，脸色一暗说，你得赶紧吃药呀是肺痨，站到一边去吧没你事啦。

又摸到一个大屁股媳妇的腕脉。满盈大叔乐了。你有喜啦站到一边去吧，我们不要有肚子的。满盈大叔说着又指使手下的汉子们赶紧拾掇东西预备上路。小银子这时候看清了阵势，敢情满盈大叔是在择人呀。她一下子来了泼劲儿，朝前挺起红彤彤的胸脯子。

满盈大叔我也有肚子了。她火热地说。

满盈大叔一把捉住她手腕，目光锥在她脸上。你这小媳妇根本就没有肚子，想逃脱呀。

小银子咯咯咯笑起来浑身像是着了火。

丁六儿，丁六儿！满盈大叔召唤着那个大嘴汉子。丁六儿没了踪影。

一辆胶轮大车，红马驾辕黑马拉套。抖着一串儿响铃飞快冲进十字街口，汉子们都举起盒子炮，要朝着大车开火。满盈大叔大声喊叫不让开枪。

车把式好像是个缺少灵性的傻子，看不出眼前是啥光景。满盈大叔突然老鹰一样扑上车辕。车把式像一只大兔子被摁在地上。

我来接快手姥姥，我们董各庄六个大肚子等着接生哪！车把式挣扎着喊叫。

快手姥姥就是那个接生婆老毛子。这个六十多岁的穷老俄打从落户尔雅镇，不知接生了多少孩子，得了这么个美名。

老毛子从人群中走出来静静望着满盈大叔。

砰的一声枪响。

## 2

街北那家药铺里传出一声枪响，十分沉闷。接着又是一枪，声音清脆了。

尔雅镇上的男人女人全都吓得趴在地上。满盈大叔领着汉子们往药铺里打枪。几个汉子一眨眼工夫就冲进药铺去拿人。

满盈大叔高喊，小心里面有警备队黑狗子。

老毛子蹲在大车边上说，警备队都捂在炮楼子里了兴许全闷死啦。

小银子听着心里也纳闷。这炮楼咋自己就倒塌了？像个纸糊的，准是天热土坯泛潮。

汉子们从药铺里提拎出来一个白白净净的小媳妇。这小媳妇生得太玲珑了，远看像是汉子们手里提拎着一只大母鸡。

她就是药铺的女掌柜若玉。寡妇，水灵灵娇嫩嫩一个小女人。不到三十的年岁。

满盈大叔望了望衣衫不整头发蓬乱的若玉，像是明白了这是怎样一回事。他大声问汉子们。丁六儿在药铺里吧？你这不要脸的东西快滚出来吧。

那个名叫丁六儿的大嘴汉子捂着流血的肩膀走了出来。

330

若玉哇的一声哭了起来，小林黛玉似的。

丁六儿结结巴巴说进药铺是想拿两棵人参。满盈大叔阴沉着脸问若玉。若玉抽泣着说丁六儿进了药铺就脱了裤子要使弄人。

他使弄你啦？满盈大叔问。

若玉说将要使弄的时候枪就响了。

丁六儿扑腾一声跪在首领面前说，没等我使弄就有人打黑枪，揍在我肩窝子上。

谁开的枪？满盈大叔机警地问。

是个穿黑皮的。我朝他开了一枪，这小子一晃进了后院没了影子。兴许是这小娘儿们的男人呗。丁六儿没完没了说着。

这时候有人从镇上大户侯家马厩里征了一辆四轮大车来。满盈大叔就催着那些女人们上车。小银子蹲在靠车辕的那边，叫若玉也凑到近前来壮壮胆量。

满盈大叔让丁六儿进药铺去找一条麻袋来。丁六儿见自己被赦了，连连磕头致谢。

汉子们都上了马。满盈大叔成了赶大车的把式，挥鞭载着女人们就走。

丁六儿从药铺里跑出来，手里举着一条麻袋追着满盈大叔。

大车停下了。满盈大叔问丁六儿这条麻袋合适吗？丁六儿说了声挺好枪声就响了。满盈大叔收起盒子炮，派人将丁六儿的尸首装进丁六儿自己找来的麻袋里，搭在马背上驮着。

尔雅镇的男人呆呆看着这个场面，愈发闹不清这支队伍到底是哪路英雄。

若玉在大车上已吓得昏死过去了。

这时候满盈大叔才看见，那辆来接快手姥姥的胶轮大车还停在南街边上。接生婆老毛子坐在一旁正使纸牌算卦呢。

满盈大叔问车把式董各庄六个大肚子是谁家的媳妇。车把式一一说了。

满盈大叔突然哈哈大笑，说这孩子是愈生愈多呀。说罢他朝十字街口一抱拳，说今天路过贵镇多有打扰，还望乡亲们多多包涵。

一个响哨，汉子们的马队押着一辆哭哭啼啼的马车爆土扬尘离开尔雅镇，飞奔而去。

接生婆老毛子的马车这才敢离开尔雅镇，去向董各庄。

天黑了。疯子大友妈不知从什么地方钻了出来，扯着嗓子喊叫。

他们是秀才匪！他们是东边来的秀才匪！

没人理会疯子的话。大友妈就围着炮楼坍塌而成的土山飞跑。人们这才想起土里边还捂着警备队的大兵呢。

大友妈说，我的大友死啦，秀才匪饶不了我们全家！早晚我家得遭了活埋呀。

听了这疯话，尔雅镇的人们不禁想起三年前镇上的那个泥瓦匠赵金柱的一家七口人。

掌灯时分，被掠去的小媳妇如意妈居然跌跌撞撞跑回了尔雅镇。人们渐渐明白了，袭击尔雅镇的那一群汉子正是大名鼎鼎的秀才匪帮。

秀才改行当了土匪，人称秀才匪。

保甲长们追着如意妈打听消息。院子里站满了没了媳妇的男子汉们。

保长说，皇军进山讨伐去了，警备队又都捂到炮楼子里，刚刚刨出几具尸首。咱们只能自己护着自己了，想个法子救女人们回来。

如意妈是个十分俊美的媳妇，蒙头躺在炕上一言不发。如意爹是个老实巴交的汉子，满是歉意地冲保甲长们说，她也不知道自己是咋被土匪放回来的，像做了一场噩梦。

尔雅镇的男人们只有骂街的本事了。

不要脸，掠人家的女人，斯文扫地！

酸文假醋的，算什么绿林好汉！

如意妈搂着如意哭了一宿没住声。

人们从炮楼坍塌的土山里刨出了一具又一具警备队大兵的尸首，由家眷哭天喊地认领了去。没人不咒骂这土坯垒成的炮楼。

唯独不见警备队小队长温玉田的尸首。

他是个光棍汉子，无亲无故。

3

屋子黑得像个地洞。小银子团缩在角落里，活了二十六年了她才懂得什么叫害怕。她记不清关在这里几天了。茶不思饭不想，她只想抽烟。她烟瘾太大，就连荆轲也熏成了烟鬼。

窗户上严严实实一层苇席，使木条钉着。白天不热，夜里泛寒。小银子懂得节气，知道不是进了山就是离海近了，别处三伏天没这么凉快。她身上的红兜兜红裤衩太单薄了。

白天外边好生热闹了一阵子，赛过集日。人来人往脚步响，就是听不见有人说话，像是到了哑巴国。小银子猜想外边是个大宅院。

闻见饭菜的香味，院子里一阵桌凳响，想是摆了席。又听见一个孩子喊撒尿，一个女人就吓唬这孩子。都是山里的口音，听着很侉。

小银子就想起若玉。若玉的口音也是有些侉，嫁到尔雅镇这些年了还是带着娘家口音。

若玉给关在啥地方了？

临晌午才听见一个男人说话。小银子猜他是个执事。这个执事说，今天从四村八庄招你们来，是给大先生做寿，是为了让他看看后人们。你们大人孩子都别害怕，自家人嘛，该吃就吃该喝就喝。

说罢就响起了一阵吹打。小银子懂得这叫响棚，心里说，这群匪类真像是得了天下有了朝廷，弄出这么大的响动也不怕官府来兵灭了他们。

响棚之后执事喊，给大先生拜寿啦！

只听见一阵三拜九叩的声响，像是地上跪了一大群人。小银子来了精神儿，扒着窗户在苇席上捅了个小窟窿，想看一看寿星是谁。

333

院子里摆了十几张八仙桌子。席上坐的都是女人和孩子，没见男人。孩子大小不一。大的将比桌子高了，小的还在怀里坐着。一个妈妈带着一个孩儿，看着分明。

孩子们不懂事都吃得嘴巴山响。女人们脸上挂着心思，又怯又惧不敢抬头。小银子看出她们大都是土里土气的庄户女人，就愈发想看看寿星是个什么模样。

窟窿太小。只听见是五十大寿。

过了晌就散了席。院子外边套牲口赶车，吆吆喝喝送女人孩子们回家。那个执事一遍又一遍嘱咐着说，回家有人问就说是走亲戚去了，管住孩子的嘴不要乱说。女人们都嗯嗯应着，很贤惠的样子。

人走尽了没了响动。猛地院子里响起一阵洪亮的大笑。笑罢这人说，这些孩子里若有一个成大气候者，也算是造福桑梓功德无量啊。

门响，小银子才在黑暗中醒来，心头乱敲鼓。进来一个汉子，听口音像白天祝寿的那个执事。他不言不语使麻绳将小银子两只手腕捆在一起，胸前举着像是作揖。

小银子说你积德行善给我一颗烟卷儿抽吧。不言不语这个人牵着小银子出了屋。

他像是长着一双夜眼，跟白天走路一样又稳又快。小银子很想和他说话。她扯了扯绳子说，我一个寡妇家家的，你拉我去啥地方呀？

那汉子扯紧绳子疾走。瞎说，大先生请来的贵人没有寡妇。他边走边说。

小银子乐了，说我男人前年尿血死的，我真是寡妇。不信你就去尔雅镇打听。

那汉子不言语了。小银子觉得挺满足，就禁不住咯咯咯笑了起来。

小银子！小银子！前边的黑暗中突然有人喊叫。小银子知道是若玉，就也喊叫。

若玉！你也叫人家牵来啦？

小银子被一团破布堵了嘴。没听见若玉再出声，兴许也被人家堵了嘴。

被牵进一座大宅门。伸手不见五指。听见有人说，给这俩贵人净净身吧。小银子觉出手腕上没了绳子，进到一间黑屋子里。

若玉也被搡了进来。她扑到小银子怀里嘤嘤哭了起来。

地上摸到两只大木盆，水不凉不热。

小银子说，叫洗澡咱们就洗澡，哭管啥用。

若玉说洗净了他们就该使弄咱了。

宅院的大门响了，像是涌进来一群人。

一个鲁莽的声音说，回禀您老，俺们把赵金柱这小子抓回来了。

给他松松绳子，千万别勒死了，逮个活的不容易呀。是满盈大叔的声音，和和善善的。

赵金柱！就是咱尔雅镇的赵泥瓦匠呀，前年他全家七口人都给活埋了。小银子小声说。

若玉浑身发抖说，只跑脱了赵金柱一人呀。

院子里多了一只灯笼，人影绰绰的。

满盈大叔像是在问案子。你是赵金柱吧？

叫你们大先生出来，我×他祖宗！赵金柱吼叫着要往上扑。

小银子想起三年前的那个场面心里就打战。一大早尔雅镇就传开了，说赵金柱一家人半夜里给土匪活埋了七口。麦畦里七颗脑袋使蓖麻叶遮盖着，远看仿佛西瓜地。镇上的人只知道赵金柱的媳妇生了个大胖小子名叫肥头。

可肥头这孩子没出满月就殁了。说是吃奶时呛死的。也有人说肥头是赵金柱掐死的。

满盈大叔说了话。他告诉赵金柱大先生想知道肥头尸首的下落。赵金柱吼叫着说，叫大先生出来见我，我要看一看他是啥样妖魔。

满盈大叔嘿嘿乐了，说赵金柱呀你拿肥头当野种，可我拿肥头当龙种。无论野种龙种肥头也是你媳妇生下的孩子吧？别的男人能忍下这口气，你咋就不能忍下这口气？

335

赵金柱冷笑一声说，肥头叫我给剁成肉酱，掺到泥里烧成青砖了。

若玉歪倒在小银子怀里，两人搂成一处打着冷战。若玉说敢情啥样的狠心男人都有哇。小银子说不狠心的男人还算啥男人呀！

这时候从上房走出一个人来。影影绰绰这个人走到院子当央说，赵金柱我可见到你啦，这几年你还顺遂吧？东躲西藏的太不容易了。

赵金柱说，你就是秀才匪的大先生吧？

告诉我，你使肥头的尸首烧成的那两块青砖藏在哪儿啦？不能让我的肥头没个归处吧。

你就是大先生？赵金柱被四条汉子摁住，嗷嗷怪叫着。哈哈！想不到秀才匪的头子长得像一根竹竿子。我死在你手里真丢人！我一只手能拧断你的腰。

大先生依然平静如水。我洗耳恭听哪，赵金柱你把那青砖藏到哪儿啦？

赵金柱用力大吼说，我明人不做暗事，青砖我砌在日本人茅坑两边，当了垫脚石啦！

黑暗中院子里许久没人言语。坟地一般。

终于听到大先生说话了。

赵金柱呀别忘了宋朝时你们是国姓呀。我借上几亩地下种，说到底干的还是中国人的事情。你呢，给东洋人砌茅坑伺候人家的屁股。

小银子听着，觉得大先生像个教书匠。

我成心让日本人脚下踩着你的种！

大先生哈哈笑了。这笑声小银子听着觉得耳熟。大先生转身往上房走，身影是个细高个儿。只听他说道，满盈兄，把赵金柱也剁成肉酱烧成两块青砖，把肥头从茅厕里给我替换下来。

赵金柱高喊二十年后又是一条好汉。

这时候小银子在屋里喊道，满盈大叔你给我一颗烟卷儿抽吧我瘾死啦。

大先生停住脚步。谁喊叫？胆子忒大。

满盈大叔急忙解释。是从尔雅镇给您请来的贵人。小樊梨花呀。待一会儿您就知道啦。

大先生哼了一声,进了上房。

若玉缩在屋角,像一块发抖的石头。

4

接生婆老毛子到了董各庄。

六个孕妇已经有两个生了产。老毛子前去看望那两个孩子。她用俄语唱歌祝福。没人能听懂她唱的是什么。

这一带的人们多少都知道一些老毛子的来历。她死去的男人是个老白党,在高尔察克手下是一名军官。为了逃避布尔什维克老毛子随着白俄人流跑到中国来。她沿着铁道线卖胰子,进了山海关到了尔雅镇就落了脚,成了接生婆。

中国生孩子的人很多。她就生意红火。

子夜时分,老毛子在董各庄接生了一个男孩儿。产妇死里回生,请老毛子给孩子起个名字,老毛子似乎知晓这孩子的出处,说过几天会有人给孩子来送名字的吧。

产妇听了这话,哭了。

产妇的男人听见自己的女人哭了,在外间屋便使劲儿捶胸顿足,很难过的样子。

上帝保佑你。老毛子对那男人说。喜得贵子呀,千万别学尔雅镇的赵金柱,家破人亡。

那男人用力点了点头,像是听懂了。

还是那辆胶轮大车,董各庄送快手姥姥回尔雅镇。夜色很稠,马车像是走进一张无边无际的大网里。天上的星星就是漏进网里的一缕碎光。

车把式是个老实人。没有狗叫。穿庄过村的时候,车把式便低声说一句讨扰了。

只有在这种时候，老毛子才能从黑洞洞的村落宅院里听到传出孩子的啼哭。她的心就一阵阵发紧。她有时十分后悔在中国干了接生这个行当，沉甸甸喘不上气比产妇还累。

你咋丢家舍业跑到俺们中国来啦？车把式突然说了话，像是从天上传来的声音。

为了活命。老毛子说着，摸了摸怀里那个十分神秘的小本子。每次外出接生，凡是她觉出是来历不凡的孩子，就在这个小本子上记下孩子的姓氏和生辰，用的是俄文。

你们俄国现如今还有皇上吗？

没有了。原先有。

敢情跟俺们中国一样呀。

老毛子说，中国的皇上比俄国的皇上更爱生孩子。中国的孩子多。

车把式像是自言自语。说以前庄户人家不兴请接生婆。这几年好像孩子变金贵了，四处都忙着请你快手姥姥。

有的孩子就是金贵。老毛子说。

车把式问，你挣了不少钱吧？顶个财主了。

有人半夜往我院子里扔银圆哪！老毛子说罢又摸了摸那个小本子。

远处一声狗吠。老毛子知道尔雅镇不远了。那是镇上日本小队长养的一条黑毛大狼狗。这几年为了夜里动弹，土匪们就杀狗。杀得只剩下两条腿走路的人了。

那大黄狗荆轲活下来，全因为它是哑巴。

马车嘚嘚进了尔雅镇。黑暗里车把式问快手姥姥住在哪条街上。老毛子说停车吧我自己走几步。

尔雅镇三条横街一条竖街，方方正正像个王字。车把式牵过牲口往回转，突然说，啥时候我娶上媳妇大了肚子，也请您去接生。

老毛子深一脚浅一脚往自家宅院走。

脚下，一个东西横着绊了老毛子腿。她身子一歪摔在地上。闻到一

338

股腥腥的血味儿。

老毛子伸手一摸便知道地上躺着一个人。这是个男人。男人的骨头摸着跟女人就是不一样。她去抓这男人的手，冰凉冰凉的。

是他呀！老毛子心里吃了一惊。

温玉田的左手是六指儿。

警备队的小队长怎么浑身是血半夜躺在当街上呀？老毛子使劲儿寻思着。

老毛子寻思透了，渐渐心稳气顺。

碰了碰鼻息，摸了摸脉搏，老毛子知道温玉田还活着。他右腿中了一枪，使布条捆扎着想必是为了止血。老毛子哼了一声，站了起来。

她摸了摸怀里那个写满俄文的小本子。

在老毛子眼里，温文尔雅的温玉田简直就是个阴险的活鬼。这几年温玉田像影子一样跟着她，不停地追问着。

老毛子说，我什么都不知道。

温玉田却认为老毛子什么都知道。

黑暗中老毛子站在温玉田身边，像面对着一具尸体。我该怎么办呢？她蹲下身问着昏迷不醒的温玉田，手却摸到一块沉甸甸的石头。

温玉田你死吧，你死了比活着幸福，上帝会饶恕你的。老毛子向四外看了看，天地像是一块墨。她猫下腰，十分吃力地抱起这块石头。

她想举起这块石头。六十多岁了没了这种力气。老毛子颤颤悠悠将抱在怀里的石头对准温玉田的脑袋。死吧死了就没有烦恼了。接生婆念叨着，又显出几分杀人之前的犹豫。

老毛子像是不敢杀人。她抱着石头挪动了两步，对准了温玉田的左腿。上帝饶恕我吧。说罢她狠狠往下一砸，嘭的一声闷响，石头便重重落在温玉田身上。

温玉田疼得轻轻哼了一声。

老毛子慌里慌张跑进自家宅院。

上帝饶恕我吧。老毛子跪在屋里，浑身发抖心儿乱跳。

339

温玉田呀温玉田，枪子儿打断了你一条腿，石头又砸断了你一条腿。你就太太平平坐在家里不要四处走动了。没了腿也就没了祸，上帝会饶恕你的。老毛子自言自语，在胸前画着十字。

镇子东边传来一阵响动。老毛子从中听出混杂着日本兵的皮靴子响。她知道进山讨伐八路军的日本皇军回到镇上，高桥小队长又要使使威风了。

荆轲悄无声息钻进屋来，吓了正在祈祷的老毛子一大跳。你跑进来干什么呀？哎你看见温玉田当街躺着了吗？

荆轲不言不语瞅着老毛子。

老毛子想起了小银子。

温玉田这小子可别死在当街上呀！我可不是要他死，我是要他善善良良活着。老毛子终于按捺不住自己，歪歪斜斜出了宅门又上了当街。

温玉田依然躺在地上，仿佛一具死尸。

老毛子猫腰抱起温玉田的肩膀，使劲儿往宅院里拖拽。二十八岁的温玉田模样似个书生，身子却显得沉重。天将大亮的时候，老毛子才将奄奄一息的警备队小队长拖到了炕头。

她颤颤着手往他嘴里送了几勺水。

老毛子也不知道温玉田究竟是个什么来历。他外表温文尔雅，暗里却尽干些神神秘秘的事情，好似中了什么邪魔。

温玉田哼了一声，睁开了眼睛。

他定定看着老毛子。

你准是在药铺里为了救若玉，让秀才匪的枪子儿打折了腿吧？老毛子问道。

温玉田依然定定望着老毛子。

老毛子说，我看你该娶个媳妇居家过日子啦。上帝保佑你。

十字街口。日本皇军在坍塌的土坯炮楼废墟上浇上汽油，腾地燃起一堆冲天大火。

说是消毒。

尔雅镇弥散着一股秀才匪的味道。

5

尔雅镇没了多年的宁静。镇子整天显得颤颤抖抖的，像一个冬日里没穿棉衣的孩子。

十二个警备队大兵全都给捂死了。保甲长们出面操持吹吹打打装棺入殓进了坟地。

而那十二个被土匪掠去的媳妇，却不知何时才能有个下落。就有人说十二是个吉利的数儿，生也吉利死也吉利，耐着性子等着吧。

日本皇军小队长高桥三郎早就传下话来，尔雅镇是个模范镇，要强化治安。

温玉田仰靠在药铺堂屋的躺椅上。他闭目养神，看上去像个病在路上的赶考举子。

他的两条腿都断了。贴着前街苏大仙祖传的膏药。苏大仙为温玉田正骨的时候显得有些难过。温队长您才二十八岁就瘸了两条腿，吃不成行伍饭了。苏大仙说着又有了喜色。离了行伍您就该转运啦，吉人自有天相。

温玉田不信苏大仙的话。他住在药铺里养伤。若玉被土匪掠去了，店堂里只由一个伙计支撑着门面。伙计递上一碗黄酒佐着一个药丸子。温队长喝药吧，它活血止疼。伙计又说，您叫木匠铺给做的那一对儿木拐，这几天就得。

温玉田说，往后我就成了四条腿走路了。

伙计笑了，说四条腿走路是牲口呀温队长。

一群人无声无息进了药铺就都跪在地上。温玉田惊呆了，闹不明白是怎么一回事。

为首的是个老头儿。人们都是四外庄子上来的。就这么不言不语跪在温玉田的两条断腿近前。老头儿抬起头望着温玉田。

341

温队长你说这炮楼子咋就倒了呢？

天热土坯干不透，垒成炮楼子就没筋骨呗。

那你为啥还急急火火往里轰人呢？就不会等两天再驻进去？你坐在药铺里喝茶，大伙都砸死在炮楼里，这咋说呢？

你们不会说是我成心谋害大伙吧？我与那十二个弟兄没冤没仇的。这事儿我跟高桥太君也认了错。往后我也不是警备队小队长了。

老头儿回身对众人说，炮楼是自己倒的，温玉田也成了没腿的废人，大伙说吧怎么办。

温玉田从众人眼光中看到一股杀气。

一个小伙子说，我弟弟砸死了反正得有人偿命。温玉田循声瞅见那是个瘦巴巴的小伙子，手里拎着一把短锄。

那咱们就锄了他吧，以命抵命。老头儿说。

温玉田明白了。这些人进门便跪，是给他行索命的礼。他苦笑了，闭上眼睛等着。

柜台里伙计浑身发颤说，千万可别动手呀犯了王法。

那瘦巴巴的小伙子抄起了身后的锄头。

温玉田只想着那件尚未办完的事情。

一个汉子突然进了药铺。他脚下无声像是身有轻功。跪在地上的人们呼啦都站了起来，惊惧地望着这个外路打扮的汉子。

这是个令人望而生畏的汉子。他诧异地望着这些拎着锄头的人，又瞅了瞅温玉田。

老头儿说了声走吧，人们就退出药铺拿腿往镇外去了。温玉田还在闭自养神。

汉子络腮胡子很旺。他从肩上摘下皮褡裢，递给伙计一个药方说，快抓药吧我急着赶路哪。

温玉田听到这人说话，睁开了眼睛。

那汉子便转过身去，给他一个背影。

怎么没锄死我就都走啦？温玉田小声说。

伙计惊讶着说，老客您这药方真大呀干啥用呢？菟丝子、桑寄生、川续断、真阿胶都是论斤抓的剂子。

抓药还能干啥用，医病呗。汉子硬声说。

温玉田捂着两条贴着膏药的断腿突然说，老客你抓这些药是回去做药丸子吧？保胎丸。

汉子盯了温玉田一眼。你是坐堂的先生？

路远，抓了药你快走吧。温玉田说。

汉子往药铺外一张望，变了脸色。

他飞快地从粗布褡裢里掏出两块生着绿苔的青砖，嘭的一声扔到柜台里，落在伙计脚下。伙计正在抓药，随口说这是啥砖呀又臊又臭招苍蝇。砰的一声枪响。

汉子一跃钻进药铺的后院。温玉田高声喊叫伙计快趴下。几个日本兵端着三八大盖冲进药铺，砰砰放枪。

瘦脸翻译官喊叫着抓活口。很清脆又响了一枪。温玉田叹了一口气。日本兵的大皮靴声远去了，追得很紧。

伙计趴在柜台下边颤声问，刚才那位老客是八路军吧？

温玉田依然仰卧在躺椅上活像是挨了庞涓算计的孙膑。他说，你见过八路军呀？这老客是个秀才匪，秀才匪里跑腿儿的小喽啰。

你认识秀才匪呀？伙计站起来问。

温玉田郑重着脸色指使伙计把刚才那老客扔下的两块青砖搬到后院里去，找个地方放妥实了。伙计以为温队长看出这两块青砖是宝贝，就遵命办了。

这秀才匪呀，就是掌故多。温玉田说。

伙计说，你给我讲讲秀才匪的故事吧。

这时候又高又细的老毛子走进药铺。

伙计问，您还咳嗽吗姥姥？

老毛子手里拎着两支新拐杖对温玉田说，我去靠山庄接生看见好木料，给你做的。

温玉田眨着大眼睛笑了，说了声谢。

老毛子说，坐在家里别起旁的心思啦。

老毛子走了。太阳光里她黄色的头发依然枯涩，像玉米吐出的须穗无光无彩。

她是你的救命恩人哪。伙计望着当街的阳光对温玉田说。尔雅镇都知道闹秀才匪那天，温玉田开枪打伤了使弄若玉的丁六儿，又被丁六儿打中了右腿。温玉田顺着臭沟爬进一家的猪圈。入夜他爬到当街便昏死过去。

老毛子救了他，又请来了保长和郎中。苏大仙给他正骨时说，右腿是枪子儿打断的，左腿像是使啥东西砸的，断在右腿之后。

是谁趁我昏死之时砸断了我左腿呢？

温玉田抄起老毛子送给他的两支木拐杖，心里一阵酸楚。这拐杖就是我新换的两条腿呀！浓眉大眼四肢匀称的温玉田悄然落泪。

远看他只是个半身的男人了。

伙计从门外进来说，皇军把刚才那位老客抓回来了，我看兴许是要在空场上毙了他。

那两块青砖肯定有来历，你藏妥了吧？

温玉田说着便想起身看看那汉子。

他忘记了自己已经丧失了那两条东奔西跑的长腿。他站立不起便捶着脑袋叹息。

大友妈赤着上身两只干瘪的乳房乱颤着跑进药铺。伙计立即就说，疯子出去疯子出去。

温玉田，是你害死了大友。有人瞅见你把大友扔进油坊的大缸里啦！

温玉田两眼放出光芒，盯着这疯女人。

她扑了上来。温玉田我杀了你！

伙计跑上来拉住大友妈。伙计说，温队长我望见一辆白马驾辕的轿子车进了镇往咱这边来啦。之后他使劲儿把疯女人推出药铺搡到街上。

温队长，是颜菲小姐来啦！伙计在门口说。

他听罢低低一声长叹，仰卧在躺椅里。

大友妈坐在当街还在胡说八道。

伙计瞭望着道，皇军拦了颜菲小姐的轿子车，在镇口老榆树下。

她有良民证。温玉田慢声细语说着。

一表三千里。他是表兄，她是表妹。

## 6

日本兵拦住白马驾辕的轿子车刚要盘问，没想到车内竟传出一连串日语。

您辛苦了！我是滦山学堂的教师颜菲，到贵镇探望亲戚。这日语虽然有欠纯正，但日本兵大受感动觉得十分动听。

立即追随着一群看热闹的人。尔雅镇民风古朴，从未见过一位中国女人能够哇哇呀呀讲日本话。大东亚共荣圈。先是韩国人都不会讲韩国话了，接着中国的学堂也纷纷开设日语课程。这股风还没吹到尔雅镇来。

马车停在了药铺门前。比看花轿还要新奇，人们守在马车两边候着景致——先看到的是颜菲迈步下车，黑色凉鞋黑色线袜黑绸长裙。人们便哟的一声表示欢呼，这种新派的穿着。

颜菲细高个儿。颜菲身上的主要颜色是黑。黑衣黑裙黑头发黑眼睛。站在那里很像是太阳地儿里投下的一块阴影，凉森森的。

她眨了眨一双狭长的眼睛，瞧了瞧围观的人们，就高傲地走进了药铺。人们没了眼福。

温玉田坐在躺椅里叫了一声颜菲你来啦。

颜菲走上来。看见他双腿都贴着大膏药，她脸色倏地一沉连声说，我就知道得出事，我就知道得出事。说着颜菲掏出一块黑色手帕，揾鼻尖上沁出的汗珠儿。

345

没腿你怎么能行呢，没腿你怎么能行呢。

颜菲不停地说着一些与腿有关的话，又不停地眨着一双狭长的眼睛，还不停地用手帕擦着鼻尖上的汗珠儿。

药铺挺大。她眼中只有温玉田的两条腿。

伙计说，颜菲小姐你喝一碗酸梅汤吧。

颜菲说不喝不喝多谢你啦快去给我雇四个人来带两条扁担。

她说话很快像大江出峡一泻千里。

伙计细狗一般跑出去雇人了。

温玉田强笑着说，是秀才匪，这腿！

秀才匪？颜菲大惊失色说。那位大先生咋下山啦！他不是青灯黄卷不食人间烟火吗，咋又开了杀戒？她一边念叨一边在药铺里踱步。

温玉田迷恋地望着颜菲，全忘了腿疼。

颜菲停住脚步问他。都断啦？

都断啦。伤筋动骨一百天。他轻声说。

伙计领着四个后生及两条扁担来了。

颜菲说你回家住吧这药铺不是长久之地。说罢就支使四个后生将两条扁担插进躺椅。

抬起温玉田便朝他宅院里走。

当街上遇见瘦翻译官。他认识颜菲，就涎着脸皮用日语挑逗她。颜菲冷着脸说，翻译官你用日语说脏话，是亵渎大和民族！你不怕太君惩处你吗？

瘦翻译官立即改用中国话说，颜小姐息怒。

朝前走。大友妈拦在路上又蹦又跳。

我知道谁杀了我儿子！我知道谁杀了我儿子！这声音听着阴森森入人骨髓。

温玉田的宅院是租的，小里小气，那院墙也是厚厚的篱笆，盛不下秋景也关不住春色，啥东西都在流动不像久居的样子。

赏了那四个后生。颜菲关了宅门立在当院里，定定望着温玉田。

玉田,上帝太不公平啦咋偏偏伤了你的腿呀!可恶的秀才匪成了真正的土匪,天杀的。

温玉田坐在躺椅上张开双臂。他泪流满面说,颜菲,我完啦!我完啦!

她快步走上来,蹲下身说,你别泄气!

他与她紧紧拥抱在一起。天知地知。

你别离开我啦!行吗?温玉田瘫软在颜菲怀里。她抚摸着他的头发说,别像小孩子一样,咱们还要办大事情呢。

温玉田似乎明白了颜菲的心思。他说,过些日子我就学会架着两拐走路了。

颜菲笑了。我还说过带你去北平去天津玩呢,你还想去吗?

想去!我架着双拐也要去。到北平呀我先去看看你念书的那个教会学校是啥样的。

温玉田没进过学堂的门。他从开蒙识字,就授业于家学。提起大都市的洋学堂,温玉田常怀有自卑心理。颜菲就像画中人。

颜菲要下厨给温玉田做吃的。温玉田连忙说,我的大小姐呀,这可不是你干的活儿。

颜菲说我这不是下凡了嘛。她笨手笨脚给他熬了一锅粥之后说,在北平念贝满女中的时候有一次喝汤我可闹了笑话。

温玉田津津有味听着,忍着腿痛。

之后颜菲去了老毛子宅院。老毛子正在家中祈祷。她有些慌张地接待着不速的客人。

颜菲是前来道谢的。她觉得老毛子很亲切,祈祷的时候像个虔诚的大孩子。

颜菲的父亲是滦山煤矿的董事,常年与英国人共事,早就成了一名基督徒。

她说,要不是您半夜救他,玉田失血过多就没命了。颜菲说话时眉毛向上撩着,显出几分高贵。老毛子想了想,终于开了口。

347

你是表妹吧？他是表兄。你带他离开尔雅镇吧，永远也不要回来了。

颜菲心虚红了脸。您这话是什么意思？

尔雅镇是个常有灾祸的地方，温玉田不该常住这里。我说这话你明白吗？老毛子说。

颜菲十分严肃地望着老毛子。

老毛子说你们中国人太爱生孩子了。

颜菲听了这话很是不屑。她说，我觉得夫妻一场未必非得生孩子不可。

颜菲小姐你是新派人物。你相信上帝吗？

我受过洗。颜菲说着就告辞了。

天将黑的时候，颜菲吻了温玉田，说我该往回返了你安心养伤吧。温玉田说你要常来呀。他眼睛里眨动着泪光。

白马驾辕的轿子车离开尔雅镇回往滦山煤矿。颜菲每每到尔雅镇，总是当日来当日返从不宿在这里。使人觉得她是天上的一颗仙女星，忒亮。照得别人睁不开眼睛，便看不透她的心。

仿佛颜菲真是温玉田的表妹。

颜菲走了，温玉田独坐宅院，发呆。

他拍了拍手，暗处跑出荆轲——活像一个刺客。摸着刺客的脑袋温玉田说，荆轲呀我跟你说连颜菲都不知道我的心思，我恨我自己没了腿呀！我还有大事情没办完呢。

传来女人的抽泣声。温玉田这才想起一道篱笆墙之隔，那边便是如意家。

如意爹是个木头脑袋的箍桶匠。他正在逼问自己的老婆，为啥秀才匪单单放她一人回来。

如意妈哭泣，如意爹就揉搓她。

为啥放我回来？你真是木头脑袋不记事情！

温玉田便仄耳听着。

如意妈一边打蚊烟一边讲说着。

出了镇子我跳下马车就往回跑，我嚷叫说我是如意妈我是如意妈。那个满盈大叔不信。我说我家原先住沙河集去年搬到尔雅镇。他就让我说如意的生日。我说八月初八辰时。满盈大叔说我比早先胖了，就放我回来了。他还嘱咐我一心一意把如意拉扯大，别出差错。

如意爹说，我明白了，敢情是妈妈沾了儿子的光呀，如意这个小杂种！

你想赵金柱呀？不愿活了？如意妈小声说。

温玉田偷听着，觉得热血上涌。如意爹又说，这一阵子秀才匪也不往咱宅院扔大米了，他们忘了如意了吧？

吃大米是死罪，当心日本人毙了你。

温玉田听了，使劲儿挥了挥拳头。他觉得自己能站起来了。如意呀如意！我知道你是啥来历了。他寻思着，激动不已。

这时柴门一闪进来一个人影。这个人手里拎着一把锄头。

是药铺里那个立志为弟报仇的瘦巴巴的小伙子。他小声咳嗽着说，在药铺里我就该除了你，大伙犹豫了。我可不能犹豫了为了我弟弟。

温玉田从激动的情状中冷静下来，看着夜光下这把泛着寒光的锄头。

炮楼子也不是我弄倒的，你为啥非要我偿命呀？打仗在前线上死了当兵的，也要长官偿命吗？我看你是穷乡僻壤的刁民，无理取闹！

瘦巴巴的小伙子呆呆地听着。

温玉田哈哈大笑。

其实我早就不打算活了。姓温的这一支儿传到我这儿，理应绝种！可我还有事没办妥，先绝不了命。你非要锄了我，就锄吧。死了心里就啥事也没有了，妥啦。快动手吧我还忘了问你贵姓呢。

手持锄头的小伙子像是在听评书，已经入了迷。他依然瞅着温玉田，似乎还想听下去。

温玉田烦了，大声呵斥。你咋还不动手呀算啥男子汉！

小伙子一怔忪，转身撒腿就跑。

荆轲扑出去便追。

温玉田心里说，等我把该办的事情都办完了，就请你来锄我。

隔墙院子里传来如意的哭闹声。

这孩子想吃甜瓜。如意妈说明天给你买。

温玉田心头一抖颤。

## 7

颜菲的马车向东往大盐滩走。她只得亲自走一趟了。车把式是个哑巴，夜就更沉了。以往温玉田有腿，颜菲只动一动嘴。她嘱托温玉田办事，他当成圣旨全心全意去做。

她离不开温玉田，温玉田也离不开她。

逢五遇十，大盐滩那边的大神堂便有人候着。颜菲坐在马车里觉出冷了。她知道对方见到自己会大吃一惊：深夜咋来了个女人？

以往深夜前来的都是那个姓温的男人。

每次都是我让那个姓温的男人来的。

前方红灯笼一闪黑暗里有人发问。你是谁，女人家半夜跑出来干啥？说着又学了三声猫叫。

颜菲立即三声击掌，叫了声同志。

交了那只葫芦，马车往回返，赶往滦山煤矿。学堂里暑假开学，颜菲还是住在教师宿舍里。

她与在矿务局当董事的父亲决裂了多年。人们都说颜菲是个脾气古怪的女子，像个女皇上谁也管治不得。女皇上没有婆家。

马车在夜路上行走着。颜菲心里很兴奋也很轻松。她知道自己是个了不起的女人，便哼起歌子。马车停住了。

哑巴车把式咿咿呀呀叫着被人拖下车辕。

颜菲知道这里是敌我拉锯区。她探出身问道，你们是干什么的？

黑暗中立即有人喜悦地说，是个女人，真没想到是个女人，带回去！

你们是干什么的？太放肆了！

没等颜菲说完，她的嘴就被一只手巾捂住。拦腰一抱颜菲就被装进一只大口袋里了。一匹马驮着这只口袋，颠簸着随着马队跑进夜色中。

只剩下哑巴车把式和他的大车。

兴许是遇到土匪了，颜菲在大口袋里想。

小银子是眼瞅着这马队从自己身边跑过去的。她闪到道边蹲着，恍恍惚惚看见一匹马背上驮着个大口袋，就猜想是个女人。

马队过去了小银子上了道路又往前跑。她是逃出来的。这几天小银子已经觉出，那满盈大叔是有意让她和若玉逃走的。门上没锁只用绳子系着，门外也没见有喽啰把守。

她说若玉咱们跑吧别白吃人家粮食了。

若玉浑身发抖说，跑是那么容易的吗？人家还没使弄咱呢。

小银子觉得若玉又傻又胆小。

使弄啥呀？人家嫌咱们是寡妇没门户。小银子数落着若玉，寻思着如何逃跑。

其实，在秀才匪宰赵金柱的那天夜里，小银子就全明白了。洗了澡，小银子和若玉都换上衣服，被领进满盈大叔的南房。宅院里黑洞洞的，只有这南房点着一支蜡烛。

条案上摆着笔砚。满盈大叔翻开一本大册子，戴上了老花镜。

小银子扑哧一声乐了，说满盈大叔活像个账房先生。若玉却抽泣起来了。

满盈大叔说尔雅镇人杰地灵你婆婆家姓啥娘家姓啥呀。小银子嘴快，说我婆婆家姓郑我娘家姓何。

郑何氏，你男人是做啥的？满盈大叔边问边抄起毛笔，要往大册子上录。

货栈里管账，前年春上死的，尿血。

351

咦！满盈大叔惊异地抬起头。你是寡妇？

小银子笑了说，我俩全都是寡妇。

我咋这粗心大意，这么远的路把你们俩请来了。满盈大叔像是非常恼恨自己，合上了大册子说，寡妇的日子不好过呀。

小银子说，好过，我养野汉子呀。

满盈大叔又问若玉，你没生过孩子吧？

小银子抢着说，她没生过孩子，我生的孩子跟你一般大了。之后她便咯咯咯笑。

这时院子里有人说话。听得出是那个大先生。小银子胆子忒大站起身往外看。

院子里黑，什么也看不见。

大先生黑暗里说，满盈兄我歇半个时辰你再送一个贵人来，我多做一个就多一个呗。

满盈大叔起身走出屋，与大先生低声说话。

大先生笑了。他提高嗓音问屋里，你俩是尔雅镇的，有个温玉田这人咋样呀？

小银子说你给我颗烟卷儿抽我就告诉你。

大先生叫满盈大叔送进一支水烟袋。小银子接到手里忙吧嗒吧嗒抽着说，温玉田是警备队小队长，没家没业模样像个书生。

若玉接着说，小银子说得对温玉田没家没业模样像个书生。

大先生说温姓自古出文人呀温庭筠就是一个。若玉鼓足胆子，说温玉田也爱作诗填词的肚子里有学问。

这时候黑暗中一个女人被送进上房。满盈大叔说大先生你请吧贵人到了。大先生叹了口气回上房行使人道去了。

满盈大叔进了屋。他说大先生挺喜欢小银子，只可惜是个寡妇没有门户，就不能做了。

满盈大叔送小银子和若玉进了一个小跨院，安顿在一间小屋里，说你们歇着吧。

小银子叫了声满盈大叔。

满盈大叔回过头来说，你真是个小樊梨花呀，我要不是身在黑道，就认你做干闺女。

之后一连几天，小银子和若玉就住在这无人看守的房子里，一天三顿有人送饭。

那天送饭的老婆子说，你俩还没走呀住上瘾啦？小银子嚼着馒头心里更明白了。

人家不往咱这寡妇身上下种，咱们别在这儿充大肚子妇啦！小银子拉着若玉要逃。

若玉吓得迈不开步子。小银子就自己逃了出来。她知道这辈子再也见不到满盈大叔了。

小银子伏在道边看见马背上驮着那只大口袋。她不会知晓口袋里头是那位傲气凌人的女教师颜菲。她只是边走边寻思。那位大先生什么模样呢？他吃饱喝足就一门心思干这种事情呀，四处撒种又有啥用呢真傻！

颜菲被驮进那座宅院。有人解开大口袋，搡她进了一间没掌灯的屋子。一只盛着温水的大木盆绊了颜菲的脚。她脱口叫道，果然又是秀才匪呀！

叫那个满盈来见我！她尖声叫着。

这叫声传到上房，连正行房术的大先生都听到了。这座深宅大院给这个女人的叫声震住了，一片死寂。

谁叫喊呀，这么大的胆子！满盈大叔来到屋门外，阴沉着嗓子。

屋里传出慢条斯理的声音。你是满盈呀？叫你们那个大先生来见我。穷途末路的文人当了山大王也算是功成名就啦。

听着这冷飕飕的女人声音，满盈大叔也犯了迷糊。您是谁呀我请问了？

我是被你们抢来的贵人呀，嘿嘿。

亮明了牌吧您是哪条船上下来的？

大先生受了惊动，身着长衫出了上房连声问满盈到底怎么回事。

满盈也不知怎样说才好，一个劲儿摇头。

大先生见此状很是不悦。怕啥，她还能是个武则天呀！从哪儿请来的她？

去大神堂半道上从马车里掏出来的。

颜菲在屋里说，大先生你见了武则天怎么不下跪呢？胆大包天！

你、你到底是谁？大先生气得有些发抖。

八年前你这个穷秀才刚造反当了土匪头子，咱们就打过一次交道。你忘了？

满盈大叔说，这些年大先生不知耕了多少顷地，记不清你是哪一位了。

屋里屋外，谁也看不清谁的面孔。

颜菲呵斥满盈，说你这个江湖郎中误了三条性命跑到秀才匪里来躲清静。

去揪她出来让我看看是谁！大先生急了眼。

居然无人敢到屋里去揪颜菲出来。

一个喽啰小声说，这女人的声音听着这么瘆人呀跟死鬼一样。

告诉你吧，八年前我的名字叫颜玉露。

满盈大叔一听便"啊"了一声。大先生半晌不语，只是冷笑着。

八年前你可是一个文文静静的女孩儿呀，没有今日这般张狂。大先生终于大发感慨。

八年前名叫颜玉露的女子被土匪劫到了大先生面前。这女子只知道哭泣，样子楚楚可人。大先生知她是个女学生出身的人早就十分欢喜，要娶她做儿媳妇。她不知大先生的儿子是个什么模样，只知道不能嫁到土匪窝里身为人妻。

说是等到晚上大先生的儿子就来相亲。颜菲不哭泣了。她说，婚姻自主恋爱自由，为啥要逼迫我嫁给你儿子呢？你放我回去吧，我教的那二十多个学生还等着我去讲课呢。

大先生听了，神色黯然。

我也是教书匠，之乎者也了半辈子，才混到今天这个样子。有人有枪有地盘，自己能做自己的主。你教一辈子书，就能齐家治国平天下呀？留下吧，这里就缺你这么一个念过洋学堂的人。大伙合力创出一方天下。

颜菲听罢又哭泣起来。她说，你知道德先生和赛先生吗？你钻的全是中国的故纸堆吧。

大先生笑着说，你这个姑娘呀，中学为体西学为用，这些我都懂。当年我也拥护胡适之先生的白话文运动。你不懂人生莫测啊！

夜晚，从窗户跳进一个人来。堵住嘴巴捆住手脚这个人背起颜菲就走。路上，这个人说别害怕颜小姐我救你回家。

颜菲听出这个人是一个小伙子。

放开手脚走了几天，果然到了滦山地面。

这个小伙子就是温玉田。他说，我不回去了，我要一个人闯天下，长本领。

颜菲十分惊讶，秀才匪里居然还有这样一表人才的喽啰。她就告诉他世界很大很大。

相识了，他与她便以表亲相认。温玉田穿上军装入了行伍。颜菲一直照耀着温玉田。

八年之后，颜菲又被抢进了秀才匪窝。

天放亮时分，颜菲被请到上房叙谈。

真是巧合，整整八年啦，颜小姐别来无恙？

颜菲觉得大先生添了几分老态，不比当年那么英气勃勃了。她笑着说，我记得当年您曾打算留下我，办一所子弟学校让部下的孩子都念书受教育。

大先生苦笑了。当年何止想要办教育！如今看来真有些好大喜功了。恍惚如隔世啊。

看上去他已经萎靡下来了，心绪不整。

她借机询问。大先生您事业顺达吧？

谋事在人，成事在天啊。大先生说。

颜菲气盛地说，我不信天也不信地，更不信鬼神。我只信幽灵，那个在欧洲大地上徘徊的幽灵。她背诵书本似的说着。

大先生觉得颜菲也变了，没了以往的纯净，多了如今的骄横和浮躁。他居然有些听不懂她的话。他说，你只相信幽灵，这是信了魔教吧？

颜菲大声笑了起来。大先生受到了这笑声的震荡，心儿一阵紧跳。

温玉田这些年来怎样？还是单身一人呀。

颜菲说，他救我下山您很恨他吧？

他父亲很思念他。大先生说。

颜菲很惊讶。温玉田还有父亲呀？

除了孙猴子，人人都有父亲啊。大先生说。

颜菲转了个话题，你们不要压迫百姓当土皇上，应当成为一支抗日救国的人民武装。

大先生沉下脸说，你到底是干什么的？


## 8


进了尔雅镇，晚晌炊烟的味道还没有散尽。小银子一路走着不停地往肚子里咽馋涎儿。

镇口大榆树下倒挂着一具尸首。天热，蝇子都搬来住了，追着臭气飞舞。

小银子认不出这尸首是谁人。

镇子死气沉沉的，像个没人疼爱的寡妇。

小银子想知道温玉田和荆轲的下落。

大水坑里一群孩子正在洗澡，光着屁股活像一群游动的大泥鳅。小银子突然觉得离开尔雅镇没几天，却添了许许多多孩子，满世界跑动。

她心里一阵打战儿，很不舒坦。

一条街筒子，小银子竟然没遇见一个人。

拐进后街气就不好喘了。满眼全是人，麻样。都立在侯公祠门前，合议着啥大事情。

全是本族本家的侯姓人。一个人瞅见小银子就喊了一声。人们扭身全都看着她，很惊喜的样子围了上来。

你回来啦！你们都回来了吧？

小银子这才想起这一遭被土匪掠去的十几个女人中，有五个是侯姓人家的媳妇。

若玉的婆婆家就姓侯。侯氏是镇上的大姓。小银子大声说，我叫若玉跟我一遭逃出来，她吓得不敢，别人的下落我就不知道啦。

侯姓人们失望了，不言语。

小银子告诉他们，说这一路走了几个镇甸，不少人家都有女人叫秀才匪掠过，过一程子就放回来。死不了，天天馒头炖肉吃犒劳。

这饭食比自家过年吃的都强。小银子望着侯姓人们猛地一拍大腿说，温玉田怎么样啦？我忘了问你们。

回答说搬回土宅子住了，伤筋动骨呗。

伤筋动骨？小银子快步奔温玉田宅院走。

邻院是如意家。如意妈六神无主跑出宅门，召唤着如意。她抬头看见小银子便急匆匆问，秀才匪放你回来啦？说罢又问瞅见她家如意没有。小银子说了声没瞅见。如意妈丢了魂似的往前呼喊如意去了。

小银子推门进了院子。院子里没人。她笑了，心里想吓上温玉田一大跳，就轻手轻脚进了堂屋。里间屋传出温玉田的声音。

温玉田的声音从未这样凶恶过，听着仿佛刀子扎心。他在向一个人逼问着什么，要那人讲出底细来。

我猜出来了，咱们镇上有几个。我要你告诉我这方圆四乡八镇到底有多少？立一本花名册给我！温玉田吃力地吼着。

我啥都不知道。我看你是自己不会生孩子，见了别人的孩子就恨得

357

要死。

小银子听出这是那个老毛子的声音。

放屁，谁说我不会生孩子！温玉田急了。

小银子一步迈了进去，说你俩一老一少吵个啥呀我回来了。话音落地屋里就死寂了。

老毛子头发蓬乱像个刚刚挨了打的老鬼。温玉田拎着两支木拐像个煞气冲天的断腿阎王。

温玉田懵懂着说，小银子你回来啦？

才去了十二天你就回来啦。老毛子问。

你恨不能我六十年才回来呀？小银子说着抄起炕沿上的烟卷儿，点着猛抽起来。玉田你腿出了啥毛病呀这伤兵样形的？小银子蹲下摸着他的腿，哭了起来。没哭出气势来小银子就转了舵，说这一路跑回来走了五天，路过双流集还赶上了庙会，听了一晚上皮影戏哪。

温玉田乐了，说小银子就像是回了一趟娘家。小银子听了这话说，活着就得乐呵，人家老毛子跑到咱中国来不照样活着嘛。

老毛子说，温队长你娶了小银子好好过日子吧，别动歹心了。说罢她就走了出去。

温玉田望着小银子说，你是逃回来的？

瞅着温玉田的伤腿她说，你咋成了这德行，年轻轻的啥时到头呀。温玉田抓住小银子手说，是丁六儿开枪打的，这该死的秀才匪。

他望着小银子那两条好看的腿。

不知为什么，温玉田没了心思，渐渐松开了小银子的手，小声说你走吧你走吧。

小银子说你吃错药啦一冷一热的。

你给我走！快走！温玉田火气更盛了。

小银子不理他，坐在炕沿上抽着他的烟卷儿，一支接一支很是过瘾，她又哼起皮影戏。

若玉呢？温玉田软了下来，问小银子。

若玉？谁是若玉呀我不认识。小银子说。

温玉田又上了火，抄起那支撸子说，我毙了你。说完他又自己笑了。这笑容很难看。

小银子蹲在堂屋搂些柴火点火做饭，干脆麻利是个一等的小媳妇。温玉田望着火光掩映之下的她，心头一热。

镇口大榆树下挂的尸首是谁呀？

温玉田回答说是秀才匪的一个小喽啰。

秀才匪的首领那个大先生还打听你哪。

他说啥啦？温玉田紧声问。

没说啥，只是打听你。准是怕你发兵去讨伐他们呗，你大名鼎鼎温队长无人不晓呀。

大先生啥样，胖了吧？温玉田轻声问。

没看清，兴许挺瘦，不矮。

温玉田口气硬了。你咋会没觉出胖瘦！

小银子咯咯咯笑了起来。饭熟了。

你以为大先生使弄我啦？轮不上你吃醋他一指头也没碰我，隔着苇帘子说的话。

真的？那若玉呢若玉让他使弄了吧？

嗨！谁知道若玉现在咋样啦她胆儿忒小。

这时街上传来如意妈那沙哑的号叫。

如意丢了。找遍镇子也没见如意的影子。

如意妈寻找儿子的喊叫，谁听了身上都得起一层鸡皮疙瘩。像一头母兽。

温玉田紧闭双眼，定定坐在屋里。

小银子盖上锅，跑到街上去劝慰如意妈。

如意妈呻吟着说，如意回不来了如意回不来了。她像是估计到出了什么事情。

疯女人大友妈在一旁哈哈大笑。笑够了她又喊叫。生孩子是祸！生孩子是祸！

人们看见小银子，如意妈就不是热闹景致了。七嘴八舌问候小银子，仿佛她是出洋回来的人物。小银子躲闪着连声说，别打听这么多，事情知道得忒多兴许就是灾祸。

果然人们安静下来，东张西望像是怕见妖魔。远处那座青砖垒的炮楼顶上一盏汽灯亮了。日本兵像是受了什么惊动，往四外张望着。

小银子搀着不言不语的如意妈。如意爹迎上来，瓮声瓮气说，这一遭我是浑身长嘴也说不清白了。是谁弄走了如意呀！

温玉田依然坐在屋里闭目养神似已入定。

老毛子进屋站到他的跟前，哼了一声。

温玉田睁开双眼瞅着老毛子说，你又来啦？

是你又弄死了如意！你这个魔鬼。老毛子声音发抖，颤着双手又说，你断了两条腿坐在家里咋还能杀人呀？告诉我如意在哪儿！

大黄狗荆轲扭着屁股走了进来。

你总得让我把该办的事情都办完了吧？温玉田慢悠悠说着，两眼像两支枪口泛着光。

你为啥跟这些孩子过不去呢？老毛子说着便往上扑。温玉田举起了那支狗牌撸子。

大友也是你杀死的，对不对？有能耐你去杀秀才匪，杀这些孩子算啥能耐！

温玉田说这些孩子都是经你手接生出来的，他们是谁的种你心里最清楚。

老毛子的脸上现出恐怖神色。大先生在那儿忙着生，你就在这儿忙着杀？

温玉田使劲儿点头。走漏了风声我就杀了你这个穷老俄。他凶狠地说。

院子里传来脚步声，小银子回来了。

小银子听见老毛子在就扯起嗓子说笑。

360

姥姥你一天往这屋里跑三趟，是看上温玉田小白脸了吧？你六十多岁的老婆子劲头不小哇！小银子说着就摸着洋火掌上了灯。

小银子惊讶。咋到了阎王殿啦你们都阴沉着脸？快吃饭吧十几天没吃家里粮食了。

老毛子不懂啥叫阎王殿，叹了口气走了。

大街上一阵脚步乱跑，听着犯邪性。吵吵着说如意的尸首找到了，在西边小树林里。

吹灯，咱们上炕睡吧。温玉田对小银子说。

## 9

保长去找翻译官。通融了，皇军同意放下大榆树上挂着的那具尸首，埋了。

瘦翻译官说穷山恶水出刁民，都是土匪。

这尸首就是那个乔装进镇抓药的秀才匪喽啰。日本兵抓住他久审不供，就带到空场上当着尔雅镇的人们来拷问。

那汉子没等日本人动刑就扑向押解他的刺刀，死了。流了一地血。招来很多苍蝇。

温玉田捐了一领苇席。一卷，就埋了那汉子腐臭的尸首。几个闲人去坟地埋了那汉子，看见如意爹扛着木头匣子来埋如意。

几个闲人认为尔雅镇出了个老马猴儿，专门弄死小孩子。大友在先，如意是第二个。

如意爹瓮声瓮气说，大友之前还有恢头呢，不知是谁给他一块山芋，吃了就死了。

咱们得想法子逮住那个老马猴儿呀。

尔雅镇已经很少见到孩子们的踪影了。家家户户都将孩子关在屋里，不敢露面。

温玉田坐在宅子里，手捧一册线装本的《资治通鉴》，一页一页翻

361

看着，像找什么呢。

小银子双手和面望着温玉田说，如意妈一连几天水米没沾牙，瞪着眼睛不说话。

温玉田兴奋地啊了一声，抬头望着小银子。高祖有这么多儿子呀？一二三四五六七！刘肥，刘长，刘恢，刘友，刘建，刘盈……

温玉田自言自语，心情显得激动。

小银子说，高祖？咱镇上这几户姓高的没有叫高祖的。她使劲儿搓着面团，满头是汗。

温玉田大声笑。笑得腿都疼了。

啥姓高呀！是汉高祖刘邦。你知道刘邦不？拔剑斩蛇名扬天下后来当了皇上。温玉田说罢就不言语了。他心中明白，那个大先生是按照刘邦的儿子们的名字，给他的后代起的名字。

这是温玉田读《资治通鉴》的意外发现。

戚夫人生子最为刘邦宠爱，取名如意。

恢头，大友，如意……温玉田盘算着问小银子。咱镇上谁家孩子叫建叫盈叫长？

小银子切着面条说，建呀？有个老建子是豆腐房李家的老三，盈呢？镇东烙烧饼的宋家有个一只眼的男孩叫盈儿。叫长的不知道。

这几个孩子都有四五岁了吧？他问。

小银子嗯了一声说都有四五岁了一般大。

温玉田又问她，这些人家半夜都见过往宅院里扔大米吧？年年冬天。

小银子回答说，吃大米是死罪，这些人家都没敢吃，拎着口袋交给保长了。

连着三年了，冬景天半夜里嘭的一声响，天亮一看院子里扔着一小口袋大米。那米可是稀罕物，在西边大稻地出产，清朝时是贡品，御赐了一个雅号，叫太子稻。这好像是从天而降，谁也说不明白是怎么回事。

温玉田现在心里明白了。谁的孩子谁疼，那大米也是长着眼睛飞进宅院来的。孩子个个都有来历，金贵。

温玉田想着那个一只眼睛的男孩盈儿。

他大声说，小银子炒个菜我要喝酒！

小银子就炒了个豆腐丝儿端上来。

温玉田拄着双拐在屋里挪动。我能拄着双拐活动了，就出去办我该办的事情。他念叨着，显得心情激动。小银子扶着他说，你过几天再活动吧，等骨头长老棒了。

温玉田喝着白干酒，满头大汗他大饮不止。小银子劝他别喝了，温玉田已喝了半斤。

小银子说，你疯啦？灌这么多猫尿。

你又不是我媳妇，少管制我！温玉田抬手指着小银子，哈哈大笑。

小银子笑着说你娶了我就是你媳妇啦。

娶你？我已经有媳妇啦我还娶你干啥？

我看你是喝醉了，光棍儿有了媳妇。

温玉田大声说，我有媳妇我就是有媳妇。

之后温玉田大哭起来，双手捂脸像个孩子。小银子呆呆望着他，手里拿着那一册《资治通鉴》。

她擦了炕席让温玉田躺下，就坐在他身边可着劲儿抽烟。温玉田轻声哼着。

你到底有啥心思？告诉我我帮着你。

温天田说我的心思谁也帮不了。

小银子抚着他的脸，说你那毛病不是吃药见好吗？治好了你还有啥心思，娶媳妇生儿育女呗。

我才不生儿育女呢，我才不生儿育女呢！我要绝后，让姓温的在我这儿断了脉，不能往下传了这温姓。温玉田小声喊着，昏昏沉沉的。

小银子说，那个大先生还夸过你们姓温的呢，说啥老世年间有个温庭筠，还有个明朝的宰相叫啥温体仁，可惜就是没有当皇上的。

温玉田哼了一声说，他这个人最没出息呢。

门儿一响，老毛子进来了。她手里拿了一把蒲扇，立在门首，问了一声。醉啦？

小银子连忙摇手，那意思是说别惊动他。

这正合老毛子心意。

温玉田断断续续说着话，酒气熏天。

颜菲来了吗？我们共患难呀！小银子我得借你那两条腿，替我去跑大神堂，东边盐滩上。给老八送那个葫芦。老八好，比日本人好，比秀才匪也好。小银子逢五遇十你就替我跑路吧。

小银子嗯了一声，应了他。

你为啥要干这事呢？老毛子突然问。

为啥？颜菲呗。温玉田说着又昏睡过去。

小银子起身收起温玉田的双拐。她请老毛子落座，说起那个秀才匪首领大先生。

你看见他啦？啥样儿？老毛子好奇地问。

没看清，人是挺和气的。说话咬文嚼字。

老毛子不便问了，换了一个话题。

你知道如意那孩子咋死的？是让人掐死的。你说是谁下的这样狠手呀！老毛子试探着问。

小银子说，你别掺和这事小心秀才匪宰你。

你全都明白呀？老毛子说。

小银子说，我全都不明白你快走吧。

老毛子犹豫着，说只怕这灾祸不断呀。

天黑，老毛子说了声走了，就走了。

老毛子回到家，从柜子里找出那个写着俄文的小本子。她点着灶火，扔进去小本子，烧了。温玉田经常向她追问的，正是写在小本子上的一连串孩子们的名字。

这都是一条条小性命呀！她心里寻思不懂，温玉田为啥要一个接一

364

个弄死大先生的这些儿子。望着灶火，老毛子又寻思那个不曾见过的大先生是个什么人。她与秀才匪没有干系，却一个又一个接生着大先生的孩子。

中国的一个小财主也比俄国的一个大沙皇更爱生孩子。老毛子心里想着，叹了口气。

幸亏温玉田断了两条腿。可他断了两条腿咋还能弄死如意呢？怪事。下一个他要弄死谁？

老毛子寻思着，坐卧不宁。这时候她听见如意妈哭哭啼啼从宅门前走过去。脚步远了。

如意妈是去找温玉田的。

小银子正将温玉田搂在怀里抚摸着他的头发。这时候她觉得他像是自己的大儿子。

她猜测温玉田活得挺委屈的，心里苦。

听见门响，小银子以为老毛子又来了。传进来的却是如意妈的声音，弱声弱气的。

温玉田醒了酒，睁眼问啥事。

想求温队长给俺写封信，你能文能武的。

啥事呀非要写信？你说吧明天写成了你来拿，今儿黑了天。温玉田望着可怜巴巴的如意妈说。

如意妈想了想，说就写一两句话就成。之后如意妈很犹豫地说，温队长这事你别跟别人说啊。你就写如意死是外人干的，千万别活埋我们全家人。我们也不知道是谁害了如意。

屋里死静。温玉田不言语，小银子也不出声，只有如意妈在抹眼泪儿。

你走吧，这信我明天就给你写。可这信你咋送到呢？温玉田问。

我想办法托人送去吧。温队长你千万别问这信是给谁写的，我害怕。

小银子嘴快，说给大先生写的呗。

如意妈边往外走边说，是啊你也是才从大先生那儿回来的。我这是上辈子缺了德这辈子才投生女人的。真像一场噩梦呀如意死了。

如意妈哭泣着回家了。

温玉田搂住小银子。之后他突然问道，那个大先生真的一指头也没动你？

小银子黑暗中眨着眼睛问，你说让我替你跑腿去啥大神堂送葫芦，逢五遇十？明天就是初十啦。老八是谁呀？

啥？我啥时候跟你说的！温玉田惊了。

你是酒后吐真言呀。小银子乐了。

## 10

被掠去的女人们陆陆续续回到了尔雅镇。这些女人像是吃了同样的药。跟她们打听秀才匪的事，都说记不清了。之后就同素常一样安安稳稳过日子。也没见她们的男人们有啥气不忿的行动。老毛子心里明白，这些女人去了一个多月，都是闭了经才放回来的，还捎回来一大兜保胎的药丸儿，是满盈大叔的祖传秘方。

还是没见若玉回来。别的女人都回来了。

药铺的伙计跑来见温玉田，要想个办法找若玉回来。伙计进了宅门，看见温玉田正在院子里练功夫呢。伙计看呆了，没见过这般武艺。

温玉田挂着双拐站着，二丈多远的地方摆着一张四条腿的方桌。桌子上扣着两只瓦盆儿。温玉田腋下挂着的两条木拐支撑着他的身子。只见他双臂一抖，腋下那两条木拐便梭镖一般飞了出去，很准地刺中那两只瓦盆儿。瓦盆儿粉碎的时候，失去木拐的温玉田也就一屁股坐在地上。伙计听镇上人们说过，这手技击绝活叫飞拐。没腿的击倒有腿的。

伙计说，温队长俺掌柜还不见回来这咋办呀？你给做个主吧。

你回去吧，我想一想再拿主意。

药铺的伙计刚走，一辆马车就停在门外了。马车上下来一个老头

366

儿，模样像个听差的。他站在宅门外唤着。温先生在这儿住吗？我是从滦山煤矿来的，有事情请教呀。

门开了。温玉田坐在院子里，手中握着一根儿绳子，拉开了门。请进，我是温玉田。

老头儿进门说，我是颜董事府上的管事，看望温先生来了。温玉田听了，脸色一沉说，颜董事前些年见了我不就往外轰吗？嫌门不当户不对。今天他有何指教呀?!

老头儿说颜菲来尔雅镇已有八天了。学堂只记得她告了一天假。这几天颜董事听说了这事，派我来接颜小姐回去。她住在您这里，也有伤风化。

温玉田惊异了。颜菲一直没回滦山煤矿呀？那一天她当天来当天回啦！这是咋回事？

这管事的老头儿也变了神色。

颜菲没了踪影。八天了她下落不明。

老头儿回去禀报了。温玉田一人坐在院子里，寻思着颜菲的事情。他觉得自己对不住颜菲。颜菲的父亲坚决不允这门婚事，她就与家庭断了道，暗地里与温玉田做了这几年的夫妻，不明不白的。他很感激颜菲，尽管颜菲有时霸道得像个女皇上，指使得温玉田像个太监。

温玉田知道颜菲给老八做事，就听她指使给她跑腿儿。他乐意。颜菲说老八好就老八好。

街上一阵马车轱辘响，外庄送接生婆老毛子回来了。小银子脚步噔噔进来了，大声说我也想当接生婆，四庄八乡都套着车来请，多威风呀。

温玉田说，我有个事情请你帮忙是个大事。小银子抽着烟卷说，是请我给你生孩子吧。

你说啥？温玉田双臂抖动着，几次想飞出挂在腋下的木拐。小银子吓呆了，她从未见过温玉田的眼光如此狠毒。他的目光就能杀人。

告诉你小银子，这辈子我也不要孩子。我要了孩子，这温姓更绝不了种啦。

小银子连忙说，我是跟你闹着玩呢。

她应承了温玉田要她办的事情。

温玉田让荆轲随她一起去，做伴儿。

小银子回家睡觉去了，预备晚上行路。

温玉田拄着双拐出了院门上了街。他很多天没有看到尔雅镇了。路上见了熟人，还是叫他温队长。他心里想，我退出行伍了，这辈子也当不上军长了。

温玉田的母亲在他幼小的时候跟着一个军长走了。他就发誓长大当军长，赶上那个男人。

十字街口东边又在垒炮楼。这一次是垒砖的。一伙人被日本兵押着，是抓来的伕。他们蹲在地上都耷拉着脑袋瞅着自己的裤裆，像是怕被日本兵的刺刀给剐了。

温玉田一眼瞅见那个几次想锄死他的小伙子蹲在出伕的人群里。那小伙子望了他一眼，已没了当日的那种杀人的锐气。

温玉田心里挺难过，冲小伙子点了点头。

他一步一挪，往镇东宋家开的烧饼铺走去。宋家的烧饼铺临街，后院里住人。后院有个柴门。温玉田朝柴门来了。这儿没人。

大人们都在店铺里干活儿。后院里果然有个一只眼的男孩，五六岁的样子，正喂蝈蝈呢。

盈儿。温玉田叫了一声。那孩子应声抬头。

温玉田从盈儿眉宇之间，看到了那大先生骨血的韵味。果然父子不假。这时候温玉田心中很是不解。当年大先生一心创业并没有多子多孙的念头，如今他好像只有这一门心思了。

盈儿，你出来我这儿有大蝈蝈呢。

盈儿出了柴门。你是谁呀？盈儿眨着一只眼问他。问得温玉田语塞。他架起双拐领着盈儿往井台子上走。

是一口苦水井，没人来打水。

368

他叫盈儿走到井边，说井里有大蝈蝈。盈儿站在离井口二尺多远的地方说，俺妈说不让上井边，有老马猴儿吃人。

温玉田苦笑，说非得我亲自动手呀。说着他右臂一抖就飞出一只拐。他凭左腋下的木拐支持着勉强站住。井边已经没了盈儿。

他拄着双拐往回走。他心里想，这孩子太多了，几时能除净呀得想个大办法才成。

打了个激灵儿，他猛地想出一个好主意。

只是得搭上荆轲的性命。荆轲就是荆轲。

他绕到烧饼铺前门，买了十个烧饼。

掌柜是个忠厚的汉子，叫了一声温队长。温玉田望见一个女人的身影，远看挺秀气。这正是盈儿的妈妈。那女人抬头瞅了他一眼。

温玉田的心倏地一紧。他转身便走。

颜菲到底咋啦？他又犯了心思。

又见到那一群抓来出伕的人了。温玉田朝那个小伙子点点头说，来来来我给你烧饼吃。

那小伙子迟疑着朝他走来。日本兵伸过刺刀隔住，叫唤着。温玉田朝远处的瘦翻译官喊道，翻译官这小伙子是我表弟，让他跟我回家吧。瘦翻译官笑了。你又表姐又表妹的，这又出来了表弟，他别是你小舅子吧？

温玉田领出那小伙子往回走。他让那小伙子吃了烧饼，又催那小伙子快回家。

小伙子给他鞠了一个躬，抬头说，有时候俺还是想锄死你为了俺弟弟哩。小伙子走了。

烧饼铺的女人到街上来召唤盈儿。这声音绵而悠长，灌进温玉田耳朵里十分舒服。

盈儿又找不见啦？老毛子跑上前询问着。

温玉田拄着双拐望着这个穷老俄。

## 11

　　小银子晚晌饭吃得撑肚子。她应了温玉田要她办的事情，走夜路去东边大盐滩上送葫芦。

　　她不知道葫芦里装的是啥药，只觉得温玉田一本正经挺可乐的，一遍又一遍嘱咐像个碎嘴子老太婆。她说，你叨叨啥呀我送罢葫芦就往回赶你放心吧。

　　温玉田写了一个纸条装进葫芦里。他认为应当写个纸条。他认为纸条应当装进葫芦里，以往他是给颜菲跑腿儿，不知葫芦里装的是啥药。温玉田在装进葫芦里的纸条上写了一行蝇头小楷。他不认识老八那边的人，就没写称呼。

　　颜菲在哪儿？该回家了令尊派人找你。

　　天黑了一个多时辰。他挂着双拐说小银子上路吧记住了见着红灯笼再出声。

　　小银子怀里揣着葫芦起身。她笑了笑，说温玉田这黑灯瞎火的你让我走这远路也不心疼呀。温玉田听了，干咳了一声显得挺难堪。

　　他嘿嘿着说，这不是有急事嘛。

　　别嘿嘿了，像拉不出屎来。我知道你心里着急啥事。我给你跑一趟吧，谁叫我贱呢。

　　小银子上了路。她心里一点儿也不觉着害怕。我一个寡妇怕啥呀？别人都得怕我。

　　走出三里地小银子才觉出大事不好了。她怀里装着的这一盒烟卷儿，只剩下四五颗了。应当装上一盒新的，他妈的忘了。

　　离开烟卷儿，小银子才成了真正的寡妇。

　　烟卷儿愈少，小银子愈想抽。大庄稼还都立着呢，夜风吹过便沙沙响，像开过来千军万马。纸糊的阵势。走过一块坡地，小银子想撒尿，就绕到道边上的马架子后面蹲下了。

她点着一颗烟卷儿，心里说，还剩下一颗吧？我得省着抽了。转念一想她又笑了。把葫芦交给那边的人，找他们讨一盒烟卷儿抽。

又走出二里地，小银子一拍大腿想起那盒烟卷儿丢在刚才撒尿的地方了。那盒烟卷儿只剩下一颗了。丢了就丢了吧。小银子又有些舍不得。这一程可就没有烟抽了。她咂咂着嘴。

回去找！她转身朝那一颗烟卷儿奔去。

她心里说，温玉田我为你可是受了罪啦。

找到马架子，她绕到后边，终于在地上摸到那盒烟卷儿。她从空瘪的烟盒里摸出那最后的一颗烟卷儿，急匆匆就叼在嘴上。可惜找不到火儿。她馋得咂咂着嘴。

她手里捏着这颗金贵无比的烟卷儿朝前走。前边影绰绰像是有人来了。小银子心里害怕了。她想起温玉田送这葫芦八成是与八路军有干系。小银子没见过八路军心里就发毛。

是个马队。马蹄子像是都包了棉花套子，没声响。别是老八吧？可没见着红灯笼呀！小银子正寻思着，一只大手捂住她的嘴，三下五除二就捆上了，驮在马背上走。

小银子喊不出声。她心疼那颗烟卷儿。

进了一个院子。小银子知道这是一家大车店。她回去寻找烟卷儿的路上见到大道下边立着的客栈招牌。马队进了院子有人跑上来说大先生您来啦有失远迎呀。

小银子心里说天啊我又掉到汤锅里了。

原本说让荆轲随着一起来。可温玉田又改了主意，留下了荆轲。

秀才匪们显得很忙，忘记了驮在马背上的小银子。小银子心里想，秀才匪都出来寻食了，若玉兴许还住在人家屋里不动窝呢。

听见满盈大叔的声音。他说铁皮车从铁道线上开过来是半夜三点钟。这时候大先生问他，车里到底有几个日本女人？

俩。兴许还有高丽娘儿们。满盈大叔说。

大先生高兴地说，高丽？唐朝薛仁贵征东就到了高丽呀！那时候他们是臣民。

小银子心里说，大先生你这是想让日本娘儿们高丽娘儿们给你生孩子呀？你心忒大啦。

满盈大叔又对手下人说，凡是遇见外人，一律使手巾堵嘴捆绑结实关在这客栈里，别走漏了风声误了咱们劫车。

果然来了两人，抬起小银子扔到一间屋子的大炕上。她想，大先生使弄中国女人腻了，要使弄东洋女人了。大先生为啥要这样呢？

接着小银子又想，镇上死的那几个孩子，兴许都跟大先生沾着骨血。杀那几个孩子的人，兴许就是大先生的仇人。

不知为啥小银子想到了温玉田。

小银子觉出怀里揣的那只葫芦跑丢了。

一阵响动，秀才匪们出了大车店，走了。

远处就是铁路线。大先生拎着盒子炮走在前头。夜黑风高，大先生捏着嗓子又对手下人嘱咐了一遍。铁甲车里都是日本人，咱们杀男不杀女都记住了。

临近铁道，满盈大叔派人去埋炸药。人马也都分散开埋伏在路基两边。

满盈大叔挨着大先生蹲着。他说，大先生您说这一程子咋总殁孩子呢。俩啦。

大先生低声说，仨啦，井里又殁了一个。我暗地里有仇人？闹不明白。满盈兄这事情得派人去闹清楚呀，尔雅镇最邪性。

铁皮车来啦！前边有人小声喊。

大先生捏着嗓子说，弟兄们，咱这是头一遭跟日本人干仗，抗日救国是正义之师。

铁轨被隆隆之声震颤着，泛着冷光。

大先生轻声念出《左传》里的句子，摇头晃脑很是入韵。旷野的夜风吞吃了他的声音。

君命大事，将有西师过轶我，击之，必大捷焉。大先生低声慢语愈

372

发陶醉。

埋在铁道上的炸药响了。天地一亮人们看见那辆铁皮车停在铁道上，像是受了伤。

日本人车上的机枪响了，四下乱扫射。

满盈大叔高喊，留神别伤着女人！

秀才匪们嗷嗷叫着冲了上去。

这时候小银子在客栈里磨断了绳子，想跑。她无意中摸到窗台上放着一盒烟卷儿，就蹲在地上抽了起来。烟卷儿就像是她的男人。

她觉出这烟卷儿味道不正，有一股子邪味儿。小银子猜想烟卷儿里掺了迷糊药。飘飘悠悠就啥事都不知道了。

铁道线上打得热闹。日本皇军在这一带从没遇见如此激烈的突然袭击。铁甲车内的日军大佐认为中国人疯了，敢伏击这铁甲列车。

车内果然有两位身着和服的日本女人。

## 12

若玉是被那个送饭的老婆子骂出了勇气的。老婆子说你是石头哇大先生他们都开拔了。

若玉这才跑出住了一个多月的屋子，一路打听着往尔雅镇走。

她根本不知道大先生领着队伍去铁道线上伏击日本人的铁甲车去了。

她只知道大先生是个使弄女人的魔王。他使弄女人是为了让女人大了肚子给他生孩子。

最令若玉吃惊的是她那一天看见颜菲了。一个秀才匪的喽啰在前边领路，颜菲款款走过若玉住的套院，往宅子深处去了。

这大先生是谁都敢使弄啊。颜小姐是大户人家的千金，也被掠到土匪窝子里来了。若玉只知道颜菲是温玉田的表妹，一个新派人物。

路过洼口村她听见人们议论铁道线上开了仗，是一场血战。若玉不

373

敢夜里行路。她走了三个白日，才见到尔雅镇。

被掠去的媳妇们早回了镇，若玉进镇也就不是啥稀奇事了。除了天气变凉，尔雅镇依旧。

若玉直奔自己的药铺。

伙计见了她，欢喜地说你可回来了俺还去求了一遭温队长呢。

若玉听说温玉田残了双腿，泪就流了下来。

他是为了救我，才挨了土匪丁六儿那一枪的。丁六儿一枪打断了他两条腿呀？若玉边说边哭走进柜台。

温队长拄着双拐能四处行走了。伙计说。

若玉在后院一声尖叫。

这两块青砖是从啥地方来的？又臊又臭！

伙计赶忙说，是个抓药的老客丢下的，老客扑上皇军的刺刀死了。

伙计讲说着。老客钻进了皇军的厕所，翻译官起了疑，就追到药铺里来了。谁也不知道这老客为啥事来尔雅镇，白白送了性命。

若玉看着那两块青砖，浑身颤抖不停。

造孽呀，快把它埋了吧也是一条性命啊。

伙计不懂，望着若玉。这两块青砖算啥性命，要不是温队长嘱咐我早就把它扔啦！伙计说着用脚踢着青砖。她催着伙计院里埋了肥头。

若玉使手巾包了两棵人参，往温玉田宅子走。她依然小巧玲珑，走起路来轻轻盈盈。

她见大友妈蓬头垢面正蹲在道边上发呆。

若玉觉得应当劝导劝导大友妈。她明白大友妈为啥疯了。大友妈抬头无言瞅着若玉。

大友咋死的，大先生心里明白。他不会活埋你一家人的你放心吧。若玉小声对大友妈说。

大友妈依然呆呆望着若玉，像个石头人。

若玉起身走。她心里念叨着。大友、恢头、如意、盈儿，还有那个烧在砖里的肥头，到处都是大先生的后人呀。是谁要杀大先生的后人呢？准是大先生的仇人，要大先生断后。

若玉进了温玉田的宅院。

温玉田拄着双拐立在宅院里，满脸杀气。

若玉只看出温玉田脸色沉重，就召唤着他走上前来。我回来啦玉田，你这是咋着啦？

他脸色亮了亮说，你回来啦？我没咋着。

若玉看出温玉田还没吃晌午饭，就扶他进屋。这时候温玉田突然说，这天杀的老毛子我咋治不住她呢？她跟中国人就是不一样。

老毛子跟你没冤没仇的，她咋啦？

温玉田喘了口气说，刚才老毛子来了，我使拐杖吓跑了她。

若玉给温玉田端了一碗水，说在大先生的大宅院里看见颜菲了。

温玉田手中的茶碗落在了地上。碎了。

怪不得颜菲没了下落呢。他说着脸色煞白。

哈哈哈哈！温玉田仰头大笑，震得窗纸乱颤。从来没见过温玉田这样，若玉吓呆了。

他像是十分开心，不紧不慢说着。

小银子叫他掠去了，若玉你也叫他掠去了，嘿嘿，颜菲又叫他掠去了！他真成了万里清风呀，你东躲西闪，可只要喘气就进了你肺腑。这一辈子他是处处妨碍我呀，让我无路可走！

若玉听着轻声问他，你是说大先生呀？

天底下的女人都让他使弄了！算啥书香门第呀更别说耀祖光宗。温玉田拄着双拐在屋里走动着说。他仿佛非常蔑视那个大先生。

若玉劝温玉田吃了晌午饭有啥事再说。

温玉田让若玉去叫老毛子来。

若玉只得去老毛子宅门。老毛子正跪在神龛前边祈祷呢。

看到若玉，老毛子笑了。若玉觉出这笑跟往日不一样，像是要出啥大事情。

老毛子问若玉。你说，是送一个人上天国难还是送一个人下地

375

狱难？

若玉说我不懂啥天国地狱的咱们走吧。

老毛子走进宅院迎面就飞来一根木拐，打倒了她。老毛子说不出话，坐在地上冲着温玉田笑。若玉惊叫着，去扶老毛子。

这木拐是我送给你的，你咋使它打我。

温玉田用一根木拐支撑着身子说，嘿嘿，我这条腿也是你砸断的呀，我猜中了吧？

我为了让你坐在家里不要四处走动了。

温玉田双眼布满血丝。快把那花名册告诉我吧，我求你啦！你不说我就杀了你。

若玉抱住温玉田。玉田别杀呀宰呀，咱就不兴好好过日子啥事也不管了吗？

他推开她。他说早就没路可走了过啥日子。之后他大声喊，我就盼着这姓温的断绝了可这孩子他愈生愈多呀！啥时候我办完了这些事才能去死呀真是杀不绝啊。

若玉说，你疯啦！干脆你把中国人都绝了后吧别传代了。

温玉田笑了。我是没这个力量。我有了这个力量非绝了中国人的后！没皮没脸传啥代呀。

老毛子爬起来。温玉田又飞出腋下挂着的那一根木拐。老毛子又倒了。失去双拐支撑的温玉田也一屁股坐在地上。

老毛子说，刚才我去翻译官那儿告了你，告你私通八路逢五遇十大盐滩那边有人等你。

温玉田呆呆望着老毛子。上帝告诉你的？

上帝永远与你同在。老毛子又说，我就是为了让你别再弄死孩子，才去告你的。

好半天温玉田才说，我要办的事情是办不完了，我要办的事情是办不完了。

活到一百岁那件事情你也办不完。老毛子爬起身子说，愿上帝饶恕你吧。

若玉扑上来揪住老毛子。她喊叫，姥姥你咋害玉田呢！那日本人杀人不眨眼，你说玉田私通八路这是要他的命呀！

宅门撞开了，走进来瘦翻译官和四个日本兵。刺刀闪闪照得人睁不开眼睛。

温玉田温队长，太君请你走一趟呀！

温玉田叹了一口气，拄起双拐往外走。

若玉追着说，翻译官您开恩吧他是个残废人呀啥也不能干了。

瘦翻译官嘿嘿一乐。啥也不能干了？还能干女人生孩子咧。生出一个连一个团的。

呸！温玉田一口唾沫啐到瘦翻译官脸上。

瘦翻译官急了。我这是夸奖你呢你咋不懂好歹！他说着就给了温玉田一个耳光。

若玉一头撞向瘦翻译官。你再打他我就撞死你！她活像一只发了狂的老母鸡，乱扑腾着。

温玉田拄着双拐走在街上。看热闹的人愈来愈多了，像是送他上刑场。

他一步一挪走着。中街拐出一个人来，是颜菲！他看得出，颜菲是步行来的，风尘仆仆。他知道颜菲是从土匪窝子里回来了，心中又悲又喜。你是我唯一的亲人啊颜菲。

颜菲看见温玉田被日本兵押解着，呆住了。她朝前挤来，立在人丛前边候着。

温玉田从她眼前走过。她轻声说，你要好自为之呀。他听懂了这句话的意思，就微微点头，承应了。颜菲心里安稳了。

她让大先生给使弄了！想到这儿温玉田就觉得胸口发闷。他不会使弄颜菲的，除非他是牲口。温玉田又安慰着自己，往前走去。

八年前大先生就想娶颜菲做儿媳妇。

那时候大先生还没有四处撒种生孩子。

377

往东一拐，温玉田看见那个空场上已经搭起一个台子。说是请了一个法师来镇上驱邪，降伏那个专门祸害孩子的老马猴儿精。

温玉田笑了，拄着双拐朝炮楼走去。

13

秀才匪的火力没能打破铁甲车。日军大佐指挥士兵出击，车里只剩下两个日本女人。

秀才匪们沿着路基向后撤，撂下一具具死尸。唯独一个黑影向前蠕动着，逼近铁甲车。

黑影扔出一颗炸雷，炸死了司机和司炉。

这就是满盈大叔。他爬进铁甲车，看见那两个穿和服的日本女人都已昏死过去了。

他背起一个瘦的，踉跄着往北边树林子里走。大先生在林子里等着他呢。

亲眼瞅见大先生模样的是小银子。

小银子抽了一颗烟卷儿迷糊了过去。她醒来的时候，看见一个男人骑在自己身上正使劲儿揉搓着。小银子猛地一弓腿把那男人掀到一旁。你要揉搓死老娘呀！你是谁？她大声呵斥。

那男人爬起身说，我是这店主，想使弄你。

小银子这才想起是在大车店里。

大门响了，涌进一群人来。店主跑去迎接。

小银子知道这店主也是秀才匪的人。

店主吃了一记耳光。你干啥呢？咋不去接迎我们！没看见满盈大叔挂了彩？

人们走进屋来，将满盈大叔抬到炕上。

无处躲藏，小银子缩到炕角。

你是谁？是大先生的声音问她。

378

店主急忙说，她是道上挡碍的，让弟兄们绑来遮眼堵嘴的。

小银子挺起身说，大先生刚才他要使弄我！

你咋认识我？大先生吃惊不小地问。

满盈大叔喘着粗气瞅了小银子一眼。

是小樊梨花呀，从尔雅镇当贵人给您请来的，一问才知道没门户，又放了回去。

听满盈大叔说罢，大先生哦了一声说，我想起来啦我想起来啦。

这时候小银子看清大先生穿着一件沾满鲜血的大褂。这血，兴许都是满盈大叔流的。

小银子觉得大先生的面相很熟，好像在啥地方见过。她脱口问道，大先生您贵姓？

大先生笑了，说你真是个小樊梨花呀。

满盈大叔说，放她走吧，一会儿日本人还不追到这儿来？告诉她回去别乱说。

小银子往外走的时候看见了那个日本女人。秀才匪堵了她的嘴把她装进一只大口袋里，像一件贵重的物品轻拿轻放。

小银子心里想，这东洋娘儿们小腰小屁股的能生孩子呀？为抢她秀才匪只剩下十几个人了。不知为啥，小银子心里又挂念起满盈大叔，怕他这种年岁的人流血太多保不住命。

小银子回到尔雅镇。那高高搭起的台子上身穿黄袍的法师正在作法，驱赶邪魔。

又听说温玉田给日本人抓到炮楼里去了，罪名是通共。小银子这才想起是温玉田派她去东边盐滩上送葫芦的。葫芦半道上丢了，小银子知道得闭住嘴啥也不能说。

老毛子挨家挨户告诉，说老马猴儿已然逮住了，孩子们不用怕了。没人信她的话，还是将孩子关在屋里不见太阳。

颜菲住在温玉田的宅子里，日见憔悴。她从大先生府上回来，一直恍恍惚惚的。

颜菲不会做饭，就请老毛子来主灶。

老毛子问她。颜菲小姐你还住在这干啥呀？日本人早晚也得抓你进炮楼子。

颜菲一惊，随即镇定下来说，日本人抓我有啥凭据？我才不走呢。

老毛子就给颜菲做饭吃。

小银子脚步山响进了宅院。见了老毛子她就吵吵着要烟卷儿抽，说瘾死我啦为了一颗烟卷儿差一点儿没了命。

这话说出口，小银子便觉得露了底，就使劲儿抽烟不言语了，像是啥事也没经历。

小银子你出门干啥去了？颜菲问。

小银子一舰脸。我出去找野汉子啦，整三天。说罢她心里想，我才不告诉你是温玉田让我去盐滩上送葫芦呢，还不是为了寻找你呗！

咣咣咣一个甲长敲着锣四处走，喊叫着说，吃了晚晌饭空场上聚齐听太君训话要强化治安啦。锣声响过若玉小步颠颠跑进宅院来。

女人们在这聚齐了，像是一台戏。

荆轲扭着屁股也来了。

若玉小鼻子小眼睛愁成一个疙瘩聚在脸上。她说，得想个办法保玉田出来呀！啥通共呀准是有人编派着害他。若玉说罢就瞅着老毛子。

老毛子说，温玉田是个跑腿的，听人指使。

小银子咯咯笑着。天底下还有人能指使他？太阳从西边出来了。她说完就抽烟。

颜菲听了淡淡一笑，不言不语。这天底下温玉田只听我一个人指使，你们知道啥呀。颜菲心里寻思着，很是得意。

若玉唉声叹气恨不能立即把温玉田保出来。这时候疯女人大友妈站在宅院外边嚷叫着。

生孩子呀！就知道生孩子呀！大——蛋生出一群小——蛋来啊，没完没了生孩子呀。

听着这疯话，宅院里这几个女人面面相觑。若玉听了这疯话，便抬

380

腿走到了街上。

这时候她才觉出敢情心里是那样挂念着温玉田啊。几年前温玉田驻扎尔雅镇头一遭来到若玉药铺时，是那样文气。他鼓起勇气说出要买那种助阳的药丸，一点儿也不像个丘八。

不知为啥若玉就看上了他，给他药吃。

温玉田对她说，中国的老爷们儿，十个里头有九个是没出息的蛋，靠做美梦活着。

若玉走到饭馆门前。瘦翻译官正在里头独自饮酒。她坐在他身边说，我要见高桥太君。

瘦翻译官两眼通红。你见太君干啥？

保温玉田。若玉一板一眼说着面无惧色。

温玉田一时死不了。皇军的铁甲车在铁道线上中了埋伏，龟山大佐说是八路军半夜劫车，正要追查内线呢。温玉田供认了是八路军的奸细，可细底他一字不说。皇军要细水长流慢慢审他哪。瘦翻译官借着酒劲儿，说了起来。

若玉还是说，我要见高桥太君。

好吧，我先去给你说说，过一会儿回你话。

若玉谢了瘦翻译官——任他偷偷拧着她的屁股。她朝老毛子宅门走。

宋家烧饼铺门前一伙子吹手正在奏曲儿。这是风俗。盈儿死了九天这叫送童子上九重天。

若玉心里寻思。老毛子为啥说这些孩子都是温玉田杀的？他文文气气不是这种身手呀！

老毛子蹲在自己院子里喝粥。

你害了温玉田啦！若玉进门便说。

老毛子说，咱镇上也不能总闹老马猴儿呀。

那你为啥不告他糟蹋小孩，干啥告他私通八路？玉田他根本就不勾引八路是规矩人。

老毛子舔着碗说，他糟蹋孩子我没凭据，是猜出来的，没错。你千万别出去说。

那玉田为啥弄死这些孩子呢？若玉问。

兴许，兴许他忌仇这些孩子，心里烦。

小巧玲珑的若玉依然小巧玲珑。她回到药铺，打发伙计回了家。药铺关了门。

天黑之后，若玉梳洗干净了就往日本人的炮楼里走去。

## 14

温玉田就是那个老马猴儿呀。这消息生出无数条腿爬得飞快，灌满了尔雅镇。

如意妈找到盈儿妈。两人又去找恢头妈。仨人在街上找到疯子大友妈，冲着她一泣三叹。

想不到温玉田就是吃小孩肉喝小孩血的老马猴儿精呀！玉皇大帝快收他回去吧。

日本皇军只管私通八路的事情，不懂得老马猴儿是中国的什么动物。温玉田在炮楼里每顿饭都是三菜一汤，晚上一顿马鞭子是犒劳。

日本皇军依然认为袭击铁甲列车的是山里下来的八路军。日本军队死伤十几名，还有一个从本土来的慰安妇在战斗中失踪。

温玉田也不知道是谁袭击了铁甲列车。受刑的时候他心里想，兴许颜菲知道，我一定不能供出她来，她是成大基业的人。

只有小银子知道是秀才匪的队伍伏击了日本大佐的铁甲列车。只要是有烟卷儿抽，她就不言不语蹲在屋里叫荆轲陪着。这一阵子小银子犯了迷怔，从心里敬畏起温玉田了。

他敢私通八路呀！还敢一个挨一个弄死那一帮小毛孩子？这温玉田是个老爷儿们啦。小银子心里寻思，这温玉田跟大先生是仇人。

小银子觉得自己这些年根本就没看透温玉田，小瞧他了。心一仔细她却看出大黄狗荆轲胖了。你别是有了身孕了吧？小银子问荆轲。

荆轲默默看着小银子，显得挺有城府。

小银子领着荆轲上街，去温玉田旧宅。

远远望着那座日本人的炮楼，小银子想起若玉。这个一贯胆小怕事的女人像是吃了龙心虎胆，大大方方进出炮楼子，仿佛忙着啥大事。

都说若玉每晚都跟高桥太君睡觉。

小银子领着荆轲立在当街，可巧瞅见白白净净水水灵灵肉肉乎乎的若玉走了过来。

先是飘过来一股外国香水精的味儿。

小银子说，若玉呀人家以往都说我是浪货，咋你变得比我还浪呀？咱破鞋也别叫东洋人穿啊没了祖宗。

若玉看也不看小银子，挺着小胸脯走了过去。小银子没滋没味只得往前走。

颜菲张皇失措站在门口，要哭。

小银子来了精神，她说，颜大小姐后边又没有权杆儿追你，你慌张个啥呀？

颜菲指着院子里扔的一个物件说，我在箱子里翻出一件荆轲穿的褡裢，里边装的全是炸药！玉田预备着是要干啥呀我咋一点儿不知道。

小银子说你不知道的事情多着呢。

颜菲变成另外一个人了，头发蓬乱目光呆滞坐在炕头，没了大小姐派头。

咱们也想想办法去保玉田出来吧。

颜菲听了这话抬起头。都说玉田是弄死孩子的老马猴儿精这是真的？她问小银子。

是老毛子说的，她又出去接生了。

颜菲很费思索地说，我不信，我就是不信，温玉田为啥要干这种事呢，难道是他瞒着我？

小银子却望着那件满是火药的褡裢说，玉田想让荆轲穿着它去炸谁呢？真是个谜。

颜菲对于温玉田背着她干了这么多事情而只字未露，心中十分懊恼。

她猛然觉出自己是很不了解温玉田的。

但她坚信温玉田不会把她供出来。

小银子小心翼翼把那件装满火药的褡裢扔到后院去了。荆轲围着这件褡裢恋恋不舍地嗅着，像是打算穿上它出去遛遛。

颜菲叫住小银子。她掏出几张票子说，晚晌咱们一起吃饭吧，我请客叫若玉也过来。

别等晚晌了，我出去买了咱们就吃吧。小银子领着荆轲走出门，去花颜菲的钱。

请若玉来吃饭已经不那么容易了。

小银子提着一兜子河蟹走进若玉家的时候，她正躺在炕上睡大觉呢。小银子扯着嗓子说，若玉你成了夜里欢啦，白天又歇又养啊！

若玉很不情愿地爬起身。啥事情呀？

颜大小姐请咱们吃饭。去吧我看是不吃白不吃。小银子点着烟卷儿抽着说。

颜菲这个千金小姐目中无人今天是咋啦？肯请咱们吃饭。若玉双腿一盘说不去不去。

小银子认为应当坐在一起合计合计，怎么样才能保温玉田出来。听了这番意思，若玉动了心。她说，早就应该合计合计这事情。

小银子领着荆轲和若玉，在街上走着。

一个小伙子拎着一柄小锄头，远远跟着。

进了院子小银子就忙着做饭。待蒸的蟹们在大锅里挣扎着，很不愿意去死。

颜菲与若玉面对面坐着，都显得不随和。

颜菲终于觉得应当说几句话，聊一聊。

她说，若玉这一阵子你挺忙的呀。

是挺忙的，颜小姐你倒显得挺清闲，真像是来走亲戚的。若玉不冷不热说。

饭熟了。小银子放上桌子招呼吃饭。

围着桌子，只有三个女人和一盆子熟蟹。

吃吧吃吧，能跟颜菲小姐坐在一起吃饭，可是件不大容易的事呀。小银子张罗着说。

颜菲扯了一根蟹腿，举在手里问，上次秀才匪过镇子，你俩都被掠了去吧？

小银子吃着说，没咋着我就跑回来了。

颜菲就望着若玉，像是等着她回答。

若玉抬头瞅着颜菲。问我俩干啥呀，你不是也给掠了去吗？我看见你啦。

颜菲面色煞白。你看见我啦？你啥时候看见我啦？她望着若玉连声问。

若玉不言语。小银子却大为诧异。怪事呀！大先生不使弄寡妇，也不使弄没出阁的闺女。小银子说着问颜菲道，大先生掠你去干啥？你没门户咋给他生孩子呀！白耽误工夫。

腾地红了颜菲的脸。她瞪起一双小眼睛指着小银子说，你住口，不要说了不要说了！

小银子乐了。啥呀假斯文，女人家早晚躲不过这一关，让男人使弄呗！她嘻嘻说着。

若玉显得不耐烦了。她说不是要合计合计咋样保温玉田吗，怎么说起旁的没完没了呢？

小银子这才郑重起来。她思索着说，我总觉着温玉田早先也是秀才匪，他在土匪窝子里腻味了，才跑出来当了警备队的兵。

颜菲不言不语，呆呆地出神儿。

若玉瞅了一眼颜菲，心里说，你识文断字又有能耐，咋就不想个办法保释温玉田呢！啥表哥表妹的，狗屁。

日本人兴许饶不了玉田。颜菲小声说。

若玉起身往外走。就是死马，咱也得当成活马医。她大声说。

院子里站着一个小伙子，拎着一把短锄。

你找谁呀？若玉问。

我找温玉田，我要锄了他。小伙子说。

小银子从屋里出来问他。你弟弟给炮楼子砸死了吧？你要锄了温玉田给你弟弟报委屈。

小伙子大声说，是这么个事。

滚你妈的蛋吧！小银子哈哈笑着说，你来了几遭啦，没一次下得了手。等你拿定主意再来吧，今天又让你白跑一趟。

小伙子听着小银子的数落，拎着锄头犹犹豫豫走了。

这样的男人还敢杀人呀？一辈子总是拿不定主意。小银子说。

若玉拿腿往外走，小银子追着她问，高桥太君答应放温玉田了吗？咱们得合计合计呀。

若玉很不耐烦，说往后啥事你也不要唤我了。这时候颜菲跑出来蹲在院子里，说是恶心想呕吐。若玉不敢看这场景，就捂着嘴跑出宅院立在当街上。

一阵马车铃当响，接生婆老毛子回来了。

若玉也觉出胃里一阵恶心，翻腾着。

老毛子望着若玉，不言不语。

刚才马车从炮楼子前边过，听见温玉田的喊叫声。像是在受刑。

我真的不知道是谁劫了铁甲车，我真的不知道八路军在哪儿！打死我也不知道哇。

颜菲呕吐净了，也站到了宅门口。她很费寻思地说，到底是谁劫了日本人的铁甲车呢？

我知道哇，是大先生的秀才匪劫的车，抢了一个东洋小娘儿们。小银子一口气说出来。

若玉惊喜。真的？玉田兴许有救。她说。

老毛子开了口。死生有命呀！命里你是寡妇你就得守寡，命里你绝户你就不会养活孩子。

若玉急匆匆走了。

小银子嘟哝着说，那日本人要是知道是大先生攻打的火车，非发兵灭了秀才匪不可！

听到大先生这三个字，颜菲就觉得心乱。八年前大先生留给她的印象是一位揭竿而起的造反秀才，中年得势意欲大干一番事业。而这一次与他邂逅，觉得大先生已经修行成一团雾了，温和地包裹着你，无处不在。

颜菲无论如何也没有想到那个雨夜大先生落汤鸡一般来到她的屋里。

她有些惧怕，说您这种时辰来到底要干什么。大先生擦着头发上的雨水说咱们叙谈叙谈呀这些年你学识大有长进。

颜菲知道这几年大先生时常掠一些女子来此受用。她恭维道，大先生您已经功成名就封妻荫子了吧？教书这行当里您是拔了尊啦。

大先生的目光不老。他说，功不成名未就，没有妻子我谈何封妻，荫子嘛也是个不肖之子啊。这话说得十分达观，却也不乏一丝凄凉。

颜菲笑了起来。您最终只落得一个孤家寡人的下场，有现在何必当初呢！她批判道。

大先生的身子开始颤抖，很是冲动。

什么孤家寡人？这方圆百里有多少我的后人啊！房产田产比不上我的人产，日后这就是一方天呀，死而不绝。大先生大声说着。

颜菲说这是您唯一的家产了。

大先生听罢怔了怔，之后便放声大哭。

当初真不如去出家当和尚呀！如今落了个尘缘未了一身烦恼。大先生已完全失态了。

所以我才劝说你要拉起一支抗日救国的武装，这是你真正的出路。颜菲使劲儿鼓动着说。

颜菲没想到大先生会扑上来。

这真是斯文扫地了。她慌忙躲闪着。

你既来之则安之吧！这是命这是命，我又遇到了你。这些年我经过不少女人啦，今天才觉出只有你像个娘娘，一身大气。咱们就龙凤龙凤吧我求你了。大先生念叨着活像一个说书的艺人，嘴里散发出酒气。

你完蛋啦！颜菲大喊。

大先生显然是要使弄她。一个老教书的对一个小教书的说，我破例了这一次！

颜菲无力反击，死尸一般倒下。她心里说，早晚有一天我得告诉你这个土匪，我是给八路军做事的人，你太放肆啦！

大先生突然喘着粗气喊叫。我咋打不过你呀？我咋打不过你呀！

颜菲闭着眼猛然吼出。你是走投无路啊。

## 15

若玉找到瘦翻译官，问啥时候才能把温玉田保出来。瘦翻译官淫邪地瞅着若玉的肚子说，我看你是有了吧？温玉田是废物你保他干啥。

若玉无可奈何去找高桥小队长。

高桥一嘴日本话，若玉一个字也听不懂。

若玉知道再与高桥睡下去，也只是瞎子点灯，救不成温玉田。她求高桥小队长的话，瘦翻译官一句也没翻译过去。高桥心无杂念地跟她睡觉，艳福浩荡。

她满腹心事往药铺走去。

关了门，药铺堂屋里光线昏暗。若玉开门走进去，一支手枪已经对准了她的脑门子。

若玉壮起胆子抬头看。满盈大叔！

满盈大叔身体像是很虚弱，面色青白。柜台上摆着一撮又一撮草药，刚从抽屉里抓出来的。他收起了手枪，说是你呀若玉。

若玉说，你病啦来这儿抓药？

满盈大叔收起一包又一包草药说，我来给别人抓药，差几味药配不齐。

当心呀满盈大叔，我听说你们一个弟兄来抓药让日本人逮着啦，他扑了刺刀。

满盈大叔收拾停当，往柜台上放了两块银圆。他问，我们那弟兄带着两块青砖你瞅见没有？大先生还惦记这事哪。

我把砖头埋了，你们放心吧。若玉说。

满盈大叔很受感动的样子。他喘了一口气靠在柜台前，说得等天黑了才能上路。

若玉不解地问他。您这么大年岁了还跑这么远的路真不容易呀。

别人不识医药，只有我来担这风险喽。

啥人吃药呀这么金贵？若玉问。

满盈大叔乐了。啥人？东洋女人呗，治不孕祛寒凉。若玉你可不兴出去瞎说！

若玉站在柜台里说，这位大先生除了生孩子他没有别的事情干啦？他咋不去成大基业！

满盈大叔叹了口气。干啥事都干不成，就只剩下干这件事啦。他说得有些伤感。

满盈大叔你不像是个土匪。若玉说。

若玉又说，你们劫火车抢东洋女人，日本人倒把温玉田逮了，说他私通劫车的八路。

满盈大叔半晌才说话。温玉田这孩子活得太认死理儿了，无药可医无药可医。

你认识温玉田呀！若玉有些惊奇。

我是看着他长大的。这孩子心思太独啊。念书念成了书呆子，见了啥东西他都恨。

若玉哭了。这么说是啥办法也没有啦？咋说也不能让玉田天天在炮楼子里受洋罪呀！

满盈大叔上路了。他对若玉说，我回去再想一想办法吧死生有命啊。

若玉心中狐疑。秀才匪咋肯搭救警备队的温玉田呢？满盈大叔您一路平安吧。

满盈大叔到了大车店便改为骑马赶路了。他不敢怠慢。大先生正焦急万分等着他呢。天放亮时满盈大叔赶到大先生面前。这位年近六十岁的老汉气喘吁吁递上抓来的草药，便觉出左胳膊左腿一阵阵麻木。他知道自己这是中风的兆头。他使足力气对大先生说出温玉田被逮进日本炮楼整天受审的消息。

大先生神色黯然。这一次他怕是活不成了吧？他问满盈大叔。

这些年咱们不就当他死了吗？满盈大叔声音含混不清地说。之后他便老泪纵横了。

大先生说了一句听命由天吧就进了上房。他的精力全部都放在那个东洋女人身上。只盼望快快受孕。他进了上房定定望着床上的东洋女人，精神却不能抖擞。

他酒后夜里使弄了颜菲，便再也不敢见她。派人送走了颜菲，许多天他仍然无精打采像是没了魂灵。

东洋女人分明是看出今夜不会消停，便无言候着。大先生博学多识通古晓今，却不懂得眼前这个东洋女人是个慰安妇——从日本本土来到中国的军妓。大先生想要一个日本军妓怀孕，怕是不会有啥结果的。

大先生不辍。他怎么也不会知道自己是在狎妓。多少年来他是从不入娼门的，恪守家训。

只有东洋女人心里知晓，这位五十尚健的大先生只不过是她的一位嫖客而已。

夜里这位东洋女人来了月经。那颜色红得令人眩晕。大先生心中叫苦，又枉费了一番耕作。这东洋魔女真可谓不毛之地也。

满盈大叔中风卧床，半边身子不灵便了。

他呜呜着，似乎有话要说。一个贴身的喽啰听懂了，跑到上房去叫大先生。

大先生很烦躁，但还是披上大褂来到满盈大叔床前。满盈大叔已经嘴眼歪斜了。

这老汉说，我没家没业没儿没女更没有三亲六故。得了这种病算是走到头了，弄死我吧让我先走一步。我可盼到这一天啦。

大先生十分费力才听明白了满盈大叔的话。他说，满盈兄这病能医呀别说丧气的话。

满盈大叔使劲儿摇头，说听我的吧拜托了。

大先生受到了震动，呆呆立在床前。

砰！传来一声闷声闷气的枪声。

跑进上房，大先生又呆呆立在那东洋女人床前。她用他的手枪给自己的太阳穴打了一个血窟窿，便魂归东瀛了。

他自言自语。这都是咋啦？这都是咋啦？

这枪声像是感染了满盈大叔。他说了一句医不治己呀，就用那只尚未瘫痪的右手从枕头下抽出手枪，对准心窝子开了一枪。

满盈大叔开枪的时候已近五更天。小银子面对一张空椅子，上家是颜菲，下家是若玉。

她们勉勉强强才凑起了这个牌局。

小银子摸到一张西风。不知为啥她想起了满盈大叔，就推倒牌城说和了。

这时候，远处传来一声枪响，接着又连响了两枪。天地又沉寂下去了。

小银子说，这老毛子咋还不回来呀？一泡尿尿到日本国去啦！让咱们三缺一拐磨玩儿。

老毛子提起裤子吓得浑身颤抖。

一小队日本兵打着手电往镇外走。队伍走得不快，押解着挂着双拐的温玉田。

茅厕临着街。老毛子知道温玉田这是往刑场去。高桥小队长牵着那只黑毛大狼狗。

温玉田拄拐而行，大声说着话。

我真欢喜呀这么多人送我去死，我活着的时候都没有这么热闹。多谢老毛子告发了我！

老毛子听了这话，便东歪西斜跑回家去。

镇外有个高岗。岗下是一片乱葬坟地。

温玉田觉出有些冷了。好在身上穿的这件蓝布大褂是颜菲给他扯布做的，算是临死的温暖和安慰。他拄着双拐站在高岗上了。

真想见一见颜菲啊。这辈子跟她做不成光明正大的夫妻了。温玉田不相信有来世。颜菲几次对他说过，做新派夫妻一辈子也不要孩子。不传宗不接代，活到八十八岁老头儿和老婆儿并排躺在一起睡眠而死。

这新颖的结局令温玉田激动不已。

瘦翻译官站在高桥小队长身旁，阴阳怪气地说，温玉田温队长，您还有啥话留下吧。

温玉田说，很想去死。你知道吗我死了这人世间就少了一个儿子你懂吗？

瘦翻译官不解。最后问一声，你招供吧！

你知道我是谁吗？温玉田微笑着问。

瘦翻译官急忙说给高桥小队长听。

太君说你是八路军的暗探！瘦翻译官说。

哈哈，我不是八路军的暗探。告诉你吧我是谁，我是那个秀才匪首领大先生的大儿子！开枪吧让你们杀也杀个明白。

瘦翻译官惊讶得说不出话来。高桥小队长几次催促，他才用日语说。温玉田承认是土匪首领的儿子和暗探。

高桥命令开枪。

温玉田抢在开枪之前喊道，转告我父亲我最瞧不起他哪！

温玉田连中三枪之后，依然立在那里而不倒。日本兵都很惊异。高

392

桥用手枪朝支撑温玉田的木拐杖打了两枪，温玉田才塌倒。

老毛子回到家稳住心绪，才想起那个牌局正等着她呢。她小步颠颠又离开家，听见了枪毙温玉田的枪声。

16

天亮的时候，人们赶到镇外高岗上去收温玉田的尸。雇了两个闲人，一个席筒就将温玉田卷回来了。死去的温玉田显得更加苍白。他大睁着双眼，模样很是安稳。

世界上只少了一个姓温的而已。

小银子说，他多可怜呀一个亲人没有。

颜菲用手绢捂住嘴，抑制着泣声。

若玉动手给死尸洗去血污，显得很大胆。

没用念经也没雇吹打，温玉田入了殓。他睡进刚刚打成的棺木里。瘦翻译官便来了。

瘦翻译官望着灵台上的蜡烛说，你们应当去给亡人的亲属送个讯呀，这冷冷清清的。

颜菲警惕地瞅着瘦翻译官。

应该去给亡人的父亲送个死讯吧。

颜菲立即问瘦翻译官。他父亲是谁？

大先生。秀才匪里的大先生。

人们都呆住了。静得如同进了棺材。

颜菲说，你说的当真？

你放狗臭屁！小银子指着瘦翻译官说。

若玉走近瘦翻译官。她说，我跟高桥睡觉也没救成温玉田，现在你又跑来说这些扯淡的话，我撞死你！若玉说着就一头朝瘦翻译官撞去。他躲闪着抽出了手枪。

若玉解开大襟往上迎。你要是不开枪打死我，你就不是人揍的

393

东西！

瘦翻译官竟然败狗似的跑了。

老毛子从刑场上找回那两支木拐杖。她进了院子便扔给若玉和小银子一人一支，说你们留个念想吧，这是温玉田的腿呀。

颜菲从沉思中走出来。她回想着相识八年以来的温玉田。难道他真是大先生家中的大少爷？当年被秀才匪掠去，正是要逼她嫁他而当温家的大少奶奶呀。

敢情那个大名显赫的大先生本姓温。

颜菲蹲到地上大口呕吐起来。

小银子说，我看你是有啦，谁的呀？

老毛子口气很冷。兴许是温玉田的吧？

若玉却笑了。他一门心思绝了姓温的后，咋能让颜小姐怀上他的种呢？若玉这样说着心中十分苦涩。她知道自己也怀孕了，是日本鬼子的种。

颜菲的头脑蓦然清醒了。我怀的不是温玉田的种，却是他父亲的种呀！我这辈子也没逃脱姓温的人啊。这都是天意这都是天意。

荆轲跑进来，肚子显得粗大了许多。

这只母狗也分明有了身孕。

尔雅镇只有荆轲这一条狗。再者便是那条军犬——高桥小队长豢养的黑毛大狼狗。看模样它倒不像是个奸夫。

若玉放声大哭，哭得扭曲了脸孔。

颜菲抽泣着，哭却从不失态。

小银子突然叫了起来。

哎呀我想明白了，温玉田要是大先生的儿子，他杀的那些孩子可都是他同爹的亲弟弟呀！

老毛子说，对呀他正是冲着这个才杀的。到现在才明白他为啥逼着我非要花名册不可。

颜菲缓声慢调说，我早料定日本人要杀了玉田。大家节哀保重，明天下葬吧。

是啊温玉田死了比活着强，咱们祈祷他上天国吧。老毛子说。

若玉冷冷盯着老毛子说，要不是你去告发，玉田也不会死，你应当偿命！

老毛子苦笑。若玉呀我可不怕死呀。

夜晚，这三个女人给温玉田守灵。

若玉呕吐，吐得充满深仇大恨。颜菲也呕吐，眼前恍恍惚惚。呕吐声此起彼伏。只闲着小银子一个人。她倚在桌子旁边说，我兴许真是一只不下蛋的母鸡，这辈子怕是怀不上孕了。

之后她又为温玉田惋惜。

他也是个快三十岁的男人了，连个后代都没留下，白来一世呀。

若玉急了，大声说小银子你住嘴吧。

三个女人就不言不语坐在屋子里。

窗户纸飒飒一响，像是风儿又像是有人扬来一撮子沙土。

兴许是送大米来了。小银子小声说。

飒的一声。果然有人往窗户纸上扬沙土。

谁呀？小银子吹了灯，捏着嗓子粗声问。

颜老师在吗？说罢窗外又学了三声猫叫。

颜菲一骨碌从炕上爬起，啪啪啪击掌三声。

窗外一个男人的声音说，颜老师我们接你来了我们是八哥呀。

接我？接我干啥呀。颜菲不大明白。

我们知道你丈夫被日本鬼子杀害了。领导同志建议你到山里去，那里也是革命工作嘛。你收拾收拾咱们就去根据地吧。

这太突然了，我感谢上级的关心。颜菲说着就出了屋，绕到窗户外边去了。

小银子低声说，听明白了吧颜菲给八路军做事兴许是个女共产党！

若玉立即说我听明白了她跟温玉田敢情是两口子。之后她又说，颜菲这个人太阴啦太阴啦，温玉田算是瞎了眼！

这时颜菲走了进来，不声不响又躺在炕上。

小银子问她，颜小姐你不走哇？

颜菲坐起身说，我的事情你不要打听更不要往外说，中国人跟中国人要一条心。

那你跟温玉田一条心吗？若玉突然问。

咋不一条心？颜菲反问。

一条心那温玉田落难你咋按兵不动不去保也不去救整天蹲在屋里呕吐？你们算啥两口子！温玉田咋有眼无珠迷上了你呢，没心肝的东西。

颜菲坐起身，很激动的样子。

我跟你讲不清楚。咱俩也不要吵嘴。人各有志，自有公论。

若玉听了这话便笑了。你别对我之乎者也了！我看你根本就不像女人，你处处对不起温玉田苦了他这些年。我看是你害了他！

颜菲说了句难以理喻难以理喻就不再说了。

静了下来。颜菲像是有话要说，就在屋里走动。小银子说你有话就说吧溜达啥呀。

颜菲就说，玉田落入日本人手里就是死罪，谁也保不出来。除非派兵拔了炮楼灭了日本鬼子才成！

若玉说都躺下睡觉吧明天还得进坟地呢。

小银子就睡着了。她梦见了温玉田笑呵呵朝她走过来。小银子说玉田呀你胖啦嘻嘻。

她想，日本兵啥时候来抓我呀？

荆轲生了一窝子小狗儿。看那几只小崽子的模样，就知道它们爹住在炮楼子里。

吃过了晌饭小银子来看若玉。

若玉歪在炕上正养肚子呢。她说，小银子你瞅荆轲今天穿上啥衣服啦？

小银子一瞅荆轲就猛地变了脸色。天爷！它身上穿着那件装满了炸药的褡裢。她手中的烟卷儿吓得掉在地上。

若玉拾起烟卷儿点燃了褡裢上那二尺多长的药芯子。荆轲屁股亮着火星子，蹿了出去。

咱们试一试，看它去炸谁。若玉说。

你疯啦！小银子尖声喊叫。

荆轲的这个本领原本是温玉田训练出来的，预备着去炸那一年一遭的公子大聚会，在大先生生日那一天。灭了温姓这一支。

荆轲朝前跑着，去看自己的小狗儿。

这时候老毛子到了狗窝近前往里瞅。她相中了一只黑黄相间的杂毛狗。

荆轲跑到老毛子脚下就轰隆一声响了。

老毛子和荆轲还有荆轲的儿女都炸死了。

还炸塌了温玉田留下的土宅子。

荆轲是狗，人没法猜透它的心思。

若玉说我以为荆轲得去炸那炮楼子呢。

兴许老毛子太孤单了想抱养一只小狗儿。小银子猜测着说道。

那我该咋办呀？若玉犯了寻思。

小银子说，好死不如赖活着。先将肚子里拾掇干净了。你药铺里不是有堕胎的药丸子吗！

若玉说，这男人呀是让咱寻思不透。

尔雅镇大街上，一群孩子跑出来了，热火朝天地玩耍着，十分开心的样子。

一辆马车跑进镇来，急急火火地说是请快手姥姥去姜井镇接生。